寻找
格萨尔王

孙明光　著

青海人民出版社

图书在版编目（CIP）数据

寻找格萨尔王 / 孙明光著 . -- 西宁 : 青海人民出
版社 , 2024.3
ISBN 978-7-225-06648-6

Ⅰ . ①寻… Ⅱ . ①孙… Ⅲ . ①报告文学 – 中国 – 当代
Ⅳ . ① I25

中国国家版本馆 CIP 数据核字（2023）第 215732 号

寻找格萨尔王

孙明光　著

出 版 人	樊原成	
出版发行	青海人民出版社有限责任公司	
	西宁市五四西路 71 号邮政编码 :810023 电话 :(0971)6143426(总编室)	
发行热线	（0971）6143516/6137730	
网　　址	http://www.qhrmcbs.com	
印　　刷	陕西龙山海天艺术印务有限公司	
经　　销	新华书店	
开　　本	720 mm × 1020 mm　1/16	
印　　张	25.25	
字　　数	370 千	
版　　次	2024 年 3 月第 1 版　2024 年 3 月第 1 次印刷	
书　　号	ISBN 978-7-225-06648-6	
定　　价	58.00 元	

谨以此书

献给我的青春岁月！

序

记得 2016 年秋，明光同志拿来了发表在香港《中国旅游》杂志上的封面专题故事《寻找格萨尔王》的样刊，我感到很震撼，觉得很有新意，有眼前一亮的感觉，便叮嘱他再增加十来万字做成图文并茂，既有学术性，又有可读性、可视性、趣味性的书，为格萨尔文化的传播，做一份有特殊意义的贡献。接下来的三年间，他率队完成了中国民族博物馆"格萨尔文化遗存数字影像资源采集"项目。随后他便拿出了《寻找格萨尔王》这部书稿，于是，我欣然应邀为其作序。

说起来我为《格萨尔》学者的理论专著作序已有不少，可当我看过《寻找格萨尔王》书稿后，还是觉得耳目一新。这是第一部从人文地理的视角，采用纪实笔法，较为全面地对鸿篇巨制英雄史诗《格萨尔》作深入浅出解读和阐述的著作。作为一名格萨尔文化事业的热心人，他能有这样的收获让人欣喜。本书之所以能够取得这样的成就，归纳起来少不了这么几个条件。

一是明光同志用二十多年的时间，持续关注格萨尔文化这项选题不放松，实属难得，这需要执着的定力。作为纪录片编导和人文地理专题作者，他是第一人。二十多年间，为探索拍摄格萨尔非遗文化，作者几乎走遍了雪域高原英雄史诗《格萨尔》流传的重点地区，他深入牧场村寨、寺院道场进行田野考察，很多点都是住半个月以上。不仅如此，其中不少文化遗址，比如传说中的格萨尔三十大将灵塔群、格萨尔王母亲郭萨的故乡郭·冉洛敦巴坚赞部落、"格萨尔文化村"德尔文部落、苯教圣地丁青孜珠寺及布托湖、卡瓦嘎博雪山下的秦恩老家荣中村等，他都是第一位进入的都市媒体人。他是第一位将众多著名格萨尔文化遗址的历史故事以图文并茂的形式发表于国家级人文地理专刊上的作者，从而让这些深藏了上千年的格萨尔文化得以迅速传播。为此，他在田野考察中获得的扎实鲜活的格萨尔文化资料，也就成了如今珍贵的非遗文化硕果。到目前为止，他也是拍摄掌握有格萨尔文化图片最多的作者。因此，明光同志的这本《寻找格萨尔王》是一部满接地气、鲜活抓人的纪实类非遗文化著作，算得上实实在在的二十年磨一剑。

二是《寻找格萨尔王》一书虽然是一部面向大众的普及读本，但却透射出鲜明的理论特色，体现了作者的学术思考。这些思考往往起到点石成金的作用，体现出作者较为扎实的理论功底和严谨的学风。俗话说理论滋养灵感，这似乎也是各行业从业者晋级达峰的密钥。明光同志就是一位勤于学习、善于学习、敏于思考的人。得益于二十年前拍摄《话说格萨尔》纪录片的机缘，他很早便采访结识了共和国多位《格萨尔》学的先行者，不断研读他们的专著和文章，来丰富提高自己。记得他托我先后两批购得赵秉礼先生编纂的《格萨尔学集成》1—5卷，这是一套迄今为止收集最为全面的"格学"集成。他通篇浏览并重点阅读了其中的许多文章。在与他的交谈中，也明显感觉得到，他或许是最为认真研读过我专著《〈格萨尔〉论》的纪录片编导和人文地理专题作者。走遍格萨尔的故乡要行万里路，读万卷书同样必不可少。有人说："理性向'左'，感性向'右'。"如果不是特指，那就有失偏颇，理性与感性两者不可能截然切开。恰恰相反，理论学习，对他的专题文稿和影视作品，无疑会起到提纲挈领甚至醍醐灌顶般的启迪和升华作用。《寻找格萨尔王》一书在作者广泛而又深入的田野考察基础上，又经理论熏陶，特别是《格萨尔》学术成果的影响，使其在素材与理论之间融会贯通，水乳交融，浑然一体。在书稿的结构编排与写作阐述中，两者运行自如，恰到好处，是一本"含金量"颇高的从人文地理视角研究、传播格萨尔文化的大众读本。

三是作者刻苦勤奋，笔耕不止，长年积累，为《寻找格萨尔王》一书奠定了坚实基础。作者先后在国家级人文地理杂志上发表了23个70篇次专题图文稿，其中有近半数内容为格萨尔文化。由此说来，《寻找格萨尔王》一书是水到渠成之作。作者在四十年的文学创作实践中收获颇丰，先后写有《斗酒》三部曲《天成》《天窖》《天梁》和《红色金融007》（上、下）及动漫文学《英雄土拨鼠》等6部长篇小说；创作《金融大搏杀》《啊！军鸽》等4部电视连续剧作品；创作及发表《花好月更圆》、《雪证》、《绿色跑道》、《热江部落的心愿》、《中国古刹传奇》（华东部分其中3部）、《格萨尔王》等10部电影剧本。担任过多部大型纪录片的总撰稿和编导，主要作品有：10集文献纪录片《金融春秋——红色金融世纪回眸》、16集民族文化纪录片《行走——藏地风情》和中国古代科技史之《中华酒文化》等6部。创作发表数十篇散文、小说、报告文学作品。明光这位有十多年军旅生涯的文化人，还是一位颇有实力的人文地理摄影师，多幅照片和专题组照入选全国性以及北京、贵州、西藏等地摄影展并获奖，其中《西藏民间舞神——冬洛热巴四传人》（6幅）组照荣获2011年中国首届非物质文化摄影大展国家银质收藏奖。

四是作者如此专注格萨尔文化，最主要的动因是对中华民族文化充满情感。青年时代军旅生涯在果洛草原度过，固然是与格萨尔文化的最初结缘，但之后的二十多年间的自觉关注，就显得难能可贵。他每次走进格萨尔的英雄草原，都会手捧一颗真心，满怀希望地去探索发现新知识、新文化，因而每次都是一次快乐的心灵洗礼，结果自然就收获满满。特别需要提及的是，明光同志的藏族朋友特别多，他们中间除了学者、干部，还有《格萨尔》说唱艺人、各类民间艺术家、高僧和农牧民。尤其是在地方的热心朋友陪同采访后、作品发表时，明光同志都要与他们联合署名。但凡他采访拍摄过的地方，都会交上朋友。朋友有事相托，他也会热情相帮。西藏丁青的冬洛热巴等四位老人拿着他寄来的国家期刊，早早地就向昌都地区申报了非遗传承人，每年都能领受政府的补贴。其中冬洛的二女儿，现已86岁的扎西曲仲前些年就是西藏自治区的热巴舞非遗传承人了。记得 2005 年，明光同志拿着厚厚的一摞杂志和有关资料来找我，由我牵头向国家文物局写了推荐信，来年的 2006 年"格萨尔三十大将灵塔群及达那寺寺院建筑（宋元时期）"，被国务院核准公布为第六批全国重点文物保护单位。达那寺格萨尔文物的保护，受到省州县政府的高度重视。回头再看，作者众多的藏族朋友成了重要的人脉财富，总能在需要的时候，为《寻找格萨尔王》一书增砖添瓦，涂金抹彩。

我与明光同志相识相交二十多年，其缘分也正是格萨尔文化。他愿意投入时间和精力来做格萨尔文化事业，除了对民族文化的喜爱，获得了丰富的格萨尔文化知识，坦率地说是没有什么经济效益可言。他依然坚持去做，表现出的不仅是做事的态度，更是做人的态度。明光同志是一位正直厚道热情的人，保持了军人雷厉风行、吃苦耐劳的作风。我俩共有的军旅生涯，也让我们增加了许多共同语言。

毫无疑问，这部《寻找格萨尔王》非遗文化纪实的出版，对于传播格萨尔文化将会起到积极作用。

自英雄史诗《格萨尔》于 2006 年和 2009 年先后被列入中国和世界非物质文化遗产保护名录以来，中国格萨尔文化事业取得了很大成就。然而，社会对非物质文化遗产的保护、传承、利用与传播有了新要求，又须翻越新高度，文化自信与文化传播任重而道远。守正创新，创作推出更多适合国内国际传播的中国非物质文化遗产为主要内容的影视剧、纪录片、宣传片、舞台剧、短视频等优秀作品，已是时代的要求。

英雄史诗《格萨尔》是藏民族的民间文学艺术，阐释挖掘民间文学的时代价值、社会功用，创新表现方式，正是我这位"格学"老兵义不容辞的职责。当下社会生活的节奏之快，能够阅读、愿意阅读大部头《格萨尔》的人已不多。利用好当下的影视和网络传播媒介，面向更广大的受众，传播我国非物质文化遗产民间文学巨著《格萨尔》，就成了我们当代人义不容辞的责任。将《格萨尔》的故事搬上银屏，难度不小，困难也多，但我喜欢宋人王令的诗句"子规夜半犹啼血，不信东风唤不回"。经过我们坚持不懈的努力，如今终于有了可喜的进展，以我国最著名的两位《格萨尔》说唱艺人扎巴老人和桑珠老人为原型拍摄的电影，一部已经杀青，即将走进电影院线，另一部正紧锣密鼓地拍摄制作中。

我国非物质文化遗产是中华优秀传统文化的重要组成部分，是联结民族情感、维系国家统一的重要基础。保护好、传承好、利用好非物质文化遗产，对于延续历史文脉、坚定文化自信、推动文明交流互鉴、铸牢中华民族共同体意识、建设社会主义文化强国具有重要意义。党的十八大以来，习近平总书记多次发表重要讲话，对《格萨尔》给予高度评价，称赞她是一部"震撼人心的英雄史诗"，这使我们深受鼓舞和教育。我们应该珍惜当下的大好时机，让英雄史诗《格萨尔》这项重大非物质文化遗产资源，发挥出应有的能量，向世界讲好中国故事，传播好中华文化。

《寻找格萨尔王》这部非遗文化纪实著作来得正是时候，作者作为纪录片编导，还是影视剧文学编剧，将会迎来更加广阔的用武之地。衷心祝愿明光同志在格萨尔文化事业上作出新的更多更大的优秀成果。

降边嘉措

2021 年 9 月 26 日于北京

目 录 CONTENTS

引　言

　　格萨尔王是人还是神？藏族历史上真有这样一位英雄吗？

　　为什么说英雄史诗《格萨尔》是一部"活形态"史诗？

　　这部世界上最长的英雄史诗又是怎样炼成的？

　　《格萨尔》故事中的一些著名战争，与藏族历史上的重大事件究竟是什么关系？

　　在格萨尔的故乡，还有哪些《格萨尔》故事中的知名部落仍在薪火相传？

　　如何理解《格萨尔》说唱艺人的神奇现象和巨大贡献？

　　……

　　带着这些疑问，让我们一同登上青藏高原，走进格萨尔的英雄草原，聆听《格萨尔》说唱艺人的述说，发现和探索伟大史诗中的那些不解之谜，在寻找格萨尔王的惊喜中，去深度感受和领略雪域高原非遗文化的魅力与真谛。

开篇词：认识格萨尔王

古代岭部落一位名叫觉如的少年，在赛马大会上一举夺魁，登上岭国国王宝座，从此"世界雄狮大王格萨尔洛布扎堆"的威名传遍天下，他就是藏族英雄史诗《格萨尔》中最富传奇色彩的中心人物格萨尔王。

格萨尔王在成为部落联盟首领之前，还经历了从天之骄子到人间少年英雄的苦难转型。

赛马称王之后的四大战争，以及随后展开的十八大宗、十八小宗的部落战争故事，环环相扣，把格萨尔王的人性与神性，刻画得丰满精彩。最终他率领30位大英雄，指挥部落联盟为除暴安良、降妖伏魔、造福百姓而征战一生，成了藏族人民心中最崇拜的英雄。

对于大多数人来说，格萨尔王似乎离得有些遥远，可在我们身旁也有一位近似于格萨尔王的英雄，就是关羽。他被民间奉为"武圣"，与"文圣"孔子齐名。

有意思的是，汉藏文化交汇地域的人们，往往把《格萨尔》称为"藏三国"，也有藏族同胞把《三国演义》称作"汉格萨尔"。

沿着滇藏茶马古道，进入藏地后的重要驿站云南德钦县奔子栏镇，就有一座古老的关帝庙。来往于藏汉两地的人们都会来此祭拜，祈求雪域天堑上行路平安。不知为什么，20年前，我一踏进奔子栏镇就喜欢上了这里，奔子栏也掩藏了太多古道热肠的故事。

拉萨市布达拉宫西边磨盘山上那座"关帝格萨尔拉康"更为典型，这里面因并肩供奉着关羽和格萨尔王而声名远播。这是为了纪念清朝官兵与藏族人民一道抗击侵略者并取得胜利而建。庭院中竖有一块乾隆五十八年的"关帝庙石碑"，中间刻有"万年不朽"四字，记载着军民打败廓尔喀人的经过。从泱泱中原文化，象征忠义仁勇的关云长，到雪域高原文化，人人景仰无往不胜的格萨尔王，两个民族对大英雄的崇拜以及英雄情结的相互融合，让人感受到两个民族寻求统一、抵抗外敌、崇义尚武、保卫家园的共同追求和期盼。

当然，无论作为战神或是财神的格萨尔王和关羽，他们之间也大有不同。格萨尔王在英雄史诗中是半神半人的形象，时常有天界的姑母朗曼杰姆女神的预言引领，征战时可以呼唤天神、念神、龙神等诸多神祇相助。关羽则是历史小说人物，只靠自身的武艺和忠勇，过五关斩六将。

格萨尔王是神界天王三太子下凡人间，从被驱离的流浪少年成长为岭国首领、最高长官，是统帅。关羽则是三国蜀汉名将，早年逃离家乡，以编织草席为生，做过驿站马厩的管理员，后来虽有桃园结义的人脉保障，终究还是一名跟随、辅佐刘备忠君兴汉的将军。

战神格萨尔王的形象多见于唐卡、壁画，十三战神威尔玛环绕着的格萨尔王骑征图，是他最酷的形象。格萨尔王的脸型俊朗、圆眼扬眉，头盔上插有四旗胜利幢；金甲，白裤，红马靴；左手执戟，右手扬鞭，箭袋悬在右边；枣骝马蓝鬃白肚，四蹄踏宝于莲花座上。而战神关羽或跃马或站立或端坐，总是一副"美髯公"形象。战神关羽的传说倒也传奇：山西运城有盐池盐卤为红色，民间传此为蚩尤血染成。上古九黎首领蚩尤虽被黄帝所败，但他天下第一战神的威名不终。《封禅书》记，齐祀八神，"三曰兵主，祀蚩尤"，且被历代帝王祭推为兵主，蚩尤死后3000年，运城果然出了一位名叫关羽的战神。

再说兵器，格萨尔王的世间九大兵器中有几件就是牧人生活生产用具，比如"乌朵"，系牧民赶牛用的抛石器，史诗中称其为"凤凰石子带"，当然都是注入了神性的。而关羽的兵器青龙偃月刀，重82斤，月圆之夜由上天滴下的1780滴青龙之血铸成。

两位英雄的战马也都为枣红马。格萨尔王的坐骑神驹名叫江噶佩布，据说来自西藏丁青县澜沧江畔的白乃日扎大雪山。在赛马称王前，由母亲郭姆和珠姆姑娘联手捉住奉献。青藏高原及周边的一些地方，有傍晚过后不允许陌生枣红马从家门经过的习俗，只因祖上曾被格萨尔王征服过，留下了心间阴影。而关羽的赤兔马生于西凉，几经周折由曹操赠予。关羽兵败麦城被孙权部下所害，赤兔马因此绝食而亡，尽显对主人的忠义。

格萨尔王和关羽还都被百姓尊崇为财神，但他们从战神到财神的世俗转型后，其职责仍然偏重于拱卫与护驾，其战神及护法神的本性未变，可以都称为武财神。财神格萨尔王不同于藏族民间传统供请的黄、红、白、黑、绿五色专职财神；财神关羽也不同于正月初五迎请居家开店的文财神比干，不同于正财神赵公明以及他的四位弟子，也不同于偏财神范蠡。当然，民间的九路财神之说，包含的财神最多，居中的中斌财神王亥是三位商王朝高祖之一，他因农牧并举，发明牛车，开展贸易，甲骨卜辞刻称"高祖亥"，被誉为"商业始祖"。也许是年代久远，其名声并没有武财神大。当然，九路财神中的西北财神刘海蟾，虽没有列入仙班，但在民间的口碑倒也不凡。人们之所以保留格萨尔王和关羽的战神特征，置设武财神的牌位供奉，恐怕与市井生活中的生财理财聚财多有变数和风险有关。

解读格萨尔王和关羽从史实原型到传奇故事人物、再到信仰对象的变化过程，是研究中国思想史的好选题。

人类从上古历史中走来，为了生存发展，崇拜力量是普遍的心理。格萨尔王作为民族英雄，也是民族之神。按照格学专家降边嘉措的说法，格萨尔王不同于耶和华，他不创造宇宙和人类；也不同于释迦牟尼，没有给苦难的岭国人民去往极乐世界的承诺；而是率领百姓除暴安良，分得财富——当然包括部落战争时代的掠夺——要让今生今世的岭国人民过上好日子。所以说，格萨尔王是藏族民间文化土壤中诞生的神，人们把美好生活的希望寄托于他，格萨尔王无疑是民族理想的化身。

正如在藏地，人们从来不会刻意区分艺术的格萨尔与历史的格萨尔一样，人们从不怀疑格萨尔王的真实存在。更有意思的是，无论是《格萨尔》说唱艺人的倾心说唱，还是牧民农人的专心聆听，他们都认为这就是历史，就是格萨尔王的真实故事。

从文学层面看，英雄史诗中的格萨尔王，毫无疑问是一个艺术形象。藏民族的超强语言才能，经历千百年的创作锤炼，通过散韵结合的叙述方式，使英雄史诗《格萨尔》这部民间文学巨著的语言美，被推上了无与伦比的高度。连同全集 300 部 2000 多万字的故事容量，共 3000 位人与神、仙、妖、魔、怪的形象塑造，又让这部伟大民间文学摘得了世界上最长英雄史诗的桂冠。它是一座给藏族百姓带来无限喜悦和精神寄托的文化金山。英雄史诗《格萨尔》厚重的人民性基石，使之当之无愧地成了藏民族文化王冠上的璀璨明珠，被誉为古代藏族文化领域的最高成就和百科全书。

"活形态"则是《格萨尔》这部伟大史诗最神奇、最独特的地方。"活形态"史诗不仅是指格萨尔文化现象一直存活在藏民族的日常生活中，更加令人叹为观止的是，时至今日还有《格萨尔》说唱艺人的存在。他们作为这部伟大史诗的创造者、继承者和传播者，伴随着《格萨尔》故事的千年流传而不断涌现，这是"活形态"史诗的重要标志。由于青藏高原自然地理环境和历史上社会组织形态的超稳定性等因素，"活形态"史诗的第三个重要标志，就是格萨尔王故事中的许多知名部落，时至今日仍在薪火相传。他们祖先的壮举既是这部伟大史诗文学艺术创作的生活原型、活水源头，也是今天我们解读英雄史诗《格萨尔》源起与流传的活化石。

"活形态"史诗是区别于世界其他著名史诗的一大奇观，唯我独有，唯我独尊。其艺术欣赏价值同属世界一流，并且有着极高的科考研究和文化探索价值。作为纪录片编导、人文地理及民俗纪实专题作者，格萨尔文化自然吸引我持续关注和聚焦。格萨尔文化的选题独到，难度也大，热情相拥 20 余年，收获甚丰。故而，本书的内容编排和阐述，会根据行文需要，在作者田野考察中的直观捕获、《格萨尔》史诗故事的萃取点睛、自身经历的深情体验，乃至学术理论的探索思辨等多层面之间自由切换，向读者朋友奉献上这部满接地气、一手资源、且有许多鲜为人知的格萨尔文化的探秘之作。

英雄史诗《格萨尔》作为中国和世界人类非物质文化遗产保护名录中的鸿篇巨制，一直受到党和各级政府的高度重视。习近平总书记在前不久召开的全国民族团结进步表彰大会上的讲话中指出："中华文化是各族文化的集大成。我国各民族创作了诗经、楚辞、汉赋、唐诗、宋词、元曲、明清小说等伟大作品，传承了格萨尔王、玛纳斯、江格尔等震撼人心的伟大史诗……各族文化交相辉映，中华文化历久弥新，这是今天我们强大文化自信的根源。"传播中国文化，讲好中国故事，英雄史诗《格萨尔》应当一马当先，成为重要一翼。

只要你走进格萨尔文化长廊，来到格萨尔的英雄草原，在寻找格萨尔王的行程中，一定能听到起伏跌宕、扣人心弦的英雄格萨尔的故事，在融入格萨尔文化魅力气场的同时，感受藏族人民的心跳。

请相信我，每一位喜欢《格萨尔》故事的人，不管你来自何方，藏族人民都会把你当作最尊贵的朋友，你也必将会收获满满，受用多多，永生难忘。

来吧，格萨尔大王欢迎你，并为你护航！

格萨尔王编年史

英雄史诗中描述，格萨尔王在天界是大梵天王的第三子，名叫推巴噶瓦。为了降伏下界妖魔、解救苦难黑发藏民，天界选定他下凡人间担此重任。莲花生大师根据神子"生身父亲要'念'类，凡有祈求皆能如愿，生身母亲要龙族，没有亲疏厚薄在世间"的要求，选定了朵康六岗的中心，精心安排岭部幼系的森伦王为其父亲，东海龙王三女儿梅朵娜泽为其母亲，等待着神子在人间的诞生。

1. 英雄诞生。民间许多人认为，格萨尔王出生于藏历①第一个土虎年，即公元 1038 年。格萨尔王刚一出生，史诗就赋予了他可爱的神性，身子生下来就有 3 岁孩子大，汉妃所生的哥哥嘉察为他取名觉如。叔叔晁通垂涎岭国王位已久，但又忌惮觉如的神力，于是想尽办法要除掉小侄觉如，结果觉如每次都

---

① 藏历也是 60 年一个周期，是什么时候开始使用藏历的呢？笔者请教了原中国藏语系高级佛学院的教师噶玛德乾，他说一般是"时轮金刚"翻译成藏文的那一年，也叫"饶迥"，大意是"胜生"，火兔年为藏历纪年的开始元年，也即公元 1027 年。

《英雄诞生》的故事。格萨尔王一出就有 3 岁孩子大小，同父异母的哥哥嘉察为其取名叫觉如。觉如出生时瑞象万千，出生后战胜魔鹰的攻击和黑术士的陷害，教训了叔叔晁通

化险为夷。

2. 觉如被逐。觉如 5 岁那年第一次被部落放逐，始作俑者正是叔叔晁通。晁通制造舆论，让包括父亲森伦王在内的部落人都相信，觉如的魔力会伤害整个部落，于是把他们母子驱逐出了阿须草原，流放到北方玛域黄河源头一带。

3. 少年长成，5—12 岁。英雄自古多磨难，命运也给了觉如机会，他在黄河源制服了鼠魔和许多有名无名鬼，保护和控制了东西大商道，开拓了领地。几年后，他以宽广的胸怀，收留了因遭遇大雪灾而投奔迁徙来的岭部落，并

把领地分配给了各部落。

4.赛马称王。觉如 12 岁那年,岭部落将举行赛马大会,决胜者将登上王位,彩注中还包括美女珠姆和她家的七宝。觉如的竞争对手除了叔叔晁通,还有岭地各路英雄。珠姆作为信使并与觉如母亲郭姆联手,为觉如送上等待多年的神驹。觉如以他的智慧和神勇,战胜所有对手登上王位,并在阿尼玛卿大雪山下举行了世纪公桑。

5.北方降魔,15—24 岁。格萨尔王只身前往北地,解救被魔王鲁赞掠走的次王妃梅萨绷吉。在魔王妹妹阿达娜姆和梅萨的内应下,格萨尔王艰难地射杀了比自己强大的鲁赞王。两位美妻给格萨尔王喝了迷魂酒,格萨尔王在北地竟然居住长达 9 年 3 个月,致使大王妃珠姆和岭国遭受劫难。

6.霍岭大战——霍尔入侵。格萨尔王北去魔国营救梅萨的第 3 年,霍尔国白帐王的神鸟乌鸦,在达孜城找到了天下第一美女珠姆,白帐王发兵岭国,誓抢珠姆为妃。格萨尔王的哥哥嘉察等众将血染疆场。珠姆三次缓兵之策均被晁通泄露而身陷霍尔国。神马江噶佩布终将格萨尔王唤醒,待他赶回岭国,见到的却是一片破败景象。

7.霍岭大战——降伏霍尔,24—26 岁。格萨尔王连过霍尔九道关卡,在年轻的女巫吉尊益希的帮助下,格萨尔王毁掉了霍尔三王的寄魂牛。由于女巫的误导,霍尔王误判,格萨尔王攀入内城,于决斗中制服白帐王,救回珠姆。格萨尔王饶恕了霍尔大将辛巴,使其统领的十万大军,成为日后岭国征战时的主力军团。

8.姜岭大战,27—36 岁。这是一场保卫战略资源盐海的大战,双方皆出重兵,且打了 9 年。姜国非常强大,格萨尔王和珠姆各有一位弟弟战死。大将辛巴和丹玛虽屡建战功,可战事一直胶着不见胜势,双方王妃三次和谈未果。最后在天界姑母的授意下,乘萨丹王林中洗澡之机,格萨尔王变作小金鱼钻入萨丹肚中,以千辐轮搅碎萨丹心肺,赢得了战机,岭国方才获胜。

9.门岭大战,36—37 岁。格萨尔王出生之前,南方大邦国门国,曾进犯并重创过岭国。天降预言,还有一年,门国的魔王、魔臣、魔马都将修行成精,那时天下就无人能敌了。格萨尔王急召各路兵马,亲征南门;经过苦战,终

《赛马称王》的故事。格萨尔王登上王位，各路神灵送来兵器与宝贝祝贺，十三战神威尔玛在周围拱卫

《霍岭大战》的故事。降伏白帐王后，岭军把格萨尔王的马鞍捆绑在了白帐王的身上。这也是所有《格萨尔》说唱艺人的帽饰上缺了一副马鞍的原因

《姜岭大战》的故事。丹玛杀死姜国大将杰威推噶

《门岭大战》的故事。格萨尔剿灭门国寄魂蝎

　　《地狱大圆满》的故事。右下角小图是阎王派牛头鬼用阎罗秤把阿达娜姆一生的善与恶称了 18
次，结果判阿达娜姆到地狱等 500 年。格萨尔闯入地狱，在拯救出爱妃和替自己赎罪的母亲的同时，
还拯救众多亡灵去了西方极乐世界

将南门归为治下，赐福于民。令人印象深刻的是天下美男魔臣古拉妥杰，骑鹅黄色战马，着金色铠甲，英勇无敌，被俘后宁死不降，令格萨尔王十分惋惜。

10.格萨尔王38岁以后，率领指挥岭国进行了许多次降魔除暴征战，著名的有十八大宗、十八小宗，"宗"即城堡，指一次战争故事。其中《嘉岭之部》说的是格萨尔王应汉地公主之邀，赴中原帮助皇帝除妖的故事，这是一部不以战争为题材的史诗故事。返程途中，大臣秦恩想家了，便把队伍带到了德钦卡瓦博格雪山下的故城。于是，又有了格萨尔王与太子雪山山神交战的故事。

民间传说，格萨尔王活到88岁①，终于公元1126年。格萨尔王平定雪域高原，完成统一大业，在返回天界之前，他闯入地狱，救出为岭国征战一生而杀人太多的王妃阿达娜姆和代自己受过的母亲。格萨尔王的肉身则葬在了玉树藏族自治州囊谦县达那寺前山的格萨尔三十英雄灵塔群中。

---

① 关于历史上格萨尔王的生卒年月，民间还有一种说法，格萨尔王出生于藏历水虎年，推算下来即公元1002年，好在两种说法只相差36年。因此，可以把格萨尔王的原型，看作是公元1000年前后那个时代的英雄人物。

第一章　英雄诞生

——从多伦多古堡到吉苏雅草原

英雄史诗作为"人类童年时期在诗领域第一颗成熟的果实",是衔接神话传说与历史记忆两个时代的过渡桥梁。此时的古老民族在征服大自然取得初步胜利后,在呼唤英雄的过程中,都会对自己祖先创造的神话传说进行历史化的表达,并且把本民族的重大历史事件融于其中,而民间文学英雄史诗正是这种表达的最初尝试。尽管这种表达有时略显稚嫩,但在创造民族精神的过程中,会起到巨大作用。

英雄史诗《格萨尔》正是这样的一种表达。而不同于其他世界著名史诗,《格萨尔》还是一部"活形态"的史诗。这是因为千百年来一直有《格萨尔》说唱艺人涌现,同时格萨尔王故事中的一些知名部落至今仍在薪火相传。他们祖先的壮举既是伟大史诗文学创作的原型,也是今天解读《格萨尔》源起的活化石。那么,本书的开篇之章就从格萨尔王母亲所在的部落说起。

第一节　多仑多村的历史记忆

据说，格萨尔王母亲郭萨所在的郭·冉洛敦巴坚赞部落，于上千年的历史岁月中，一直都在玉树藏族自治州囊谦县娘拉乡、白札乡一带繁衍传承。其血脉已经发展成冉举、冉琼、冉维、冉玛、冉毛、冉堆、冉给、冉贝、冉吾九个分支。

娘拉乡多仑多村是原郭·冉洛敦巴坚赞部落的中心所在地。历史上这里称作"郭尼达松多"，藏语直译就是"日月滩"，含有郭部落统治中心的意思。20世纪中叶，这里搞集体化联合生产时，改名叫了多仑多村。

多仑多村现有三座重要的格萨尔文化遗存。一是岭国总管王的儿子朗巴曲嘉的灵塔。二是"萨美松举"嘛呢堆。三是郭部落的古城堡遗址。直到2016年，我为中国民族博物馆"格萨尔文化遗存数字影像资源采集"项目做调研，方才有机会造访这片神往已久的格萨尔文化起源地。陪同我调研的是玉树州格萨尔文化专家昂扎先生。

虽说从囊谦县城到娘拉乡多仑多村也就70多公里路程，可出县城没走多远，便进入了澜沧江上游的大峡谷，道路之险峻，顿时让驾乘者都打起了精神。怪不得媒体同仁来此地采访的很少。

当我们驱车翻上多仑多村高山牧场的顶端停车瞭望时，立马感觉到，郭部落的发祥地真是一片上天赐予的吉祥宝地。顺着昂扎的指点望去，天际间扎曲与吉曲这两条澜沧江上游的大河，沿着远山，划定了郭部落的领地，其水势依托山势，形成天然的保护屏障。扎曲与吉曲流到西藏昌都时汇合，再往下便称作澜沧江了。

从高山牧场一路下来，便进入了由郭哇雍措神山守护的森林河谷地带。这里农林牧业应有尽有，河谷两边都是极好的农田，这也是上千年来，郭部落不曾迁徙的原因之一。

如今，多仑多村村委会旁，有一座郭部落古城堡遗址，从留下的断壁残垣看，其规模相当惊人。遗址面积有半个足球场那么大，残留的城墙还剩有三米多高，古城墙的墙角厚度超过了一个成人的臂展。这是一座郭部落的古城堡毋庸置疑，但到底是哪个时代的郭部落王所建造？是否就是千年之久的遗址？还有待考证。

多仑多村的北头，有两处格萨尔文化遗存的重要标志性建筑，都有上千年的历史了。

其一，朗巴曲嘉的灵塔。灵塔分上下两层，均为方形，具有鲜明的苯教建筑风格，这与事件发生的年代相一致。旁边后来建起的几座佛塔都是圆肩造型，应是藏传佛教后弘期以后的佛塔了。

其二，紧靠朗巴曲嘉灵塔，便是著名的"萨美松举"嘛呢堆。"萨美松举"

"萨美松举"嘛呢堆旁的朗巴曲嘉的灵塔，方形塔说明系苯教时期的建筑风格

藏语的意思就是"30个金字嘛呢石"。

朗巴曲嘉作为岭国总管王绒察查根的次子，从辈分上讲，系格萨尔王的叔伯大哥。朗巴曲嘉在世的时候，格萨尔王还没出生，为什么朗巴曲嘉灵塔安葬在了郭部落的统治中心所在地，即现在的多仑多村？

著名的"萨美松举"嘛呢堆，最先放置"30个金字嘛呢石"的是什么人，

郭部落古城堡的拐角厚度比村民的臂展还要宽得多

又是何时、何故呢？

这里记载了一个重要的历史事件，部落英雄的壮举和鲜活故事，也成了英雄史诗《格萨尔》中《英雄诞生》篇的重要节点。作为"活形态"诗史的例证，一个鲜活完整的故事，重现在今人的眼前。

第二节　朗巴曲嘉之死

朗巴曲嘉之死触发了"郭岭之战"，岭国俘获了郭萨，才有了格萨尔王的诞生。

朗巴曲嘉的死因有两说：一种说法是岭国强大后，对郭部落复仇，打败了郭氏集团所属的18个部落，但朗巴曲嘉战死；第二种"逃婚"说更具戏剧性，朗巴曲嘉因不满意晁通叔从霍尔国帮他娶来的公主，至少是为了解闷，独自一人外出打猎。因追逐一头受伤的大鹿，朗巴曲嘉一直跑进了郭部落境内。为争这头受伤的大鹿，与郭部落的人起了争执，郭部落人多，失手打死了朗巴曲嘉。

郭部落得知死者系岭国总管王绒察查根的次子后后悔不迭，又自知理亏，赔偿了相当多的财物，向强大的岭国认错，并承诺为朗巴曲嘉在遇难地修建陵园，在郭部落的中心再建灵塔。朗巴曲嘉之父，岭国总管王绒察查根为平息事端，避免战争，接受了郭部落的求和条件。他特意叮嘱手下，此事千万不能让嘉察知道。

嘉察从汉地舅舅家回来之后，得知好兄弟朗巴曲嘉被郭部落众人打死，悲愤无比，立即起兵讨伐郭部落，为朗巴曲嘉复仇。"郭岭之战"的结果，便就是郭部落首领郭·冉洛敦巴坚赞的妻子郭萨作为战利品，被分配给嘉察的父亲森伦王，成为森伦王第三位妻子郭姆。

十多年后，格萨尔王赛马得胜，登上岭国王位，集结部落联盟，封地布将当是必不可少。岭国上下欢庆之际，30员大将想起了早年死去的岭国一位勇士，他就是岭国总管王的次子朗巴曲嘉。于是，30位英雄每人献出一块金子，研磨后做成30个石刻金字嘛呢石，放置在现今的多仑多村朗巴曲嘉灵塔旁边，用来寄托哀思。后人不断地把更多的嘛呢石放在这里，历经千年，形成了今天娘拉乡的一处胜景——"萨美松举"嘛呢堆。

近些年，就在朗巴曲嘉灵塔和萨美松举嘛呢堆的后方坡地中，村民取土时发现了大量的人骨、马骨和刀箭盔甲遗存，显然郭岭两部落大战后，战死者被集中埋葬于此。2017年秋，我们第二次来到多仑多村采访拍摄时，不少村民拿来了出土的铠甲、战刀等器物。昂扎先生说，省、州考古队将要对这里进行发掘。

可是，朗巴曲嘉确切的死亡地点并不在多仑多村，而是在7公里外的东代村。村民们见有人来拍摄朗巴曲嘉的墓地，纷纷赶了过来。两位老人抢着向我们讲述了当年岭军的进攻路线，以及郭部落的抵抗故事。有意思的是，虽然自己的祖上战败，但在当地人如今的回忆中，加入了不少郭部落如何聪明地设置陷阱，让强大岭军受困、出尽洋相的故事。可战败的事实却没有改变。那么问题来了，朗巴曲嘉的遗骨，是否在东代村的这座土墓中呢？还是移去了多仑多村的灵塔中？遗憾的是，当时没能向村民提出此问，有待下次采访。

东代村的村民见有人来考察朗巴曲嘉墓地，纷纷赶来向我们讲述当年郭岭之战的故事

　　囊谦县文化旅游部门在东代村朗巴曲嘉墓地周边，围上了一圈铁丝网，算是临时保护之举。现在的墓地就是一座普通的土坟，只有几块嘛呢石与朗巴曲嘉相伴。东代村村民说，当时这座土坟原先也是一座灵塔，而且以灵塔为中心还专门建有一座陵园。在岁月的侵蚀下，灵塔倒塌不见了踪影，只有土坟在远处郭哇雍措神山积雪的映衬下，显得有些凄凉。村民们的说法可以得到印证，原先陵园墙基还清晰可见，是用很多白色石块铺垫而成。从遗迹上看，这座陵园的规模也是相当的可观。

　　昂扎先生向围观的东代村村民讲解了保护好朗巴曲嘉墓地的意义，村民们不时地点头。

　　当地人是不会主动为朗巴曲嘉修复灵塔的。这个不难理解，"郭岭之战"的结果，对郭部落来说，有种永远也抹不去的耻辱之感。郭部落战败，损失惨重不说，连部落酋长的妻子郭萨也被掠去了岭国。

　　史诗清楚地告诉人们，伟大格萨尔王的母亲郭萨，竟然是部落战争的战利品。

第三节　莲花生大师的事先安排

　　善良的藏族人民,尤其是历代《格萨尔》说唱艺人,把这场惨烈的部落战争,乃至格萨尔王父母的选定与结合,描绘成了上天的安排。正所谓"天神下地,祖宗上天",这是产生史诗的年代人类普遍的观念意识。

　　进一步说,是由藏族先民三界结构宇宙观决定的。藏族先民认为宇宙是由天界、人界和龙界三部分组成。史诗通过主人公格萨尔王的诞生,把这三部分有机地结合了起来,并详细叙述了这个过程。

　　三十三天界里,父王梵天威丹噶尔和王母曼达娜泽的三太子叫德确昂雅,德确昂雅与天妃所生的三子推巴噶"是人间的菩萨,只有他能教化众生,使藏地脱离恶道,众生享受太平安乐的生活"。但要派大梵天王之子下界拯救黑发藏人,需要有一位生身母亲。三太子提出要求,这位母亲不能是凡人肉身,生身母亲须为龙族。龙宫藏宝无数,龙王女儿出身高贵、富有,于是,天界安排龙王邹纳仁钦的爱女梅朵娜泽到人间,与同样高贵的岭国幼系森伦王成亲,成为格萨尔王的父母。格萨尔王就成了人、龙、天神聚于一身的大英雄。

　　三界之中,天界高远虚幻,龙界深邃莫测,但并不是史诗描写的重点。这里的人界可以理解为地上的现实万物,这才是英雄史诗描绘的重点,当然,英雄人物也被赋予了神性灵气。格萨尔王的父亲岭国森伦王,就被认为是地上念神的化身。英雄史诗《格萨尔》描写的人界之神,藏族民众熟悉的有念神、赞神、战神、护法神、地方神,当然还有家神、灶神、帐篷神,等等。地上的人界实则才是万神之国。

　　我们再看格萨尔王的诞生故事。史诗中说,在岭国强大的攻势下,其他多个部落已被征服,只有郭·冉洛敦巴坚赞部落因有厉神和龙神的护佑,实力没有受到损伤。加之岭国晁通王事先向郭部落通报了嘉察起兵进攻的消息,郭·冉洛敦巴坚赞带领族人逃离了家园。

　　岭军失去了攻击目标,部落首领聚会商议战况,总管王让弟弟森伦王用箭占卜打卦,得出的结果是:"再过一顿饭的工夫,刀不用出鞘,箭不必搭弦,美女和宝物唾手可得。"

晁通王压根不相信弟弟森伦王的预言，用带着讥讽的口气说道："如果预言成真，俘获的美女和宝物就全归你森伦王了。"

话说郭·冉洛敦巴坚赞带着自己的部落撤退时，郭萨的龙畜乳牛，非但不跟着走，反而向回跑，郭萨驱马要追，马又不走，郭萨只得下马徒步追去。她跑多快，龙畜乳牛就跑多快，总也追不上。等终于追上了龙畜乳牛，抬头一看，岭国的大军出现在她的面前。

森伦王的箭卦果然灵验，岭军真就俘获了一位美女，她正是郭部落酋长的妻子郭萨。此刻，为了给逃难的郭部落争取更多的时间，郭萨亮明了自己的身世，她还是东海龙王的三女儿梅朵娜泽。

龙女梅朵娜泽的美貌惊呆了岭军，也让晁通王懊悔不已，公然反悔。大公证人威玛拉达做出裁决："话从口出，快马难追；箭从弦发，难用手捉。这龙宫来的十二卷'金字济龙经'和'唐雪恭古'神帐里数件珍宝，归为岭地的公共财产；这女子和龙畜乳牛归森伦王，作为他占卦的酬劳。"

晁通身为苯教大师精通占卜，本该打上一卦，算一算的嘛，但他轻看了总管王，让森伦王占了大便宜，肠子都悔青了。

格萨尔王母亲郭萨的铜铸塑像，
供奉在多仑多村庙堂的二楼

原来，岭部落能够俘获龙女来做格萨尔王的母亲，之前史诗做过充分铺垫，那全是莲花生大师的事前安排。为了带走东海龙王小女儿梅朵娜泽，大师让龙宫水族都生了病，于是，梅朵娜泽便成了治好水族疾病的筹码。这段描述诙谐生动，《格萨尔》说唱艺人娓娓道来，听众时而忧心忡忡，时而忍俊不禁。这里写大师说龙宫，分明就是在讲人间嘛！

莲花生大师带龙女浮出海面来到人间，格萨尔王的父亲还没选定，只好将龙女暂时寄放在郭部落，就成了酋长郭·冉洛敦巴坚赞的妻子。

英雄史诗《格萨尔》中的《英雄诞生》之部中，神子下界、龙宫选女、觉如诞生、英雄搏妖，这些情节都带有很浓的神话色彩，给格萨尔王的身世罩上了金色的神性光环。其实，部落战争俘获女性为妻的描述，更为接近史实。

第四节　觉如搏妖

格萨尔王母亲郭萨，被带回岭国幼部落森伦王住地阿须的一片叫作"吉苏雅"的草原。现在的阿须乡位于四川省甘孜藏族自治州德格县境内，在雀儿山北麓。从新路海直插马尼干戈，再往北行 100 公里就到阿须了。

英雄史诗《格萨尔》中的《英雄诞生》之部说："若问觉如出生地，它就叫作吉苏雅。"阿须吉苏雅地方的地形地貌、名称叫法，与史诗的描述完全一样。"两河交汇潺潺流"是指流经这里的金沙江和雅砻江。格萨尔神庙背后的岩石确如"两岩相对如箭羽"，前面的草坪确如"铺毡"。格萨尔王出生时的传说遗迹就散布在岔岔寺周围，小觉如射杀魔鹰留在岩石上的屁股印、母亲小帐房旁的青蛙石，都被当地民众看作圣迹，受到顶礼膜拜。精美的嘛呢石，猎猎飘扬的经幡，表达着人们对格萨尔王的无尽感怀。

岔岔寺坐落在金沙江、雅砻江两江交汇处的草山下，沿江两岸特有的高大荆棘林，将阿须草原装点得格外灵秀俊美。月光下的静谧，更像是母亲的怀抱，永远在呵护英雄的生命。

　　英雄史诗讲述的部落战争故事，必然反映出部落意识，俘虏的男人会被杀掉或是转卖他地为奴，而女人则收留为妻，人丁兴旺则部落强大。之后《霍岭大战》之部中，格萨尔大王妃珠姆被霍尔白帐王掠走，还为白帐王生有孩子。部落意识中，能多生孩子的女性受尊崇，同样是英雄。

　　龙女梅朵娜泽即郭萨来到岭地取名郭姆，成为森伦王继汉妃、绒妃之后的第三位妻子，称作郭妃。

　　"神子投胎"当然是神圣的，郭姆睡下后，梦见先有莲花生大师用金刚杵为其灌顶，后有金甲黄人不离左右，金刚杵钻进头顶"吱吱"作响……

　　格萨尔王一出生就有3岁孩子那么大，展现了许多超人神力。他见到哥哥嘉察竟以亲昵的神态坐在了嘉察身边。嘉察非常喜欢这位弟弟，抱起赞道："两弟兄在一起是打击敌人的铁锤，两骡马在一起是发财的酵母。"嘉察为他取乳名"觉如"。

郭萨来到岭国阿须草原成为森伦王第三位妻子。相传她是在这块像似青蛙的石头旁扎下的帐篷。小觉如，即将来的格萨尔王就出生在这里

　　晁通一直垂涎岭国王位，又忌惮觉如小侄将来的竞争力，想趁早除掉他。晁通借贺喜的机会，给觉如送来掺有剧毒的酥油团子。觉如吃得很香，而毒素从觉如的指甲缝里排出，夺命的危机竟然被觉如轻易化解了。晁通惊诧不已，但仍不死心，雇来能钩夺众生灵魂的黑教术士贡巴热杂老妖，试图扼杀神奇小侄。觉如招来众神相助，先手射杀了老妖放出的三只黑魔鹰。老妖的魔法也被觉如一一破解，最终被觉如封死在修行洞中。这时，觉如幻化成老妖贡巴热杂的模样来到晁通家。晁通确信小侄已被除掉，便兑现承诺，将出自象雄的宝贝，一根叫作"姜噶贝嘎"的魔杖交给了面前幻化成老妖的觉如。这根魔杖的魔力之一，是可以骑它上天入地，自由驰骋。看来，格萨尔王故事中的飞行魔杖，与英国魔幻故事《哈利·波特》中的飞行扫帚可谓异曲同工，甚至还要早上千年。

　　接下来觉如的童年生活过得怎样，史诗没有太多描述，但是，有汉妃的嫉妒，尤其是叔叔晁通王的磨刀霍霍，想必不会开心吧。所以，觉如想要离开阿须了，他经常故意做出一些不可理喻的事情来。这给了晁通王制造舆论的机会，让包括父亲森伦王在内的部落人都相信，觉如的魔力会伤害整个部落。晁通终于把觉如母子驱逐出了阿须草原。临走的这一天，觉如把母亲郭姆妆饰得像初升的太阳一样美丽，而自己打扮得却像个叫花子；让母亲骑上马，赶上龙畜乳牛，自己骑的是"姜噶贝嘎"魔杖。两人离开了阿须吉苏雅出生地。当时觉如母子被驱赶的情景很让人揪心，史诗中描述："有100名勇士放箭威慑，100名妇女撒灰驱邪，100名喇嘛吹螺诅咒。"可见，英雄自古多磨难。

　　阿须吉苏雅的山山水水是希望觉如母子留下来的，他们一起扭头目送觉如母子走向北方，走向黄河源。现在阿须吉苏雅地方的山头，都是朝向北方的，信不信由你，阿须人如是说。

　　所幸，觉如在黄河源很快降伏了当地的一众鼠精小妖，创业有成，在赛马称王之前，又收留了因大雪灾而迁徙来的全体岭部落成员。

　　赛马称王之后，郭姆当然的是母因子贵。母亲家乡的郭部落自然归在了格萨尔大王的麾下，成为岭国部落联盟的一支，也涌现出许多跟随格萨尔王的能征善战的将士。

第五节　巴伽活佛的《格萨尔》情结

阿须草原这座名叫岔岔寺的噶举派寺院，其住持正是很有名气的巴伽活佛。他是果洛藏族自治州久治县人，3岁时被选为转世灵童来到阿须。巴伽是他的昵称，牧民们叫着亲切，他的封号则为第六世格西·噶举朵杰丹增。

这里，本书第一次提到"活佛"这个称谓，这是汉语通常使用的一种比喻尊称，像是约定俗成了。但藏族同胞在用汉语表达"活佛"时，大多用"仁波切"这个称谓，直译就是"宝贝"的意思。有藏族朋友还专门指出了这一点，是想让我全用"仁波切"称谓。我觉得这两种称谓都可以用。汉语"活佛"一词虽通俗，总还是以敬重为出发点的。再说，本书的读者对象大都为使用汉文的同胞。

巴伽活佛身材高挺，和蔼可亲，很有感染力。按照温普林书中的评价，巴伽活佛生活得非常有华彩，非常讲究仪式感，是他见过"最具美感的人"，一举手，一投足，十足的优雅。

1994年巴伽活佛毕业于中国藏语系高级佛学院，担任了多年的德格县政协副主席。

我先后多次来过巴伽活佛住持的岔岔寺，最近的一次是2018年秋，巴伽活佛有事外出不在寺院，安排了他的小侄子吉麦桑珠接待我们。每日三餐还是由活佛的侄女俄姆为我们准备。俄姆现在已是两个孩子的母亲了，依然端庄漂亮，风韵不减。朋友说，或许她是岭国七美女中的哪一位转世吧！20年前，第一次见到俄姆时，她还是位天真的15岁少女，其相貌真就美若天仙。

记得那是2000年夏秋时节，我们一行来到岔岔寺。摄制组全都被安排入住在了格萨尔纪念馆的院内，纪念馆两侧的耳房宽敞干净，十分清静，无人打扰。也许巴伽活佛觉得我们是格萨尔大王的客人，所以给了这么一种至高的待遇。

格萨尔纪念馆始建于18世纪初，一度毁坏。在巴伽活佛的主持下，纪念馆于1991年修复。纪念馆正殿内，正面是格萨尔王高大的纵马出征塑像，四

岔岔寺格萨尔纪念堂内供奉有格萨尔及三十大将和岭国七美女的等身像

周为三十位大将军及岭国七美女的等身塑像。

院内一块"格萨尔王拴马石"形态大气,非常庄重,在青青麦草的簇拥下,凸显灵性。

独具特色的岔岔寺格萨尔法舞

（陈新生摄于 2000 年 11 月 1 日）

岔岔寺的格萨尔法舞相当古老精彩,每年的赛马大会上,僧人都会为民众献上一场。我们到来后,巴伽活佛专门安排了法舞表演,的确古韵犹存、独具特色。

2013 年夏,我们自驾车沿格萨尔文化长廊故地重游,来到阿须。此时岔岔寺已经扩建得十分雄伟。我注意到,寺院专门立有一面功德墙,墙上密密麻麻地刻上了为岔岔寺扩建捐款之人的姓名。此外,拾级而上的台阶两侧护栏,全是用白色大理石雕

阿须草原格萨尔纪念馆前僧人在跳格萨尔法舞
（陈新生摄于 2000 年 11 月 1 日）

琢而成。在每一段大理石栏杆上，也都刻有捐资者的功德名录。有个人捐的，更多的是一家人捐的，数额少则几万元，多则几十万元，甚至更多。看得出，大多为汉族的名姓。作为寺院住持，巴伽活佛镌刻留下了施主们的名姓。

2018 年，我在阿须见到一座宏伟的格萨尔文化博物馆已经竣工，只等原先的那座格萨尔王骑征青铜塑像重新安装到位。这座博物馆主要由政府拨款，再不需要巴伽活佛四处化缘筹资了。

巴伽活佛的另一功绩就是做了大量的格萨尔文化抢救工作。为此，1991年他还被授予文化部、国家民委、中国社会科学院和中国文联四部委颁发的"抢救英雄史诗《格萨尔》突出贡献奖"。

有意思的是，对于格萨尔的出生地，在藏地还有争论。就像在意大利至少有七个地方声称荷马是他们那里人一样，真不知道当年行吟诗人荷马来说唱时，有多少人给过小费。《格萨尔》说唱艺人很多，争的就不会是行吟诗人的故乡，而是史诗主人公格萨尔王的出生地了。

最具竞争力的地方是果洛州达日县的狮龙宫殿一带，领军人物同样是一位活佛，名叫丹班尼玛，也是一位特别钟情于格萨尔文化的活佛。我们在2000 年冬专门采访过他。经过多年比较，关于格萨尔王的出生地，看来还是巴伽活佛所在的阿须影响力更胜一筹。为此事，巴伽活佛还曾特意来到中国社会科学院《格萨尔》研究中心，要求开一份格萨尔王出生在阿须草原的证明。豁！这是要给格萨尔王"报户口"吗？专家学者们又不好拂了仁波切的面子，还是给了一张书证，肯定了巴伽活佛为阿须草原的格萨尔文化建设所做出的努力与贡献。

不过，说句实话，格萨尔王出生在阿须草原吉苏雅的说法，倒是得到了绝大多数藏族百姓的认同和专家学者的首肯。

第六节 藏狗离家

阿须拍摄的时间不短，故事也就不少。当我带着 B 组，从玉树达那寺赶到阿须与 A 组汇合，从北京广播学院毕业的高材生张耀导演看过我们拍的素材，用惊讶的口吻赞道："不能再教了，再教我们没饭吃了！"虽然是句半开玩笑的话，但他的纪录片创作观念还是令人信服。他强调要有单元意识，我理解就是要用镜头语言讲故事，尤其是讲好人的故事，强调纪实性。纪录片的创作手法匡算有五六种吧，而"讲好故事"的手法难度很大，但可喜的是，这已成为当下时髦的创作手法。这些年涌现出不少这类优秀作品，代表了中国纪录片制作水平。虽然不能强行将纪录片创作手法分出个高下，但作者比较推崇的还是"讲好故事"。而那种"空镜＋采访＋解说"的所谓专题片实在不敢恭维，其思维模式不就是早年的"拉洋片"吗？当然，这不包括优秀的政论型纪录片，其强项在于一以贯之的解说词所要表达的某种理论观点，其难度同样不低。

随后，张耀笑称我们摄制组来了一位"三摄"。何为"三摄"？原来制片主任陆松涛拿起了一部专门拍摄大家工作和生活的小机器，充当了"第三摄影"。于是便衍生出了"陆松涛现象"。现象一，为了拍片，许多应该由他安排完成的保障工作，则用快捷简便的方法解决了。怪不得 B 组的同志有意见，说 A 组发有很多高级饼干点心，而我们吃了一路 2 元一张的油饼赶来阿须。现象二，陆松涛的确拍了不少经典镜头。其中张耀导演在夏季罕见的鹅毛大雪中的中景镜头，美在背景的木楼窗口中有隐约可见的两位藏族少儿的衬托；就连一次忘了关机，他在行走中无意拍下的几十秒的镜头中，也有十多秒是低视角跟着牧民马队而行的好镜头，真乃天然所得的神来之镜。后来，陆松涛数次驾车上高原，他拍的一些图片的确精彩，真是无师自通！科班出身固然好使，但通过自学，在实践中悟道也有高手。现象三，大家这辈子肯定不会忘记"狗东西"。"狗东西"是出生在阿须草原上的一只藏狗，眼睛还没有完全睁开，就成了摄制组的一员，随后的数月，跟着我们走遍神山圣湖，拜谒过许多古刹名寺，真是一只幸福的狗狗。制片主任陆松涛是它的第一位主人，而第二位主人是录音师陈新生。大概是受到"狗东西"的灵性启发，陆松涛为它写了篇很不错的纪念文章，现摘录在此，算是给"狗东西"留下篇小传，谓之《藏狗离家》。

　　阿须小伙把它从藏袍里掏了出来，哇！一只褐色的小狗，毛茸茸的一团，脑袋特别大，耳朵下垂，十分可爱。只是刚出生不久，眼睛还没有完全睁开。"能让我抱一下吗？"我抱着这只可爱的小东西爱不释手。没想到，藏族小伙居然说："送给你吧。"真是让我喜出望外！天啊，自从进入藏地，我听了许多关于藏獒的故事，一直幻想能拥一只藏獒，这个愿望，在阿须就轻而易举实现了！赶忙谢过，并回赠了一把猎刀，小伙子高兴地接了。但小伙告诉我："它的妈妈是一只藏獒，而爸爸则身份不明。如果它老爸不是藏獒的话，只有藏獒妈妈生下的第七个孩子，才会继承藏獒的基因血统。"小伙子已搞不清楚这一只到底是老几了。我也顾不上他到底是不是一只纯种藏獒了，哪怕是只藏狗也行。

　　我欢天喜地地抱着小狗回到住地，没过两天就犯了难。我们一行十几号人，居无定所不说，我还要负责大家几万里行程中的吃喝拉撒睡。条件所限，常常是顾此失彼，连自己都不能管饱，还怎么养活这条小狗呢？思忖再三，决定把它送给做事专一、动手能力极强的录音师陈新生，重要的是他也喜欢小动物。果然，新生愉快地接纳了小狗，当起了狗奶爸。他给小狗买来奶瓶、奶嘴和奶粉，又不知从什么地方弄来了一块羊皮，放在纸盒中，给它安了个舒适的家。

陈新生给小家伙起了一个直白俗气的大号："狗东西"。有道是："大俗即大雅。"从此"狗东西"告别了家乡阿须，跟随我们游走在青藏高原的山水之间，追随格萨尔大王的印迹，开始了它的幸福生活。

高原牧区行车，一路上狗东西总能喝上牛奶，至少也能喝上牦牛奶粉。它断奶之后，则与我们分享能遇上的任何食物，不能奢谈什么菜系，有啥吃啥，当然少不了酥油糌粑。有时我们长途驱车十多个小时吃不上饭，"狗东西"也绝不叫唤，同甘共苦，耐心安静地等待到达目的地。

"狗东西"爱干净，决不在车内和它的窝里拉屎撒尿。摄制组需要赶路，不能为"狗东西"专门停车方便解急，此时人道与狗道还是有点不同。只要"狗东西"在纸盒中显出焦躁的状态，陈新生便知道它尿急了，于是想出一个绝招，抓起"狗东西"的脊背皮毛，举出车窗外，说一句："尿吧！"于是，出现了这样的情景，车队在青藏高原上飞驰，车窗外小狗狗兴致盎然地方便了起来。

"狗东西"长大了点，越发的活泼可爱，俨然就是我们队伍中的一员。几乎每次吃饭，必会有人惦记：今天给"狗东西"带点什么吃呢？我们的队伍是团结的、友爱的，由人及狗，由狗及人，但有一次却把"戏"给演砸了，引起我对"狗东西"的强烈嫉妒和愤愤不平。

那天我外出联系工作错过了吃饭的时间点，回到住所空无一人，于是，就和"狗东西"一起耐心地等待伙伴们带食物回来，这是我们队伍的一贯好传统。不多会儿，大伙儿回来了，竟然只给"狗东西"带来了一碗水饺，却没有我的！这让我很生气，我好歹也是他们的制片主任。看着"狗东西"得意撒欢儿的劲头，我妒火横生，又不便当众发作，一气之下，把"狗东西"

的那碗水饺给吃了。不承想，"狗东西"倒是表现得宽容大度，没有任何埋怨生气、有失风度的行为举止。

当然，"狗东西"也有犯错的时候，记得它长成了英俊少年那会儿，被一直悉心照料的主人陈新生狠狠地训斥过一顿，起因是它居然要做一条"文化狗"。那天晚上回到住地，被关了一天的"狗东西"没有像往常一样欢快地扑向我们，而是神气活现地坐在一堆书上，并用骄傲的大眼睛看着我们。原来它把主人陈新生从藏地多地收集来的一摞书拖了出来，好几本给撕去几页，以示它已看过。

"嗨！我的书呀！你……""狗东西"被狠狠地训斥了以后，没有抗辩，只是有点委屈，躲到了角落里，估计从此打消了做一条"文化狗"的愿望。

"狗东西"见长，可是长相却越来越不像纯种藏獒，倒像更多地继承了它那身份不明父亲的血统，但它依然保留着藏獒的许多优良品质：比如忠诚、勇敢、能吃苦。拍完珠峰，我们撤回到定日县郊的一处驿站，能吃上热饭喝上热水了，客房也有床，却没有取暖炉。此地海拔4400米，已是12月初，夜晚室外已是零下二三十摄氏度，孙导与陈新生两人一间，"狗东西"自然是混到床上就寝。可能是人困马乏，主人没在意"狗东西"，它竟然拉在了床上。好在室内温度也在零下，屎粑粑早就冻成了铁疙瘩。

与"狗东西"的短暂相处，使我对它的某些同类不禁心生怜悯，那些都市街头穿着奇装异服、由人牵着的宠物狗狗，难道就这样终其一生？

说到归宿，我们犯下了一个不可饶恕的错误。纪录片进入后期制作，我们无暇顾及它不说，更要命的是失去了饲养它的环境。无奈之下，只得把"狗东西"送去了京郊。几个月后，新生专门去见过"狗东西"，脏兮兮的"狗东西"已完全没了高原上的神气。他当然记得主人，见到新生竟然激动得四腿打颤，接着撒了一泡尿，然后才扑上来与新生亲热。新生亲昵地轻声骂了句："这狗东西！"

不久，就传来"狗东西"郁郁而死的消息，终年八个月。据说，藏狗下到低海拔地区要过一道鬼门关。显然，"狗东西"没能过得去。

按照藏族人的观念，生命都是轮回转世的，为此，我祈祷"狗东西"来世回到它的家乡阿须草原，那里才是它的最终归宿。

作为纪念"狗东西"的文字有点长了，这是不是说，我与狗性相通呢？作为人类，有阵子却在赞美狼性，我想，回归狗性可能与人性更贴近些。

之后我才知道，摄制组带上的不只是"狗东西"，还有另外三只小狗崽，分乘两台车。制片主任闫敏也带上了一只。负责行政管理的头头尚且如此，还怎么能下达禁令呢？后来经历了一些事，"狗东西"们的确给摄制组带来了麻烦。两位藏族博士都说："要不是看在藏狗的份上，真不同意你们带着狗狗行车住宿。"

要赶往拉萨的那天，一路上遇到的难题，完全没有陆松涛文中所描述的那么文雅。这几只小狗崽都还没断奶，喝的以牛奶为主，一路上撒尿是个急事。一旦纸箱里的小家伙们躁动起来，那一定是尿憋得慌了。陆松涛文中说到不停车撒尿的方法的确奏效，副驾驶座位上的人，便成了"把尿员"。别小看了这几只小狗崽，一旦悬身车外，哪怕车速不减，冷风飕飕，颠簸之中也照尿不误，完全没有不适应而尿不出来这么一说。几只狗狗轮流方便完了，回到纸箱中，便又安稳地入睡。

几个小家伙天生就有跟随摄制组的生存能力。半道儿上，住进一般的小旅店也就罢了，到拉萨后，住的是刚开业不久的"雄起"星级大酒店，带着小狗崽同住不妥吧？容不得细想，四只小狗崽已跟着各自的主人住进了客房。弄脏地毯的事是免不了的，幸好这是一家藏族老板开的酒店，客房部大部分

在青海省海西州热水吐谷浑大墓拍摄的路上听到了狼叫声，主人陈新生赶紧抱起他心爱的"狗东西"

员工是藏族姑娘。几句好话姑娘们也就消了气。看在格萨尔的份上，几个人联手把地毯清理干净了，也就平息了矛盾。再不提要求还不知道要闯下什么祸呢？于是下令，从今往后，谁把客房弄脏了，清理费用一律自己掏腰包，要做文明之师嘛！那狗狗怎么办？暂放在卫生间吧，弄脏了瓷砖地面也好冲洗。狗崽主人们还都挺有爱心，下楼弄来了纸箱子，有的里面还垫上了暄软的皮毛或是毡垫，让心爱的小狗狗有个暖和的窝。

我也没时间关注这四条狗狗的最终去向，只知道"狗东西"的结局。短暂的一生，跟着格萨尔摄制组走过那么多神山圣湖、古刹名寺，天下没有哪条同类有此般福分，"狗东西"会不会是格萨尔王身边的那条神犬转世呢？总之，它不枉此生。

第二章　部落战争的历史底色

　　雪域高原的险峻高远以及历史上极为封闭的地理环境，决定了藏族社会组织结构长时期的超稳定性。这种稳定性成了《格萨尔》说唱艺人能够千百年来不断涌现的社会基础，同时也是《格萨尔》故事中的原型部落能够传承至今的社会条件。在格萨尔的故乡，仍然有《格萨尔》故事中的许多知名部落在薪火相传。他们祖祖辈辈生活在这里，与《格萨尔》的故事同命运、共长久，是《格萨尔》这部"活形态"神奇史诗的社会根基，也是"活形态"史诗的又一例证，其价值与《格萨尔》说唱艺人等同，并且相互印证。

第一节　郭·冉洛敦巴坚赞部落的直系传人

　　开篇记述了"争鹿事件"导致朗巴曲嘉身死，引发"郭岭之战"，继而引出郭萨被俘成了小觉如即日后格萨尔大王母亲的故事。这些古老部落先辈们的壮举，让今人看到了《英雄诞生》篇的活水源头；这些古老部落也成为我们认识和研究英雄史诗《格萨尔》的活化石。

　　格萨尔王母亲郭萨所在的郭·冉洛敦巴坚赞部落的历史非常悠久，一直可以追溯到唐朝，其间没有断层。其后代传人，现在已经发展成九个分支，在囊谦县娘拉乡和白札乡一带繁衍生活。

其中，冉举一支则是郭·冉洛敦巴坚赞部落的直系后裔，如今的部族掌门人名叫冉举仓，俗名德钦扎西，担任过娘拉乡小学教师、校长，娘拉乡副乡长，觉拉乡乡长，玉树州农林局副局长等职，退休后定居玉树市。

2016年调研期间，我专门去看了冉举仓家族的一处坐落在娘拉乡上拉大队保肖社的老宅。这是一栋四层1800平方米的碉楼式古建筑，由于长年无人居住，有些凋零，但从规模和雕梁画栋的遗存，可以感受到当年房屋主人的气派与富足。好在此碉楼已列为囊谦县文物保护单位，正在维护修缮中。

这座冉举仓家族古宅准确的建造时间有待进一步考证。值得关注的是，就在这座古宅的旁边，有一堆嘛呢石，当地人说，这就是郭·冉洛敦巴坚赞的墓地。如此看来，"郭岭之战"后，郭部落首领怕是就居住在这里了。

在多仑多村采访时，一位老人对冉举家族的财富作了一个形象的比喻，他说，原先藏在冉举家族古堡碉楼中的财宝多得不计其数，从冉举家族的窖藏中舀上一勺陈年酒，即使兑上一桶水，还能醉倒三四位壮汉呢！

当我目睹了现藏的冉举仓家的500件珍贵文物的那一刻，立马理解了多仑多村那位老人略带夸张的说法。冉举家族在历史上是一个望族，其家谱可以追溯到吐蕃时期七贤臣第一位的大贤能冉拉吉。冉举仓家珍藏的宝贝文物中，竟然有两对山羊角，哈达包裹，看来很是神圣。据冉举仓介绍，这两对山羊角，正是当年文成公主占卜镇妖，调用千只山羊背土填湖建造大昭寺留下的，而这千只山羊就由祖上冉拉吉大臣组织提供。冉拉吉与家乡郭部落一直有着联系，所以，山羊角也当作传家宝一直流传至今。

可喜可贺的是，玉树州政府无偿提供了两栋公房，共计1400平方米，作为"康·冉举仓博物馆"用房，博物馆2020年已经开馆。下面就挑几件冉举仓家藏的文物说说。

一件是"七彩金沙莲花生大师自尊像"。相传是格萨尔王母亲郭萨在郭部落时，装在尕鸟盒里的护身符。约有四五厘米高，用陶土烧制。玉树历史学家丹玛·江永慈诚鉴赏后认为，此系当年莲花生大师亲手烧制的25枚自尊像中的一尊，是唯一知晓存世的珍宝，过去只有文献记载和民间传说，一直没有真像面世。这件文物极其难得，可谓大福大善大吉祥之物。据说布达拉宫也珍藏有一枚，但从未示人。现在，许多寺院的仁波切，登门求见冉举仓，最期盼的就是朝拜这件"七彩金沙莲花生大师自尊像"。

冉举仓家珍藏的据说是格萨尔王母亲郭萨用过的"龙腾马鞍"

另一件据说是格萨尔王母亲郭萨使用过的"龙腾马鞍"，工艺太精湛了，完全是工艺大师的作品。其制作难度在于前后鞍鞒两面满工的银编花式，其中的四条飞龙栩栩如生不说，还是活动的，马儿跑起来，四龙也在马儿的颠簸中飞奔，发出铃一般的声响。其年代有待专家再考证，而有人只从照片看，认为其工艺可追溯到元代，那倒是与郭萨的生活年代相符合。

特别要提到的是冉举仓家珍藏的多部古经文，最精彩的有《甘珠尔》和《大般若波罗蜜多经》各一套，应该属于国宝级的文物精品。经玉树州文物局鉴定，这套《甘珠尔》是 20 世纪 30 年代在昌都编纂刻印的，人们通常称之昌都《亚仓·甘珠尔》。《大般若波罗蜜多经》是公元 17 世纪丽江刻印的《甘珠尔》中的《般若品》部。这二部经书属于目前刻版无存、印本存量极少的纸质文物。由于它们的稀有性和珍贵性，成为国内外宗教、文物、藏学、版本学界一个重大事项，玉树州现已提出保护和科研计划。

玉树的文物专家当周先生对藏传佛教文化历史上的藏文版《甘珠尔》进行了梳理，非常有价值，对认识和研究冉举仓家藏的版本很有帮助。现简录如下：

第一部藏文版《甘珠尔》，是 13 世纪由蔡巴万户长贡噶多杰亲自主持，其目录由当时最有声望的佛教学者布顿·仁青珠（1290—1364年）编纂审定，是书写版，后世称之为蔡巴《甘珠尔》。

其后共有十二个藏文版大藏经《甘珠尔》刻本和四种《丹珠尔》刻本问世。最早是1410年南京印经院的永乐版，由五世噶玛巴主持刊刻，该刻本一说为铜版，但印版无存，印本在色拉寺、布达拉宫珍藏；下面依次是1605年北京万历版、1608年丽江理塘版、1683年北京版、1721年卓尼版、1729年德格版、1730年那塘版、1814年拉加版、1908年库伦版、1930年拉萨版和瓦拉版及1941年昌都版。目前除德格版和拉萨版以外，其余印版无存，印本数量极少。

冉举仓家藏《甘珠尔》，系昌都总管达汗·洛桑贡曲为迎娶德格土司之女而送的彩礼，1937年刊刻。其版本说明中记载，这一刊本是那塘版和德格版互刊，以拉萨版版式规制刻版的，总共有109部，48189页，32700偈颂。这部《甘珠尔》当地人统称为《亚仓·甘珠尔》，具有版式大方端庄、字体秀丽的特点。由于历史原因，该印版已毁，其印制品通常认为绝迹了，但是，冉举仓家族在漫长岁月动荡中，奇迹般地保存了可能是世上仅存的一部昌都版《亚仓·甘珠尔》，而且保存得基本完好，其珍贵程度不言而喻。

冉举仓家另一个藏本《大般若波罗蜜多经》是丽江理塘版《甘珠尔》中的《般若品》部。该《甘珠尔》是自1609年（明万历三十七年）开始，用了25年时间刊刻的。其主持人是丽江十九代土司木曾（藏文名为噶玛米旁索南拉丹），由第六世红帽系噶玛巴曲克旺秀(1584—1635年)主持编纂。据一些资料记载，刊刻工程中有藏传佛教艺术上声名卓著的第十世噶玛巴求英多杰和第六世司徒曲克迥乃（德格八邦寺住持，德格版《甘珠尔》和《丹珠尔》目录编纂者）参与其中，边上有汉文《大般若波罗蜜多经》函题记，朱砂印刷，庄重大气。1699年，效忠于西藏地方噶厦政权的和硕特蒙古部固始汗军队将领达尔杰博硕克图汗兵临云南，控制丽江，把《甘珠尔》印版掠到格鲁派川西重地理塘寺，以向五世达赖喇嘛示好，该版本故名丽江理塘版。

据记载，这个版本的第一个刊印本当时供献给了拉萨大昭寺，至今保存完好。2015年云南丽江市以拉萨大昭寺丽江理塘版《甘珠尔》为本底，复制了一套，作为丽江市当年重大的文化工程成果问世。

冉举仓家藏的引起世人瞩目和反响的《般若品》使用的是东巴纸，这是云南丽江一带特有的丽江荛花植物纤维制作的手工纸，有别于藏纸，因而可以进一步判断《般若品》为云南丽江刊印。

2018 年秋，我再度来到冉举仓家，他打开了一扇铁门封闭的密室，里面的隔板上，码放有 136 卷《丹珠尔》藏式经文，这再一次让我震惊。这套《丹珠尔》已有 500 年历史，保存得相当完好。与上文说的那套《甘珠尔》是否有联系？版本背景情况需要等专家考证，只能在此提一笔，待日后科研成果公布时，再与大家分享。

冉举仓与儿子冉举尕玛仁丁在研究家藏全套经文《甘珠尔》

冉举仓家族还是著名的藏医世家，珍藏有几部弥足珍贵的藏医药著作手抄本。这与史诗中描述的郭部落首领冉洛敦巴坚赞是位名医相符合。

在与冉举仓局长的交往中，我发现他并不太愿意提及家族曾有格萨尔王母亲一事，更多的是说郭部落早年的辉煌，即郭部落是吐蕃赞普松赞干布的首席智臣冉拉吉的后裔。相互间比较熟悉了，我便直截了当地指出："你是觉得祖上郭部落被岭部落打败，连部落首领的妻子都被岭部落俘虏了去，感到不光彩是吧？"冉举仓也不回避，承认是有这个心理。可以理解，部落战争时代的许多事件、观念，只能从部落意识的视角去认识，尤其不能用今人的观念来改动史诗故事。

比如，莲花生大师领着东海龙王的三女儿梅朵娜泽出了海面，先将这位日后的格萨尔王母亲放在了郭部落，究竟是作为郭·冉洛敦巴坚赞王的妻子还是女儿？有一个现象给了我们明确的答案，凡是古老的版本，凡是著名《格萨尔》艺人的说唱版本，郭萨都是郭部落王的妻子。反而是最近个别的郭部落后人整理的材料，说郭萨是郭·冉洛敦巴坚赞的女儿。这恐怕多少还是受到了儒风影响。作为王的妻子被抢不光彩吗？岂不知，部落战争俘获的女人都归本部落所有。部落时代，能够多生孩子的妇女本身就是英雄哦！所以只能用部落意识来看待史诗故事。只有如此，才能读通格萨尔王大王妃珠姆，读懂她被霍尔白帐王掠了去、并为白帐王生有孩子的描述。现在来为这些故事的编排辩论是没有意义的。因此，尊重古老的《格萨尔》版本，尊重著名《格萨尔》说唱艺人，比如扎巴、桑珠等人及他们的录音版本（学术界称其为艺人说唱"科学版本"）尤为重要。

郭·冉洛敦巴坚赞部落至少有 1500 年的历史了，并且一直在囊谦县境内生活没有迁徙。究其原因，一是郭部落所在地的自然生产生活条件很好，地理态势也有利于固守和迂回。二是没有强大部落的入侵与融合。郭部落历史上虽被岭部落战败，但没伤到元气，很快成为岭国部落联盟之一部，保持了原有骨血。尤其是在元末明初，从康定打箭炉方向迁徙过来的囊谦王，对郭部落这样的古老部落，表现出了应有的尊重与友善，也没有发生过大的战争。这使郭·冉洛敦巴坚赞部落成为人类学、民族学完整意义上的生存与繁衍的样本，成为人类学、民族学和《格萨尔》学科考研究的理想基地。

第二节　噶·嘉洛部落

玉树州治多县噶·嘉洛部落是公认的格萨尔王大王妃珠姆的故乡。我是2017年10月才有机缘第一次来到玉树州治多县城。一路上，望着无边无垠的大草原却并不感到陌生，这里和我去过多次的东部邻县玛多的大草原一样，都在一个纬度上，实为连成一片的高山牧场。无论是夏季还是冬季，这片绿色或是金色的牧草，远眺如同覆盖在大地上的多彩绒毯。可当你走进草地低头细看，牧草生长得并不高，似乎也不茂盛。别小看了这些稍显稀疏的高山牧草，它富含充足的蛋白质等牛羊需要的养分。因为这里的草甸牧场最低海拔也有4200米，加之纬度较高，每当盛夏一过，牧草长势正旺，天气就会突然转冷，没等牧草一年的生长周期走完，寒潮来袭，牧草中的养分就被冻结住了。所以，对牛羊来说，这样的牧草特别有营养，难怪这里的牛羊生长得体大肥壮呢！

自从格萨尔王娶了珠姆姑娘，治多长江源到玛多黄河源这片广袤的草原就连成了一片。从治多草原最西端，向东翻过巴颜喀拉山称多草原，进入玛多草原过花石峡，再到温泉山口，这片横跨400多公里的草原牧场，成了岭国重要的战略资源，其中大部属于噶·嘉洛家族的财产。这片草场能养活的牧人及载畜量，在格萨尔王岭国时代那是惊人的。噶·嘉洛家族作为支撑岭国国力的中坚力量，其天下第一美女珠姆姑娘，最终成为岭国君主格萨尔王的大王妃，也就再合适不过了。

珠姆就出生在离现今的治多县城不远处的"嘉洛红宫"古堡，这是噶·嘉洛敦巴坚赞部落的中心。现在，每当走进治多县城，最先吸引你的一定是那尊巨型森姜珠姆塑像，她是治多人的骄傲。作为格萨尔王大王妃的森姜珠姆，其名字中的"森"意为舞动绿鬃的狮子，"姜"是美丽绝伦的"姜钻花"，"珠"是威震天下的青龙，"姆"是阴柔至美的女性。这就是一个藏龙卧虎的名字，涵盖了乾坤万物。

《格萨尔》故事中，珠姆自豪地唱出"十全聚福"的家园来赞美故乡："聂恰河上有六条川，加上下游的雄道川，雄伟的杰吉噶布拉山，宫殿般的达孜堡，还有塞措玉措仙女湖。"这十个地方都在治多县境内，县城所在地前面的河就叫聂恰河，上游的六条川是梅阔川、东代川、额庆川、多次川、热如川、察曲川。把六条川隔开的当然就是六条河，从北往南依次是查曲河、拉日河、多彩河、恩钦河、道第河、麦考河。

嘉洛家族的祖山杰吉噶布拉神山又叫颇章达泽山，意思是宫殿背后的山峰，山峰前的宫殿就是著名的"嘉洛红宫"。

附近的陇沃青沟是嘉洛家的马圈，现在叫"珠姆马圈"。史诗中讲，嘉洛家有马上千匹，到了999匹马的规模，马圈里就会出现一匹独角神马。在《赛马称王》的故事中，嘉洛家的大公子杰布周嘉，正是骑着一匹独角神马参赛的。

"嘉洛红宫"以西五六公里处，有三处温泉湖，是嘉洛草原上的三颗明珠。分别是黄金湖、白海螺湖和松耳石湖，如同镶嵌在嘉洛草原上的三颗翡翠，装点出"十全福地"的灵性。其中的白海螺湖还是嘉洛草原的眼睛，相传也是通往龙宫的宝地，莲花生大师正是通过白海螺湖引来的"嘉洛七宝"，当作赛马称王所需的财礼。此外，白海螺湖还是珠姆本人的寄魂湖。

珠姆的父亲嘉洛敦巴坚赞是岭国三大富豪之一，其长子也就是珠姆的哥哥嘉洛杰布周嘉是岭国的三位帅哥俊男之首，珠姆的弟弟嘉洛南琼玉戴被誉为强敌"周格王的天敌"，可惜在姜岭大战中阵亡了。先前嘉洛南琼玉戴与周格王交战时，周格王用轻蔑的语言挖苦他："乳臭未干不应上战场，而应躲在母亲怀里吮奶。"对此，南琼玉戴唱道："你若不知我是谁？我来自玛域岭部的国度。聂恰河有六源达曲为七景，颇章达泽山之壮丽为八景，青青的通天大江浪花为九景，草原上美妙的天鹅叫声为十景。"他把对嘉洛草原的赞美，尽情展示在了生死拼杀的战场上。

珠姆是天下第一美女，史诗只是通过霍尔王神鸟乌鸦的口来比喻，没有实写。这是《格萨尔》说唱艺人的高明之处。正如一百个读者心中会有一百个哈姆雷特一样，珠姆的形象之美写实了必会产生分歧。

而珠姆的性格却是具体鲜活的。作为《格萨尔》故事中的第一号女主角，她虽出身富贵显赫之家，可是人生命运并不安逸，多有波折坎坷。花季少女时，竟被选为"彩注"，失去婚姻自由，几乎由岭国六部落的所有成年男性来赛马争抢。比她父亲年龄都大的长系晃通王也对她想入非非，为此，不惜与原配丹萨大动干戈。让珠姆担心的是，晃通王的玉佳马，是岭国公认的千里马，没有不夺冠的理由。晃通真要登上了岭国王位，要珠姆嫁给他，那珠姆也是一万个不情愿。所以，在总管王的授意下，当嘉察和丹玛让她赶快去找觉如、通知他回来参加赛马大会时，珠姆欣然应许。可这位模样像叫花子的少年觉如，真就是未来的大英雄吗？前途同样莫测。一路上，少年觉如先后几次变幻，考验并戏弄了珠姆姑娘。在美少年面前，珠姆一颗纯情少女之心，赤裸裸地袒露在了世人面前。要求珠姆慧眼识英雄恐也难为她，幸亏在觉如母亲郭姆的帮助下，他们捉住了等待多年的神马江噶佩布，这是战胜晃通玉佳马的关键。

赛马称王之后，按照岭国国王的"标配"，格萨尔王要娶 13 位王妃，这还不包括日后在降伏四魔中自个儿娶的武艺高强的魔妹阿达娜姆及霍尔国"钢铁大王"的女儿、美貌盖世的女巫吉尊益西等其他多位王妃。作为新婚不久的大王妃的珠姆，当然不乐意格萨尔王与其他王妃温存，她想要独占格萨尔王的感情，希望格萨尔王也像她一样，一心一意地爱对方。当天界的姑母明示格萨尔王赶快带上次王妃梅萨去东方查姆寺修行，以避梅萨的灾运时。珠姆以梅萨身体不适为由，自己陪格萨尔王去了查姆寺。噩梦让梅萨十分恐惧，她来找格萨尔王解梦，也被珠姆挡了驾。结果梅萨被北方魔王鲁赞掠了去。之后，珠姆极力阻止格萨尔王北去解救梅萨，急怒交加之下，还大骂格萨尔王忘恩负义。

然而，天意难违，格萨尔王降伏鲁赞魔王后，竟在亚尔康九尖宫中一住就是 9 年 3 个月。珠姆空守达孜城不说，还要遭受白帐王的凌辱。但在岭国危在旦夕之际，珠姆勇敢地站了出来，她穿戴上格萨尔王的战袍和头盔，挎上格萨尔的神弓神箭，立于城头，怒斥霍尔军的残忍无道。她射出格萨尔之箭，也重创了霍尔军。

著名学者吴伟在她的《〈格萨尔〉人物研究》中评说，珠姆此后性格的第二个递进和升华，是她在经历了太多的磨难和历练，特别是从霍尔国被解救回岭国后。她在对待格萨尔王的恋情与事业的处理上，真正担当起了国母的重任。格萨尔王率军出征，珠姆率众饯行，安抚眷属，管理国政。格萨尔王班师回国，珠姆率众为岭军接风洗尘，犒劳三军。作者在那曲市比如县噶举派著名帕竹佛塔旁的嘛呢堆中，拍摄到一块古老的"格萨尔王凯旋珠姆献茶"石刻图，形象地表明了珠姆的社会担当。姜岭大战中，她代表格萨尔王，勇敢地去与姜国王妃谈判。此时的珠姆，已经从一个天真烂漫、不谙世事的公主美少女，成长为一位沉稳练达、安邦定国的女丈夫、女英雄，因而一直受到藏族人民的倾慕与爱戴。

时至今日，噶·嘉洛部落的后人依然在这片神奇的土地上生活。牧民们为本部落出有格萨尔大王妃珠姆姑娘而倍感自豪。这里的牧民至今保留了许多格萨尔王时代的民风民俗。就拿"嘉洛婚典"来讲，就是嘉洛草原经久不衰的婚俗范本。当年格萨尔王迎娶嘉洛公主珠姆姑娘的这场结婚庆典，就是从长江源头的治多，一直延续到了黄河源头的玛多草原。从"迎客礼"中的三个迎接点，到"迎庆新郎礼"中的八种仪式，再到"迎庆新娘礼"的二十五个程序，当地牧民说，这些都是继承的当年格萨尔王迎娶珠姆姑娘的

相传这片不冻泉通往东海龙宫，珠姆正是从这里来到人间的，现在成了当地牧民的朝拜地

不冻泉旁的珠姆雕像

古老仪式。玉树治多民俗专家文扎认为，这场婚礼实际上整合了安多地区和康巴地区的藏族民俗文化，形成了独具特色的、充满藏族民俗符号的嘉洛婚俗文化。

随着英雄史诗《格萨尔》的形成与传播，珠姆的艺术形象深受广大农牧民喜爱。瀑布、涌泉、不冻泉，包括不少神湖，往往被当地百姓神化为水下连通东海，珠姆是从这里来到人间的，至少也是洗过头的。人们用经幡、哈达、嘛呢经石把这些水源装点成仙界圣境，其自豪，与珠姆家乡治多的人相比，同样是不遑多让。

2000年8月24日下午，我们在西藏那曲巴青县与索县交界处的一次所见所得，那才叫绝。雅安镇人大主席团主席和镇长两位热心人，听说要拍格萨尔纪录片，便领我们来到一处距离河边不远的古老祭祀地。其实就是一座不足半米高的白石堆，不同的是，周围并没有经幡和嘛呢石。白石一看便是有很多年头了，而且石质相同，说明是从同一地方取来的。如此低调，那白石堆下究竟藏有什么？

"这里是七位仙女陪同珠姆下凡人间后，又返回天界的地方。白石堆地下的七仙女石可以为证。"听了两位主人的简要说明，大家很是好奇，耐心地等待永旦和阿旦移开白石，开挖泥土。我这才意识到，他们带上镐头铁锹的目的。

挖了一阵，两位主人的动作变得谨慎小心了许多，60多厘米的土层下，终于露出了七仙女石。清理拂去碎泥尘土后，露出的竟是一块平整的灰白色石头，约有两尺见方。只见仙女石上排有七条自然裂缝，每条缝隙中间都放有一粒黑色的小圆石。主人介绍了七仙女石与珠姆的联系，摄影师从头拍摄记录下了全过程。

这是一次不同凡响的拍摄，两位主人说，以前从未挖开过七仙女石，以后恐怕也不能再挖、再拍了。我想，此次特例，完全得益于格萨尔大王的名声吧。

毫无疑问，这是一处古老的女性生殖崇拜祭祀地。仙女石上七条女性生殖器官的模拟图案，虽为天成，但其感召力一定很强。男女祈子求福的话，会来此地祭拜。

笔者以为，生殖崇拜的七仙女石形成年代可能更早，之后又与珠姆的化身联系在了一起，使得七仙女石的崇拜内涵越发丰富，更具感召力。

格萨尔文化以她的多样性遍布整个雪域高原，为英雄史诗《格萨尔》活在民间注入了血液。其文化形态多样，相互间当然不应分有贵贱，但要将其梳理起来，也还是离不开排序、避不开价值大小的。此论点曾与诺布旺堆博士交流过，他正想就此专题写一部专著呢！就不同格萨尔文化的价值而言，处于顶端的要首推《格萨尔》说唱艺人群；此外，还包括各种《格萨尔》文本和学者们的专业论文等；本章所列举的这些《格萨尔》故事中出现的仍在薪火相传的知名部落，其文化价值同样位居顶端。

第三节　阿尼秀奔部落

岭国总管王绒察查根的部落传人，至今还生活在玉树州称多县清水河镇巴颜喀拉山主峰下的扎哈草原，人称阿尼秀奔部落。千百年来，他们每年都会祭祀部落祖山与神湖。我有幸参加了 2015 年称多县统一组织的"中华祖山巴颜喀拉山水旅游文化节暨'世界公桑'烟祭"大型活动。

巴颜喀拉是蒙古语，意为"富饶青色的山"，藏语则一直称作"查拉"，意为"世界之巅"，又称作"查拉耿"，即"总管王绒察查根的寄魂山"，故又称"祖山"。从称多这次大型祭祀活动的冠名看，现在被升华为中华祖山了。巴颜喀拉山的名声如雷贯耳，难怪称多县境的其他部落传人，在祭祀住地神山之前，往往会先来祭祀巴颜喀拉这座"祖山"。

巴颜喀拉山脉主体连绵雄伟，对我来讲也算熟悉，我年轻时有 12 年的光景是在它的东麓度过。直到 2000 年，带队拍摄格萨尔大型纪录片时，我方才真正领略到它海拔 5267 米主峰的尊容。

巴颜喀拉山主峰距离 214 国道巴颜喀拉山口仅 15 公里，国道翻过垭口的高度为 4828 米，这也是从西宁到玉树 800 公里路程中的最高点。每次行车至此，我们都会下车，在经幡俄博处献哈达、撒风马祭拜山神。路北经幡下，有一块石刻界碑，除了刻有巴颜喀拉山口的海拔高度，上面的文字还显示，这里是玉树与果洛两个藏族自治州的分界点。

2015 年首届"中华祖山巴颜喀拉山水旅游文化节暨'世界公桑'烟祭"活动的主祭场，就设在巴颜喀拉山口西侧不远处。煨桑的主祭炉占地 64 平方米，桑炉容积 8 立方米，足有两层楼房那么高。煨桑台边放有盛满"三江之水"的三只大木桶，并按藏族传统贴上了酥油花，缠上了哈达，以供僧众"浇桑"。

路北山坡上设有五座经幡阵，把大地装饰得五彩斑斓，很是壮观。主祭场的大祭祀还未开始，周边许多阿尼秀奔部落的牧民，来路北经幡群献上哈达，系上经幡，为家人祈福纳祥。

煨桑仪式开始了，人们又都涌向了大煨桑台。好在组委会将不多的媒体人安排进了警戒线以内，我抢到了好位好景。点燃桑炉的仪式很震撼，宣读过祭文后，诵经声中，两位穿着藏服、很有派头的社会名流点燃桑烟。烟火升腾，百名高僧口念祈愿经，带领众人围绕祭祀台转起"郭拉"，一边呼唤战神，一边向空中抛撒风马，其密度之大，煞是壮观，场面沸腾了。

人们尽情地宣泄、释放激情之后，心里是沉静的、释然的，升起的袅袅桑烟，已然成了沟通神灵的媒介，人们的灵魂仿佛在天地间与神佛相会交融，获得了超自然力量的护佑。

每一座大雪山下，必有一片圣洁的蓝湖。山神与湖神相伴而生。祭祀完巴颜喀拉山神，人们赶去 30 里外的神湖祭祀湖神。祭湖的一个重要仪式，就是岭国总管王绒察查根部落的后代千骑转湖的活动。在湖畔的草原上，骑手们盛装列队，擎旗策马，绕湖一周，为湖神展现了今日高原儿女的强力彪悍

2015 年首届"中华祖山巴颜喀拉山水旅游文化节暨'世界公桑'烟祭"活动点火仪式

之美。

"查卡南宗秀姆"是总管王绒察查根的宫殿古城堡，其遗址坐落在蓝湖的东南方向不远处。蓝湖周边，还有许多岭国幼部落的古老文化遗址。

这次祭祀"祖山"和"世界公桑"的主角尽管是总管王的后代阿尼秀奔部落的牧民群众，但主题却是环保信念与行动。藏民族祭祀习俗源于他们的原始崇拜。上古时代的人们面对青藏高原严酷的气候环境，感受到了自己的渺小，万物有灵是那时人们普遍的心理认知。在青藏高原上，每一座高山、每一个湖泊、每一条河流都被奉为神明，人们虔诚地祭祀神圣的山与湖，极力去保护大自然，因为每个人心中都有一部人与自然和谐相处的"环保经"。在环保主题的推动下，总管王绒察查根部落的后代传人，在这场大祭祀中，更体现出继承传统、热爱家乡、关爱生命的天性与自觉。

现在来认识一下总管王绒察查根这位史诗中的人物。英雄史诗《格萨尔》描写的岭国，最初是以长、仲、幼三大部落为核心建立起来的，他们均出自一个父系。到了总管王绒察查根这一代，长系和仲系所辖部落的数量，都要比幼系多，但史诗却重点围绕幼系三兄弟的故事展开，他们是总管王绒察查根、晁通王和森伦王。

岭国在选出统帅格萨尔王之前，一直由幼系部落的大头人绒察查根作为总管王代理国政。《英雄诞生》之部这样描述绒察查根："他是岭国 30 位英雄的带头人，30 个头人的第一位，30 个掌权者的领导者。"史诗把总管王描绘成一位正直无私、秉公办事且足智多谋的智慧长者，受到岭国各部将领、百姓的拥护和爱戴。降边嘉措在《〈格萨尔〉论》中说："绒察查根这一形象，很自然地使我们联想到荷马史诗《奥德修记》中的奥德修和芬兰史诗《卡勒瓦拉》中的万奈摩宁，他们被称作'智慧化身''智慧老人'，是文学史上不朽的艺术典型。"

《霍岭大战》中，绒察查根自己宣称：

> 我是强梁的征服者，
> 孤苦无依的扶持人；
> 贫苦百姓的依靠者，
> 弱小妇孺的保护人；
> 富有人们的主谋者，
> 贵贱高低视平等。
>
> 金银财富和美食，
> 是赃官坏蛋的眼红物；
> 在我查根心目中，
> 从不染指和图谋。
> ……
> 三句话出口为大家，
> 三口食物皆归公。
> 为了公众积财物，
> 为了公众打敌人，

总管的名字由此得。

绒察查根人生行为准则最鲜明的就是无私为公。在格萨尔王出生前的《郭岭之战》中，虽然他的二儿子朗巴曲嘉丧生，但他不同意远道回来的大侄子嘉察再度发兵前去报仇。他劝嘉察道："郭部剩下的多为老弱妇幼了……"规劝不成，进军途中，绒察查根让弟弟森伦王用箭占卜，结果是"再过一顿饭的工夫，刀不用出鞘，箭必搭弦，美女和宝物唾手可得"。二弟晁通王是苯教大师，精通各类占卜，总管王却直接命森伦王占卜，结果很快应验。岭军便偃旗息鼓，止战收兵，带着未来格萨尔王的母亲郭萨回岭地了。在《霍岭大战》中，岭国遭受霍尔国入侵，为保家园，绒察查根的幼子朗琼玉达和侄子嘉察又先后战死，为顾全大局，为稳住急于拼命的岭国众将领，绒察查根只身单骑闯入霍尔军营，放出六十支铁尾箭，射杀一片。他左冲右突，如入无人之境。他冲进白帐王的千人大帐，砍断了白帐王的金座和绿宝瓶，大灭了敌军威风，稳住了战局。老当益壮的绒察查根与珠姆一起，不失时机地向岭国将士陈述利害，终于劝说大家同意撤军，等待格萨尔王从北魔之地归来。

总管王绒察查根最大的贡献，简要地说就是他实施的三大战略性举措，展现了他的战略眼光和运筹帷幄的时机把握。

第一是让岭国获得了最大的粮食生产基地。手握大粮仓的金钥匙，岭国的再发展从此有了底气。这一壮举，被《格萨尔》说唱艺人创作为《丹玛青稞宗》这部经典部本。

石渠县平均海拔4500米，而金沙江沿岸河谷地带的洛须，海拔陡然降到了3400米，这里自古就是青稞、冬麦、豆类及各种瓜果蔬菜的生产基地，一直属于丹部落。当时的丹部落，虽然与岭部落有联姻，但还构不成部落联盟关系。更何况，丹部落首领萨霍尔王非常强势，让他臣服于岭部落是不可能的。总管王绒察查根经过十多二十年的等待，终于把握住了机会。

萨霍尔王去拉萨经商，因未能争夺到卫藏王的公主，恼羞成怒，连杀新郎官、仆人和公主3人。萨霍尔王犯事后为躲避追杀逃回洛须。受害者两大家族起兵追过金沙江，面对强势丹部落，只得请求同样强大的岭部落伸张正义。

总管王绒察查根欣然答应，一同带兵进入丹萨城调解。经过 3 年的谈判，萨霍尔王最终认罚。其间，萨霍尔王坚决不允许自己妹妹所生的丹玛留在丹部落，绒察查根遂将丹玛带回岭国自己家中抚养。

丹玛 10 岁那年，萨霍尔王再去拉萨烧香，当初的受害者变成三条大蛇，将其缠绕致死。于是，岭国大军带上丹玛来到丹萨城下，索要属于丹玛的那份财产。兵临城下的结局如何？总管王使出了怎样的攻城方式？丹玛的父亲到底是谁？拿下丹萨城后，如何安排丹玛的王位？岭国为什么派出多支工作队，深入丹萨各支系部落做了哪些事？这些问题，我们将在"从《丹玛青稞宗》说开去"章节中再作分析。

第二大贡献是在岭国王位的人选上，总管王绒察查根苦心经营，终于等来了雄狮大王格萨尔登基。

格萨尔王出生前，岭部落还处在起步阶段，部落王由谁担当，关乎岭国的前途命运。绒察查根年富力强的时候就开始担任总管王代理主政。这一职位人选是三大部落民主推选的，绒察查根的威望很高，但他丝毫没有顺势加封自己为国王的念头。二弟晁通王则不然，对岭国王位垂涎已久。晁通德不配位，需要提防的是其篡位。小弟森伦王为人忠厚，但霸气略显不足。下一代将领中，森伦王之子嘉察，虽勇猛无敌，但稍缺智谋。晁通的长子阿奴达平智勇双全，曾一度执掌岭国统帅之印，可惜英年早逝。晁通其他几个儿子恐不能服众，毕竟岭国王位还需靠超群的本领获取，并且得到民众的拥护。

一位勇敢进取、睿智善良的少年觉如降生在了岭部落。小觉如经常穿着乞丐装，一身破旧羊皮袄，其母又来自被岭国征服的郭部落，但绒察查根看重的是觉如的内在品质。尽管史诗传播的中期版本故事中，记有总管王请来汤东杰布大师为自己解梦，说出了觉如系天降神子，来为天下黑头藏人降妖伏魔、谋取幸福的预言。但现实生活中，觉如的诸多表现更让人信服，尤其开拓玛域的业绩，完全称得上是英雄壮举。在岭地遭遇大雪、整个部落迁徙投奔觉如而来时，觉如不计前嫌，敞开怀抱，收留了部落。长、仲、幼及各下属部落，都分配有草山，开始了新生活。总管王更加确信觉如就是岭国王位最佳的人选。当晁通依仗自家的千里马，宣布举行赛马大会、欲夺王位之时，总管王绒察查根急派嘉察和丹玛找来珠姆姑娘，催促她务必去叫回觉如参加赛马。觉如最终赛马称王，总管王绒察查根 20 年的心愿终于实现。

还有一点值得关注，就是岭国的精英骨干队伍，当时已经培养得很成熟，可谓羽翼丰满，格萨尔王登上王位，立马就可以布将封地，这与总管王 20 多年的主政、努力耕耘分不开。

第三大贡献是通过联姻，让嘉洛家族成为格萨尔王事业的又一雄厚财力来源。格萨尔王惩恶扬善、降妖伏魔、除暴安良、造福百姓的一统大业，没有强大的财力支撑是不行的。注意史诗中一个细节，赛马大会之前，少年觉如已经从珠姆的嘉洛家族那里得到了"镂花金马鞍""九宫四方毡垫""镶有白海螺环的金镫"和"如意成就藤鞭"。这些稀罕之物，都为觉如赛马夺魁、登上王位奠定了物质基础。实际上，珠姆所在的嘉洛家族，也就成了日后格萨尔王东征西剿的重要财力支柱。

嘉洛家族，因公主与格萨尔王的婚姻，把一半财产作为嫁妆献给了格萨尔王，其目的性也非常明确。请看珠姆的父亲嘉洛敦巴坚赞在女儿婚礼上的唱词：

> 嘉纳门隅两地间，嘉洛富豪广为传，
> 我儿森姜珠姆女，无人跟她比美貌，
> 远近邻邦无大小，争先恐后来提亲。
> 汉藏九十官宦家，派人来登我家门，
> 不惜兴兵用武力，又夺财产又抢人。
> 随后白岭三支系，首领部将老百姓，
> 都要争着做女婿，互相结怨成仇人。
> 嘉洛虽富力单薄，因而昼夜心不宁。
> 于是当众来宣布，要为女儿选女婿，
> 真言掷落谁身上，就做珠姆她丈夫。
> ……

从嘉洛部落王这段话里不难看出，富甲一方的嘉洛敦巴坚赞，是迫于无奈才把女儿作为赛马彩注的。而赛马胜利者能登岭国大王宝座，拥有至高无上的权力。谁称王，谁就是嘉洛的女婿，也就很自然地保护了嘉洛家族的财产和地位。结果很理想，嘉洛家族的一半财产，作为女儿的嫁妆献给了格萨尔大王。这一举措，实际上是总管王绒察查根早设计好的，岭国通过联姻增加了财富，嘉洛部落以格萨尔王为靠山，巩固了自己的势力。这个具有明显政治目的的联姻，也使岭部落从单纯的血缘组织，转化成了地缘关系的联盟组织。

20年前，岭国掌控了丹萨部落这座大粮仓，手中有粮，心中不慌，脚踏实地，威震四方。现在，通过格萨尔王与珠姆联姻，又把财力雄厚的嘉洛家族完全融入岭国。总管王绒察查根完成这一大举措，补上了岭国崛起伟业中的最后一块拼图。仅嘉洛家族与岭国三大部落所在的这片东西长400公里、南北宽200公里的优质高山牧场上，就能挑选出多少英武骑手啊！再加上现今石渠和囊谦以及东部广大地域上的联盟部落，毫不夸张地讲，千年前的格萨尔王时代，青藏高原上没有任何一个游牧部落可以前来挑战岭国。难怪英雄史诗《格萨尔》故事最早的原型，那些个部落壮举大都发生在三江源头和玛域草原呢！

2015年，岭国总管王绒察查根部落的后代千骑转湖。骑手们盛装列队，擎旗策马，绕湖一周，展现了今日高原儿女的强力彪悍之美

三十大将木刻

三十大将木刻

第四节 "来自墓穴之人"

德尔文部落居住在果洛州甘德县柯曲镇境内,是"三果洛"中阿什姜本的直系部落,德尔文自称是"来自墓穴之人",普遍认为自己与格萨尔王岭部落有着血缘关系。现在的德尔文村已被全国《格萨尔》工作领导小组办公室和中国社科院少数民族文学研究所共同命名为"德尔文部落《格萨尔》文化史诗村"。它是"格学"田野科考极有特点的基地,也应该是"驴友们"格萨尔文化深度游的首选地。

在我青年时代,曾几次骑马经过甘德草原,而第一次进入德尔文部落牧场却是在 2000 年 11 月。当时我与格日尖参约好,去他少年长成的家乡牧场拍些情景再现的镜头,再采访两三位能说唱《格萨尔》故事的牧民。摄制组派出单车单机,虽已轻装简行,但越野车还是挤上了 7 人,其中就有格日尖参夫妇和他们刚上三年级的小女儿央金拉姆。

从果洛州大武镇到甘德县柯曲乡也就一百来公里,可进入德尔文部落的牧场后,方知这里的积雪要比外面深得多。幸亏越野车雪地通过能力好,我们抵达了牧人嘉木样的家。他妻子说嘉木样半个小时前,赶着羊群"走圈放牧"去了。所谓"走圈放牧",就是去寻找积雪浅一些的地方,好让羊儿能吃上草。高原羊有用前蹄刨雪吃草的天性,如果雪太厚了羊群也无能为力。那就是说,嘉木样三天五天回不来。格日尖参认为嘉木样赶着羊群还没走多远,说完便顺着蹄印追了过去。

那时德尔文的牧民生活还不富裕,嘉木样的家是一顶传统的牦牛毛编织的黑帐篷。他的两个学龄前的孩子很健康,牧人们身体都很棒,这与常年吃牛羊肉和奶制品分不开。

一个多小时后,格日尖参叫回了嘉木样。格日尖参那年才 34 岁,这一趟雪地追踪,把他累得气喘吁吁。而比他大几岁的嘉木样到底是帐篷里的牧人,显然比格日尖参的体能要好。

嘉木样能说唱好几部《格萨尔》故事,对他的采访也很成功。嘉木样的形象很吸引人，戴了一副老派水晶镜眼，长发披肩，很有些"嬉皮士"的味道。他穿着老式光板羊皮藏服，只在皮袄边缘镶有紫红色灯芯绒布料，大块的皮面朝外，保持了原色原味。那时，按果洛牧人的习俗，羊皮袄面上的油越多，说明越富有。吃肉多呀，油手直接在皮袄外面抹干净了。皮面上擦的油是特有的廉价的保护剂，可以防止雨雪渗透侵蚀。现在的牧场上，除了一些老牧民，年轻人很少再穿这种传统的老羊皮袄了。

日后，藏族哥们儿尤其是女士，见到嘉木样的视频和图片形象后，都大为赞赏。2017年我再问起嘉木样时，格日尖参说，他在县上开了一家裁缝店，专为牧民做藏服，听说手艺不错，生意还行。牧民中的裁缝活儿，全由男性承担。

果洛德尔文部落《格萨尔》说唱艺人嘉木样

在牧区，常常会碰到身上带有一包裁缝工具的牧民，当他打开皮制小包，为你取出想借的工具时，里面繁多的大小针顶裁缝用具，会让你大开眼界。

藏族谚语说："没有好马莫走若尔盖草原，没有胆量不进果洛地界。"因果洛人太彪悍，"果洛"一词就有"以弱胜强""反败为胜"的意思。

果洛德尔文部落《格萨尔》说唱艺人德尔萨昂毛（左），她已经出版了两部《格萨尔》故事。右为艺人昂毛

德尔文部落崇尚英雄的性格，集中代表了果洛人的文化精神，是果洛人的一面旗帜。"德尔文"藏语的译意有三种，但"来自墓穴之人"普遍被当地牧人欣赏认可。他们英勇

善战，视死如归，以战死为荣，视病死床头之人为弱者。据说格萨尔大王曾在此丢失一柄宝剑，一直没能找到。也许正是格萨尔之剑的勇敢精神，一直感染着德尔文部落的牧人。记得 2000 年采访著名《格萨尔》说唱艺人昂仁，他拿出身份证，特意让我看了上面印着的名字"德尔威昂日"，当年的翻译既是如此，显然他以身为德尔文部落人而倍感自豪。作者觉得"威"字比"文"字的音译，更符合当地人的性格。

德尔文是藏族六大姓氏董氏华秀部落后裔，历史上英雄好汉辈出。当然，一些人也保留有许多古代游牧部落形态的生存手段，那就是抢劫，藏语称他们"夹坝"。出去行动之前，他们要祭祀山神以求保佑。阿尼玛卿大山神已经成为佛教的护法神了，抢劫违反了佛教所倡导的善行，肯定不接受这类祈求，他们就会向一些小一点的山神祈祷。据说，过去德尔文部落的人，秋季会南下色达，与那里的同根部落共祭山神，以求顺利。这些都是过去的事了，新中国成立后，"夹坝"外出抢劫之类的事不可能发生，也一次都没有发生过。

德尔文有着优良的高原牧场，牛羊已不是牧民最主要收入来源，这里的草山上，出产质量上等的冬虫夏草，改革开放四十多年来，牧民从自家的草山上收获的虫草甚丰。

德尔文的牧人崇拜格萨尔王，全部落崇尚英雄，赞美力量的雄性张力，早已化作了传承《格萨尔》史诗故事的动力，他们以一种精神追求的至高境界，全身心地投入到格萨尔文化的保护和建设之中。

德尔文部落认为他们与格萨尔王同宗同源，部落驻留、迁徙历程也都一样，自己部落的传说与英雄史诗《格萨尔》的记述一样，都是由拉查根宝"三个儿子"和玛卿邦热山神"三个女儿"结合所繁衍而来。正因为如此，这里的人们，无论身份高低、年龄大小，说唱《格萨尔》是他们发自内心的意愿。

他们世代流传、经久不衰的《格萨尔》说唱传统，有着深刻的历史文化背景。德尔文人无论男女，幼年时代都会被问及自己是格萨尔王麾下哪位英雄人物的转世。所以，岭国 30 位大英雄，乃至部落联盟扩大后的八十大将，都会在德尔文部落男性中找到对应的转世传人。岭国七美女连同三十大英雄的妻女们，同样能在女性中找到转世化身。

更为了不起的是,德尔文部落的优秀《格萨尔》说唱艺人人才辈出。记忆中,有 20 世纪闻名藏地的掘藏大师谢热尖措,写有多部《格萨尔》藏文本;他的妹妹,已故艺人噶尔贡接替大师续写完成了《达色财宗》;还有大师的转世传人,永远也写不完的《格萨尔》艺人格日尖参;以及大师的儿子,格日尖参的舅舅,能说唱 70 部之多的昂仁;此外,还有"一闻成诵,复述如流",记忆力超常的已故艺人巴才;还有嘉木样、吾洛、喇嘛德华、喇嘛南卡、堪布格拉、班桑、罗桑维色、曲昂毛、德尔萨昂毛、已故女艺人塔尔措一众人等。现在年龄最小的《格萨尔》说唱艺人罗珠曲吉,2012 年出生,他是著名艺人昂仁的外孙。德尔文部落涌现出的《格萨尔》说唱艺人群,每一位都是祖国民间文化中的宝贝。

德尔文部落的马背格萨尔藏戏团的实景演出已成了保留节目。传统藏戏与现代情景艺术结合起来,很是受牧人与游客喜爱。

第五节 将军藏寨

格萨尔文化也是色达的一项重要历史文化积淀。作为格萨尔文化长廊中的重要一隅,这里也值得一表。

从成都北上,到色达之前,必须通过一座硕大的藏式拱门,这便是色达县翁达镇将军藏寨的大门。何为将军藏寨?准确地讲,这里只是明达村的将军藏寨,他们的民居造型极具特色,外观呈上宽下窄的倒"品"字状,每一幢楼房如同身穿铠甲、手持长矛的武将。其造型的历史与内涵,直接来源于格萨尔文化。村民们会告诉你,他们是格萨尔王麾下三十大英雄之一的赛巴·尼奔达雅的后代传人,房屋采用铠甲武士的造型,正是为了纪念勇猛善战的先辈尼奔达雅将军。

2018 年夏,我有幸来到明达村,将军藏寨明显有别于炉霍、道孚、丹巴这些地方的亮眼民居,自成一体。所有楼房不少于三层,不多于四层,象征人的头、胸、腰、腿。房顶正中的小旗象征将军帽缨，右侧经幡恰似武士手握的长矛。上部楼廊的外装饰也即屋檐四周，厚厚的挂有长须样的高山柳条，人们说这象征勇士的披肩长发。屋顶平层采用传统的藏式民间建造方法，以红柳铺底，再用和好的泥土铺垫，抹平夯实，从不漏雨。

　　将军藏寨民居的内部结构与装饰，倒是与其他藏式民居大体相同。一层已不再是牛圈马棚，多为车辆农具物料仓库。二三层为会客厅和卧室，佛龛佛堂必不可少。清一色的木梁木墙木地板，尤其是宽大的木楼梯，显得豪华气派。明达村最老的一栋楼房已有 120 年的历史，村民修娜家六代人在此居住。我们用无人机拍下了将军藏寨各个角度的局部细节，将军藏寨名不虚传，堪称大型装饰艺术建筑集群。

　　将军藏寨村民的前辈赛巴·尼奔达雅当年统领着岭国长系部落赛巴八部，

明达村的将军藏寨

掌控着长系部落的一半军政大权，另一半则是晁通王统领的达绒八部。

尼奔达雅 18 岁时娶了姜国国王萨丹的女儿姜萨白玛琼珍为妻，生有一子，名叫董·赞昂群阿丹。

尼奔达雅要比格萨尔王年长许多，根据《丹玛青稞宗》之部的描述，格萨尔王 5 岁时名叫觉如，丹玛那时也才 10 岁，尼奔达雅就率赛巴八部跟随总管王去征服萨霍尔丹部落了。

尼奔达雅的战功卓著，在《索波马宗》一部中，尼奔达雅把敌将莫登旦巴南宝一箭毙命；在《崎岭铁宗》一部中，他用套绳把对手内臣拉改东赞捉住，使他成了岭国的降臣；在《霍岭大战》中，尼奔把白帐王弟弟黄帐王一刀砍下马；在《托岭之战》中，他把敌将多尺昂南一箭射死；在《郭拉察宗》之部中，他一刀砍下敌将达日群周旦巴的头颅；在《门岭大战》中，他将门国大将阿群格日一刀毙命；在《吉绒羊宗》中，尼奔达雅用石头砸碎了达曾哈熊阿巴的脑壳。

尼奔达雅身高力大，战力强劲，能战善战，在夺取十八大宗、十八中宗、十八小宗时，立下赫赫战功。可贵的是，他还具有稳重心细的性格，相传格萨尔王的事业不完结，他的寿命也不会完结。作为岭国金旗军的旗主，赛巴·尼奔达雅征战时配以金铠金甲金缨，金马金枪金旗，是岭国的生力军。金旗军的出现，意味着胜利即将到来。

还记得那场大雪灾吧，岭部落只得向北迁徙，投奔曾被本部落驱逐的少年觉如而来。觉如不计前嫌，在给各部落分配草山牧场时，先是把最好的草山分配给了尼奔达雅的赛巴八部落。史诗这样描述："黄河川则拉色卡多，天文好似八辐轮，地文好似八瓣莲，中间群山具象八吉祥，这是最好的地方，是适于官人居住的领地。我把它划给尼奔达雅，长系色氏八弟兄住在此地方。"接下来，觉如依次给仲系文布六个部落、幼系伯父总管王和父亲森伦王的部落分配了土地牧场。最后，叔父晁通王的部落被安排在了黄河川的下游鲁古以上。这里"不分冬夏均降雪，不分春秋皆刮风……骒马不到九岁不生马驹，小牛犊不吮干九次乳母牛不生犊的地方……"这样的文字描述，包含了说唱艺人对晁通的数落与嘲讽。晁通率领的达绒八部落所分到的草山牧场其实不至于如此糟糕。2000年10月，我们来到果洛州甘德县隆恩寺，专程去到不远处的黄河边，拍摄一座大嘛呢墙。当地牧人告诉我们，嘛呢墙最早是由晁通家建造的，周边一带，原是晁通王达绒八部的封地。就地理而言，甘德县确实到了玛域黄河川下游。如此看来，千年以前岭国所属的同一长系部落的两大族群，尼奔达雅的赛巴八部与晁通王的达绒八部，却分在了黄河川的一头一尾。

那么，尼奔达雅的赛巴八部落的后人，又是什么时候南下来到色达的呢？

这要从色达强势的瓦须部落说起。瓦须种姓源自藏族古老种姓穆布董氏，其下属支系发展有十八大须庆，而"瓦须"排名第一。"瓦"为祖先之名，"须"有"后裔、遗存"之意。色达部落总称为瓦须部落，其核心骨系部落于明末清初从壤塘一带迁徙来到色达，经过兼并当地各部落及吸收外来依附氏族部落，逐渐形成一个号称"本支18部、分支25部、小部落32部"的联合体，当然，原岭国尼奔达雅的赛巴八部落的后人也在其中。色达草原上各部落，以瓦须骨系的部落为骨干，吸附进来的其他部落为旁支，全都冠以了"瓦须"之威名。

上述结论出自色达县格萨尔专家、县人大原主任益邛先生所著的《色达部落史》。益邛是色达当地人，他通过数十年的田野考察，逐个部落调研，采用了部落世代口传资料，弥补了文献的不足，也澄清了过去一些讹传，因而十分可贵。任新建先生在序言中称赞道："《色达部落史》可算填补学术空白之作。"

色达位于巴颜喀拉山南麓，平均海拔4000米以上，草原广阔，森林原始，自古就有人居住，出土有3000多年前的石棺。在藏地传统地理概念中，这里属于康巴与安多交界处。色达究竟属于康巴还是安多？不少专家学者从种姓、语言、民俗等不同角度出发，研究得出过不同结论。由于色达地处几个行政区的交界地，偏远难管，历代中央王朝视其为"野番之地"，与北部相连的果洛地方一样，新中国成立之前，主要由部落头人管理。

"色达"藏语意为"金色的骏马"。原名则称"色他"，藏语意为"金河之牧部"。因流经这里的色曲河含有金砂而得名。清末，赵尔丰推行"改土归流"

建立西康省时，改"色他"为"色达"，一说有其政令到达此"化外之域"之意。直到 1952 年，色达才真正建立起县级行政机构"色达办事处"，后于 1955 年改称色达县。色达建县时，为适应当地部落组织的特点，所有乡、村行政建制，基本上都是以原部落驻牧区域划定的。这使色达得以更多地保存着部落的文化形态和历史记忆，也为益邛先生的调研提供了传承依据和可靠厚实的民俗土壤。

色达瓦须部落的形成有这么几个特点。其一，所有的部落，不管是迁徙而至的瓦须骨系，还是早先在此驻牧的部落，均为穆布董氏。他们与格萨尔王同宗同源，因此很容易联盟。其二，相当多的部落与果洛地区的部落有血缘联系。虽然瓦须骨系是在公元 1750 年前后，由东面的壤塘迁移来此，但壤塘的正北面就是果洛久治县。而色达的北面，又与果洛的达日、班玛两县接壤。其三，瓦须骨系来到金色的色达草原，不久便统一了大小部落。据益邛统计，瓦须大头人下辖 75 个大小部落，因此声名鹊起。历代瓦须头人经常爱说的几句话是，"我瓦须种姓穆布董氏的后代，是有世以来的积雪，并非昨晚降下的小霜""面对上卫藏地不投靠，下到汉地不纳税""除非上师不叩头，除非帐门不弯腰"。瓦须头人的性情，由此可见。

据色达格萨尔文化艺术中心解说员介绍，色达草原是当年岭国长系部落赛巴八部的居住牧场，还是格萨尔王的练兵场、屯兵地。色达境内最崇高的神山珠日神山，多次出现在英雄史诗《格萨尔》中，珠日神山就成了色达格萨尔文化的重要象征。

从历史地理学、地名史源学、地名文化遗产学等学科以及民族口述史的视角，再参考史诗的内容看，岭国各部落早年的驻牧地，至少从云上草原的石渠，向东延伸到色达草原，应该还包括丁青、囊谦和德格这个宽阔地域。然后，全部落又有一个由南向北整体迁徙扩张的过程。上文说到因遭遇大雪灾，岭国各部落投奔少年英雄觉如后，都在黄河川获得了草山牧场的史诗故事，应该就是史实的文学再现。

那么，岭国长系尼奔达雅的赛巴八部的后代传人，又是何时南下回到曾经的故乡的呢？不少学者研究认为，将军藏寨赛巴八部这一支的后人，早于瓦须骨血部落来到的色达草原。准确的迁徙落脚时间，还有待进一步考察调研。

瓦须各部落都是穆布董氏，他们的祖先是西羌人的重要一支党项羌人，2000多年前就在青海湖周边地区驻牧。"年宝玉则与三果洛"一节，介绍了西羌人的一支党项拓跋羌人，因不服吐谷浑国的兼并，从青海湖周边迁徙后，找到了水草丰饶的析支之地，即今天的果洛地区。当然，那时应该有，甚至是大部分的其他西羌部落仍然留在青海湖周边乃至青藏高原的东南部。益邛在《色达部落史》中说，穆布董氏十八须庆中的首支瓦须部落，最早也是从青海湖周边逐步南迁而来，并且在果洛地区还驻牧过一段时间。

1989年四川民族出版社出版的《〈格萨尔〉的历史命运》是降边嘉措的一部论文集，在其附录纪实文学《神歌》中阐述道："盘古开天地；女娲炼石补苍天；炎帝神农氏尝百草而救治先民；黄帝会鬼神于泰山之上；大禹治水，抡巨斧而劈开龙门……这些瑰丽的神话传说，有多少是发生在古老而圣灵的黄河两岸！"

"中华儿女的先祖之一炎帝神农氏，后来居住在洮河流域。当神农氏部族的一支，再次向黄河下游迁徙进入中原时，它的另一支则向黄河上源迁徙进入青藏高原。炎帝的这一支后裔便成了后来的羌人。甲骨文上，'羌'字从'羊'又从'人'，是指西北一带牧羊的部族。"

《神歌》一文接着说："距今4400多年，羌人卬（音昂）部落的一部分进入青海西南与西藏北部的羌塘的唐旄；卬和另一部分进入西藏雅砻河谷——西藏文化的摇篮——为发（音拨）羌。发羌部落与雅砻河谷的土著居民，传说中神猴与罗刹女的后代，那些已经在雅砻河谷创造了光辉文明的部落互相融合，聚族而居，从而构成了后来的蕃族即藏族的先民。"历史可以证明藏族的血脉中也有炎帝神农氏的一脉。藏族和汉族以及中华大地的诸多兄弟民族同属于黑头发黄皮肤的炎黄子孙。如此追溯的结果，一再证明了中华民族的起源多元一体的特性。

要想尽快了解色达县的格萨尔文化，参观一下城中的格萨尔文化艺术中心是个好方法。公正地说，这是我见过建得最好的格萨尔文化纪念馆，不仅是外在蕴含深意，内在厚实的格萨尔文化内容更让人所折服。

　　中心广场两边的高竿灯，制作方法来源于居·米旁大师《格萨尔如意马鞭修持法》中的马鞭制作规范。如意马鞭是格萨尔王的世间九大兵器之一，米旁大师的"修持法"，将史诗中的格萨尔马鞭文化引入宗教，丰富了经典理论和仪规形式，并推向极致，一直影响着后代和藏传佛教的其他流派。

　　中心广场前格萨尔率领13位大将的骑征铜雕艺术塑像和中心大堂中的巨幅格萨尔故事浮雕壁画，都是当下艺术的精华。

　　格萨尔文化艺术中心主体建筑顶层的琉璃瓦为金黄色，下方第五层则是红色，第六层为绿色，分别象征了格萨尔王寝宫狮龙宫殿内的黄金宫、珊瑚宫和松石宫。狮龙宫殿又称吉祥胜乐宝宫，取"祥瑞永胜"之意。

　　中心主体建筑四方角楼的设计，以英雄史诗《格萨尔》故事中四大战争为背景。年轻的格萨尔王，先后征战降服四大魔王，奠定了格萨尔王统一大业的基础。"四大战争"的故事，实际上也构成了这部世界上最长史诗结构的四根支柱。四座角楼分别为铁园紫宫——绿色调，犏牛山宫——白色调，东花虎宫——黄色调，甲山富宫——红色调。四座角楼内，有模拟建筑、各种雕塑、唐卡绘画，加上灯光渲染，再现了《北方降魔》《霍岭大战》《姜岭大战》《门岭大战》故事的要点。而四宫四种色调代表了北魔、霍尔、姜域、门国所在方向，同时说明这里已有岭国大将守护。四方角楼的总体设计，展现了格萨尔王除暴安良、让和平曙光初照雪域高原的功绩。

　　色达格萨尔文化艺术中心内设文化馆、图书馆、非遗馆、格萨尔博物馆、演艺中心等。中心建筑精良，装饰精美，更让人称道的是其展品的丰富。实物与图文共存，历史与现实交织。如果说色达三大国家级非物质文化遗产即藏族格萨尔彩绘石刻、色达藏戏、藏族牛羊毛编织技艺为镇馆之宝的话，那么，格萨尔文化则是精魂。

　　杨学武在他的《岭国人物》一书中说："作为藏族早期社会部落联盟的岭国，其社会组织结构，是由最初的血缘为主的氏族社会过渡到以地缘为主的部族社会。只要血缘、地缘关系清楚了，岭国的家谱、族谱问题就迎刃而解。"

　　本章列举的几个典型的"活形态"史诗部落后代，千百年来保留有完整的血缘和地缘传承关系。他们在这里繁衍生息，薪火相传，先辈们的英雄壮举支撑起的精神家园，也一并被融入格萨尔王的传奇故事中。

可以称得上格萨尔文化传承部落的还有不少，格萨尔"活形态"文化现象与世界著名史诗相比，唯我独有。当下的我们，更应珍惜这类部落传承的"活化石"，他们是构成《格萨尔》这部伟大史诗最基础的故事核。

我在阅读耿昇翻译的法国著名学者石泰安的《西藏史诗与说唱艺人的研究》一书"译者的话"时，顿时感到本章《部落战争的历史底色》即"活形态"史诗故乡的人们所记述的内容意义非凡，是对西方"《格萨尔》史诗外来说"最有力的驳斥。19世纪末后的100来年里，欧洲有不少学者，包括石泰安先生也认为格萨尔王就是罗马与君士坦丁堡"恺撒"的东方名字，甚至与俄国沙皇也具有源流关系。还有人认为《格萨尔》史诗可能是受经大食（伊朗）传去的东罗马帝国的传闻故事的影响。他们煞费苦心地扒梳史料，觅寻证据，力图自圆其说。出现如此荒谬的现象，除了他们绝大多数人没有来过藏地进行田野考察、掌握的材料不够充分以外，更主要的是西方中心主义思想在作怪。当我们拿出《格萨尔》"活形态"史诗人类学、民族学这些"活化石"学术成果的时候，西方那些"《格萨尔》史诗外来说"也就成了学术界的笑话，不攻自破。

中国格萨尔文化事业发展到今天，早已是厚积薄发、硕果累累。可以有底气地说，"格萨尔学"的最高水准已经从西方回归了中国。当然，面对宏大的史诗巨著，"格萨尔学"也才刚刚开始。同样，田野考察依然有着不可替代的作用。从诸多细分学科理论入手，对"活形态"史诗加以认真研究，那是看得见、摸得着的一座富矿，打开这座文化富矿大门的金钥匙，就在我们自己手中。

《格萨尔》"活形态"史诗文化带上的诸多"明星村落"，无疑也是当下文旅产业的优质资源。有人把文化与旅游的结合，谓之"诗与远方"的多重变奏，那么，"诗与远方"的神来之笔，将从何处着墨？那就请您走进《格萨尔》"活形态"史诗文化带长廊，去感受其间的文化积淀，走进格萨尔后代子孙们的生活，参与他们的民俗祭典活动，一部由时代做媒的天作之书，一定会展现在我们面前。

第三章　民族记忆的博物馆

第一节　英雄史诗《格萨尔》的横空出世

世界著名的五大史诗中，最古老的要数《吉尔伽美什》，但它发现得最晚。直到公元 1872 年，英国大英博物馆的乔治·史密斯在清理尼尼微宫殿遗址时，才从亚述巴尼拔墓里发掘出的泥版中首次发现。其载体是用楔形文字记述的 12 块泥版，共计 3600 行，距今已有 4000 年左右的历史了。直到 20 世纪，泥版上的楔形文字才被全部破译出来。这部英雄史诗情节曲折，结构复杂，共分四部分。第一部分叙述乌鲁克城统治者吉尔伽美什的残暴行径，强逼居民为其构筑城堡。诸神派半神半人的勇士恩奇都与之搏斗，不打不相识，后结为好友。第二部分写两好友出走灭妖，为民造福。第三部分吉尔伽美什得知恩奇都得罪天神阿努，受到惩罚，于是去寻找"生与死亡"的秘密，长途漫游却一无所得。第四部分吉尔伽美什回到乌鲁克城，在天神的帮助下，与恩奇都的幽灵会面。学术界一致认为，到了巴比伦时期，闪族人将两河流域的神话传说多方综合，反复加工，才形成这部完整的史诗。《吉尔伽美什》代表了古巴比伦的文化成就，意味着神话时代向历史时代过渡，如同"文明曙光"初照，打破了"史诗起源于雅利安人的创造"这一"神话"，显示了英雄史诗的产生是一种世界意义的文化现象。

有着海洋城堡史诗之风的古希腊史诗《伊利亚特》《奥德赛》，影响了欧洲乃至整个西方的文学发展和文化形态。两部史诗都是 24 卷，《伊利亚特》为 15693 行，《奥德赛》12110 行。

与之齐名的是古印度森林史诗《罗摩衍那》和《摩诃婆罗多》，印度人民把她看作"圣书"，是印度文化唯一不朽的纪念碑。《罗摩衍那》全书分为 7 篇，最新的精校本已缩短到 18550 颂，此为印度的算法，一颂两行，故为 37100 诗行。《摩诃婆罗多》是一部内容丰富的长诗，全书 18 章，一般说是 10 万颂，也有说 20 万颂的。在《格萨尔》被发掘出来之前，《摩诃婆罗多》被认为是世界上最长的史诗。

的确，雪域高原英雄史诗《格萨尔》，默默地在青藏高原上流传了上千年，并传播到周边的蒙古族、裕固族、土族、普米族等民族中。

1716 年，由北京印刷的蒙古文木刻版《格斯尔》传到西方，引发蒙学热潮。

珍藏于内蒙古社会科学院的"北京 1716 年蒙古文版《格斯尔》"

北京 1716 年蒙古文版《格斯尔》

直到 1923 年，法国女学者大卫·妮尔，在她 55 岁的那年，来到康区的甘孜和玉树，曾在德格林仑土司家住了数月。她是第一个读到了多部藏文版的《格萨尔》

的西方人。大卫·妮尔和锡金喇嘛云登一道，缩写了一本 12 万字的《岭·超人格萨尔王传》，1931 年法文版在欧洲出版后，西方这才知道，藏民族有一部体量更大、历史也更早的英雄史诗《格萨尔》。这部鸿篇巨制一经问世，便惊艳世界，引发的藏学热，至今不衰。当然，大卫·妮尔也带走了一些手抄本，其中就有一部她从玉树得到的 648 页的古典藏文手抄本《姜岭大战》，现藏于法国。不知道这部精美的《姜岭大战》手抄本，是不是著名的抄本世家布特尕外公嘎鲁的书法作品。

法国大卫·妮尔在德格和玉树听取几位《格萨尔》说唱艺人的说唱和阅读研究了一些手抄本之后，用法文写出的《岭·超人格萨尔王传》，并于 1932 年在法国出版，至此，欧洲才知道藏民族还创造有一部体量宏大的英雄史诗

之后，法国著名东方学家石泰安，数次来到康区，通过采访考察，于 1958 年写成并正式出版了他的博士论文专著《藏族格萨尔王传与说唱艺人研究》，代表了西方《格萨尔》学研究的最高水平。1994 年，该书 72 万字中文《西藏史诗与说唱艺人研究》版，由耿昇翻译，法国驻华使馆赞助，西藏人民出版社出版。

作为世界文学殿堂中的一颗璀璨明珠，英雄史诗《格萨尔》的故事起伏跌宕、扣人心弦，人物形象多姿多彩，文学语言美妙绝伦。史诗故事反映了古代藏族社会的发展历史，代表了人民的心声，是一座可以在其间检索、探寻和认识民族精神的博物馆。

《格萨尔》作为世界上最长的英雄史诗，经过我们国家 60 多年的搜集整理，得到了相当多的部本。2019 年，由四川民族出版社出版发行了藏文版《格萨尔王全集》300 卷珍藏本，其内容长度比其他史诗的总和还要长得多。

近40年来，通过录音采集了数十位优秀《格萨尔》说唱艺人的说唱本，学界称此版本为"艺人科学版本"，大都已由艺人所在单位负责编辑出版。

以降边嘉措为学术带头人的国家哲学、社会科学重点工程项目《格萨尔》藏文版精选本40卷51册的编纂出版工作已经完成。2018年10月，中国作家出版社又出版了降边嘉措的5卷本近200万字的《英雄格萨尔》。这是目前最全最长的中文版《格萨尔》故事，为广大读者，提供了极好的阅读欣赏和学术研究条件。2021年7月，全国《格萨（斯）尔》工作领导小组办公室联合多家单位在成都举行仪式，宣布正式启动《格萨尔王传》百部汉译工程。

各地掀起格萨尔文化热，群众性的格萨尔文化、文艺活动深得人心。多部集的《格萨尔》艺人说唱本、古今藏文本、藏文书法手抄文本、汉译本、绘画本及与格萨尔有关的音乐、舞蹈、舞台剧、电影、电视剧、纪录片等的编纂、拍摄工程都在如火如荼地进行中。

第二节 "九头雪猪子"的故事与四大战争

"杰出《格萨尔》说唱家"扎巴老人在他的《天界篇》中，讲了一个大梵天王降服"九头雪猪子"的故事：

> 在北方极地的那边，天湖的这边，森林茂盛，各种野兽出没。
>
> 在野牛出没的山谷，一块如牦牛般的巨石下压着铁蝎三兄弟，一个咬着一个尾巴，环抱在一起。一天，从东方五台山来了一位金刚，见状生起怜悯之心，把随身的铁杵扔了过去，巨石立即被击得粉碎。三只铁蝎子得救了，他们对天祈祷，变成九个头长在一起的雪猪子。在三十三天界居住的大梵天王看见后，认为不吉利，立刻挥动水晶宝剑，将九个头齐刷刷斩断。

它们旋即变成四个黑头，三个红头，一个花头，一个白头。黑头说，他们是恶魔的精灵，但愿来世能变成佛法的仇敌，世界的主宰，后来果然变成四大魔王。三个红头分别转世成辛巴梅乳孜、禅师桑结嘉和霍尔国的唐孜玉珠。花头转世成岭国的切嘉古如。白头抓起一把黄花抛向空中，虔诚祈祷："但愿来世我能变成降服黑魔的屠夫，拯救众生的上师，主宰世界的君王。"他善良的心愿实现了，真的成为威震雪域的英雄格萨尔大王。

　　扎巴老人用他独特的视角、奇妙的形象描述，揭示了藏民族朴素的心理认知，即"心愿"决定结果。人们的每一个念头，就是动力，就是直接的机缘！扎巴老人说唱的这段故事，表面"扬佛"，实则反映的是藏族古老苯教的二元观念："善与恶、白与黑、神与魔、光明与黑暗，都有一个共同的源起，以后才发生分化，经过不断地斗争，一定是神战胜魔，善战胜恶。"

　　四个黑头正是《北方降魔》《霍岭大战》《姜岭大战》《门岭大战》中格萨尔王的对手——四大魔王。

　　著名的四大战争如同这部长篇巨著的四根支柱，撑起了史诗殿堂的整体框架，是继《英雄诞生》《赛马称王》之后最重要的部本。四大战争部本的完成，是英雄史诗《格萨尔》发展成熟的标志。至于史诗随后展开的十八大宗、十八小宗，乃至不断创造出的更多的部本，都可以列在其后，共同组成这部世上最长的英

唐卡《英雄诞生》的故事。大梵天王斩落九头雪猪子
（降边嘉措供稿）

雄史诗。

四大战争明确交代了故事的起因、结局和所用时间，因而，可以推算出格萨尔王降伏四大魔王时的年龄。这显然是历代《格萨尔》说唱艺人独具匠心的巧妙编排。

作为民间文学，英雄史诗《格萨尔》的故事，又曲折地反映了古代藏族社会的发展历史，代表了人民的心声。据此，本章在叙述四大战争故事梗概之后，简要地史海钩沉，尝试探索一下历史的真实与艺术的真实在这部史诗作品中的相互联系。

艺术的真实源于历史的真实，又高于历史的真实。英雄史诗的人民性，正是体现在《格萨尔》是由历代说唱艺人以自己的视角，放大了说，就是以人民的视角，来创作完成的。而千百年来藏族历史上的重大事件，又为历代《格萨尔》说唱艺人提供了取之不尽的好素材，因而能创造出世界上最长的英雄史诗也就不奇怪了。

《北方降魔》之部也翻译为《魔岭大战》，前一种译法与故事内容更贴切。格萨尔王去北地降魔是孤身前往，并没有率领大军进行军阵厮杀。而且时间漫长，这些与其他部本的故事都大不相同。

《魔岭大战》故事梗概：

北方魔王鲁赞变成一只老狼来阿吉部落的羊圈偷羊吃，遭到梅萨父亲昂卡头人组织的反击。鲁赞王现出原形，吃了阿吉部落许多人，虽然梅萨幸免于难，但她的美貌让鲁赞魂不守舍。鲁赞决意要将梅萨这位格萨尔王的王妃夺走。

赛马称王之后，3年美好时光过去了，格萨尔王于睡梦中接到天母的授意，要他为降魔做准备，并速去东方查姆寺修学大力降魔法，要带次妃梅萨绷吉一起去。

大王妃珠姆谎称梅萨身体不适改由自己陪同，结果第七天晚上，梅萨被北魔鲁赞掠了去。

格萨尔王摆脱珠姆的百般阻挠与挽留，独自进入魔国，遇到一座挂有人尸经幡的恐怖边城，守城者正是魔王妹妹阿达娜姆。两人一番对唱，短兵相接，惊心动魄的一番战斗过后，双方不分胜负，有些惺惺相惜。阿达娜姆确认对手正是她倾慕已久的英雄格萨尔王时，便表明愿意追求善业，抛弃早已厌倦的魔国生活，帮助格萨尔王制服北魔鲁赞。她向格萨尔王吐露真情："如果大王不嫌弃，我愿做您的终身伴侣，请你做这铁城的主。"阿达娜姆唱道："口莫焦，我有好茶酒；身莫焦，我有白罗帐；心莫焦，有我阿达娜姆来解忧。"当两人各自用魔国之神和岭国之神的名字发了誓，便携手进宫成了亲。多日后，阿达娜姆取下魔戒交与格萨尔王，一并交代了通往魔城九尖宫的关卡密钥。

格萨尔王在黑海征服魔狗古古然杂，消灭了三角城里的三头黑妖，降伏了魔国大臣五头妖秦恩。

经过秦恩的疏通，梅萨判明了真假，见到了格萨尔王。要战胜魔王鲁赞谈何容易！鲁赞形体硕大，长有九头十八犄角，腰缠毒蛇毒蝎，长有铁钩一样的脚指甲，凶猛无比。格萨尔王端不动他的饭碗，拉不开他的弓弦，拿不起他的弹丸，睡在他的床上竟像一个婴儿。

夜晚，梅萨用柔情套出了魔王鲁赞的秘密。

第二天，梅萨杀了神牛让格萨尔王吃下，格萨尔王的身体也长得与魔王鲁赞一样高大强壮。

根据梅萨的情报，格萨尔王找到鲁赞的密室，打翻了那碗癫子血，取出金斧和金箭。这就具备了除掉鲁赞寄魂物的条件。格萨尔王经过与鲁赞一番搏杀，弄干了魔王的寄魂海，砍倒了魔王的寄魂树，射杀了魔王的寄魂牛。魔王鲁赞虽然失去了三大寄魂物，但元气尚存，与格萨尔王交手，依然打得难分胜负。

唐卡局部，九头雪猪子就是高原的土拨鼠
（降边嘉措供稿）

格萨尔王返回九尖宫，在梅萨的提示下，一箭射中魔王鲁赞额头上那条闪闪发光的小金鱼，这才把魔王鲁赞的元气耗尽，最终杀死了鲁赞。

格萨尔王从岭国出来至此才3个月9天。为了占有格萨尔王，梅萨和阿达娜姆时常给他喝迷魂酒，每日歌舞盛宴，让秦恩陪他下棋，他们在九尖宫中一住就是9年零3个月。

史海钩沉：

时间的消磨、历史的尘封，更主要的是历代《格萨尔》说唱艺人的传唱与创作，总觉得《北方降魔》篇中，隐没或是遮蔽了不少当年部落战争的背景真情。

比如说，格萨尔王要救的次妃梅萨绷吉是个重要角色，但她的家世背景来历，史诗却没有过多的交代。只说了她父亲叫昂卡嘉措，是阿吉部落的头人。阿吉部落专门负责为岭国牧羊，算是岭国的总羊倌吧。而后来格萨尔王每位王妃的家族背景，史诗都交代得很清楚。北魔边城守卫阿达娜姆自不必说。接下来《霍岭大战》中，格萨尔王又接纳了霍尔国"钢铁大王"的女儿、绝美知识女性吉尊益西为妃。有部本说，吉尊益西为格萨尔王生有一子，为了帮助格萨尔王的事业，她曾两次下凡，第一次是在霍尔国，另一次是在祝古国。在《姜岭大战》中，格萨尔王又纳姜王妃姜萨娜姆为妃。为什么梅萨是个例外？

不过据法国学者石泰安考证，梅萨是"麦"姓的羌人，即弭药人。这里的"梅"与"麦"读音相近，意义相同，只是汉字的写法不同。虽然梅萨出生在岭国，但她的宗族骨血应是弭药人。作为鲁赞王的使臣，秦恩几次出使南迁至打箭炉一带的弭药国，秦恩也就成了梅萨与其宗族保持联系的可靠之人。这里的弭药国即史诗里的木雅国。

有关格萨尔次王妃梅萨绷吉的故事，在《嘉岭之部》还有这样一段大胆真切的描述：格萨尔王答应去嘉国除掉女妖尸，但必须准备一些除妖的法物法器，其中，木雅国就藏有好几件。木雅国与岭国过去有仇，格萨尔王正发愁派谁去木雅国先行侦查，梅萨主动请缨。她与岭国六美女变成七只大鹫，飞越天险到达木雅国。经过机智侦察，梅萨弄清了法器的储藏地。刚要返程，被木雅国的守护小王岗吉赤杰撞见，他抖开人皮口袋，将七人全都抓进木雅王宫。为救出跟她来的六美女，梅萨以对岭国复仇为由，支走难缠的木雅王玉泽敦巴，让其去北地找秦恩，联合北魔的军队，进攻岭国。此后，梅萨许身木雅国三兄弟中的玉昂敦巴，结为夫妻。玉昂敦巴喜出望外，欣然同意将格萨尔王除妖所需法物借出，把十八个库房钥匙交给了梅萨。梅萨找到了所需的法物，又乘机将跟她来的六美女放回。

玉泽敦巴倒是等来了北地大军，可那是格萨尔王的先锋。玉泽敦巴战死，木雅国战败，昂玉敦巴臣服岭国。此役梅萨是第一功臣，而梅萨向格萨尔王提出的要求竟然如此诚恳而直白："尊贵的雄狮大王呵……我长大后被鲁赞抢去。多亏大王将我救出，做了珠姆的伙伴，您的妃子。现在我又到了木雅国，做了玉昂敦巴的妃子。大王啊，今生我再不想改嫁了，只求大王准许我住在木雅，不要把玉昂敦巴带到岭国去！大王啊，请让我的心愿得到满足！"

梅萨所言如此大胆直白，究其原因，作者以为一是其骨血原本出自弭药即木雅部族；二来任务完成得好，拿到了格萨尔王急需的木雅国的宝贝；三是坚定地以岭国利益为重，内外结合征服了木雅国，使其成为岭国部落联盟中的一部。

格萨尔王见玉昂敦巴和梅萨双双跪在自己面前，回答道："梅萨说得好，男子要有骨气，女子要有智慧。可你是红色金刚帕姆转世，所以要回到岭国去。"格萨尔王赞誉了梅萨的机智与功劳，却以佛缘天纲为由，拒绝了梅萨的恳求。当然，格萨尔王也说玉昂敦巴还得留在木雅国管理国政，这同样是一个不能拒绝的理由。梅萨与玉昂敦巴必须分开。

从《嘉岭之部》的叙述内容看，要比《北方降魔》成篇的时间晚，甚至晚上几百年。由于藏族社会的超稳定性，历代《格萨尔》说唱艺人的意识观念还是很一致的。作为已是格萨尔王次王妃的梅萨，竟然提出"不想再改嫁，愿留在木雅国"的请求，此情节的文化内涵还有很多，值得细细梳理。

2015年夏，作者在玉树囊谦昂扎家里，谈起梅萨绷吉这个人物，昂扎当即指着他的妻子闹措和她的外甥女卓嘎央宗说，她们俩都姓梅萨，祖上与格萨尔次王妃梅萨绷吉骨血同属一脉。"你知道她们的祖上是哪里人吗？"没等我回答，昂扎说道："他们是西夏人。"我回应道："和现在果洛州玛沁县的党项、当洛人有着直接的血缘关系。""哎——对了！"昂扎完全同意我的说法。那就是说，现在姓梅萨的女性，与前面谈到的果洛党项拓跋部落，同属一脉骨血。

还有，秦恩一定是个很能干的人，要不然，魔王鲁赞和格萨尔王怎么都用他做谋臣呢！史诗中说，秦恩8岁放羊时，被鲁赞王抓了过来。秦恩的家乡在南方千里之外的绒地，现实中就在迪庆州德钦县云岭乡太子雪山下的荣中村。此处的"荣"与"绒"，应属同音同义吧。

《嘉岭之部》中还有一个重要情节，格萨尔王应邀前往嘉地除掉了宫中女妖尸后，大臣秦恩故意把回程的路线引向西南方向。秦恩想家了，他被抓到亚尔康魔地很多年了，一直没有回过家。格萨尔王后随秦恩到了绒地，其间，也有不少传说故事。正是这次秦恩回家，有了格萨尔王与卡瓦嘎博山神斗法的故事。两座飞来的山峰，险些把格萨尔王锁住，幸亏坐骑江噶佩布神马奋力一跃，驮着格萨尔王冲出了大山的夹击。此故事的结局，只是格萨尔王坐骑的尾巴被夹掉了一半。

从此以后，安多地区的马常会被主人剪去半截尾巴。在我看来，这个做法是便于马匹在深秋、初冬时节过河。将马尾剪去半截或是挽起马尾，可以避免马尾过长导致遇水天冷结成冰坨坨，妨碍骑乘行走。只不过这个牧民的生活习俗，被说唱艺人融入了《格萨尔》的故事之中。

英雄史诗《格萨尔》是古代藏族留给后人的百科全书，记载的民俗风情、传说故事都很纯真，可以作为抵御当下伪民俗的经典正本。可是，在开发大潮的洪流中，保持民俗的本真并不容易。国内某电视台播放了一期人们在梅里雪山下捡拾垃圾、保护生态的节目，节目中记者采访的一位当地人说卡瓦嘎博雪山是格萨尔王的儿子。众所周知，格萨尔王没有孩子，在返回天界前，他把王位交给了侄子扎拉。从《嘉岭之部》卡瓦嘎博山神还与格萨尔王斗法的情节看，此山神明明是格萨尔王的对手，怎么就成了格萨尔王的儿子呢？不能因为眼下流行讲格萨尔王的故事，就毫无根据地把什么都与格萨尔王联系上。

笔者第一次拜访卡瓦嘎博大雪山，是在2001年开春时节。我们来到太子雪山脚下的荣中村，受到全村人的热情接待。这里是秦恩的家乡，其直系后人只一户人家，住的是三层楼，木质结构的房子很大很好。听说要拍格萨尔的故事，秦恩后代一家老老少少全都梳洗一番，穿上了盛装，很是自豪地接受了我们的拍摄。

记得荣中村一位老者还说了这么一件事：秦恩后代这家人的老爷爷那会儿，附近要建天主教堂，看上了他家的一棵大树，出了好价钱买走了。自从砍了那棵大树，秦恩这家很快就衰败了，直到几十年后，他家另一棵树长成，秦恩这一家人的生活方才有了起色。森林保寨，大树保家，真的很重要！

还有，少年秦恩被抓去的魔国亚尔康及九尖宫在什么地方？著名《格萨尔》说唱艺人桑珠告诉我说，亚尔康在西藏索县、巴青一带，距离桑珠的老家不远。昂扎的田野考察也证实，那里有的牧民至今都认为他们过去属于鲁赞统领下的部落。

部落血缘传承是格萨尔文化中的一个非常鲜活的现象。降边嘉措回忆说，已故全国人大常委会副委员长阿沛·阿旺晋美在一次格萨尔文化座谈会上，说自己的本家是霍康家族，据传是霍尔部落的后代。因此，家里只收藏《霍岭大战》的上部，即霍尔部落入侵岭国的那一部，而不允许收藏和阅读下部。因为在下部里，格萨尔王降伏了自己的祖先霍尔王。

《霍岭大战》之部的体量最大，青海民族出版社藏文版上下两部共有唱词30431行，而青海人民出版社1984年汉译本上下两部共计78万字。

上部《霍尔入侵》故事梗概：

格萨尔王北去降魔已3年，霍尔白帐王的汉妃嘎斯突然离世，白帐王派出他的四只宠物鸟为自己寻找天下最美女子做新王妃。鸽子、孔雀、鹦鹉怕苦，更怕找不到最美女子受责备，便飞回各自的故乡了，只有土生土长的乌鸦无处可去。为讨好白帐王，乌鸦飞遍青藏高原，终于在岭国晁通王的提醒下，找到了天下第一美女珠姆。乌鸦信心满满地飞了回来。白帐王接连宰杀了白嘴神羊、长毛神牛和雁黄色的神马犒劳乌鸦，乌鸦吃饱喝足后，这才说出岭国王妃珠姆是何等的美貌："不像人间凡家女……天上神仙也难比。她前进一步，价值百匹好骏马；她后退一步，价值百头好肥羊；冬天她比太阳暖，夏天她比柳阴凉……”乌鸦还特意点出了“格萨尔大王去北方，如今珠姆正在守空房”的消息。白帐王急不可耐地要把珠姆抢来，无论大将军辛巴如何劝说，卦象如何凶险，白帐王都执意出兵。

珠姆的噩梦让岭国警觉，大英雄丹玛带领尖兵发现了来犯的霍尔兵马，丹玛突袭成功，还抢来不少战马。这气煞了白帐王，他亲率2万勇士扑向岭国，双方激战，死伤甚多。珠姆为保护岭国，只能答应白帐王的要求，施计拖延时间，等待格萨尔王归来。3年过去了，珠姆先后派出的信使花喜鹊、红狐狸和白鹤三兄弟都无音信。辛巴再来催婚，珠姆用水晶镜看到的却是格萨尔王正在与梅萨和另一位美若天仙的女子饮酒唱歌，顿时昏厥。侍女琼吉假扮珠姆替王妃出嫁，白帐王喜出望外，带上假珠姆，班师回城。可是好景不长，晁通又一次飞箭传信，假戏败露，愤怒的霍尔大军直奔达孜城，直接掠走了真珠姆和许多财宝。

下部《降伏霍尔》故事梗概：

待到岭国草原各部人马赶到达孜城，达孜城已是人去城空。格萨尔王的哥哥嘉察愤怒无比，飞马急追，却不幸因战马受惊坠落在辛巴的矛尖上殒命。岭国众英雄要与霍尔军死拼，被格萨尔王的父亲森伦王劝下。

霍尔王让晁通当上了岭国国王，这个傀儡把岭国众生折磨得困苦难当。

逗留亚尔康9年3个月的格萨尔王，终被他的神马江噶佩布一段忠告唤醒，留下秦恩管理魔国国政，自己匆匆赶回岭国。

晁通见有放羊人路过，命令已成佣人的森伦王去收草钱水钱。森伦认出儿子的刀、碗、虎皮垫，格萨尔王见到父亲心酸无比现出原形。

格萨尔王掌握了晁通的罪行，待到见面时，神马江噶佩布气愤不过，一张嘴把晁通吞下了肚。总管王带众家兄弟迎接格萨尔王归来，梅萨和阿达娜姆带着魔地的财物、骡马牛羊也正好赶到，格萨尔王将物品分与众人。直到这时，神马江噶佩布才把只剩一口气的晁通屙了出来。晁通被贬去了边地达喀部落放马。

面对霍尔强敌，格萨尔王只能再度充当单骑闯关的孤胆英雄。途中，战死的哥哥嘉察转世成的鹞鹰，专门追撕死后变成麻雀的霍尔兵。不明原因的格萨尔王正要用弓箭射杀这只凶猛的鹞鹰时，被神骏江噶佩布唤明。兄弟俩和神骏在此相会，亲情满溢，泪洒衣襟。在鹞鹰和江噶佩布神马的协助下，格萨尔王一连突破了魔蛙、母夜叉等九道鬼魔关卡。

根据天母的旨意，格萨尔王变作小乞丐，在泉边遇到打水的年轻女巫师吉尊益西，她是霍尔国"钢铁大王"的女儿。其父亲统管铁匠工艺，打造的铁链尤好，是攻下霍尔雅则红城的急需之物。吉尊益西的慧眼看穿了小乞丐的英雄原型，她的聪耳早也听到了天母让格萨尔王迎娶自己的动人歌声。在上山烧炭的情节中，智慧仙女吉尊益西唱出了爱慕的心声，格萨尔王现身，两人互定终身。

有吉尊益西的帮助，格萨尔王如虎添翼，重创了霍尔王的几个寄魂物，霍尔三帐王都生了重病。吉尊益西遵旨占卦，查找三帐王生病的原因。美丽巫师谎称是家神受到冲撞而出走天界，需由五位姑娘上山煨桑，同时宫门大敞三天，才能迎来家神回归。

格萨尔王乘机化作年老的要猴人，进得城来。他探得珠姆仍像从前那样爱自己，甚是感动。格萨

格萨尔王返回岭国清算了叔叔晁通卖国的罪行；只身前往霍尔国，在战神与岭国将士的助阵下，战胜霍尔白帐王后，欢庆胜利 （降边嘉措供稿）

尔王借助十五的月亮，装扮成霍尔人，用吉尊益西家打造好的铁链攀上雅则红城宫顶，进入霍尔王的家族神祠。

而此时，霍岭双方的战神却在天空中厮杀得难解难分。白帐王的小儿子受到惊吓哭闹起来，珠姆知道这是格萨尔大王来了，为他做了内应。

失去寄魂物的保护，重病中的霍尔王已不是格萨尔王的对手。岭国精锐之师，在嘉察转世的鹞鹰带领下，也赶到了雅则红城灭魔。最终，格萨尔王制服了白帐王，岭军将格萨尔王的金鞍锁在白帐王身上，白帐王成了岭军惩罚和戏谑的对象。

全城百姓来为辛巴求情，格萨尔王饶恕了霍尔大将梅乳孜，同时封他为霍尔国的首领，继续统领霍尔十万精兵。从此，霍尔国各部，都归顺于格萨尔王和岭国。

史海钩沉：

所有的《格萨尔》说唱艺人都会有一顶神奇的帽子，没有它就没有灵感，没有记忆，不能进入格萨尔的"时空"说唱。帽子的造型大体是山形，中间为主峰，两旁为侧峰。也有说两旁为马耳，也有说代表了小觉如那顶自创的羚羊角帽。而艺人帽的色彩不尽相同，其实都是由艺人的喜好而定。过去的艺人帽受条件所限，总体比较朴素、简单。现在的艺人帽偏向华美艳丽。帽饰中除有各类猛禽的羽毛，还有格萨尔王的兵器和战马装具。2000 年采访玉树著名《格萨尔》抄本世家布特尕时，他向我们展示了亲手制作的艺人帽，帽饰上代表格萨尔王的弓箭、铠甲片等神器圣物摆放的不少，唯独缺少马鞍。马鞍对于马背民族来说，就是他们的荣耀和精气所系。如此神奇的艺人帽的饰品中，不应该少了征战驰骋的马鞍呀！随即布特尕为我们揭开了谜底，这是因为格萨尔王擒获白帐王后，岭国将士为惩罚白帐王，将格萨尔王的马鞍备在了白帐王的身上了。从此以后，要是在艺人帽上装饰格萨尔王的兵器和马匹装具的话，左下方要留有一块空缺，那是马鞍的位置。看来，这个空缺倒是代表了一次重大胜利、一个大荣耀，真是缺有缺的道理啊！

《格萨尔》说唱艺人的保留节目中都会有一段《帽赞》，与《山赞》《马赞》

《箭赞》等段落一样精彩。《帽赞》唱词把艺人帽的灵性、风采、神奇，赞颂得尽善尽美。

"霍尔"一词是对"胡系民族"的统称。从广义上讲，元朝以前霍尔泛指北方各游牧民族。元朝以后，即从狭义上讲，霍尔是指蒙古人。不过，现在的康区人将元朝蒙古军留下的部族，比如"三十九族"的后代，称作"索波"人。也有不少被冠以霍尔称谓的部落有蒙古族人血统。阿来《瞻对》一书中说："瞻对（今甘孜州新龙县）以北朱倭、麻书、孔萨、白利和炉霍章谷土司，有一个共同的名号'霍尔'。他们都有好战善战的蒙古人血统，是元初时，进据此地的蒙古人后代。"不知在康区，"索波"与"霍尔"这两个称谓，有没有细分上的区别。

英雄史诗《格萨尔》中，霍尔国的白帐王、黑帐王、黄帐王，是以帐篷颜色来划分的部落三兄弟。现在的藏地仍有以郭尕儿、郭儿那、郭儿赛即白、黑、黄三种帐篷为标记的部落族人存在。

1984 年，玉树的昂扎先生去拉萨开会，想顺道看望几家住在西藏巴青境内的亲戚，乘车到了巴青县城后，他向朋友借了一匹枣红马就上路了。可是，一路上受了大罪，连口热水都喝不上，更不用说要在牧人家借宿了。问题正是出在他骑的这匹枣红马上，昂扎走进了自称是霍尔白、黑、黄三帐王后人的地界。他们的习俗是概不接待骑枣红马的人，因为祖上的对手格萨尔王骑的就是枣红马。昂扎得知原因后，请乡政府帮忙，换了匹白马，才顺利到达了亲戚家。

也有学者认为，霍尔三个不同颜色帐篷的名称，很可能代表了三个不同时期的不同部族，而《格萨尔》说唱艺人把不同时期发生在部落族间的历史事件，放在了同一部史诗故事中讲述。青海阿顿·华多太先生对三色帐篷霍尔的民族归属问题做了非常有益的探索。他从《霍岭大战》中的一个重要都城地名"雅则红城"即"红色山岩城"的田野考察入手，对应历史记载和民族传承，得出了如下结论：

唐蕃时期回纥人是白帐王的史实原型；唐蕃时期吐谷浑人是黑帐王的史实原型；宋金时期女真人是黄帐王的史实原型。

回纥，史称铁勒，是裕固族的祖先。回纥后裔就是今天甘肃肃南县一带的裕固族。这里有座雅则红城，就在肃南县临松山下马蹄寺跟前。其遗址悬崖上至今还有格萨尔王用铁链登城的痕迹，还有珠姆远眺故乡的地点。2000年深秋，我们采访拍摄了马蹄寺及周边的格萨尔文化遗址。随后，丹曲博士还请我们一行，去了距离马蹄寺不远的祁连山他老家做客。

回纥人曾活跃于青藏高原西北的南疆、和阗、敦煌、甘州一带。"和阗"藏语"霍尔地"。裕固族自称"尧乎尔"，就是"霍尔"在裕固族语音里的变音。更重要的是，回纥人有使用白色帐篷的风俗。吐蕃与回纥间的征战，在汉藏典籍中多有记载，许多记述也可以在史诗故事中见到踪影。

最近一次采访拍摄玉树著名《格萨尔》说唱艺人达瓦扎巴，他为我们说唱了二十多分钟《祝古兵器宗》中的一段故事。之后，他拿出根据自己的说唱编辑出版的藏文版《祝古兵器宗》上、中、下三本书给我们看。讨论中，他说这部《祝古兵器宗》故事很长，其史实依据，就是吐蕃军队在祁连山脉和河西走廊上与回纥大军争战的历史。作为托梦艺人，达瓦扎巴有这样的认识相当了不起。首先，他指出了世界上最长英雄史诗形成的原因，除了真实的格萨尔王时代、岭国各部落的英雄壮举是这部伟大史诗的生活原型之外，正是千百年来不断涌现的《格萨尔》说唱艺人，更多地把藏族历史上的重大事件作为创作《格萨尔》的故事素材，并从自己的认识视角说唱出来。其次，他从客观上承认了《格萨尔》说唱艺人的创造性劳动，把史实升华到艺术的高度，不再只是一味地将自己的说唱能力归于神授。

再说吐谷浑，原先是辽东地区鲜卑族的一支，因族内兄弟俩不和，弟弟吐谷浑率领自己的部落向西迁牧两千里于阴山之北，又于公元4世纪翻过金山，进入青海东南部和甘肃南部，建吐谷浑国延续350余年。唐初时，吐谷浑的势力范围相当大，一度向南占领过阿坝、甘孜一带。果洛州达日县的朋友说，达日县时常出现被大雨或是河水冲刷出的吐谷浑人墓葬，有人捡到过金子制品。青海省都兰县热水大墓群规模之大，出土文物之精美，让人窥见了当年吐谷浑国的强盛。

阿顿·华多太田野考察调研后认为，吐谷浑有四大城堡，其中青海湖西北角天峻县的雅则红城，位于快尔玛乡，是红色岩石构成的天然城堡。城墙上还有天然形成的霍尔神鸟乌鸦的石头像，四周还有"霍尔措合"，是各路霍尔首领商议国事的地方，还有丹玛追赶霍尔马群的地方，这些与霍岭大战中的故事情节相似。再从唐王朝给吐谷浑的"西平郡王""青海王"的封号看，吐谷浑正是以青海湖为中心建立的。藏族传统上把青海湖一带的牧人称为"巴乃亥"，即"黑帐篷"部落。吐谷浑到来之前，党项羌人就在这里驻牧，以牦牛毛编织帐篷，颜色为黑色。华多太先生认为，吐谷浑建立的实际上是鲜卑人统治的羌部落联盟。鲜卑人"入乡随俗"，就地取材，选用黑帐篷就再自然不过了。所以说，吐谷浑国是黑帐王部落的史实原型。后来，吐谷浑大部被吐蕃吞并，融入今天的藏族中。但国王率一部逃至今张掖，又辗转至青海东部，发展或者说融合其他族群形成了现在的土族。

再说宋金时期女真族崇尚黄金黄色的民族特征。青海循化县东郊的雅则红城则是金国女真族建立的。金国军队在宋金时期所向披靡，一度占领过青藏高原东北、东南一带，在临夏、甘南、青海南部和四川北部征服了大量的藏族部落。而这些地区在《格萨尔》故事中，大都是岭国疆土。这一带至今还有以"完颜"为名的地方和部落。当然，也流传有藏族部落反抗金兵入侵的故事，也有以"霍尔"为姓氏的藏族部落。金国女真人是一个崇尚黄金、酷爱金丝织物和工艺品的民族，连国号都为"金"。金人帐篷自然以黄色为主，华多太认为，这是史诗中霍尔黄帐王的创作来源。故此，青海循化地区的雅则红城是黄帐王的城堡，而黄帐霍尔的史实原型则是女真人。

正因为有如此丰富的史实，《格萨尔》说唱艺人得以用黄帐王、白帐王、黑帐王三兄弟的形象来加以艺术渲染创作，使得《霍岭大战》成了《格萨尔》故事中无与伦比的经典。

当然，此后的藏族部落，也一定会有用黄、白、黑三色帐篷来命名的，这也为当下田野考察甄别增加了难度。

《姜岭大战》之部的长度仅次于《霍岭大战》。西藏人民出版社1981年根据藏文手抄本出版的藏文铅印版有唱词15923行。中国藏学出版社1991年汉文版《姜岭大战》上、下两册共计64.3万字，是由徐国琼、王晓松翻译整理，降边嘉措、耿予方校审。我的一套《姜岭大战》汉文版，还是在云南迪庆拍摄《茶马古道》一片时，由翻译者之一王晓松先生赠予。

《姜岭大战》也是一场超长的战争，一共打了9年。此战显然是根据吐蕃与南诏争夺盐池的战争史实创作而成。反映到史诗中，格萨尔王的岭军打得也很吃力，最终在天母的授意下，格萨尔王抓住偶然的机会获得了胜利。这与当年吐蕃与南诏争夺盐池的实际战况很相似。值得一提的是，《姜岭大战》的故事布局巧妙，情节最为曲折。

《姜岭大战》故事梗概：

南方姜国幅员辽阔，兵多将广，物产充足，独缺最重要的资源——盐巴。姜国国王萨丹对岭国的盐池垂涎已久，又忌惮格萨尔王的威势不敢妄动，整天闷闷不乐。姜国魔神乘夜色骑着瘸腿紫骡前来唆使怂恿萨丹王发兵抢夺岭国盐池，并许诺护驾。消息一出，遭到王妃和内大臣中的反战派极力反对。萨丹王哪里肯听，令长子玉拉托琚担当先锋占领盐海。格萨尔王得到情报，命霍尔大将辛巴梅乳孜带上自己和岭地英雄所赠的31支神箭，任先锋官迎敌。辛巴使计，用酒灌醉并活捉了玉拉托琚。萨丹急派三军统帅主扎白登前来救子。辛巴化装后单骑相迎，谎传玉拉王子射杀了9头野牛，要求派兵运肉。姜国大将杰威推巴跟着辛巴前往查看，中计被丹玛所杀。辛巴两度得手难免轻敌忘形，不顾总管王和格萨尔王的劝阻，第三次去姜营故伎重演终被生擒。格萨尔王亲征杀向盐海。姜军刚做好迎敌准备，忽

姜岭大战十分胶着，岭国先后几次派出王妃珠姆和梅萨与姜国王妃谈判，都被姜王否决，致使战争一直打了9年 （降边嘉措供稿）

见山岗上出现一头凶猛野牛，姜军统帅把 300 支利箭射完，也未伤着它。主扎白登见山头没了动静，便准备出营取回利箭，遭到伏击，被丹玛所杀。原来那头野牛正是格萨尔王所变。岭国乘胜攻击，姜军溃败，大将泽玛克吉弃营逃回姜国。岭军从姜营木桩上救下被绑的辛巴。萨丹王只得派出法王滚噶吉美，抵挡格萨尔军团的进攻，两军在日那绷黑山下激战，尸横遍野，血染盐海，双方伤亡惨重。5 年鏖战，双方未分胜负。其间岭姜双方王妃三次会谈未果。之后，姜国法王还是死在了丹玛的刀下。格萨尔王率军攻下姜国第二大城堡"天雷红岩城"，姜军主力覆灭，岭军反攻开始。岭军接着攻下姜国护法神红熊居住的"九角铁城"，但因消耗过大，只能退守盐海。夜晚，天母授意，格萨尔王将 9 万支神箭变成森林，铠甲鳞片变作树叶，诱使萨丹王出宫散心。果然奏效，萨丹王见到林中有温泉湖，便下到其中洗澡，格萨尔王变作一条小金鱼，乘萨丹王喝水时钻进他的肚中，以千辐轮，搅碎了萨丹心肺，萨丹王死在湖中。岭军来到姜国京城"玉珠塞尔王宫"城下，姜国内大臣白图改变了立场，反讽王妃"有大仇不报是狐狸，欠饭账不还是小人"。他出城迎战，被格萨尔王水晶宝刀劈杀。姜国老将齐拉本波魔力大发，一路冲杀，岭军众多人马也奈何不了他。危急中，神驹江噶佩布带 30 匹神骏拦住齐拉，齐拉飞身骑上神驹，不承想，江噶佩布飞上天空，将他抖落进了毒海。姜国败将泽玛克吉也不听王妃劝，点燃姜国金银宝库后，出城死战，被丹玛剁成两段。岭军终于得胜，进了姜王宫。格萨尔王把姜王妃和她的两个小儿子一起安排去了岭国的红珊瑚城堡，与她的长子玉拉托琚一同居住。姜公主白玛曲仲与岭军金缨部队指挥官尼奔达雅结为夫妻。格萨尔王把未烧毁的财宝分予姜国百姓，从此，岭姜和睦相处，过着和平安乐的日子。

史海钩沉：

史诗中的姜人，是对唐代四川、云南磨些人的称呼，他们应该和当今的摩梭人同属一支血脉吧。姜地，也泛指丽江一带。"萨丹"原指地名，即丽江坝子，在《姜岭大战》中，"萨丹"用作了姜国国王的名字。

从争夺盐海的史实背景看，盐海地理位置应是四川盐源县的大盐池，至今盐源县盐井镇还有两座大井盐厂生产食盐。汉代这里叫定笮县，唐代曾改称昆明城，南诏一度改叫香城郡，元时改称答蓝，明清始称盐源县。

自从吐蕃赞普于公元 633 年迁都拉萨后，不到半个世纪，吐蕃"胜兵数十万"，其势力已达丽江一带，并设神川都督府统治姜人 100 多年，盐源县的盐池不久也归吐蕃所有。

公元 794 年，乘吐蕃在北线与回纥大战之际，南诏异牟寻与唐剑南四川节度使韦皋联兵，击败吐蕃神川都督府的铁桥城守军，就是现在丽江的塔城，盐海又回到磨些人手中。之后，吐蕃大相仑莽热率大军来解围，西川兵据险设伏，维州、昆明城吐蕃军久攻不下，仑莽热被擒，吐蕃只得撤兵。以后的四百五十多年间，盐源县均归南诏和大理统管。

公元 1253 年，忽必烈率兵取道康区，南征灭大理国，统一了云南，建立行省，盐源县遂归丽江路军民宣抚司管辖。

由于历史上的隔阂，特别是为了食盐资源，民族之间时常戈矛交锋，直到明清，丽江土司与原吐蕃方向的部落仍征战不息。

从这些史实看，吐蕃与磨些人争夺盐源盐池的交战，就像拉锯一样，忽"沦"忽"收"，忽又"复沦"，这也就为《姜岭大战》积累了丰富的史料，只不过《格萨尔》说唱艺人是从艺术化视角，史诗化反映争夺盐海的故事。正如别林斯基所言："史诗是这样一种历史事件的理想化的表现，这种历史事件必须有全民族参与其间，它和民族的宗教、道德和政治生活融会一起，并对民族命运有着重大的影响。"

正如译者徐国琼、王晓松在《姜岭大战》前言中所指出的那样，与其他史诗故事一样，切不可把史诗《姜岭大战》这部文学艺术作品，等同于民族之间的战争历史，更没有褒贬哪个民族的意思。

《门岭大战》之部最早是由西藏人民出版社 1980 年出版的扎巴老人说唱本藏文版，有唱词 9635 行。1984 年在此基础上出版有汉文版。

《门岭大战》故事梗概：

姜岭之战结束才不过数月，白梵天王亲自给格萨尔王授记，格萨尔大王这才得知，自己出生前的岭国，曾被南方门国15万大军入侵，尤其是晁通统领的达绒八部损失惨重，还被门魔抢走了镇国之宝——六匹汉皇所赠御用蟒龙缎。更为严重的是，门国魔王、魔臣、魔马只要平安修行度过这个冬天，他们就会天下无敌，门魔将会主宰世界。

格萨尔王根据天王的旨意，在晁通提出了兴兵讨伐门国的建议后，他便调集北魔秦恩、霍尔辛巴、姜子玉拉托琚三部和岭国直系各部，以百万大军亲征门国。

中途在达拉查吾山顶，格萨尔王和少年将领玉拉一问一答，赞美了远近百座大山的山名与来历，这就是著名的"山赞"由来。

岭军和门军在娘玛金桥桥头相遇。玉拉告知门将，此行是为给岭王子向门国公主提亲。门国国王听后大怒，不愿将公主嫁仇敌。

门国独脚魔鬼上师占卜的卦象险恶，他却允诺将用法术助阵，鼓励门军死战。

魔王、魔臣还有60名人血喂养的勇士，魔性大发，誓与岭军拼死一战。

魔军先锋红缨军首领达娃察宗来到桥头连发六箭，竟然射杀了岭兵13名。

达娃察宗在与霍尔大将辛巴梅乳孜对射中，互有损伤，姜子少年玉拉乘机抛出隐形索，套住达娃的脖子，辛巴催马跃进，举刀将其斩于马下。

门魔首席大臣古拉妥杰为挽脸面纵马出战，岭军知其厉害，派出五员大将应战。神箭手丹玛取出鹰翎箭，搭在"开乐"宝弓上，放出一箭，虽然射中了古拉的金头盔，却没有对古拉造成伤害。古拉回敬一箭，射掉了丹玛的盔缨，丹玛却摇摇欲坠，魔箭飞向后山，射倒几株百年老树，引燃一片大火。可见古拉的魔箭毒性极大。另外四将挺身与古拉缠斗，这才救下丹玛。

古拉妥杰虽为魔臣，长得却面如满月，身形高大，虎背熊腰，真个是仪表堂堂的男子汉，加上他金盔金甲金披风，胯下是一匹鹅黄色的千里马，这样的魔敌形象极为少见。

格萨尔王的神马得知魔王、魔臣灵魂的隐藏地后，格萨尔王让岭军每日与古拉纠缠，自己独自潜入南方玉山山麓、古尼平原的上首，从骏马石中找到铁块石旁的洞口，进洞用箭射杀了一只九头铁蝎和一只铜胡须铁尾巴的九

格萨尔王亲自出马，潜入隐蔽的崖洞中，剿灭了门国国王及大臣的寄魂蝎等妖物，致使门国失去了战力 （降边嘉措供稿）

头乍瓦，它们正是魔王辛赤和魔臣古拉妥杰的生命支柱。

很快门域出现了各种灾相，公主梅朵卓玛也做了奇怪的梦，提出让自己与岭国王子和亲修战的主意，遭到其父辛赤王的拒绝。她解梦后得知门国将破，父王也将离去。

魔臣古拉失去了寄魂物，魔力大减，被岭国五将生擒。格萨尔王惜才，想收古拉为麾下大将，管理门域，但古拉誓死不从，格萨尔王无奈将其处死。

同时，岭国三术士也降伏了门域的独脚魔鬼上师。

辛赤王见大势已去，点燃城堡，祭出天梯攀上云端逃离，被格萨尔王搭弓射落，掉入自己点燃的火海中。

史海钩沉：

门域之地，显然在岭国的西南方向，史诗中记载，进入门国后，"南方的闷热空气里，有病毒和瘴气"，为此，格萨尔王要求各部注意防病，拿出从流水中提取的药水和天母的护身结，叮嘱无论尊卑长幼，都要发放。这些描述说明，故事发生在纬度比较低的地方，有人说是藏南门隅一带。这里处于喜马拉雅山脉大峡谷一线，海拔从 4000 多米直降到 500 米，森林覆盖率达 70% 以上，珍稀动植物众多，原始风貌犹存，夏季炎热潮湿，蚊蚋遍地，冬季无冰霜，属热带、亚热带气候，是我国门巴族主要聚居地。早在吐蕃松赞干布时代，珞瑜、门隅地区，就已被置于吐蕃统治之下。吐蕃王朝的疆域包括门隅地区，门巴族祖先即吐蕃的属民。从五世达赖喇嘛开始，在门隅设立宗本衙门，开始了政教合一的统治。19 世纪，清王朝和西藏地方政府在门隅首府达旺建立了全国性行政委员会，负责处理重大行政、宗教、边境事务。

五世达赖喇嘛圆寂后，转世灵童六世达赖喇嘛仓央嘉措正是在山南门隅地区的达旺找到的。当时的藏王桑吉嘉措因为形势需要，对五世达赖喇嘛圆寂一事密报康熙皇帝，对外采取的是"秘不发丧"的措施，仓央嘉措就在家乡达旺待了 15 年。门隅达旺一带是藏族民间诗歌创作风气很盛的地方，这为著名诗人六世达赖喇嘛仓央嘉措的诗歌创作提供了丰富的民间养分。后人将他的诗歌编辑成书，《六世达赖喇嘛仓央嘉措情歌》受到藏族民众和当代各族人民尤其是青年朋友的喜爱。

也有学者认为门隅的"门"，相当于汉语中的"蛮"字，有边远民族的意思。正像法国学者石泰安在他的专著中说的，"从东到西居住在喜马拉雅山谷中的土著人的一个很笼统的名称'门'，也可以适用于汉藏走廊地区非藏族世居民族"。值得关注的一个史实是，朗氏贵族军事集团也有举兵门域的经历，《朗氏家族史》在罗列其高贵种姓和战功时，列举了朗氏祖先征服的许多地方，其中就有征服门地的记载："朗·僧格杜祭祀门地神灵稽贡，进军门地，统一门地疆土。作为勇武的标志，活捉门地水中吃人之虎，剥下斑纹虎皮悬挂在帽顶，役使门地四部落。故帽顶佩挂猛虎皮役使门地者亦是天神种姓朗氏人。"如此说来，后世的《格萨尔》说唱艺人完全有可能依照吐蕃王朝或是朗氏贵族军事集团征服门地的史实，创作了英雄史诗《格萨尔》中的《门岭大战》之部。

值得提及的正是朗氏家族第 14 代子孙朗·绛曲哲桂大师，他在 70 岁的年纪，受家族指派回到他的出生地，就是后来才得以冠名的玉树达那山一带，会见了格萨尔王。他的儿子念妥阿昌修建了格萨尔王及 30 位大将军的灵塔群。

四大战争之后，接着就是十八大宗和十八小宗，"宗"即城堡，这里指战争故事。下面只能将十八大宗的篇名报一下，有兴趣的读者可以去找来阅读。

《达色财宝宗》《索波马宗》《阿扎玛瑙宗》《奇日山珊瑚宗》《象雄珍珠宗》《卡契玉宗》《祝古兵器宗》《雪山水晶宗》《松巴犏牛宗》《百热山羊宗》《米努绸缎宗》《木古骡宗》《奇岭铁宗》《扎日药物宗》《托岭之战》《梅岭之战》《嘉岭之部》《阿里金子宗》等。从篇名即可以得出皆因财富而战的结论，但起因多有不同。有因晁通贪财贪色而触发的，有因邦国首领狂妄自大、主动攻击岭国而引发的，也有天母授意要求尽快平暴灭魔而催生的。具体请教了不同的《格萨尔》说唱艺人，十八大宗和十八小宗的篇目和序列，也会有少许出入，上述目录仅供参考。

还有200多部《格萨尔》故事。《格萨尔》就像"滚雪球"一样，经过历代《格萨尔》说唱艺人的传承和创造，成为世界上最长的英雄史诗。但最后总是要由《地狱救妻》和《地狱救母》或者称为《地狱大圆满》之部来收尾。但是，许多《格萨尔》说唱艺人不愿意说唱最后这两部，至少不提前说唱，他们认为，这两部说唱完了，格萨尔王就要返回天界了，格萨尔的故事讲完了，艺人的生命也就到头了。所以，许多艺人往往还没来得及说唱"地狱"篇，就离开了人世。由于艺人的这种忌讳，最后两部的篇幅也都相对较短。

毫无疑问，英雄史诗《格萨尔》能够成为世界上最长的史诗，最主要的原因是历代《格萨尔》说唱艺人的不断传承与创造。

第四章　神奇的《格萨尔》说唱艺人

第一节　宏大史诗的塑造者

千百年来，全体藏族人民与他们中的佼佼者——《格萨尔》说唱艺人，共同完成了这部举世无双的民间文学巨著。在世界文学史上，令世人称道称奇的则是这群《格萨尔》说唱艺人绝大部分并不识字，却往往被誉为故事大师、语言大师。英雄史诗《格萨尔》又被公认为是古代藏族文化领域的最高成就和百科全书，那它毫无疑问就是一座无与伦比的无字丰碑。

在《格萨尔》的创作和传播过程中，那些才华出众的民间说唱艺人，起着巨大的作用，他们是史诗最直接的创造者、继承者、传播者，是真正的人民艺术家，是最受群众欢迎的、卓越的人民诗人。他们身上体现了人民群众的聪明才智和创造精神。那些具有非凡聪明才智和艺术天赋的民间说唱艺人，对继承和发展藏族民间文化做出了不可磨灭的贡献，永远值得世人和子孙后代怀念和崇敬。

降边嘉措认为，不应对《格萨尔》说唱艺人神奇现象做过度渲染，他们主要还是靠自己的艺术才华和后天努力，掌握说唱技能以维持生计。我曾请教过降边嘉措，在《格萨尔》说唱艺人类型的归类上，为什么只用"托梦艺人"而不用时下常提的"神授艺人"这个说法？他认为，"托梦"这种文化形式，在藏族社会中常见并被承认，"包仲"即"托梦艺人"的称谓更准确。藏民族普遍认为万物有灵，"神授艺人"是哪位神仙授予的呢？深究下去容易产生分歧。

所谓"神授"是一个约定俗成的说法，也有艺人自称"神授艺人"。他们的超人才智和记忆之谜，为他们披上了一层神秘面纱，就连艺人自己也不能理解自身的巨大说唱能量从何而来，往往归结为"神授"。当然，藏族民间认为《格萨尔》说唱艺人是故事神附体了，所以《格萨尔》的故事能从艺人口中源源不断地说唱出来。艺人把自己的才华归于"神授"，也是出于保护自己的需要。过去，僧侣文化强势统治藏地的时候，《格萨尔》说唱艺人的社会地位极其低下，他们常常混迹于牧场村头、市井街巷，通过说唱靠别人的一点施舍过日子。才华横溢者，偶遇富贵人家邀请，生活才能得到一时改善。艺人打出"神授"的旗帜，也是在为自己壮胆增色，以防被欺辱，方便在民间云游说唱。

老一代的所谓"神授艺人"有两个共同特点，一是发现他们那会儿都不识字；二是都说自己小的时候，因某种特定原因，比如生病、迷路，做了一些奇妙的梦，此后便会说唱《格萨尔》的故事了。既然如此，那就将这一大类《格萨尔》说唱艺人用"托梦艺人"来表述，不是更符合他们的亲身经历吗？

关于《格萨尔》说唱艺人的类型，学者们也是按照约定俗成的说法归纳，大体上是相同的，现借鉴降边嘉措的一些观点，列举如下：

托梦艺人

藏语叫"包仲"，"包"意为"降落、产生"，如占卜，叫"莫包"。"包仲"，指通过做梦而会说唱《格萨尔》故事的艺人。这类艺人数量最多，涌现出多位大师级的《格萨尔》说唱艺人，像扎巴、桑珠、玉梅、才让旺堆、达瓦扎巴、昂仁、次仁占堆等，都得到过表彰。40 年来，说唱艺人中的优秀者，在政府的安排下，生活有了保障后，专心说唱录制《格萨尔》，留下了一批珍贵的非物质文化遗产成果。

掘藏艺人

藏语称"德仲"，是指有缘分之人，能发现挖掘出前辈大师藏于山洞或是隐蔽处的《格萨尔》故事文本。这类艺人最大的特点是有文化，有不少人还是僧侣，多为宁玛派即红教派僧侣，生活上不像其他说唱艺人那么贫穷，是一些热衷于《格萨尔》的文化人，也是民间的搜集整理编纂者。

藏宝艺人

藏语称作"贡德"，按字面翻译，即"心里藏着宝贝"。意思是说，这类艺人心里藏着《格萨尔》故事，像矿工从深山把宝藏挖掘出来一样，艺人能从心中悟出，或把头脑中自然显现出的《格萨尔》故事写出来。这些传承方式，与古老苯教的"口传经文"和佛教的"心间伏藏"相类似，系指先贤把经典放在有慧根和有缘分之人的心间。一旦开启"智慧之门"，就能源源不断地"挖掘"出来并书写成文。最具代表性的"贡德"藏宝艺人就是果洛的格日尖参。

圆光艺人

藏语称作"扎包"。"圆光"是苯教术语，巫觋、降神者或占卜师看着铜镜以观吉凶，谓之"圆光"。圆光方法后来用在了史诗说唱上。艺人说唱时，面前放一面铜镜或一盆清水，或是手执白纸，圆光艺人能看到镜中格萨尔故事，有文字或是图像，根据所见，说唱或是抄录出《格萨尔》来。最具代表性的圆光艺人就是类乌齐的卡察扎巴·阿旺嘉措。

顿悟艺人

藏语称作"达朗仲"，"达朗"一词，尚未找到一个比较准确的词语来表达它的含义，在这里，暂且译作"顿悟"。按字面翻译，是"忽然醒悟"的意思。

既是"忽然醒悟"，他们的记忆，他们所讲的故事，就有短暂性和易逝性。

闻知艺人

藏语称作"蜕仲"，"蜕"，意为听、闻，即听别人说唱《格萨尔》之后学会的。这类艺人一般只会讲一两部，或某些片段，如"马赞""山赞""帽赞""帐篷赞"，等等。他们大都承认自己没有得到神的启示，缘分浅，天赋差，只能跟着别人学唱。

吟诵艺人

藏语称作"顿仲"，"顿"，即吟诵，也就是朗读《格萨尔》故事的人。这类艺人有两个特点：一是识字，能看本子吟诵，离开本子便不会讲。二是嗓音比较好，吟诵时声音洪亮，抑扬顿挫，节奏鲜明。三是表演功能比较强。当今在各地广播电台、电视台说唱的，大多是这类艺人。比如甘南州夏河的尕藏智华，玛曲的才扎，德格的白马益西父女等，还有迪庆州维西县的和明远老人，以及他带出来的几位徒弟，现在都是国家和省州非遗传承人。而在广袤的高原牧场上，牧民们很喜欢自己身边的吟诵艺人，因为能方便地欣赏到他们吟诵的《格萨尔》故事。

传承艺人

是特指像玉树布特尕《格萨尔》抄本世家的这类艺人，他们用硬笔书法，按照家族传承的藏文书写风格抄写出的《格萨尔》文本，都是艺术品。不过诸如格萨尔唐卡艺人、格萨尔石刻艺人、格萨尔木刻艺人、格萨尔铜雕艺人等，是否也该归于"传承艺人"的范畴呢？再讨论。

就英雄史诗的一般发展规律而言，著名学者杨恩洪把其分为了萌芽期，成长期、成熟期和定型期四个阶段。

萌芽期：神话传说、民间故事、民谣谚语、英雄壮举等是这一时期的创作素材。

成长期：部落、邦国间的征战故事和历史重大事件是这一时期的主要创作源泉。史诗的框架基本显现，容量也日益见大。

成熟期:史诗的脉络已十分清晰,主人公形象鲜明,故事完整,语言生动,诗歌吟唱的曲调也已十分丰富完备。学术界的共识认为《格萨尔》的成熟期出现在公元 11 世纪前后。

定型期 : 产生史诗的社会环境已经基本丧失,说唱艺人不再出现,史诗已被文字包括采用现代录音录像手段记录下来。

《格萨尔》说唱艺人的文化现象是个大选题。就其艺人分布而言,是有规律可循的。首先,《格萨尔》说唱艺人集中出现在青藏高原的广大牧区。当然,行吟艺人的流动性和《格萨尔》故事的传播特性,决定了少量的艺人也会到达和出现在农业区,甚至传播到其他民族地区。其次,《格萨尔》说唱艺人一定集中出现在《格萨尔》故事广为传唱的流传带上。然而,随着现代社会的发展,

西藏那曲《格萨尔》说唱艺人次仁占堆
(拍于 2007 年 7 月)

产生史诗的社会环境逐渐丧失,真正的《格萨尔》说唱艺人越来越少,直至不再出现,史诗也将被文字和现代媒介固定下来。英雄史诗《格萨尔》现在正处在成熟期向定型期的过渡阶段。所以,《格萨尔》说唱艺人流传带也逐渐变窄。经过这些年的调查统计,大约还有 100 多名《格萨尔》说唱艺人存在,主要集中在三片区域,一是澜沧江上游东西两岸的西藏昌都市、那曲市和青海三江源的玉树州,这里集中了最多的艺人。二是广袤的阿里牧区,仍有不

2007 年 7 月，藏地《格萨尔》说唱艺人在青海湖旁吟唱《格萨尔颂》

少《格萨尔》说唱艺人待发现。三是素有江河源头之称的青海果洛州。此外，甘肃甘南州、四川甘孜州和云南迪庆州等地，还有少量的"闻知""吟诵"艺人。

第二节　民间诗神

2020 年初，有幸能为降边嘉措领衔编著的首部《中国〈格萨尔〉说唱艺人画传》提供大部分图片，这也是对我 20 来年来专注《格萨尔》文化专题拍摄与文稿写作的一个肯定。

回顾我采访拍摄过的《格萨尔》说唱艺人，我与他们中的许多人都成了挚友。20 年后，他们中的不少人已经离世，岁月无情，而我手中的影像资料，竟然成了离世艺人的遗影绝唱。

《格萨尔》说唱艺人群体，作为"活形态"史诗的最主要标志，是世界史诗领域的奇观，唯我独有。如今能为《格萨尔》说唱艺人留影立照，算是一大幸事。

老一代说唱艺人几乎全都经历过苦难。我在与他们的交往中，直接聆听他们的人生岁月，感受他们的内心召唤，也是获取格萨尔文化知识最接地气的方式。他们的惊人说唱能力，似乎也离不开生活历练。他们的才华技艺、音容笑貌，让我记忆犹新。他们的睿智灵性、独到见解，使我受益颇多。

在编著《中国〈格萨尔〉说唱艺人画传》时，100多名《格萨尔》说唱艺人的图片资料，以《格萨尔》说唱艺人流传重点地区为单元的方式排序，方便读者从历史时间纵向和地理空间横向两个坐标，对《格萨尔》说唱艺人的产生现象加以比较和研究。

由于篇幅所限，这里只能请出几位《格萨尔》说唱艺人与读者见面，好在其他章节中，对我熟悉的《格萨尔》说唱艺人也陆续有过介绍。

"杰出《格萨尔》说唱家"扎巴·阿旺嘉措（1904—1986年）

西藏昌都边坝县人，托梦艺人。1991年，被文化部、国家民委、中国社会科学院、中国文联追授"杰出《格萨尔》说唱家"称号。

人们都习惯称他扎巴老人，他能说唱《格萨尔》中的43部，在他供职西藏大学的7年中，留下英雄史诗《格萨尔》25部，共录有大盘录音磁带998盘，近30万诗行，400多万字，他的说唱质量非常高。

2000年，我们拍摄格萨尔纪录片那会儿，扎巴老人已经去世，而扎巴老人这一集必须要有。我采取了众星捧月的结构剪辑手法，请西藏大学教授、扎巴老人的夫人、儿女子孙、曲艺家、唐卡画师、儿时伙伴、道班同事、《格萨尔》学者，甚至萨拉夏天葬台的天葬师，从他们各自的视角，讲述了他们眼中、心中的扎巴老人，成功完成了《追忆扎巴老人》这一集。

扎巴老人自述，他9岁那年在山上放羊，为追逐一群蓝马鸡在林中迷了路。睡梦中，一个骑青马穿青衣的青面武士——应该是岭国大将丹玛——往他的小肚皮里面装了许多书。从此以后，小扎巴便喃喃自语地说唱起了格萨尔的故事。从五台山礼佛回来的一位喇嘛，见过小扎巴，对他母亲说："这孩子像座金房子一样珍贵，要好好抚养他。"

扎巴的少年和青年时代经受了太多的苦难。《海内外文学》1989 年第 2 期上，登载有降边嘉措早年采写扎巴老人的纪实文学作品《神歌》，文章对扎巴的一生作了详细介绍。

扎巴少年丧父，母亲又在支差役中不幸死去，他出走外村，给人家做了3 年佣人，还清了父母欠下的债务。儿时伙伴中的索朗白贞和曲结卓玛两姐妹，对会说唱《格萨尔》的小扎巴十分仰慕，成年后姐妹俩先后嫁给了扎巴，生有三个孩子。这让边坝宗阿拉嘉贡乡的庄园主古热十分眼红，也起了歹心。古热与边坝宗本长官串通一气，逼迫扎巴成为古热的"朗生"，即奴隶，那样的话全家人要终身为庄园主干活。

扎巴儿时的伙伴送给他一只山鸡，庄园主抓住此事，以盗窃了古热家的财产、惊动了山神为借口，要罚扎巴 350 两藏银——这是个天文数字——又让扎巴去芒康宗送一封信，信送到了，结果竟被芒康宗本直接打了 100 黑虎棍，打入死囚牢。原来，边坝那边藏军的一支英式步枪被盗，一直破不了案，为应付上峰的追问，边坝宗本就把扎巴当作盗枪人送去了芒康。扎巴送信期间，边坝宗本还给索朗白贞派了外地背粮差役。结果三个孩子先后夭折。索朗白贞和曲结卓玛千里寻亲，来到芒康，打工糊口，挣了点小钱就打点狱卒探望扎巴。这给了扎巴很大的安慰。幸运的是，盗枪人在数千里之外的阿坝马尔康被抓。扎巴是被冤枉的，芒康宗本让其做马夫，跟昌都两官兵去取枪。从芒康到阿坝，十个月的路途，扎巴一人徒步，还得保障照料官兵人马生活。等到扎巴支完这趟苦差，离开芒康监狱时，又被狱卒按倒，又打 100 黑虎棍。扎巴怒诉也没用，这是规矩，所有从这座监狱出去的人都得过这一关。

扎巴回到边坝，庄园主以欠债欠税为由，再次上门催逼。两姐妹拼命抱住愤怒的扎巴，没有让他再次出手反抗。扎巴告状到了宗本大人那里，结果反被判全家要给古热庄园做"朗生"。这一年，扎巴 29 岁，他毅然决然地带上妻子离开故乡边坝，踏上了行吟说唱的艰辛道路。

他与转山朝佛的香客一起，几乎朝拜了西藏所有著名的雪山湖泊，游历了许多名胜古迹。他曾三次穿越雅鲁藏布大峡谷，去朝拜地处西南边境、山高路险的扎日圣山。他到过拉萨、日喀则、江孜、琼结、乃东、萨迦、昌都等古城。他还从后藏地区，沿着喜马拉雅山到阿里地区，朝拜被称作"万山之王"的冈底斯山和"万水之源"的玛旁雍错湖。他走到哪里就在哪里说唱。扎巴老人阅历如此丰富，胸中装有众多的山河湖海，说唱时把自身的感受和体验，融入史诗中，他的演唱风格就显得雄壮浑厚、豪放深沉。

　　在云游四方的14年中，一位妻子和两个儿子先后死去。直到1959年，在解放军解放西藏筑路架桥的热潮中，扎巴成了一名正式的道班工人，从此生活的小船驶入了平静的港湾。"文革"中，扎巴免不了受到冲击，他无奈把《格萨尔》说唱艺人的艺人帽沉入了措高湖。

20世纪80年代降边嘉措采访著名《格萨尔》说唱艺人扎巴和玉梅　　（降边嘉措供稿）

　　1979年，西藏大学的老师找到他，聘请他来校专门从事说唱《格萨尔》工作，并且是正式教师的待遇。想起1966年夏受到的冲击，扎巴还是心有余悸。后在几位老师三番五次地真诚相邀下，他便真诚直白地提出，学校要给他开一张"派司"（pass），说明是学校让他说唱《格萨尔》的。什么"派司"？

哦，明白了，就是一张证明。当扎巴接过西藏大学藏语言文学系的"证明"时，他还幽默了一把，他伸出手指比喻道："这张'派司'是这个（无名指），不是这个（拇指）。"当事人旺堆老师和我说过，扎巴老人希望得到的是校党委盖章的"派司"。就这样吧，老人郑重地收好证明，装入怀中。这一年，扎巴已经 75 岁了，从此，"这孩子像座金房子一样珍贵"的预言，才真正得以证实。

西藏大学专门安排了 5 位教师，负责扎巴老人的说唱录音和文本整理，后编辑出版了扎巴老人说唱的全部 25 部《格萨尔》藏文本。扎巴老人还与西藏人民广播电台合作，编辑完成了扎巴说唱的《格萨尔》广播录音节目，定时播出，成了国内外广大藏语听众最欢迎的广播节目之一。

扎巴老人作为西藏自治区政协委员出席政协会议，与委员们参政议政。而同桌代表中，就有西藏和平解放前的拉萨上层贵族。扎巴老人清楚地记得，那时还被叫去为贵族家说唱《格萨尔》呢！现在竟能同桌议政，这让扎巴老人真切地感受到《格萨尔》说唱艺人的今非昔比，对自己说唱了一辈子的《格萨尔》有了更本质的认识，为国家留下珍贵文化遗产的愿望越来越迫切。

1985 年，年过八旬的扎巴老人，去北京参加全国首届《格萨尔》工作总结表彰大会，接受了国家的表彰。会后，杨恩洪老师陪他去了动物园，一眼看见了三只真老虎。扎巴老人认为，这是圆满吉祥的大喜事，因为格萨尔大王也属虎，老人感到很满足。

扎巴回到拉萨后，一直在赶录《巴嘎拉国王》之部，已经录制了 68 盘磁带，只剩尾声了。这部《巴嘎拉国王》，从未听其他艺人说唱过，扎巴老人自感更要抓紧时间。

1986 年 11 月 3 日这一天，他身体不适，但还是拒绝了医生让他住院的要求，赶回家继续录制。录制过程中，扎巴老人太累了，不得不停下来休息。工作人员见老人盘腿坐在洒满阳光的卡垫上闭目养神，就都悄悄离开了房间。当再回到扎巴老人跟前的时候，老人已经永远离开了大家。扎巴曾对女儿白玛说过，当他离开这个世界的那一刻，或许格萨尔王会给他一个好的姿势。这个愿望，竟然是老人坐在每天录制《格萨尔》的地方实现的。

扎巴老人为后人留下的珍贵《格萨尔》录音文本，无疑是世界文化遗产中的珍宝。他的感恩、敬业精神，同样教育、激励后人踏实奋进向前。

可喜的是，在扎巴老人的故乡昌都市边坝县，又有一位年轻的《格萨尔》托梦艺人斯塔多吉被发现。斯塔多吉六七岁时就展现了《格萨尔》说唱艺人的天赋。在西藏大学朗杰老师等很多人的关怀下，斯塔多吉第一次走进大学，成了第一位在大学读书的《格萨尔》说唱艺人。在校读书期间，他便开始了录制工作。毕业后，他留在了扎巴老人最后工作的西藏大学，现已获得了硕士学位。时代的浪潮中，斯塔多吉与时俱进，很快成了几部纪录片中的主角，又走进央视《国家宝藏》第 2 季，担任四川博物馆格萨尔古唐卡这一期的嘉宾演员。他与降边嘉措老师一同为大电影《英雄格萨尔》造势，踏上国际电影节红地毯。现在，我们正一同参与纪录电影《梦归三色湖》的拍摄，电影的现实线与梦境线就是以斯塔多吉与扎巴老人的生活原型为创作素材。时代催人，愿斯塔多吉为故乡再争光，为格萨尔文化发展再做贡献。

扎巴老人与斯塔多吉都属于托梦艺人，这是一个群星璀璨的群体，他们中的佼佼者早就被各研究机构聘用，大多成为拥有事业编制的"公家人"。这在《格萨尔》说唱艺人的历史上从未有过，他们打心里盛赞这个好时代。1986 年、1991 年和 1996 年，全国《格萨尔》工作会议三次在京召开，许多《格萨尔》说唱艺人受到表彰。下面再向大家介绍 3 位托梦艺人。

"说唱之冠"桑珠（1927—2011 年）

西藏昌都丁青县人，格萨尔托梦艺人，1984 年被西藏社会科学院聘用。27 年中，他留下了《格萨尔》说唱录音共计 45 部 2114 盒磁带。现已出版了 43 部"桑珠说唱科学版本"，这是当下最全面、最完整的《格萨尔》艺人说唱本，被誉为艺人说唱之冠，极具文学和科研价值。现在，30 卷本《〈格萨尔〉桑珠说唱本》汉译丛书作为西藏自治区重大文化工程已于 2017 年完成并出版。

我们是在 2000 年夏对桑珠老人进行了集中采访。北京台导演张耀还特意将桑珠带回墨竹工卡的老家，进行了多环境下的实地拍摄。但安排桑珠晚上在篝火前给村民说唱的形式，遭到了陪同来的西藏社科院学者的反对，他认为《格萨尔》说唱艺人没有在室外篝火前说唱的习惯，这场面完全是我们想当然。他甚至对我说，这片子不要在藏地播出，他觉着没能阻止这样的拍摄是他的失职。尽管篝火前桑珠说唱的画面很不错，但事后我也觉着西藏社科院老师批评得还是很有道理。追求纪实形态拍摄，不是说不可以调度乃至主观安排拍摄对象，但要尊重基本习惯和常识才对。

桑珠被誉为语言大师，他的成就和他的命运及个人经历息息相关。他从小经常偎依在爷爷身边，聆听过往的艺人说唱《格萨尔》故事。自从爷爷去世，他的幸福生活就结束了，只能当小羊倌，给有钱人家放羊。一次他进入山洞躲雨，梦境中被布谷鸟唤醒，从此便会说唱《格萨尔》的故事了。长大了点，桑珠便加入了马帮，多年行走在艰辛的茶马古道上，接触到了不同地方的风土人情，这让原本就有极强语言学习能力的他如虎添翼。经过生活的历练，他平时说话风趣幽默，说唱的《格萨尔》结构完整，情节扣人心弦，语言流畅清晰、妙语连珠，人物形象生动。他超强的语言能力还表现在能用多地方言说唱，这使得藏南一带的农牧民也听得懂，因而深受欢迎。桑珠34岁那年，他与当地的一位姑娘相爱，结为夫妻后，两人相依为命，最终在墨竹工卡落脚定居。

桑珠被西藏社科院聘用后，家里的农活儿全交由儿子儿媳去打理，自己经常提着录音机去山林中说唱。为便于整理编辑他的说唱录音，西藏社科院派专人整理编辑他的说唱磁带。若干年后，第一批桑珠说唱的《格萨尔》文本出版了，老人看着白纸黑字的八部书，内心的激动溢于言表。他让儿子开上手扶拖拉机送他回家，自己手捧说唱本，站在车斗上。进入西藏社科院大门后，他还特意在院内转了一圈。

桑珠老人睿智灵性，见解独到，与他的几次交往是我获取格萨尔文化知识的好机缘。桑珠给我说了不少《格萨尔》故事的实际发生地，还说到自己的这顶艺人帽，这牵涉到《北方降魔》和《霍岭大战》两部史诗故事的内容。前文已有介绍，当格萨尔王被神骏唤醒，匆匆赶回岭国，面对强大的霍尔国，只能智取。格萨尔王专门做了一顶奇特的帽子，化好妆，来到霍尔国城下，连说带唱地赞美自己帽子的非凡功能。霍尔国守城的士兵，终于相信了眼前这位会说"帽赞"的"卖艺人"是个对霍尔国有用的人，便放他进了城。于是，格萨尔王从内部制服了霍尔王，救出了珠姆。从此以后，所有《格萨尔》艺人在说唱时，都会戴一顶格萨尔王当年进入霍尔城的帽子，如果不戴上这顶帽子，就不会说唱。

桑珠在介绍他的艺人帽　（降边嘉措供稿）

桑珠还提起过他曾拥有的一根格萨尔木杖，源于格萨尔王的马鞭，据说是一根很灵验的法器。事实上，这也是《格萨尔》说唱艺人的招牌。桑珠十多岁离开家乡丁青后，再也没有回去过。他先是流浪，后又跟随马帮游走在广袤的高原上，遇到过许多《格萨尔》说唱艺人。其中有一位叫洛达的艺人让他受益匪浅。几十年后，他与玉梅谈起洛达老艺人时，方才知道洛达竟是玉梅的父亲。

"唐古拉山神之子"才让旺堆（1934—2014年）

西藏那曲安多县人。自报是能说唱百余部《格萨尔》故事的托梦艺人，生前录制了12部《格萨尔》分部本，共计979盒磁带，其中7部正式出版。

我一共采访过才让旺堆4次，而第一次采访他是新千年的夏天。青海省文联给他安排了住房，里面摆放着由他动手缝制的格萨尔王战袍和帽饰旗幢。才让旺堆说，格萨尔王曾托梦给他，就穿着这样的服装。这是一套所有《格萨尔》说唱艺人中最具华彩的行头，中国民族博物馆很想收藏这套艺人心中所想、并亲手缝制的格萨尔王服饰，后来听说已被省里收藏了，只好作罢。

相比桑珠对《格萨尔》说唱技艺的专注，才让旺堆更加多才多艺，他打过铁，干过银匠和裁缝，会给人看病。不可否认，才让旺堆确实聪明。

对他采访最深入的还是中国社科院的杨恩洪老师，特别是她对才让旺堆的说唱状态的研究，很是珍贵。才让旺堆向她解释说，"按照藏族的传统说法，人有五种功能……倘若能够在说唱时达到耳听得见、眼看得清、心中想得出的境界，他才算是最好的艺人，而他说唱的《格萨尔》才最上乘。这在藏语中称为'博学多闻同时显现的故事'"。才让旺堆自信地认为，自己是属于这种艺人。难怪"他在唱词前或某一情节描述前总是用'某某某情景如图画一般浮现在眼前'""每一次说唱，他都完全置身于史诗的活的场景之中，达到忘我、无我、将我融于史诗之中的境界"。

杨恩洪在她《民间诗神——格萨尔艺人研究》中，还介绍了才让旺堆的理性记忆技巧。"才让旺堆认为，《格萨尔》的每一大宗都有三种唱法……即以繁、简、略三种方式，用长、中、短三种不同的篇幅说唱。"最短的是略说，把开头、中间、结尾提出来作概要叙述。最长的是繁说，把一部故事从头到尾全面详细说唱。介于中间的简说，是去掉了细节和重复的渲染，只讲故事的主要情节和脉络。运用自如后，有利于说唱艺人根据现场需要，灵活决定采用哪种说唱形式。

才让旺堆是已知《格萨尔》说唱艺人中少年时代生活最艰辛的一位。8岁那年，他所在部落与北面的一个强大部落为争夺草场发生大规模械斗，父兄都相继战死，母亲也因惊吓而死。为了超度亲人的亡灵，9岁的才让旺堆踏上了朝圣之路。

才让旺堆一路化缘乞讨，先后朝拜了拉萨和后藏的所有知名寺院，绕着冈底斯山整整磕了13圈头，又围着玛旁雍错湖磕头13圈。此时才让旺堆也已长到了13岁。返程途中他病倒了，在纳木错湖边的大礁石下一睡就是7天7夜，幸亏有一路同行巴青来的三位姐姐照料。才让旺堆醒来后便神奇地会说唱《格萨尔》的故事了。细细品来，全是梦中所得。

他谢绝了巴青姐姐的邀请，还是回到了自己的故乡安多县的唐古拉山。一位会说唱《格萨尔》故事的少年受到牧民的欢迎。他在上安多的波恩寺，得到大喇嘛送给他的一顶艺人帽和一柄短剑，从此，云游说唱愈加方便了。

26岁那年，他与一位同乡的姑娘结为夫妻。他成家后没有固定住处，没有草山牛羊，生活无保障，便领上妻子去了青海沱沱河畔的唐古拉乡找活路。当时正赶上解放军修建唐古拉山兵站，小夫妻俩便当上了民工，生平第一次每人每月领到 2 块银圆的劳务报酬,这让他们惊喜万分。兵站完工后,他们便在附近住了下来。好事成双,赶上土改,政府也给他俩分配了牛羊和草山。流浪了 18 年的才让旺堆有了住处和生产资料,又生平第一次过上了平静的生活。而当解放军需要向导的时候,才让旺堆果敢地站了出来。解放军中的藏族官兵来自果洛、玉树,对当地牧民的方言还不是很懂,才让旺堆这时又当起了翻译,也算是知恩图报吧。

才让旺堆的后半生一直在青海省文联《格萨尔》研究所说唱录制《格萨尔》 (拍于 2000 年)

会说唱《格萨尔》故事,也给他带来了祸福相随的命运。1966 年,他受"文革"影响,被送去大柴旦进了学习班,实则为劳动改造。后来,妻子与他划清界限,离了婚,才让旺堆的生活又降到了冰点。

祸兮福所倚,在大柴旦一年零两个月的学习期间,他曾向一同学习的冼培礼仁波切私下里说唱过《格萨尔》,冼培礼仁波切认为他是真正的"仲肯"。20 年后的 1987 年,青海省《格萨尔》研究所的同志到海西州都兰县调查,从县人大主席冼培礼仁波切处,得到了才让旺堆的消息,费尽周折,才在唐古拉山中找到他。同年 9 月,青海省《格萨尔》说唱艺人演唱会结束前,才让旺堆风尘仆仆地赶到,他一开口便惊艳四座,获得了演唱一等奖。才让旺堆从此改变了命运,被青海省文联《格萨尔》研究所正式聘请。

"玉树临风出奇才"达瓦扎巴（1978—）

青海玉树杂多县人。达瓦扎巴是玉树当下二十多位优秀《格萨尔》说唱艺人的领头羊。前不久,他又接过了"玉树州雪域格萨尔文化中心"主任一职。达瓦扎巴是我多年的朋友,也是我采访次数最多的艺人之一。

达瓦扎巴说唱《格萨尔》时的神智状态是最特别也最具研究价值的。说唱前,只见他聚精会神地酝酿数分钟,一旦开口说唱,他便进入了格萨尔的"时空"境界,好似"故事神"附体了。随着故事的推进,达瓦扎巴的说唱越来越有感染力。2000年夏,我们第一次采访他时,就遇到了麻烦,达瓦扎巴的说唱停不下来了,我们又不敢贸然打扰,生怕惊吓了他的"故事神"。一旁的布特尕老先生,只能轻轻抚摸达瓦扎巴的手心,轻声细语地提示,好一会儿,达瓦扎巴的思绪神志才回到现实中来,说唱方才停止。那年达瓦扎巴22岁。有人问,如果没人提醒,会怎么样?达瓦扎巴憨憨一笑,说不知道。布特尕说,那恐怕会唱上两天两夜,直到体力支持不住睡去。其神奇情状令人惊叹。待到2018年再次采访他,虽然达瓦扎巴说唱时的精神状态依然如故,但自控能力比以往强了许多。他说,20年来时常被请去说唱,修炼得有点自控力了。

达瓦扎巴说唱《格萨尔》时的精神状态,的确是人类记忆和思维领域中值得研究的一个鲜活例子。难怪前些年,北欧来的一位女学者,用小型摄像机对达瓦扎巴跟拍了一个月,获取了大量的视频音频原生素材,回去编了一部科研类纪录片,她在许多国际学术会议上播放,声画并茂,吸人眼球,她的课题讲座大受欢迎,成了本学科领域里的一名"网红"学者。

问到达瓦扎巴是如何成为"包仲"说唱《格萨尔》的,他说13岁那年,他在家乡一座神山下放羊,睡着后梦见一位骑白马穿白衣、白发白须的老者,让他抓住马尾,腾空飞行了好一阵,来到了格萨尔王的军营,他好奇地穿梭在岭国的军阵中。当白衣老者再度出现时,向他提有三问:"有灵气的少年呀!我这里有三项技能,一是能听懂天上所有会飞鸟儿的语言;二是能知晓地上所有走兽的语言;三是能精通格萨尔的所有故事。孩子啊,你要哪一样?"达瓦扎巴毫不犹豫地回答说:"感谢恩师赐予,我想知晓英雄格萨尔的故事。白衣老人用青稞为达瓦扎巴实行了安神仪式，然后就消失得无影无踪了。当达瓦扎巴醒来，太阳已经偏西，他赶紧收拢四散的羊群，回到自家帐篷时，月亮已经升起。他之后就大病了一场，病愈，口中念念有词，三个月后，便会说唱《格萨尔》故事了。

　　达瓦扎巴出名是在跟随家人去拉萨途中，正好赶上当地牧民举行运动会。草原上有位《格萨尔》艺人正在说唱，牧民们里三层外三层抱着盒式录音机在录音。达瓦扎巴听了一会儿，勾起了自己的说唱欲望，他转身离开，选了一处人少的地方，便说唱起了《格萨尔》中的《天岭九藏》之部。结果吸引前来聆听的牧民越围越多，牧民们直观的评价是，这位少年说唱的《格萨尔》真好，纷纷抱来录音机录下。没过几天，草原上四处回响着达瓦扎巴的说唱声。此后，邀请他去说唱的地方越来越多，他的足迹遍布昌都、迪庆、甘孜等地。

　　达瓦扎巴说唱《格萨尔》的故事时很快就能进入格萨尔的世界而停不下来，直至气力用尽。要想让他停下来，就要轻轻抚摸他的手心，逐渐让他"醒来"

1996 年，治多县把达瓦扎巴的情况上报给了玉树州。很快，省、州《格萨尔》专家学者对达瓦扎巴的说唱能力进行考评鉴定，给出了非常具体的六项结论，这位三江源地区发现的最年轻最优秀的《格萨尔》说唱奇才被发掘出来。2002 年，在西宁召开的"第五届国际《格萨尔》学术研讨会"上，达瓦扎巴开幕式的说唱又停不下来了，直到联合国教科文组织总干事布什·纳吉先生给他献了哈达，方才得到控制。与会 120 位国内外专家学者第一次见证了达瓦扎巴的说唱才华与潜能。

达瓦扎巴自称能说唱上百部《格萨尔》故事，可贵的是，其中有 52 部是从未见过流传的部本。达瓦扎巴进入玉树州群众艺术馆工作的短短 8 年中，就说唱录制了 26 部《格萨尔》新部本。玉树州专门安排布特尕和秋君扎西两位著名抄本世家传承艺人，整理编辑达瓦扎巴的说唱录音，做了非常扎实的基础工作，出版了多部《格萨尔》达瓦扎巴说唱本。

托梦艺人都很聪明，天生就有艺术天赋，只是机缘所限，从小没有读书的机会。话又说回来，从小接受很多其他的知识，恐怕就压抑了《格萨尔》说唱艺人的天分了。

2000 年夏，在达瓦扎巴家的院落里，第一次采访拍摄他的时候，他同样穿了一套自己根据心中所念设计缝制的格萨尔王戎装。他还请来一位僧人画师，为他创作一批格萨尔王及岭国大将人物画，同时在向画师学习绘画技法。这位画师的画风自由奔放，完全不受唐卡绘画的标准束缚。2018 年，当我再次来到达瓦扎巴家，有幸欣赏并拍摄了这批格萨尔绘画的完成之作。一共 18 幅，每幅约 3 尺见方，使用传统的矿物染料，至今色彩鲜艳不褪色。人物构图却是地道的民间画风，画师显然没有受过任何学院派训练，用"土得掉渣"表述也未尝不可。但细细品来，这些画作能从大俗之中体会到另一层面之大雅意境，造型奇美，手法夸张，粗犷凝练，重在神情。这些画与西藏索县说唱艺人曲扎的格萨尔绘画很相像，或许这才是真正的藏族民间画吧！

其实比较起来，这些画与陕北安塞农民画、上海金山农民画都有异曲同工之妙，创作者们被誉为"东方毕加索"。真要是追根溯源，那就再看一下2000 年前的汉画像石的石刻画风，毕加索之画风，东方 2000 年前就在汉画像石上流行了。1956 年 7 月，从不接待其他画家的毕加索，在法国尼斯港自己的古堡别墅中，破例接待来访的张大千时就说过："真的！这个世界上谈到艺术，第一是你们中国艺术……日本艺术源于你们中国；再就是非洲有艺术。"毕加索的见解不无道理，也许古老的民间艺术才是现代艺术的根。

"藏宝艺人"格日尖参（1966—2019 年）

青海果洛甘德县人。藏语"贡德"即心间藏有《格萨尔》故事，也意为"藏宝艺人"。

原先我一直把格日尖参归作"掘藏艺人"。按说要想完成"掘藏"，获得经典宝贝，首先得有前贤圣杰的"伏藏"在先，即埋藏下宝贝。

藏族坊间有六类伏藏的说法，即天伏藏、地伏藏、经伏藏、意伏藏、火伏藏、水伏藏。火伏藏，不会是藏于火中的宝贝吧？但肯定与火有关。陶器倒是因火而生，是不是藏于陶罐或是炉壁之中的宝贝？天伏藏，难道与翱翔天际的雄鹰有关？藏于鹰巢中的宝贝？要想准确解读这六类伏藏，还有待日后请教苯教大师和专家。但其中的"意伏藏"，我理解是深埋于人心里的灵识，是指"意念"，圣贤将经典或《格萨尔》故事先藏于有慧根、有缘分之人的心中，一旦开启智门，"灵识"或"意念"接受者，就能说唱或是书写出自己意识中的结晶。这显然不同于其他几种伏藏。这么看来，格日尖参明显属于"意伏藏"。与"掘藏"分开归类，把格日尖参归于心间藏有宝贝的"贡德"，即"藏宝艺人"更准确。

那么，格日尖参心中的"宝贝"是谁给他"伏藏"种下或是埋下的呢？他的智门又是何人何时给开启的呢？据他自述，为他启迪智慧之门的是来自四川的晋美平措活佛，他们在朝拜阿尼玛卿大雪山时相遇。活佛认定他是德尔文·阿旺西热嘉措的转世。阿旺西热嘉措正是著名《格萨尔》说唱艺人昂仁的父亲，而昂仁又是格日尖参的亲舅舅。由此推测，为他埋下种苗慧根的正是阿旺西热嘉措，他是一位非常著名的大伏藏师和《格萨尔》说唱艺人。阿旺西热、昂仁和格日尖参都出生在著名的德尔文部落。

格日尖参从小与母亲相依为命，他在自家的帐篷里拿着藏语文小学课本自学了藏文。母亲希望他将来能成为一位僧人，而格日尖参的诗人气质，不大适应寺院佛鼓青灯下的戒律生活。

格日尖参青年时代的生活是艰辛的,有太多的不幸。17 岁那年,他母亲偶感风寒不幸去世。格日尖参环绕青海湖 13 圈,将对母亲的思念情怀全都倾注到了他的诗句中。

> 在那东方山顶 / 十六月亮高照
>
> 看见多么辛酸 / 想起恩深母亲
>
> 孩童时代格日 / 不曾亲身体味
>
> 慈悲母亲恩情 / 今日懂得何用

他一共写了 53 首怀念母亲的诗,看得出来,这些诗的灵感连同形式和风格,深受第六世达赖喇嘛仓央嘉措情歌的影响。当然,这本就是藏族诗歌的一种传统写法。

与妻子达日杰的相识,也缘于这些诗歌。格日尖参超度母亲从青海湖返乡途中,被当洛乡一户人家留住,主人请格日尖参为他家的两个男孩教授藏文。在一个月圆的夜晚,格日尖参为这家人朗诵了他写的诗,感动了在场的人。两小儿的姐姐达日杰,正是在这样的氛围中爱上了格日尖参,两年后他们结了婚。当然,格日尖参也给心爱的妻子写下了最动情的诗句:

> 纯情如玉的心上人
>
> 你皎月般的面容浮现在我思念的夜空
>
> 主宰我生命的恋人
>
> 你杜鹃般美妙的歌声回荡在我的耳边
>
> 知书达理的伴侣
>
> 你爱情的鱼儿游荡在我心海之中
>
> 我寻求生命真谛的灵魂
>
> 飞扬在你爱情的万花丛中

妻子达日杰是个《格萨尔》故事迷，1983年，格日尖参用了几个月的时间，为妻子写出了第一部《格萨尔》故事《董氏预言手记》，传说格萨尔就是穆布董氏的后裔。有人认为这是整个英雄史诗《格萨尔》的第一部，讲述了岭国的历史。该故事1992年由青海民族出版社出版，约20万字。

此时的格日尖参是幸福的，也是幸运的，不久，他被安排进了果洛州群艺馆工作，专门从事《格萨尔》

来自甘德县德尔文部落的说唱艺人格日尖参，被民间誉为是"永远也写不完"的藏宝艺人，很早被安排在果洛州群艺馆工作。照片中为他们一家 （摄于2000年10月）

的"意伏藏"写作。格日尖参自报能写120部《格萨尔》故事，20年来，他已写完并出版了28部《格萨尔》故事，其中《穆蒙银宗》收入国家哲学、社会科学重点工程项目《格萨尔》藏文版精选本的第36卷中。《穆蒙银宗》很少见到，其他艺人只有自报目录篇名而没有完成本，格日尖参的这一部是目前最全最好的一部。格日尖参被民间誉为"永远也写不完"的《格萨尔》说唱艺人。早在1991年，他24岁时，就与舅舅昂仁一道，被国家四部委授予"《格萨尔》说唱家"称号。可喜的是，他的小女儿央金拉姆2014年考入西北民大格萨尔研究院，获得《格萨尔》学硕士学位后，回到家乡在甘德县青珍乡工作。

自2000年第一次采访格日尖参到现在，他是我采访次数最多的《格萨尔》说唱艺人，他们全家也都成了我的朋友。2017年10月，再次采访格日尖参，他一个月前刚做完手术，当时还在休养，他一连回答了我的七个提问，拍摄留住了他的工作状态，为国家民族博物馆保存了珍贵的视频资料。2019年5

月 9 日，格日尖参走完了他的人生之路。他的英年早逝，让我国格萨尔文化界失去了一位优秀的《格萨尔》说唱艺人。他给社会留下的珍贵遗产，凝结成为中国乃至世界《格萨尔》事业大厦的重要奠基石，人们将会铭记。

"圆光艺人"中的"才智"和"卡鬼"

圆光是苯教术语，巫觋、降神者或占卜师看着铜镜以观吉凶，谓之圆光。圆光师分为"自圆光"和"他圆光"两类，"自圆光"指圆光师通过自己的眼睛即可观看结果；而"他圆光"还得通过他人的"圆光眼"来观看，往往选择符合条件的少儿担任。圆光的能力需要先天条件，但后天的修炼也很重要。圆光的仪式仪轨相当有讲究，许多现象还属于神秘文化范畴，有待进一步研究探讨。

圆光方法后来用在了史诗说唱上，艺人说唱时，面前放一面铜镜或一盆清水，或是手执白纸，据说圆光艺人就能看到其中的《格萨尔》故事，有文字或是图像，根据所见，说唱或是抄录《格萨尔》的故事。这类艺人极少，能否或是怎么才能从铜镜中看到《格萨尔》的故事，还得讲缘分。

我见过两位圆光艺人，一位是玉树市的丁巴降措，1973 年出生，说唱时必须手持一面铜镜，否则唱不出来。我们见过两次面，他已录制了 8 部《格萨尔》故事，有 4 部录音磁带，正由玉树州《格萨尔》重大项目办公室的专人负责转成文字，其中一部《大宝羹宗》已经出版。至于丁巴降措是如何具备"圆光"能力的，还得等待下次再见面时，采访交流。

另一位圆光艺人是果洛州的才智活佛，我们是在几次格萨尔文化交流活动中相识的，也因果洛的缘分，相互之间很快就熟悉了。

才智活佛 1967 年出生在久治县，3 岁时被认定为隆嘎寺第十世格日活佛，21 岁被请到玛沁县下大武镇阿迪达杰寺做寺主。

才智活佛的圆光能力应该源于祖辈遗传，9 岁时，叔叔把祖上的神镜交给了他，希望他能继承祖业。圆光师观修的专著有许多部，像《白度母法门中圆光占卜修法》，作者是格鲁派大师赛赤·丹白尼玛，曾被清朝朝廷敕封为"慧悟禅师"。最著名的要数宁玛派居·米旁大师撰写的《格萨尔大王圆光占卜仪轨》，才智活佛正是修供的此门。

才智活佛通过圆光而说唱《格萨尔》的部数并不多，他更擅长进入圆光状态观看岭国的疆界、古战场、城堡建筑、各种人物相貌及其使用的兵器和服饰等。他用 3 年时间，驱车数万公里，对格萨尔王时代的上述古迹以及部落后人聚居地进行了详细考察。说来机会难得，有七八位专家学者也随他一道同行。我看了他考察的纪实性画册，有许多照片是在冬季拍摄，看来他们去过很多路况极差的地方，受了不少苦。但凡是深入下去，满接地气地调研考察，其收获必是很大的。

调研中，有受过专业训练的专家学者同行，其调研思路和结论会比较科学。

果洛格萨尔圆光艺人才智 （才智本人供稿）

另一大优势是，专家学者中多为藏族，通藏语，获得的信息量大不说，也全面准确。再则，带有电视台专业摄制组，拍摄收录到的视频音频也很珍贵。

才智活佛心中有自己的宏伟蓝图，一心想拍一部格萨尔文化纪录片，现在的问题应该是后期剪辑视角切入点的选取。说句不客气的话，我可以胜任，只是苦于没有时间分出身来助他一臂之力。

才智活佛 3 年高原行，共拍摄包含新发现的艺人在内的共 43 位《格萨尔》说唱艺人。在西宁经济开发区，他曾创办有《格萨尔》说唱艺人之家，每年轮换部分艺人来录制说唱，费用都由才智活佛承担。青海省"格办"和果洛州分别给才智活佛创办的艺人之家挂了牌，受到政府的肯定。

3 年调研的另一大收获是采集到了 17 个格萨尔文化遗存及岭国部落的后代传人聚居地。他打开电脑让我观看地图标识，虽然有许多要点我是知道的，但也有几个是第一次领略。这是一份珍贵的"岭国联络图"，生发出来是一部厚书或是研究生论文的好课题。出于对才智活佛劳动成果的尊重，我们始终没有开口向他索要这张图。

才智活佛曾于 2009 年被全国"格办"请去北京，由中国社科院《格萨尔》研究中心主任诺布旺丹等专家对其进行鉴定，肯定了他的圆光能力。为此，果洛州组织 5 位画师，根据才智活佛的述说，创作了《格萨尔》艺人圆光系列画，组织有格萨尔服饰表演队。2012 年底，"青海·果洛·《格萨尔》艺人成果展——圆光中的《格萨尔》史诗艺术"展览在京举行，进一步引发了人们对圆光《格萨尔》艺人的研究。

另一位实力派圆光艺人是家乡百姓称之为"卡鬼"的卡察扎巴·阿旺嘉措（1913—1994 年），西藏昌都类乌齐县人。他离世较早，我无缘相识这位传奇人物。我曾在拉萨书店里买过他写的第一部 100 万字的《底嘎尔》（上、中、下三册），这套由"卡鬼"通过圆光铜镜写下的《格萨尔》藏文版书籍，现放在我的书橱中。《底嘎尔》很少有其他艺人说唱，因此，他通过圆光记录下的《底嘎尔》，也收录进了国家哲学、社会科学重点工程项目《格萨尔》藏文版精选本 40 卷 51 册中。

从目前留存的资料看，深入采访过卡察·阿旺嘉措圆光艺人的还是中国社会科学院杨恩洪老师和西藏社科院的两位学者。好在我去过类乌齐县多次，在卡察·阿旺嘉措从小学习过的类乌齐寺拍摄过纪录片。从类乌齐县去往丁青县，要经过类乌齐寺，方正高大的类乌齐寺坐落在一块平坦的草滩上。这座寺院的藏宝很多，玉树囊谦达那寺阿边仁波切最近跟我说，他们叶巴噶举的兄弟寺院叶甫寺毁于战火前，珍藏的俄支林仓家族的格萨尔文物，相当一部分先就转移进了类乌齐寺。

记得 2000 年我们第一次来到类乌齐寺，上到二楼，敞开的大房间里，随地堆放有许多老经文，有些已经散开，落满灰尘。夏季湿度大，经文似乎也受潮了，挺可惜的。而一楼大经堂最醒目的是千手观音立像，足有四五米高，很是壮观。现在读着记述"卡鬼"卡察扎巴的文章倍感亲切,圆光艺人"卡鬼"的那些事，仿佛就在眼前。

卡察·阿旺嘉措之所以被家乡人敬称为"卡鬼、肯鬼、波鬼"三鬼中的"卡鬼"，据说是因为他是三位民间辨识凶吉高手中的首席，15 岁时就有了名气。民间声望不同于当下的网红，是不能用资本催发或是靠自吹自擂而获得，只能是由一个个人口口相传才行。那时故乡人把他的名字阿旺嘉措都忘了，只用他的姓，加上他的神奇能耐，给起了个卡察扎巴之名，而后流传甚广。后来，他自己也就顺其自然，用了卡察扎巴·阿旺嘉措作全名。

很佩服杨恩洪老师的扎实采访，1986 年，她到类乌齐连续采访了 7 天，连卡察·阿旺嘉措母亲与家中的佣人产生了恋情，只得带他搬出去另过这些细节都记述了下来。他的母亲追求自由、为爱牺牲的代价，就是卡察·阿旺嘉措所处家境从殷实富裕跌落到了贫穷困苦。

12 岁时，他去了类乌齐寺，在修身的同时，继续学习藏文。进入类乌齐寺的命运转折，正是一次圆光能力的测试。寺院把 30 多位小扎巴召集在一起，拿出铜镜，由三位大活佛亲自测试。卡察·阿旺嘉措告诉杨恩洪，三位大师分别是：嘉木样活佛，他是德格佐钦寺著名高僧居·米庞大师的徒弟；那木堆，本寺扎仓的大喇嘛;恰梅,莲花生教派第六世恰梅喇嘛。结果,在众多小伙伴中，只有他一人具备圆光能力。传说他根据活佛提出的圆光要领，最先看到的是铜镜中出现梵文、象雄文和藏文，又看到了许多骑士。从此，寺院对他关爱有加，那木堆大喇嘛还送了他一面精致的铜镜。

从 15 岁开始，他名气也越来越大，生活得到很大改善。而观铜镜直接抄写出书面《格萨尔》文本，是他快 30 岁那年才开始的。他被叫去昌都，有幸见到了帕巴拉大活佛。交谈中，大活佛问了一些问题，让卡察扎巴看铜镜给予解答。话题涉及圆光书写《格萨尔》，帕巴拉大活佛第一个向他建议，通过铜镜所见书写《格萨尔》的故事。回到类乌齐，囊谦改加寺宁玛派大活佛拉玛尼玛也同样鼓励他用圆光书写《格萨尔》。其实，卡察扎巴被测试圆光能力那次，传说从铜镜中看到的骑马武士，就是格萨尔王麾下的大将们。

30 多年间，他也不知道抄写了多少部《格萨尔》故事，都被喜爱的人讨了去。熟悉他的人说，"卡鬼"卡察扎巴平时的藏文水平并不高，但他运用圆光方法抄出的格萨尔的故事却非常有文采。由于他的圆光能力极强，受到社会敬重，他的生活就比同年代的其他《格萨尔》说唱艺人好很多。

卡察扎巴抄写的《格萨尔》　（降边嘉措供稿）

进入耄耋之年，恰逢国家大力推进抢救英雄史诗《格萨尔》工作，圆光艺人卡察扎巴的事业也再次焕发了青春。仅在此后的十多年间，他就写出了 11 部《格萨尔》故事，其中第一部百万字的《底嘎尔》（上、中、下三册），早在 1987 年就由西藏人民出版社出版。暂且不说卡察扎巴身上的那些神秘色彩，他借铜镜写出的 11 部《格萨尔》手抄本，却是实实在在的极为珍贵的文化遗产。国家和人民肯定了他的成就，也给予了他应有的荣誉。1984 年 7 月，卡察扎巴·阿旺嘉措被选为了类乌齐县政协委员。1986年和 1991 年他两次应邀进京参加全国《格萨尔》工作总结表彰会议，并被国家四部委授予"《格萨尔》说唱家"称号。一直以来，卡察扎巴·阿旺嘉措都是已知的 100 余名《格萨尔》说唱艺人中，最为优秀的圆光艺人。

阿里高原上的牧人歌手

当我点开角巴东主给我发来的西藏阿里日土县《格萨尔》说唱艺人的照片，

立马被这位没有受到社会时尚潮流影响的艺人的形象所折服。艺人名叫彭措楞智，1968年出生，也是托梦艺人，能说唱10多部《格萨尔》故事。阿里高原强烈的紫外线，让彭措楞智古铜色的脸庞刻满风尘和艰辛。

他随身带有一只鼓，不同于僧人用的羲鼓，有小脸盆大，还专门缝了一个布套保护着，是彭措楞智的心爱之物。而最令人关注的倒是他那顶用黄羊皮做成的艺人帽。代表高山的帽顶，巧用黄羊脖子皮缝合而成，里面装有轻质填充物，而两边呈细三角状的耳朵，直接用两块黄羊前腿皮做成。这个造型，大概受到赛马称王之前，小觉如那顶黄羊角帽的启发。相比之下，彭措楞智的这顶艺人帽很是粗犷。更夸张的是他背后扇形展开的七彩披挂，如同背靠一样，拱卫着艺人的身心。这顶艺人帽与其他的艺人帽风格大不相同，显然是艺人根据心中所想所愿，自己动手制成。

角巴东主老师是青海省《格萨尔》研究的著名专家，他2011年进行一项《格萨尔》课题研究时，在日土县遇见了彭措楞智。由此，我更加坚定了这样一种认知，阿里高原是发现《格萨尔》说唱艺人最后一方土地。

时至今日，驱车前往广袤的阿里高原的路途还是太过漫长，太过艰辛。2006年夏，我应阿里改则寺才贡活佛的邀请，参加并帮助拍摄一个大法会。无论是途经措勤前往改则，还是从普兰方向去改则，一路上都在修路不说，还要走过几段海拔5000米以上的达阪。久已闻名的唐古拉山口，在此也成了弟弟。只要你走过了阿里，便会赞同这样一句话："没有到过阿里高原的人，就不能全面了解青藏高原。"

而这次阿里高原行，最大的收获是一次发现了两位《格萨尔》说唱艺人。

改则寺建在距离县城15公里的草原上。全县两万人口，大法会的几天里，来了全县的多半牧民，许多家庭采取轮换方式，尽量让家里人都能参加。每日法会，众僧念经、请神、还愿，祈祷社会安康，场面热烈和谐，一派吉祥。不过呢，法会毕竟是严肃的宗教活动，而之后的赛马会、歌舞会，却是另一番景致。

牧人们获得了心灵安抚之后，尽情地投入到娱乐的活动中。其中的山歌比赛，同样有着和赛马比赛一样的激越，各乡代表队的男女歌手一个赛过一个，有唱地方民歌的，更多的选手唱流行歌曲，还都是地道的原生态唱法。每首歌唱罢，围坐在四周的牧民纷纷叫好。

正当评委们为谁能获得第一名而举棋不定的时候，最后闪亮登场的大个子牧民角琼，选唱了《格萨尔》，仅仅是一个小片段，一唱便是 30 分钟。角琼把歌唱比赛推向了高潮，怀抱录音机的牧民向前移了又移，生怕漏掉了哪一句。人们纷纷向角琼献上哈达，哈达多得遮挡了他的面颊，此刻的角琼，倒像是《格萨尔》故事中的英雄一般，受到人们的爱戴。最终，角琼毫无争议地获得了歌咏比赛第一名。

角琼也引起了我们的兴趣，大法会后，我们赶去角琼家。角琼是改则镇夏嘎村人，当时正居住在离县城 60 多公里的秋季牧场上，这里的海拔已达 4730 米了。

在改则县 2006 年赛马大会歌咏比赛上，角琼以一段《格萨尔》唱段勇夺第一名

角琼和妻子以及儿子、两个女儿一共饲养着 40 多头牦牛和 1000 多只绵羊山羊。角琼一家人均牲畜量超过了 200 只。这可不是多么美妙的数字，为了保护高原生态，控制草山载畜量，按照县里的规定，平均牲畜量每人不得超过 60 只。所以，角琼家在两年内，将要卖掉相当一部分的羊。但是，我猜想，家中的 200 只山羊，他是舍不得卖的，尽管山羊比绵羊对植被的破坏性更大。每只山羊一年能抓出将近两斤羊绒，当年每斤山羊绒的市场收购价格是八九十元钱，仅这 200 只山羊就为角琼一家每年提供三万元的收入，难怪角琼家仅摩托车就有三辆。

在听角琼说唱之前，我要再说说他家那些有着神奇功效的山羊奶。为了赶上改则寺的大法会，我飞机一落地便转乘越野车直奔阿里高原，中间没有适应期，这是进入高海拔地区的大忌，尤其是夏季，在内地，人体的汗毛孔全张开了，猛上高原，不注意保暖的话，容易侵入寒气。一路艰辛自不必说，到达改则后便投入了工作。阿里高原真的给了我一点颜色，第三天我开始咳嗽不止，一连两个晚上没有睡着片刻。四五天内吃的药，超过了我 10 来年用药的总和。大概是止咳中成药里的罂粟壳之类的在起作用吧，服药后夜里总算能睡上三四个小时了，但并没有根本好转。

我们是在农历八月十五这一天来到的角琼家，记得当时太阳还没有落山月亮就已经升起，由于高原大气的折射，月亮显得特别大。

羊群回来了，角琼的妻子准备挤羊奶。她用一根长绳拴住了一只黑脖子的领头羊，其余的山羊便围拢过来，一只接一只地主动把头伸过来要求被拴。这一幕有点搞笑，也让人难忘，牧人与羊儿的合作竟是如此的默契。

住在角琼家的牛毛帐篷里，当夜我奇迹般地一觉睡到天亮，竟然没有咳嗽一声，这让同行的陈新生感到很惊讶，我也百思不得其解。当我走出帐篷，看到那些可爱的小山羊又在那里伸长了脖子、等待这天第一次挤奶时，我立刻明白了。昨天傍晚，我们每人不是喝了一碗角琼家的山羊奶吗？没有别的解释，只能是那碗纯正的山羊奶在起作用，它调理了我的气血，咳嗽不止的高山反应现象就此消失。哇，神奇的山羊奶哟！其实就是草原甘露呀！

中午时，听角琼说唱《格萨尔》的乡亲们来了不少。角琼为大家足足唱了两个小时。然而，在随后的采访中，我们发现，角琼还不是我们要寻找的真正的"包仲"艺人，尽管他 8 岁开始就喜欢说唱《格萨尔》，现在也能说唱五部之多了，但他还是属于"后天"学会的，这多少让我们感到有些失望。但是，改则县的人们却异口同声地告诉我们，洞措乡的索南石切是位真正的"包仲"。

索南石切那年 23 岁，4 年前来到罗布拉康当了一名噶举派僧人，取法名叫确尼让卓。负责改则县民族宗教工作的斯地部长亲自驾车带我们来到 90 公里外的罗布拉康。"拉康"有"宫殿"的意思，但这座名叫罗布拉康的寺院不大，只有 9 名僧人。不巧的是，确尼让卓几天前进山洞闭关修行去了。斯地部长做了工作，主持同意确尼让卓从高山岩洞中出来，专门为我们说唱。这样一来，他先前的修行也就白费了，必须从头来过。

1983 年出生的确尼让卓的确很年轻，相貌中平实多于灵性。由于母亲去世得早，他很小便与家里的羊群为伴，没有机会上学，来罗布拉康之前不识多少字，汉语也不会说。这会儿，由斯地部长和一位秘书给我们做翻译。

确尼让卓能说25部《格萨尔》的故事，秘书用藏文逐篇记录了确尼让卓能够说唱的篇目。确尼让卓很认真地对我们说："要把这25部全都说唱完，需要一年多的时间，你们不是在开玩笑吧？"大家笑了："别误会，今天只请你选上两部，说唱其中的一个片段，总共两三个小时的长度即可。"确尼让卓请我们任选，我们也没客气，在他自报的篇目中随机点了两部，确尼让卓便轻松地说唱起来。他的语调平稳流畅，故事就像打开了龙头的自来水，源源不断地自然流出。事后，确尼让卓的父亲阿果却说，已不算很流畅了，怕是进了寺院怕是很久没有说唱的缘故。

我们采访拍摄过三十多位优秀《格萨尔》说唱艺人，从我们的经验判断，确尼让卓是一位严格意义上的"包仲"，而且属于典型的托梦艺人。

确尼让卓回忆说，他13岁那年，参加了乡里举办的小学速成班，全班8名同学，就他一名男生，再加上一位女教师，性别比是8比1。白天时常有女同学拿他开心，他一个男孩成了"受气包"。然而，神奇的是，晚上，确尼让卓（那时他的俗名叫索南石切）便开始做梦，梦见的全是《格萨尔》的故事，他口中喃喃有声，还时常起身梦游，这让8位女生也受到了惊吓，算是一还一报地打了一个平手。一连40多天的梦境，25部格萨尔的故事框架就这样奇妙地装进了确尼让卓的脑子里。

确尼让卓的父亲也是一位《格萨尔》的故事迷，还听村里的老人讲过，自己祖上先辈中，就曾经有过《格萨尔》说唱艺人。对于自己，尤其是13岁的儿子来讲，那都属于遥远的过去。最让父亲阿果惊讶的是，在儿子会说唱的25部《格萨尔》的故事中，《卫藏曲茶》这一部，自己连篇名都从未听说过。

当年，确尼让卓从乡里的速成小学回到自家牧场，已然成了最受乡亲们欢迎的人，一个会说唱那么多《格萨尔》故事的少年，让人何等羡慕。可是，6年后他进入罗布拉康成了一名僧人，虽然主持很开明，并不反对他说唱《格萨尔》，但在宏大而又生动诱人的《格萨尔》故事与同样浩瀚，但深奥的佛教经典之间，他必须做出选择。所以，近年来，确尼让卓很少有机会说唱《格萨尔》，这是十分可惜的。从保护民间文化的视角看，也是个损失。我们多么希望有关部门能尽快组织专家对确尼让卓的说唱进行鉴定，如果他确实是一块金子，就让他发光吧，他可是当今托梦艺人中最年轻的。

第三节 《格萨尔》说唱艺人的记忆之谜

优秀《格萨尔》说唱艺人的创造力都是惊人的，把他们的说唱整理成文稿出版，用"著作等身"形容一点不为过。同样让人惊奇的是，他们的说唱技能大多不是靠家庭传授，也没有明显的师承关系。许多艺人的成长环境中根本没有文本书稿，过去的艺人大都不识字。那么，他们的非凡才华和超强记忆是从何而来的呢？时常有朋友这样问我。经过这些年的思考和积淀，试着简要解答如下：

1. 社会环境的影响——"岭国每人嘴里都有一部《格萨尔》"。

"岭国每人嘴里都有一部《格萨尔》"，书中几次引用藏族这句著名的谚语，旨在说明《格萨尔》故事受藏族人民的喜爱之深，普及之广；说明藏族民间格萨尔文化氛围是多么的浓厚。所以，《格萨尔》说唱艺人一定只出现在《格萨尔》故事广为流传的地方。著名艺人昂仁和格日尖参，同是来自果洛州甘德县柯曲镇有着格萨尔"血统"烙印的德尔文部落。而来自边坝的扎巴以及风华正茂的斯塔多吉，丁青的桑珠，类乌齐的阿旺嘉措，索县的玉梅，杂多的达瓦扎巴，都是同一文化故乡的近邻，都属于澜沧江上游的康巴牧区。而游牧民的生活节奏、习惯，更适合也更需要《格萨尔》的故事，听艺人说唱，是牧民们的一种艺术享受。当然，长期的部落征战，生活困苦的人民，渴望格萨尔式的英雄来解救。人们的精神追求，为《格萨尔》说唱艺人的生存提供了社会条件。

2. 自然环境的影响——神山圣湖的呵护，日月星辰的灵气、草甸森林之甘露，滋养着说唱艺人的才华。

《格萨尔》故事的艺术感染力是巨大的，其想象力让人叹服，这和世界第三极的自然环境密切相关。许多艺人从青年时代甚至少年时代就游走在青藏高原上。山川湖泊的精神寄托，日月星辰下的无限遐想，草原牧场的生命抚慰，都对《格萨尔》说唱艺人的生存与创造，给予了呵护与加持，锤炼着说唱艺人那颗勇敢的心，开启着说唱艺人的智门，也如同甘露一般滋养了说唱艺人的才华。扎巴带着全家走过茫茫羌塘草原，远行阿里，三次进入藏南原始森林，穿越雅鲁藏布大峡谷，西藏的每一处大山大湖几乎都留下过他的身影和足迹。《格萨尔》说唱艺人在雪域高原上云游四方，说唱《格萨尔》的故事就是他们生存的唯一手段。他们热爱格萨尔王胜过自己的生命，不断提高丰富自己的说唱技艺，只能是一种自觉。

3. 民族文化的影响—— 一只青蛙的传说。

藏族民间流传着《格萨尔》说唱艺人是由一只青蛙转世而来的说法。格萨尔王赶去魔国救妻，因坐骑江噶佩布跑得太快，一不留神踩着了一只青蛙。格萨尔王翻身下马虔诚地为青蛙祈祷，愿它来世能把岭国的故事讲给天下人听。扎巴老人认为自己就与那只青蛙有着很深的联系。去世前，老人对女儿白玛说："我头骨内有一个格萨尔王神骏的马蹄印，天葬时你们看得见。一定要保管好。"现在这只头盖骨由扎巴的后人保存。

这种万物有灵、灵魂转世的观念对藏民族的影响很大。有不少《格萨尔》说唱艺人自称与史诗中的某位人物有对应转世关系。甘德县隆恩寺班玛登宝活佛组建的藏戏团从不上演《姜岭之战》，因为活佛自认是姜王子玉拉托琚的转世，否则，会让他想起当年被辛巴打败擒住的难堪情形。

藏传佛教在藏民族的信仰中占据重要地位，但对英雄史诗《格萨尔》的影响却是表层的。艺人们在说唱的开头和结尾，都会向佛祈祷，一旦故事展开了，人民性就跃然而出。《格萨尔》反倒是带有许多苯教印记，说明它起源于苯教较为盛行的时期。历代《格萨尔》说唱艺人在继承前人的成果时，都会把它看得很神圣，不能轻易改变，这无形中保留下许多古代历史信息。

玉树州民宗局负责人曾给我说过，藏文化中确有一些神秘文化，比如"占巴"——圆光；"僧巴"——控制意念；"莫巴"——占卜；"仲巴"——故事神附身。这些现象，看似孤立存在，但把它们联系比较研究，容易贯通理解。所以说，《格萨尔》的史诗故事，是深根于本民族文化而生长起来的参天大树。

4. 历史事件的影响——从历史深处滚来的大雪球。

史诗的人民性决定了它对历史事件的记录有着自己的独特视角。它不同于史官笔下的所谓正史，也不同于市井流传的所谓野史。经过长时间的积淀，史诗在反映重大历史事件的时候，更多的是在表达人民的愿望和理想。关于此论点，前文《格萨尔》四大战争故事的历史钩沉中有所阐述。再比如，藏族人民珍惜藏汉友谊，《嘉岭之部》就是少有的不以战争为题材的故事。藏族人民还塑造了一位可爱可敬的勇士，他就是格萨尔王的大哥，由汉妃所生的嘉察协嘎，其名直译就是"汉地的白脸外甥"，并且为这位人物形象设计了骑白马、穿白色服袍、插白色盔旗这一标志性形象。或许是相比之下，汉地人皮肤白一点吧。其实，如此塑造嘉察的形象，都源于藏汉之间"甥舅情谊"的历史。又比如，当年吐蕃为统一青藏高原，曾三次向阿里用兵，在史诗中便出现了多部有关阿里的故事：《阿里水晶宗》《阿里金子宗》《阿里绵羊宗》。一代接一代的《格萨尔》说唱艺人，把历史事件的记忆，形象地抑或曲折地融进了《格萨尔》的故事中，故事像滚雪球一样，越滚越大，成就了今天这部鸿篇巨制。

5. 在梦与现实的远方——《格萨尔》说唱艺人始终生活在格萨尔的精神世界中。

许多艺人是通过做梦而会说唱《格萨尔》的。与此相对应，在整个《格萨尔》的故事中，做梦、释梦、圆梦比比皆是，成为结构故事、推动情节、渲染气氛的重要艺术手段。

值得关注的是，《格萨尔》说唱艺人的思维里，往往哪是现实生活，哪是

阿里改则县会说唱《格萨尔》故事的牧民角琼

史诗故事分不甚清。大概唯有如此,他们才能唤起全部记忆,滔滔不绝地说唱。

　　达瓦扎巴在他 18 岁时,说唱篇幅之多,说唱水准之高,都让人惊叹!这是后天很难学成的。有人说,他的祖上曾有人是《格萨尔》说唱艺人。是不是有这种可能,在高原牧区特定环境下,没有其他信息的干扰,一次偶然的触动,潜藏在达瓦扎巴大脑中的遗传信息密码被解开了,他的那位祖先说唱《格萨尔》故事的能力,完全被达瓦扎巴所继承,他便有了惊人的说唱能力。当然,这是一种猜想,有待以后科学验证。

其实，以弗洛伊德和荣格为代表的西方学者关于遗传基因、潜意识和集体无意识的论述，对分析和解读《格萨尔》说唱艺人神奇的记忆之谜很有启发。降边嘉措在他的《〈格萨尔〉论》中分析说："荣格把集体无意识称为'人类经验的储蓄所'。他多次提到'古老的精神残余'之类的话，进而提出在人的头脑中存在'遗传原型观念的潜在物'这样的假设。这种古老的遗传物'来自精神最深处'，是一种'最主观的幽深处的超时间存在'。一旦遇到某种外界的刺激，就能调动'本能天赋'，唤醒'记忆痕迹'。按照艺人的说法，就是开启了'智慧之门'。弗洛伊德把人类这种'记忆痕迹'划分为三种类型，荣格则更多地强调其中的幻想和潜意识中的'创造力'，这种'古老幻想''作为创造力形成物的幻想'同各民族的神话、童话和民间传说的产生与继承联系了起来。"

同时，正像维柯在《新科学》中指出的："荷马不是一个人，而是整个希腊民族。"我们同样得出的结论是,《格萨尔》这部"古老的遗传物"世代相传，实际上不是"神授"，而是"人授"，是由藏民族中最具艺术天赋和聪明才智的说唱家传承创造的。

毫不夸张地说，藏族人民是语言大师,《格萨尔》说唱艺人是他们中的杰出代表。只需翻开《格萨尔》，藏族民间的精妙语言便就扑面而来，你一准会爱不释手。

第五章　仰望阿尼玛卿

　　果洛人把自己家乡文化称作玛域文化，玛域指的是黄河源地区，扩大一点说，就是果洛全境和一些周边地区。玛域文化对应阿尼玛卿文化，两者的核心内容都是格萨尔文化。可以说，阿尼玛卿文化又是玛域文化中的一座高标，且更具代表性和向心性。

　　从地理学的视角看，阿尼玛卿大雪山作为昆仑山系的支脉，坐落在果洛藏族自治州境内，距离州府所在地玛沁县大武镇86公里，主峰海拔6282米。周边还有13座雪山围绕，雪山深处有1500米的落差，自然垂直带谱非常明显，具有多样的高原生物。各类地形地貌齐全，是国际登山界公认的最好的训练基地之一。

　　在人文景观中，青海果洛玛沁县的阿尼玛卿，与云南迪庆德钦县的卡瓦格博、青海玉树称多县的尕朵觉悟、西藏那曲安多县的念青唐拉，并称为藏地四大念神神山，也是藏民族心中的九大创世神山之一。

第一节　阿尼玛卿之缘

我与阿尼玛卿大雪山的缘分要追溯到我的青年时代，我在阿尼玛卿大雪山下度过了十二个春秋。第一次见到阿尼玛卿大雪山是在解放牌军车的车厢里。

对于我们这些来自江南水乡的城市兵，青藏高原的气候无疑是一个严峻的挑战。两省三地的新兵在西宁适应训练了一周，混编后被装上军用卡车，向着709公里外的高原腹地——果洛州首府玛沁县大武镇开进。当时黄河上还没有公路桥，所有进果洛的车辆必须绕道花石峡然后南下。

军车编队走得很慢，第四天，也是最后最艰难的一天行程开始了。排长李果堂告诉我，今天要翻越阿尼玛卿大雪山。阿尼玛卿！好亲切的名字。好奇心驱使我一定要好好看看它的尊容。从昌麻河到大武镇虽说只有120公里，可刚出来就爬山，海拔是越来越高。车尾卷起的尘土厚厚地落了我们一身，灰头土脸的大家昏昏欲睡，我却没有丝毫睡意，一心等待着心中的雪山出现。

军车艰难地爬上第四道班，这是全部行程的最高处。车队在雪墙中穿行，雪墙超出了军车篷顶许多，煞是壮观，这是道班工人使用推雪机留下的冬季杰作。阿尼玛卿四道班工作的艰巨性，一点不亚于当时雀儿山四道班和唐古拉山五道班这两个全国劳模单位。那时，通往果洛的这些公路还没有等级，并不在国家的经济计划之列。但是，道班工人的劳作却极为出色，他们与暴雨风雪抢时间，一年四季不断地用碎石沙土把公路垫平整，秋末冬初的路况最好。而此时正值高原初春，路况已经很差了。军车到达最高点时，两名道班工人拄着铁锹目送我们的车辆通过，在他们身后，竖着一块被风雪啄食得斑驳残损的木牌，牌上写着"玛吉雪山山口海拔5400米"的字样。

翻过四道班，军车开始下山，速度快了许多。突然，两座山峰背后，闪出一座晶莹的雪峰——这就是阿尼玛卿！雪山只露了下头，很快又被近处的群峰遮挡。如此低调，这与我想象期待的相去很远，我甚至有些失望。直到半年后，我策马来到阿尼玛卿雪山跟前的时候，方才感受到它的圣洁与大美。

阿尼玛卿雪山有许多称谓，四道班哑口上那块木牌"玛吉雪山"的"玛吉"二字，直到最近查了果洛地方志才弄明白，应该是"玛积雪山"，写成了别字。"阿尼"是"祖父、老爷爷"的意思。"玛"是藏族古代部落名，"卿"则为"大"。在苯教古文献中，阿尼玛卿大雪山还被称作"玛卿邦热"或"玛卿邦拉"，这里的"邦热""邦拉"除了"大神山"，还有"圣山"之意。所谓圣山，是指必有大修行者、高僧在此修成正果，或是有过重要经典在此地掘藏出土，如此方可称之为圣山、圣湖、圣地。

1973 年作者骑果洛骑兵独立连的 168 号战马留影

我对阿尼玛卿大雪山的敬仰与崇拜，更多的是从阅读英雄史诗《格萨尔》开始的。初闻格萨尔王的故事，是 20 世纪 70 年代中期，一度我与藏族参谋宋文同住一屋，休息时间，他常捧着一本厚厚的《格萨尔》藏文分部本看得津津有味。格萨尔王的故事便成了我俩聊天的话题。他说，翻译的文本丢失了许多原汁原味。在我的一再要求下，他还是帮着找来了 3 部王沂暖教授翻译的汉文资料本，算是为我开启了了解格萨尔文化的第一扇窗户。宋文后来晋升为果洛军分区大校副司令员，此为后话。

随后 10 多年的骑兵生涯，陪伴我青春岁月的还有全国著名女摄影家晓庄老师帮我购买的一台照相机。我拍下了许多果洛高原工作生活照，幸运的是，还包括不少玛域格萨尔文化带上的图片：阿尼玛卿大雪山下的格萨尔煨桑台和转山人搭起的上万座佛塔阵列群，扎陵湖畔嘉洛部落祭祀湖神的"珠姆塞卡"，穿越年宝玉则神山的茫茫雪原照，久治黄河上的溜索渡船，达日阿达娜姆的兽骨城堡。

日后，如果说阿尼玛卿大雪山给了我格萨尔文化的种苗慧根和启蒙机缘的话，那么，降边嘉措老师以及我采访过的众多专家学者和《格萨尔》说唱艺人，则帮我开启了格萨尔文化智门。可以这么说，我是读着以降边嘉措为旗手的《格萨尔》学者们的专著，走进格萨尔文化领域的人文纪实专题影视工作者，是站在他们的肩膀上仰望《格萨尔》这部伟大史诗的幸运儿和有心人。

2000 年夏，当我重返青藏高原，开始为期 9 个月寻访格萨尔文化的拍摄征程，这仿佛又是我戎马生涯的回味与延续。尤其是当我再次来到阿尼玛卿雪山脚下，雪山上竟然出现了罕见的"蜃景"，我们拍下了这一景象。牧民们说这是吉祥之兆！

每当想起当时驱车 8 万里走遍全藏地格萨尔文化厚重地，总免不了从心底涌起一股暖暖的感动。我之后几乎每年都会走上雪域高原，重访格萨尔王的英雄草原。2017 年初冬，在执行中国民族博物馆"格萨尔文化遗存数字影像资源采集"项目过程中，我有幸再一次拜访阿尼玛卿大雪山。

夜里下了一场小雪，天气不见转晴，能不能进山？《格萨尔》说唱艺人格日尖参说可以去，不会有大雪。我相信当地艺人的经验，决定进山拍摄分别已久的阿尼玛卿大雪山。一进入大雪山的怀抱，积雪就没过了脚踝，好在围绕大雪山的简易公路已经铺好，砂石土路更适合雪中行车。

选定了第一个拍摄位置，皑皑白雪已将周边的所有群山和高山草甸覆盖，阿尼玛卿大雪山主峰也一直被云雾笼罩，不露真容。倒是在不远处，一座嘛呢墙旁的五色经幡猎猎迎风，成了这雪天一色景观中最醒目、最靓丽的地理标识。再往前，雪野中竟然露出一汪波光粼粼的湖水，还没有结冰，又是一处亮点。当把摄像机架好，再看水面倒映下的经幡嘛呢墙，心竟亮堂了起来，期盼着阿尼玛卿大雪山快点露面。

两位玛沁县机关的摄影爱好者比我们来得更早些，是特意赶来拍摄阿尼玛卿雪景的。交流中，他们向我展示了四季中的阿尼玛卿图片，相当不错。除了对大雪山的敬仰和对故乡的热爱，他们近山近水，再加上拍摄条件也今非昔比，车辆和机器都很专业，还是那句老话，高手在民间。

　　风大了，同行的周嘉敏赶紧收回放飞的航拍无人机。虽说是专业级别的机器，可使用说明上还是明确告知了不适合在高原飞行。现在，我们脚下已是4760米的高程，无人机仍然工作正常，确实该为国产大疆这个品牌点个赞！

　　周嘉敏是位很有才气的女子，此次任务除掌管第二台摄像机外，她还担

2017年10月15日，雪天再访阿尼玛卿大雪山，索昂师傅帮周嘉敏接收无人机

负航拍飞手的工作。让我吃惊的是，她适应高原的能力真强。算起来她只是第二次上高原。前一年，参加康巴卫视以降边嘉措老师的长篇报告文学作品《这里是红军走过的地方》为蓝本的专题节目的拍摄，在甘孜州走了一圈。这次再上高原后的第一站是玉树州囊谦县的达那寺，为赶晴天，我们第二天就徒步登上了海拔4876米的灵塔群拍摄。接着，在阿边仁波切的安排下，我们又去了格措湖。天没亮就出发，行驶10多公里后，越野车离开简易公路，轰着油门，往草甸上冲了一阵，只能在海拔5100米的一个地方停下。接下来2公里的慢坡只能徒步。我走在了前面，忘了交代嘉敏，器材可以请僧人帮着拿一下。她不放心，怕别人失手损坏了器材，坚持自己扛着走了上来。想必是累得不轻，格措湖的海拔已达5300米了。一个多月后，站在阿尼玛卿大雪山下，

大家完全适应了高原，拍摄真就成了件快乐的事。

玛沁县机关的两位朋友，认为当天云雾散去的可能性没有了，他们按照转山人的行进路线返回大武。临走时专门告知我们可以原路返回，如果转山的话，要多走上百公里。驾驶员索昂师傅认为还是沿转山路线走为好。入乡随俗，那就绕着阿尼玛卿大雪山转上一圈，以表敬意。

这真是一个正确的决定，在阿尼玛卿大雪山的另一侧，我们见到了一片壮观的大地宗教装饰艺术群。激烈的造山运动，给这片开阔的高山草甸留下了无数的大小石块，千百年来为转山人搭建堆石小佛塔提供了取之不尽的石料。

眼前的这片堆石小佛塔阵列群，显然比我青年时代见到的规模要大许多，占地面积足有十多个足球场大。缓慢倾斜的地势，增加了佛塔阵列群的错落感。一些半裸露的崖石上刻有六字真言的经文，而堆石佛塔都是"素颜"，并没有人为雕刻的经文。这些堆石佛塔只是用十几或几十块石块随手垒砌，多数也就半人高，但其组成的堆石佛塔阵列群的庄严气场，早就把我们给震撼了。

震撼的结果是操机前的心跳，摄影师最幸福的时刻要数遇上了好景致。周嘉敏操控的无人机发挥了作用，高空、中空的全景必不可少，但我更需要一些低空、超低空拍摄的中近景镜头。这些运动镜头与地面摄像机所拍的素材混合剪辑，效果会更好。阿尼玛卿大雪山虽然没有露面，但在这里四个多小时的拍摄，尤其是航拍，竟然没有风云走动，算是雪山对我们的优待。

20多年关注格萨尔文化，当我再次回到阿尼玛卿大雪山的怀抱，遇上规模如此巨大的堆石佛塔阵列群，自己动手献上一座才有意义。周嘉敏动作快，找来几块平整一些的石头铺垫好了塔基，大家的一同加入，一座小石塔很快搭建完成，系上哈达，留住影像，喜悦之情释放。这天，阿尼玛卿大雪山主峰不肯露脸，分明是让我们再来嘛。而在这片几百上千年积累起来的"世界之最"堆石佛塔阵列群中，也有我们搭建的一份小小功德。

第二节　阿尼玛卿之魂

按照民间传说和英雄史诗《格萨尔》的内容描述，阿尼玛卿大雪山是格萨尔王的寄魂山，阿尼玛卿山神又是格萨尔王及整个岭部落的首席大战神，还可以将阿尼玛卿山神看作是格萨尔王的父亲。

青海省文联珍藏的古藏文手抄本中描述，那天夜晚，郭姆入睡后梦见与之交合的"金甲黄人"正是阿尼玛卿山神。"梦中见一位金甲黄人不离自己左右。前次梦中莲花生大师拿的那枚金刚杵，发出'滋滋'的响声，竟钻进了自己的头顶。早晨醒来，觉得全身轻松愉快……"英雄史诗《格萨尔》中，大修士汤东杰布为总管王释梦，预言神子格萨尔将要诞生在岭部落时，也是这么唱的："玛邦山顶出太阳，光辉照耀岭噶布。这是圣知慈悲的阳光，象征岭地百业俱兴……"这里的"玛邦山顶"就是古老苯教典籍中的"玛卿邦热""玛卿岗日"，指的就是阿尼玛卿大神山。汤东杰布道出了阿尼玛卿山神与岭国雄狮大王格萨尔之间天然的神话血缘联系。这也是青藏高原的众多山神中，唯有阿尼玛卿与格萨尔王有直接骨血联系的原因。

一个铁定的文化现象是，所有的《格萨尔》说唱艺人，无论是哪个时代，他们素不相识、相距千里，但在说唱这段内容时，都会强调阿尼玛卿山神与格萨尔王之间的骨血关系，绝不会、也不敢选用另外的山神来替换。阿尼玛卿山神与格萨尔王的这种骨血联系，可以视作是《格萨尔》说唱艺人世代传唱的结果。

不过上文中汤东杰布为总管王释梦的描述，就来了一个历史大穿越。大修士汤东杰布确有其人，是600年前西藏日喀则昂仁县人，是藏族人民公认的造桥专家，一生为民造铁索桥58座。为了筹集造桥资金，他带人开矿冶炼，又请来了山南琼结白纳家7位貌似天仙、能歌善舞的姊妹，自己做编导，教授她们歌舞藏戏，为民众演出。因此，汤东杰布也被誉为藏戏的祖师爷。而岭国总管王的生活原型应是公元1000年前后的人物，比汤东杰布要早400年出生。可以说明此版本应是汤东杰布大修士出现之后的《格萨尔》说唱艺人传承润色的版本，加入了汤东杰布大师的内容。

阿尼玛卿是果洛地区乃至整个青藏高原东部人们心中最强大的神山，阿尼玛卿成为格萨尔王的寄魂山就成了必然。藏民族通过英雄史诗《格萨尔》，表达了民间一种普遍的认知，即灵魂越多，生命力越强；灵魂寄托物越强大、越可靠，生命力也就越旺盛。阿尼玛卿山神与格萨尔王之间，已是一种相互依附、生死相伴的关系了。这种灵魂外寄、灵魂多寄、灵魂秘藏的观念，是藏民族自然崇拜、万物有灵、灵魂转世观念的直接表达。灵魂观念筑就了雪域高原的文化根基，这种灵魂观念在英雄史诗《格萨尔》中得到了充分的表现。

2000 年，当地牧民在阿尼玛卿大雪山下格萨尔煨桑台祭祀山神

阿尼玛卿山神还是格萨尔王以及整个岭部落的首席大战神，每有战事，格萨尔王都会煨桑祭祀，呼唤大战神随自己一同出征，以期护佑岭国，保佑自己旗开得胜。作为首席大战神，阿尼玛卿山神在英雄史诗《格萨尔》中，出现的频率很高。

阿尼玛卿山神的形象，在藏族百姓的心中多是一位骑白马、身着水晶铠甲、头戴红缨白毡帽的战将。他原是苯教崇拜的山神，但传说宗喀巴大师最初去拉萨修行，带的护法神是阿尼玛卿山神。所以，许多佛教寺院多以壁画形式纷纷请他来护法。西宁湟中塔尔寺就有这样一幅很大的阿尼玛卿山神壁画，画功极为出色，形象也极具代表性。

阿尼玛卿山神的神话传说有一个完整的体系。围绕着大神山的众多雪山中，有其父母、舅舅、妃子、兄弟、管家、经师等。哪一座山，叫什么，距离阿尼玛卿大神山的方位及距离，有什么故事，当地牧民会向你娓娓道来。比如，其母玛英·智合吉加尔莫，位于大神山北侧，海拔 5611 米。密妃桑伟韵庆·贡漫拉热，位于大雪山背面 10 公里。传说密妃为阿尼玛卿生有九儿九女。热格尔东香即"千顶帐篷"，是阿尼玛卿的亲族和卫士的集中居住地，也是十六位菩萨的寄魂山，海拔 4630 米。而在大神山东侧，有格萨尔王为祭祀阿尼玛卿山神所建的著名煨桑台，叫郎日班玛本宗，也是大山神大儿子闹日昂杰的寄魂山，海拔 3961 米。关于阿尼玛卿大雪山的人文地理神话传说，要用一部专著才能介绍完整。

2000 年那会儿，阿尼玛卿大雪山脚下，有一座格萨尔小庙。虽然小庙平时只有一位僧人看守打理，但小庙内满墙的壁画却保存完好、十分精美，内容画的正是阿尼玛卿山神体系的一部分。守庙人告诉我们，阿尼玛卿山神一共有兄弟八位，他排行老三，连同山神的父亲，被尊称为"世初九尊神"。父亲给阿尼玛卿山神八兄弟建造了一座九层水晶宝殿，阿尼玛卿山神负责驻守东方。

阿尼玛卿山神后来分别在天神、念神和龙神中各娶了一位妻子。从三界娶妻，反映的是藏民族原始社会时期就形成的天空、地上和水下三界世界观。其中龙妃措曼廓玛，从东海龙宫带来了 13 颗夜明珠和一壶金沙。大山神将夜明珠赐给了跟随他的 13 位山神，将金沙撒在了黄河里，故黄河又称曲沃色尔旦，即金子河。从此，人们都称黄河上游地区为"大地吉祥园"。此外，当地牧民也有的用龙妃的名字颂赞黄河为廓玛河。

阿尼玛卿山神与格萨尔王的魂魄联系起来，是从小觉如带着母亲来到黄河源头，开辟出广袤疆域开始的。觉如降伏了鼠魔和许多有名无名鬼，清除了霍尔方向来的强盗，打通了从汉地到拉达克的东西商贸大通道。觉如开拓的这片宝地，具体就是现在的果洛及周边地区。

果洛的民间传说记载，由各路神灵及过往客商参与，觉如在上部建起了狮龙宫殿，在中部修砌了敞口鹰巢，在下部筑造了长形的茶客碉楼。狮龙宫殿已由达日县丹班尼玛活佛于20多年前重新修复，现在又由州县政府，特别是对口支援的上海市等多方拨款，在原址旁建起了一座更为气魄的狮龙宫殿，成了果洛州格萨尔文化的一处重要景点。

这么说来，千年之前，在小觉如还未登上王位成为岭国格萨尔大王前，他就是古代青藏高原丝绸之路的开拓者和守护神了。"打通了从汉地到拉达克的东西商贸大通道"是他的重要贡献。

现实生活中的这条商贸大通道，向北还可以推至祁连山之南，史称南线丝绸之路。当然，在历史的长河中，这条商贸通道时有中断。"1987年全国十大考古发现"之一，青海省海西州都兰县的2000座古墓组成的古墓群发现之时，采访时任青海省文物研究所所长许新国，他强调说，当北线河西走廊丝绸之路中断时，南线丝绸之路就成了连通中原与西藏、新疆等边疆地区以及周边邻国的重要商贸交通线。

小觉如来到黄河源头没几年，命运第一次让他担负起解救全体岭部落的责任。那时，他的出生地阿须草原，一连降了数十日大雪，"都快把帐房杆埋没了"，岭部落危在旦夕，必须赶快离开。岭部落派出的勇士回报，只有觉如所在的玛域黄河川山头墨绿、平原紫黑、牧草丰盛，全岭的牛羊3年也吃不完。众首领也顾不上当年驱逐觉如母子的尴尬，集合人马，携老带幼投奔觉如而来。

藏历十二月初十，是觉如给各部落分配领地的日子，每个人的脸上的笑容都是那么的灿烂。尼奔达雅，长系色氏八弟兄分在了黄河川的拉色卡多；弟弟巴森，仲系文布六部落分在了最好的山沟白玛让夏；伯父总管王绒察查根，分在了中游则拉以上；父亲森伦王属于幼系，分在了黄河南岸的札朵峡谷；叔父晃通王分在了下游鲁古以上。觉如打开库房，还给各部落分送了珍贵礼品。从此，岭地六部的民众在黄河川开始了新生活。

分配给岭国长、仲、幼系三部落领地的事迹，当地牧民如数家珍，传颂至今。

现在还有不少岭部落的后代传人仍在这里薪火相传，构成了"格萨尔地理民族学""格萨尔部落人类学"等多学科的田野考察科研基地。

第三节　年宝玉则与三果洛

久治县境内的年宝玉则，是果洛地区又一座名山。民间传说他是阿尼玛卿神山的外甥。有关年宝玉则的神山传说，同样有着完整、庞杂的神灵家族体系。

年宝玉则的文化意义在于，她是如今三果洛族人的祖山。人们常说，三果洛人是从年宝玉则神山下发展起来的。需要强调的是，三果洛人是与当地的一个重要的族群，即一直在果洛地区驻牧的原董氏岭部落相融合后发展来的。

三果洛的祖山神话传说有许多版本，但故事框架和内容大体相同。说是一位年轻猎人跋山涉水，从西康地区来到年宝玉则山下，在仙女湖边，从黑老雕嘴里救下一条小白蛇，小白蛇正是山神的独生子。年轻猎人谢绝了山神夫人的重金报答，来到了山神宝殿。山神见年轻猎人武艺高强，提出请他出手制服附近一个恃强凌弱、横行霸道的恶魔。第二天，当恶魔与山神分别化作黑白两色牦牛在空中角斗时，猎人果断射出利箭，恶魔中箭跌落进了仙女湖边那个小小的鬼湖中死了。朗朗乾坤之下，山神便将三女儿小花斑蛇许配给了年轻的猎人，而小花斑蛇幻化成了亭亭玉立、婀娜多姿的美少女。婚礼盛况空前，三百六十个神湖化作仙女来了，山神手下一万八千精兵强将来了，一千五百条溪流变成五色彩带飘下来祝贺。从此，新人便在年宝玉则山下辛勤劳作，幸福生活。猎人的三个孙子便成了三果洛的三位头人，他们不断开拓，繁衍生息，形成了上、中、下三果洛。

这个传说，至少给出了这样几个信息，一是三果洛的祖先来自康区（年轻猎人从西康来）；二是到来时与原住部落有过征战（射杀黑雕）；三是与原住部落有过婚姻融合（猎人娶了花斑蛇）。

以上传说，与史料记载相当吻合。索南多杰博士在他的《玛域果洛》一书中说："'果洛'系藏语音译，意思是'以少胜多'或'反败为胜'。"我在果洛工作那会儿，翻译朋友告诉我说"果洛"一词是指"反头"。其译意虽然不是完全清楚，但果洛人强悍尚武不屈服的性格还是与之很相称。不过，最近在青海民大叶拉太教授的《元以来安多藏区部落及其地方政权的形成与分布情况（上）》一文中，找到了相关的论述。他在"果洛三部"一节中说，他对果洛一词的基本看法是"果"即为"头"之意，"洛"具有"违背"或"背叛"的意思。这与当年那位翻译告诉我的"反头"一说吻合了。这种强悍之风当然也与果洛地形艰险闭塞，交通极为不便，长期处于中原王朝与西藏地方政权之间，部落大权掌握在当地头人手中有关。叶拉太文中还说，果洛地区的"夹坝"尤为猛悍，这种以掠夺为荣的社会风尚，在当时康区的瞻对、三岩地区也有。难怪历史上瞻对"夹坝"犯事，受到官兵征剿吃紧时，会有领头人逃到果洛躲避这样的事例。

"果洛"地名之意义，确实来自元代之后的部落战争。据《果洛藏族自治州地方志》记载，元朝帝师八思巴统领藏地时，三果洛始祖朱·拉加娶年部

2000 年那会儿，著名《格萨尔》说唱艺人格日尖参的小女儿央金拉姆回到老家甘德县德尔文村骑上了白牦牛

落年·泽拉的女儿为妻，生子安本。朱·安本成年，率部落一部来果洛驻牧，当地土著董氏岭部落称他们为"格洛巴"。朱氏部落迅速壮大，引起董氏岭部落的后代——年、夸热、哇里（又称萨勒）三头人嫉恨，便发兵攻打朱氏部落，结果败北。从此便有了"砍断了百副铠甲链子，击碎了百顶坚硬头盔"以及"不是格洛而是果洛"的脍炙人口的谚语，这些谚语明确含有"以弱胜强""反败为胜"的意义。从此，当地部落名称也由"格洛巴"更名为"果洛巴"了。请注意以下记载："战后，朱·安本娶董氏岭部落女子为妻，生三子，长子本杰布、次子本格、三子木雅。木雅生子帕合塔尔，其后裔逐渐繁衍成昂欠本、阿什姜本、班玛本三部落，即著名的'三果洛'。"

　　根据以上资料信息，可以得出这样一个结论，原住民董氏岭部落与外来的朱拉加部落后人融合了。而董氏岭部落的岭·格萨尔文化基因一直传承了下来。有些岭部落仍然保持原风貌，比如果洛州玛多县西端，沿214国道翻过巴颜喀拉山4828米的山垭口几公里，至今还是岭国总管王阿尼秀奔部落后代传人的驻牧地。尽管在现代行政区划上，这里已是玉树称多县清水河镇扎哈草场，但巴颜喀拉山垭口两边的牧民有着紧密的血缘联系。2000年拍摄纪录片时，我们在垭口东面，即果洛的行政地界上，去一户牧民家讨奶茶喝，一问，他们是玉树人，这片牧场是跟果洛人借用的。牧场是牧民的生存之本，这都能借，可见双方关系之亲密。巴颜喀拉是蒙语，意为"富饶青色的山"。而藏语一直把这里叫作"查拉"，意为世界之巅，又名"查拉耿"，即祖山的意思。谁的祖山？正是岭国总管王、格萨尔王的大伯绒察查根及所统领部落的祖山。

　　原全国人大代表、果洛州政协主席、《格萨尔》专家诺日德是果洛州甘德县人，20多年前他曾对我说，果洛地区的牧民很多是原住民，属于藏族六大氏族中的穆布董氏。而一些头人统治家族，却是从班玛方向过来的四川藏族部落。他还特意拿出名片让我看，姓名栏赫然印着"董·诺日德"，强调的是"董"姓氏族。格萨尔时代的岭部落就属于六大氏族中的穆布董氏，这是藏地民众的一致认识。

　　汉文古籍中有关果洛的记载，从《尚书·禹贡》《后汉书·西羌传》，到《北史·党项传》《唐书》《新唐书·吐蕃传》《新唐书·地理志》等，再到之后的历代史籍均有记载。当然，唐以前，中原中央王朝势力从未到达过果洛，唯盛唐时，果洛曾为唐帝国之一部。

值得一提的是，唐朝末年，从公元881年，党项统领拓跋思恭因从黄巢起义军手中夺回首都长安战功卓著，而被朝廷册封为"定难军节度使"算起，用了346年创造出辉煌文化的西夏王朝，正是由来自果洛的党项羌人所创立。《唐书》记载，那时的拓跋党项羌人居住区域为：北起赐支，南迄松州（今四川松潘），东临积石，西连赤羊（今玉树），这就是今天的果洛及周边地区。

央视10套播出的纪录片《神秘的西夏王朝》，对党项人拓跋氏建立西夏王朝的历史，进行了清晰的梳理和描述。

从古文献记载得知，青藏高原养育了最早的党项人，大约在2000年以前，西羌人的重要一支党项羌人就在青海湖周边地区驻牧。

公元313年，大兴安岭的一支鲜卑人，因兄弟不和，名叫吐谷浑的首领，率其部落长途迁徙来到青海，仅用100年的时间，便建立起了东西四千里、南北两千里的强大王国。他们威逼党项人并入吐谷浑，党项人的中坚拓跋部落，坚定地走上了前途未卜的迁徙之路。

幸运的是，拓跋党项羌人离开青海湖后，在析支之地找到了水草丰饶的草原。析支之地古文献中称河曲地区，就在今天的果洛。蜿蜒的黄河，在这里呈"V"字形拐了大弯，从玛多流经今天的达日、甘德、久治、玛沁以及对岸的玛曲诸县，如果逆流而上，那便是黄河源头。

吐蕃的崛起，让析支之地的拓跋党项羌人经常要联合吐谷浑一起对抗吐蕃大军。

公元626年，唐太宗李世民提出"夷夏一家"的政策，致使众多草原民族依附唐朝。析支之地的党项人首领拓跋赤辞宣誓效忠大唐，被封为大都督。其结果决定了党项拓跋这一支数百年的命运。

公元663年，吐谷浑被吐蕃所灭。失去北翼依托的党项拓跋人，面对吐蕃咄咄逼人的压力，权衡利弊后请求内附，被唐朝安置于松州。多年后，这支党项人繁衍发展出多支部落，盟主拓跋部，重新占据今果洛和甘南等地。

到了公元 742 年，唐玄宗天宝初年，党项羌拓跋部惧怕再次东压而来的吐蕃军队，二次向大唐请求内附。这次，他们离开了青藏高原，唐玄宗把他们安置在了神奇的黄土高原上，这里是中原民族多位先贤始祖的诞生之地。党项拓跋人"先迁庆州（甘肃庆阳），后迁夏州（宁夏）、上郡（榆林）"，即成为了之后西夏之祖。当然，也有不愿迁徙的部落仍留在了果洛原地，而留在原地的则为吐蕃贵族所役属，更号"弭药"。

唐朝末年，都城长安被黄巢起义军占领，唐僖宗出逃。居住在西北黄河河套一带的党项首领拓跋思恭率部勤王，其弟拓跋思忠连同手下千余男儿，在渭河桥一战中英勇战死。夺回长安后，唐僖宗除授予拓跋思恭为"定难军节度使"、管辖长安西北方向四大州府重镇外，还封号"夏国公"，赐皇家李姓。20 多年后唐朝就灭亡了，这为党项拓跋人建立西夏创造了历史机遇。

西夏建立的 189 年中，创造出的灿烂文化，一度成为历史研究之谜。而当你目睹了现藏于俄罗斯圣彼得堡冬宫和艾尔米塔什博物馆的 2 万多卷西夏档案文献和 500 多件珍贵唐卡，以及大量金币、佛像等珍宝后，只剩惊叹和惋惜。1908 年 3 月，沙俄军人探险家科兹洛夫，在黑水城，用 28 天时间组织盗掘了西夏国的 38 座宝塔，这些宝塔实为皇室贵族墓葬。这是继敦煌莫高窟藏经洞历史文献大发现后的第三次中国历史文献大发现。遗憾的是，要想深入研究西夏文化，只能去俄罗斯了。

公元 1227 年，元太祖成吉思汗在征战西夏时病死，元世祖忽必烈终灭西夏并屠城。西夏灭亡后，民众四散，一部分被俘成奴，内蒙古草原上，自称"唐古特"人的便是他们的后裔；一部分投诚元军，为元朝服务，其后裔散落于冀、皖、豫数省；而南迁到今甘孜州炉霍等四县的木雅（弭药）人，据说是西夏仅存不多的皇室之后；一部分退到河湟地区，甚至返回果洛，回到了他们 400 年前的祖地，玛沁县党项、当洛两地的牧民，有许多是他们的后代。此调研结论，也得到过诺日德的首肯。

元以后的历代王朝，都对果洛实施过节制管辖。直到新中国成立后的 1952 年，西北军政委员会果洛工作团一行数百人，在团长扎西旺徐和副团长马万里率领下，经过一个多月的行军，到达果洛吉迈。1953 年底，果洛召开了第一届第一次人民代表会议。此后，果洛州及所辖 6 县成立了人民政府。

年宝玉则现在成了果洛最热门的旅游景区，2005 年被评定为国家地质公

2000 年 7 月，作者与老领导扎西旺徐合影

园，受到保护。其实，人们只能在仙女湖畔远眺年宝玉则神山的一角。年宝玉则中的"年宝"意为"凶猛的地祇神"，而"玉则"直译就是"圣洁的松耳石之巅"。可我在果洛工作时，一般称呼"年宝叶什则"神山，问及当地人此神山名何意？被告知是一座"不可翻越的神山"。还说，根本没有进入神山的路，当地最勇敢的牧民，也很少有敢进入神山腹地的。据说，20 世纪 60 年代初，空军用侦察机航拍过年宝玉则神山的全貌，其结果与民间传说大致吻合。现在的卫星图片就一目了然了。

年宝玉则神山主脉长 40 公里，宽 25 公里，山势横跨果洛、阿坝、甘孜三地。在果洛境内面积 900 平方公里，由许多高耸险峻的海拔在 4000 米以上的山峰组成。山体岩性为早期花岗岩。令人惊叹的是，嶙峋怪石如同坚毅的护卫，保护着海拔 5369 米的神山主峰。年宝玉则地处西南季风迎风坡，年降水量在 700 毫米以上，是青海省内降水量最多的地区之一，加之地势高，分布有许多现代冰川。年宝玉则雪线高度北坡 4860 米，南坡 5060 米。年宝玉则冰川长 2.2

公里，面积 2.35 平方公里，冰舌末端海拔 4450—4840 米。在地质交汇处，还发育有面积 5.05 平方公里的 7 条冰斗冰川。丰富的冰雪融水，形成众多河流湖泊，山沟峡谷内流水潺潺。民间相传，年宝玉则有山峰 3600 座，湖泊 360 个，大的湖有 10 多平方公里，小的湖只有数百平方米，湖内盛产高原无鳞鱼类。

我翻出了半个世纪之前写的一份铅字打印文稿，其中是这样描述年宝玉则的："神山周边重峦叠嶂，谷深沟险，雪岭泛银，湖泊众多，森林成片，严冬打雷，盛夏飞雪，风吹石鸣，月明星灿，是一处让人敬畏的无人能进的原始仙境，当然更是高原野生动植物的天赐家园。"

第四节　史诗之尊：格萨尔王命运的转折点

《赛马称王》之部与前面分析过的《英雄诞生》之部一样，是英雄史诗《格萨尔》流传千年的源头，是形成年代最早、发育圆满、体量较大的两部长篇史诗分部本。要知道，降边嘉措、吴伟翻译编纂的《格萨尔王全传》章回本，《赛马称王》的故事就占了七章，其他分部本每部只缩编成一两个章节。借用章回小说的编纂形式，旨在让读者能对这部篇幅巨大、部本众多的英雄史诗有个基本的了解。

觉如在给投奔他而来的岭国各部落分配完领地不久，就带着母亲去了玛麦玉隆松多这个地方开辟新领地了。史诗中说，觉如看到岭地百姓在黄河川安居乐业，觉得自己完成了一项重大使命。他又想去完成新的开拓，又怕岭地人不同意，只好故伎重演，又变化出许多令人生厌的事端，终又被部落人将其母子驱逐出了黄河川。有人说，这是格萨尔赛马称王前又一次被流放。为什么会是这样呢？是故事情节的需要吗？也许是为了赛马大会前，让珠姆姑娘去通知觉如赶快回来参赛，以便一路安排出许多故事。暂且这么解释。

《赛马称王》之部的故事，是从觉如奉天界姑母朗曼杰姆之命，变成一只乌鸦，冒充晁通的护法神马头明王向晁通降下预言开始的。预言要晁通出面主持岭地六部会议，以岭国王位、嘉洛家藏七宝和美女珠姆为彩注，举行赛马大会。

预言还提醒说，晁通家的玉佳马将是赢主。晁通深信不疑，把王妃丹萨的告诫看作是坏他的好事。晁通的信心也来自自己的坐骑，他的玉佳马的确是达绒家的稀世珍宝，是岭地最好的赛马。

总管王急忙安排嘉察和丹玛会见珠姆，请她去通知觉如尽快回来参赛。

珠姆姑娘与觉如母亲郭姆在白乃日扎大雪山下，联手智捉等待多年的神马江噶佩布。觉如回到黄河川岭地后，晁通还上演了骗取觉如宝马的闹剧。我在北京看过色达县业余格萨尔藏戏团上演的此段故事的喜剧片段，演得真好。难怪该团出访欧洲多国，那么受欢迎呢！

孟夏上弦十三这一天，玛隆草原达塘查姆赛马场，旌旗招展，桑烟袅袅，看热闹的人们聚集在拉迪山顶。

岭地长、仲、幼三系，右翼葛，左翼珠和达绒八部落的900名骑手一字排开。只听总管王一声令下，尘烟起处，骑手们飞驰而去。

觉如还是那身自创的"乞丐"装，他仗着有神驹帮助，故意落在后面，屡次与别人开着玩笑，请巫师打卦，还骗医师为其看病，不忘顺带降伏了阿玉底山下的虎头、豹头和熊头三妖魔，他还接受了玛麦宝藏女主人的金钥匙。

总管王责怪觉如不该把赛马当儿戏，不努力快跑，天神也帮不了他。觉如幻化身躯后，被哥哥嘉察严词呵斥后惊醒，他策马向前，一连追上了许多赛手，有各营帐的强悍勇士、青年俊杰，还有公证人、判断官、大卦师、大医师甚至古如乞丐驼背人等。珠姆哥哥噶·嘉洛家的大公子杰布周嘉也在争王的赛道上，他骑着一匹独角神马。相传，嘉洛家族有马上千匹，马群到了999匹马的规模，就出现了这匹独角神马。显然，王位的争夺既公平又激烈。

晁通骑的玉佳马果然厉害，一直领跑。觉如骑的江噶佩布那是天上的神驹，一路追赶，逼得玉佳马拼尽了全力。快到终点时，觉如追上晁通，晁通想再加鞭催马，玉佳马却累垮了，觉如获得了第一。

晁通这才明白，自己被觉如的神幻预言所蒙蔽，没得到王位不说，还伤了自己的玉佳马。觉如后以借用玉佳马去汉地驮茶为条件，帮助晁通叔医好了他心爱的马儿。

赛马称王是格萨尔王命运的转折点。觉如赛马获胜，登上王位的仪式很盛大，天神、厉神、龙神都来庆贺，分别献上铠甲战袍与多件兵器，即史诗中描述的天界九兵器。岭地各部落的首领、勇士们献上哈达和各色珍宝。觉如容光焕发地坐上黄金宝座，接受臣民的朝拜。从此，觉如被尊称为"世界雄狮大王格萨尔洛布扎堆"。

《赛马称王》之部有着很高的社会学价值，它鲜明地反映了氏族社会向奴隶社会过渡的特征。

赛马称王说明登上王位靠的不是禅让，也不是父子世袭传承，而是靠英雄自身的本领，采用相对公平的赛马来获得。连晁通都宣称："在我这白色大帐中，大家平等人人都一样。上至四位贵公子，下至古如叫花子，都有参加赛马的权利。"都

玉树州曲麻莱县黄河源头格萨尔赛马称王登基纪念塑像

可以发表自己的意见，"每只鸟鸣一声，每个人唱一曲"，俨然一派原始氏族社会的景象。

但是，原始氏族社会已有了财富积累，嘉洛家族提供的七宝彩注就是明证。人的社会地位差别已经凸显，部落大会开始前，大公证人先安排好有地位、有钱的人入座后，其他人方才随便就座。

特别是赛马称王后，格萨尔王立即进行了封地布将：封嘉察协嘎为镇东将军，森达穆江噶布为镇南将军，察香丹玛为镇西将军，念察阿旦为镇北将军……岭地英雄有了官，管理百姓有了法。之后的格萨尔王也娶了13位妃子。

正像吴伟的《〈格萨尔〉人物研究》一书中所评论的那样："多妻制，是一种'历史的奢侈品'，仅供具有特权的男人享用。母系氏族时代'至高的母系'地位，被宇宙的合法主宰'至高的父系'所取代。"

现实中，赛马称王的起点在果洛州玛多县黄河乡的阿玉迪山，终点在格萨尔王登基台，则在玉树州曲麻莱县麻多乡的古热石山。起点处原先就有一座石料垒砌的纪念基座，伴有风马旗经幡。而终点的当地民众，1989 年在原有基础上，重新把纪念塔加固修整，还立起了金色的格萨尔王纵马骑乘雕像。

这条赛马线路沿着鄂陵湖和扎陵湖北侧一线西进，从起点到终点的实际距离约有 100 余公里。这显然不是马力一口气所能完成的赛事，《格萨尔》说唱艺人的想象力起了作用吧。

扎陵湖在上游，河流携沙土流入，湖水呈灰白色。鄂陵湖在下游，泥沙经过上游的沉淀，湖水呈蓝色。藏语鄂陵湖叫"措鄂郎"，意为蓝色之湖。鄂陵湖比扎陵湖面积大，湖深与水量几乎就是两个扎陵湖。卓陵湖据说是格萨尔王所在的岭国幼系部落的寄魂湖。一度湖水蒸发很多，湖面小了。好在这些年江河源地区的雨量充沛，卓陵湖面又扩大了，这是吉祥的征兆。

20 世纪 70 年代以前，新华书店出售的地图，把扎陵湖与鄂陵湖的文字标注印颠倒了。究其原因，源自历史的笔误。民国时期，难得有一支勘测队进到扎陵、鄂陵两湖地区测绘，可是测绘图上把两湖的位置标注颠倒了。地图出版行业的后人，也只能是按前人的结论照葫芦画瓢给印错了，直到 20 世纪 70 年代末才得以纠正。

现在这里的行政区划还是扎陵湖乡，而乡政府驻地却在鄂陵湖畔。我们曾于 2000 年秋，从鄂陵湖营地驱车 40 公里，来到扎陵湖畔的嘉洛城堡。有人称它是格萨尔大王妃珠姆父亲的夏宫，除了有座塔形嘛呢石堆，城堡的石头墙基还在。但作者认为，这里应是嘉洛部落祭祀湖神的地方，因为当地牧民把这里称作"珠姆塞卡"，所谓"塞卡"，是古代藏人祭祀神山或圣湖的祭台。

那天晴空万里，扎陵湖中几条大的鱼浮上水面晒太阳，我们多人目测，其足有小轿车那么长，着实让人惊叹！千百年来，这里的藏族牧民从不捕鱼，原始生态得以保存。

　　岭国嘉洛，鄂洛，卓洛长、仲、幼三大部落，分别对应扎陵湖、鄂陵湖、卓陵湖三大寄魂湖，与阿尼玛卿大雪山遥相呼应。历史上岭地三部落，就驻牧在黄河源的三大湖周围。千百年来，当地牧民搭建起赛马称王的出发地与终点登基台，也间接印证了赛马称王这样的史实。

第六章　难忘果洛情

第一节　露营鄂陵湖畔

2018 年国庆节刚过，陪同我再次登上海拔 4610 米的措哇尕则山顶，拍摄黄河源头纪念碑的是小尼玛，大号罗俊杰，他的父亲罗尕医生是我青年时代的朋友。我的记忆中只有尼玛童年时候的模样，现在，他已是广电系统玛多传输站的负责人了。他们负责向玉树广大地区传输电视信号，工作责任重大。尼玛带着几位年轻人干得挺棒，被共青团省委授予了先锋模范单位称号。

措哇尕则就是龙山头的意思。晴日当空，站在山顶俯瞰鄂陵湖，满目水天一色的高原蓝调，是那样的静谧、空灵，甚至玄幻。在这离天最近的地方，孕育出了感动人心的格萨尔文化。

前次来鄂陵湖拍摄，就没有这样的好运。那是 2000 年 9 月中旬，正值高原的金秋时节，我们从玛多县城驱车 90 公里，来到鄂陵湖畔。虽说这里海拔达 4200 米，但为方便工作，我们必须在湖边安营扎寨住上几日。

露营地选在了距离湖水仅 40 米远的第一台阶上。大家一起动手，很快支起了六顶双人帐篷。五颜六色的露营地，成了鄂陵湖金秋草原上的一个亮点。

发电机尽可能离帐篷远些，启动后，"嘟嘟"的声响还是像给营地送来了热度。夜晚的照明，各类器材的充电都离不开它。

不知哪里跑来的两条狗，也许就是流浪狗吧，有人给了点食物，它们就认定了主人，在营地外 30 米处卧下，不走了，以看家护营为己任。最让人揪心的是，5 天后，当摄制组撤营拔寨，收拾好行装离开的时候，两条狗竟然拼命追了我们 2 公里。唉！拍摄任务很多，怎么能停车带上它们呢？此为后话。

营地搭建起来后，我带上摄影组先去抢拍夕阳下的湖光山色，留守人员忙着架锅支灶，准备晚饭。

湖水夕阳背景下的黄河牛角纪念碑煞是壮观，可好景不长，转眼间，风起云涌，夹杂着飞雪，一股强大的寒潮袭来，我们被迫返回营地。

才是 9 月中旬，即便是寒流来袭，能有多冷？可我们完全低估了玛多黄河沿线地理环境的威力。我们的羽绒睡袋只能抵挡零下 5 摄氏度的低温。天黑之后，气温骤然下降到了零下 15 摄氏度。我穿上了所有能穿的毛衣毛裤，还是冻得一夜没能入睡。第二天清晨起来，见到帐篷外水桶里的水，冻了个透实。

周边牧民说是我们带来的寒流，即便是巧合，这顶帽子是甩不掉了。青海省民委派出的格萨尔文化学者兼翻译才项太建议，按照民俗，摄制组赶快去煨桑台敬香燃烟、献哈达。我们照着办了，寒流来袭的第三天，果然天气转晴变暖，也算是给了牧人一个交代。

这次突然的降温，器材也有损失。录音师的一支 416 话筒放在车后备厢里，来时因车辆侧滑到湖中，被水浸过，再遇寒潮低温，话筒给冻坏了。幸亏还有两支，本片要求立体声录音，话筒不能再受损。从此，录音师陈新生不管是乘车还是宿营，都把话筒抱在怀里。

说到那辆越野车水中被困的地点，是在玛多县城开往鄂陵湖的中途。不像现在路况很好，那时没有正式公路，来往车辆都沿草原上碾压出的车辙印行驶。在一片低洼处，湖水淹没了原先的草坪土路，车辆需从水中缓慢盲视通过。那台车下水后，驾驶员误判了路线，差点开进湖里。幸亏刹车及时，可湖水已经灌进车厢。车内人员不敢动弹，生怕已经歪斜的车辆再翻入湖中。

要有人下水给车辆挂上拖曳钢丝缆绳。派谁下水呢？还是我来吧。毕竟青年时代在果洛待过12年，玛多也来过多次，适应高原！我脱掉长裤和上衣，蹚过齐大腿根深的水，很轻松地就把钢丝绳给挂上了。一辆同行的邮政卡车，帮着把落水车辆给拽了上来。

事后我才知道，我下水时，八一电影制片厂摄影师汪洋抓拍了这段镜头，磁带寄回北京后，大家从素材中看到这个场面，还挺感慨。其实，凭着我一贯坚韧的性格，也没给其他弟兄表现的机会。再说，吃苦在前的导演领队，更容易驾驭指挥队伍。

露营鄂陵湖畔的第四天，需要去拍摄赛马称王的起点。广西电影制片厂的摄影师李湛生和中国社科院丹曲博士同行，由复员战士小刘开上通过能力较好的北京吉

2000年9月18日17时，作者下到鄂陵湖岔道水中，给险些翻进湖里的越野车挂上钢丝绳

普组成小分队前往。这是一趟很具挑战性的任务。虽说向北只有70多公里路程，但没有路标，在草原上行驶，时速也只能以十多公里计，更何况谁也没去过，除了夏季有少量牧民进入放牧——现在已转移到秋冬季牧场了——可以说是进入了无人区拍摄，海拔也将升高到4400米以上。

清晨，太阳还没从湖面升起，三人小分队就出发了。能否完成拍摄？什么时候能安全返回？都没底，只有诚心祈祷和耐心等待。

夜幕降临，几次登上小山头北望，仍不见车灯。制片主任问，十点了，要不要熄灯？为给三人小分队指示目标，众人决定继续发电，开着片场照明大灯，把营地周边照得雪亮，直到发电机没油。

小分队一夜没回，我心里不免着急。我是劳碌命，根本做不到举重若轻，

心想天亮就派车去寻找。

奇迹是在晨曦中出现的，勇敢的北京212，乘着闪烁跳动的朝阳，在东方地平线上时隐时现。"小分队回来了！"视力好的同志传来一声捷报，全剧组兴奋起来，全都走出帐篷，迎接小分队胜利归来。

原来，他们完成赛马称王的起点拍摄已是黄昏，返回时大都是在草原上走夜路，只能凭着北斗星定方向。他们更怕车辆没油，就先去了县城。加满油，县城里住下，黎明前直奔鄂陵湖营地归建。赞！这是个正确的选择。

还有个值得一表的往事，露营第二天，距我们营地200米处的一户牧民，听说湖畔营地的人是来拍摄格萨尔的，便给我们送来了一只金羊，就是从小阉割掉的公羊。制片主任陆松涛按当时的市价付了300元钱，按约定，羊皮归主人。牧羊人按他们帐篷里的程序，帮我们处理收拾好了一切。大家一来二去都熟了，牧羊人顺手割下一小条新鲜的生羊肝，放入口中，并说这是最可口鲜美的吃法。有人跃跃欲试，在牧羊人的鼓动下，还是陆松涛和陈新生勇敢地尝了这口鲜。嗯，深入牧区生活，到了这一步，算是合格了。

当我们回访这家牧民时，发现他家黑帐篷的北墙，是用几十个羊皮袋叠加垒成，上面正巧放有一本藏文本《赛马称王》，这带有供奉的含义，需要时拿下来朗读欣赏。于是，这家牧民的生活故事，便成了纪录片中的一个小单元。

保护母亲河已成了人们的共识。早在1984年，鄂陵湖畔就建起了黄河源头纪念碑，碑形是图腾崇拜物巨型牛角，由中央美术学院设计，上海造船厂用青铜铸造，很是壮观。当年，胡耀邦总书记和十世班禅大师为纪念碑分别用汉藏两种文字题词。

江河源头纪念碑赞美了江河水，水是万物生长之源。每一座大雪山下，必有一片圣洁的蓝湖。山与湖与草原相伴而生，雪山之水滋润了大地草原，涓涓细流汇成了江河、星罗棋布的湖泊，调剂着水源与高原生态。大自然对水的安排如此合理精妙，而藏民族对水更是情有独钟。大清早见到背水的姑娘一定是件非常吉祥的事情。新年打的第一桶水，在煮沸香茶之前，一定是先给神佛供上。人们绝不敢、更不会去污染任何一处水源，对自然的敬畏就是对人类自身的呵护。

黄河长江孕育了中华民族，我们在感恩母亲河的时候，更要赞美大雪山的无私滴露。大山大湖所构筑起的山岳之魂、江河之魂，也正是我们应当百倍呵护的民族之魂。

第二节　记忆中的年宝玉则

当年交通不便，从果洛州首府前往久治县，要么骑马，要么乘车先返回省城西宁，后改乘火车经陇海线向东，转宝成线南下成都，再转乘长途客运班车北上阿坝，倒车到久治，路程至少需要15天。邮路也不例外，难怪那时青海省果洛州久治县和班玛县的邮政编码，用的是四川省阿坝州的区号。

也许是为了节省时间和差旅费，那时的果洛人，大都还是选择骑马去往久治县。行程4天，骑兵战士和藏族干部当然不在话下，而久坐机关的人就得经受考验了，尤其是在冬季。

从果洛州府骑马去久治有两条路线可选。第一条是从大武镇走军马场，到门堂渡口，牵马上船，溜索牵引渡船过黄河，然后再去久治。第二条路线是先搭便车经甘德、达日，到班玛县，然后再骑马去久治。甭管走哪条线，最后都得骑马从年宝玉则神山旁经过。

我的几位战友中，文化干事陈作犁，是一位从果洛阿尼玛卿雪山下走出来的著名军旅作家，一直走上了原兰州军区政治部创作室主任的岗位。几十年来，他常下基层，但当年骑马去久治县的那趟采访，让他刻骨铭心。他们一行三人选择的是第一条线直接骑马去久治。他们一路风餐露宿，白天饿了去牧民帐篷讨点吃的，给牧民留下伙食费后继续赶路，夜晚数着天上的星星入睡。只有一天晚上，他们幸运地睡在了公社小学的课桌上，那个舒适劲儿啊没法说了。可还没到久治，作犁兄便发起了高烧，直接住进了县医院，同行的通讯科长张宜先和参谋许生明精心照料他。作犁兄凭着年轻，身体强壮，不几天便痊愈了，但这趟采访经历，让他终生难忘。

　　新闻干事张塞外和郭永贞选择第二条路线去久治。返回途中，塞外心里有了底，一行人在年宝玉则前留下一张珍贵照片，虽然反差有点大，但明显可以看出，寒冬穿越年宝玉则大草原的艰苦程度可不一般。照片是黑白的，正应了世界著名摄影家路易斯·卡斯塔涅达"彩色表现生活，黑白捕捉心灵"的名言。年宝玉则神山背景中的嶙峋巨石，着实把黑白留影衬托得很真、够帅。塞外是采写通讯稿的高手，此次任务完成得很好，女民兵银科的模范事迹，在多家媒体上报道后，影响挺大。最近与塞外微信交流，他竟能随口复述38年前那篇通讯的导语："银科，一个响亮的名字，像长了翅膀一样在久治的智青松多草原上迅速传开来……"不久，银科还担任了公社妇联主任。

　　塞外一行四人的这趟久治行，刚一进入年宝玉则神山就遭遇到暴风雪袭

20 世纪 70 年代初，果洛战友张塞外率队去久治县，返回时再度途经年宝玉则留影
（张塞外供稿）

击，迷路时每个人都经历了一次直面死亡的心路历练。为此，他还专门发表过一篇通讯，现摘编如下，作为我辈战友们的青春祭。

那是 1974 年 12 月，我刚二十出头，从独立骑兵连提拔到政治部任宣传科任新闻干事不久，接到一个前往久治县采访的紧急任务。

我与刚从大学学成归来的郭永贞一同搭乘军车，两天后到达了班玛县。驻地部队为我们挑选好马匹，专门派出两名战士护送，一位叫席占海，是撒拉族战士；另一位叫卓宝，是当地的藏族战士，他同时担任翻译和向导。

第一天到达白玉寺的时候，天已经完全黑了，公社把我们安置在一间无人居住的土屋里。没有睡羊圈就挺好，有间土屋已经是当地最大的接待能力了。土屋里空空荡荡，没有桌椅，没有床，更没有取暖的炉子，只有两根圆滚滚的木料，我们把马鞍装具与圆木并在一起，当作靠背和衣而眠。

第二天，我们又连续骑马行军十个小时，一路上早把带的干粮吃完了，饥肠辘辘地赶到索呼日麻公社。所幸，这里的武装干事和卓宝是同学，而且刚刚完婚。见我们来了，十分热情地款待我们，吃了顿饱饭，还喝上了喜酒。新郎官又把自己的新棉被抱了来给我们当铺盖。这应该是我们一路上最惬意的夜晚。

从索呼日麻到久治县城必须经过年宝叶什则大雪山，那里是牧民的夏季草场，冬天没有人烟，而且须走长达 16 个小时，相当于两天的路程。为了赶任务，我们决定起早贪黑争取一天赶到久治县城，原想美美地睡上一觉却又起了个大早。

凌晨三点，我们便起床备马，准备赶路。

索呼日麻的夜空是那样的通透洁净，满天的繁星这会儿像冻凝的雪粒，粘在了夜幕上。尚未丰满的月亮就要贴近山脊了，可发散出的余光，还是把白雪覆盖的原野映射得如同白昼。

出发了，茫茫雪原上只有我们四人四马，在世界屋脊的这一端匆匆地赶路。

也是"山一程，水一程""风一更，雪一更"，可哪有纳兰词《长相思》中描写的"夜深千帐灯"的野战军营？更没有"心乡梦不成"的眷恋感慨，大家只盼着前面的路好走些。

此刻，倒是马蹄踏雪的声音格外清脆，连同战马不时打出的响鼻，击碎了年宝玉则这片亘古荒原雪夜的寂静。

黎明前两个小时的行军效率很高，战马似乎也明白今天早起路程不短，争先恐后地变换着队形，都出了些微汗，上了性子。我让大家稍稍收紧点缰绳，路程还远，需要合理分配体能。

太阳再度升起，我们迎来了一个晴朗的清晨。

一路上风和日丽、阳光明媚，着急赶路的心情也舒缓了许多。

中午时分，开始上山，我们只得拉马步行。"上山不骑马，下山马不骑，战时有马骑"这句名言，一直是高原骑兵践行的行军准则。高原上牵马徒步登山，可就没那么轻松了，大家一步一喘地终于登上了一座无名雪山的垭口。让我们惊讶的是，垭口前后竟然是截然不同的两重天！身后的晴朗天空已被翻页，前面的峡谷里，浓云密布。

再往下走，更是黑幕低垂、暗无天光了。不曾料到的是，大雪乘着风势扑面而来，雪片大如鹅毛，顷刻间，天地混沌，大雪把我们迎风的一面糊上了厚厚的白雪。我们冒着狂风暴雪沿山坡向下走，来到大草滩的时候，卓宝忽然掉转马头来到我跟前，用不太流利的汉语说："张干事，我知道一条近路啦，可以茫茫地（多多地）节省时间。"

"哦！"这正是我梦寐以求的，"你说吧，怎么走？"

"你们我的后面跟着。"他只是简单地做了一个手势。

迎面而来的早已不是轻柔的雪片了，而是狠狠砸在脸上的雪团，若不及时用手抹去，简直连眼都睁不开。四个人中间，只有我一人有部队早年配发的风镜，考虑到卓宝带路的需要，我把风镜交给了卓宝，同时我把皮帽子调转过来，把护着脑后的部分转向前来挡风雪，虽然遮住了很多视野，但目光可以从后帽檐下面看到前面马的尾部。在我后面的小郭和席占海也很快像我一样，把早已放下"耳朵"的皮帽调转了过来。

就在卓宝松开缰绳戴风镜的一瞬间，他的马在原地打了一个转儿，这在平时是根本不值得一提的小事，在这个五米开外看不见任何事物的暴雪环境下，却直接关乎到我们的性命安危。当卓宝再次抬起头的时候，他已经找不准原先的方向，而当时我们都用后帽檐遮住了眼睛，所以，也同样无法判定刚才前进的方向，只能跟着卓宝前行。

大约走了两三个小时，卓宝忽然又停下来，告诉我说："张干事，我们走错了，刚才风在我的这里，"他指了指自己的脸，"太阳我的右手有来，现在，风，我的这里来了，"他拍拍后脑，"太阳，我的左手有了。"

其实，在他戴上风镜后，我就感到方向出了错误，因为卓宝说过要抄近路，我当时并没有感到不合理。

荒原上弥漫着风雪，五米之外白茫茫一片，什么也看不见，太阳只在混沌的天空中呈现出一个淡淡的小白点，来时的蹄印瞬间就被风雪掩埋了。开始，我们沿着山坡走，还有参照物，现在来到了荒原上，连退路都找不到了。我曾看过《人民日报》1968年的一篇报道，果洛州的大武草滩上六月冻死了人，而我们现在是最冷的季节，而且是被困在年宝叶什则啊！我下意识看看手表，已经是下午四点了，我们一天都没有吃东西。现在我们的方位在哪里，离久治县城还远吗？天黑之前能找到人家吗？焦虑、恐惧一齐袭来，有生以来第一次感受到生死危机如此真切地逼到了面前。停在这里，肯定不行；走，又向哪里走呢？大家四处张望，期望着有奇迹出现，但是，什么都没有发生，只有肆虐的暴风雪在呼啸。

狂风把马的尾巴吹得横飘起来，我们已经无法在风雪中站立，大家牵着马的缰绳卧在雪地上躲避风雪。就在大家一筹莫展时，卓宝站起来了，说："张干事，我去找路，你们在这里等着。"

"不行，绝对不行，"我断然否定了他的意见，"我们四个人不能再走散了，不然，都有生命危险。"

"张干事，我出去二十分钟，如果回不来，就……"卓宝勾了勾他的食指——他是指鸣枪联系。

我实在想不出更好的办法，他毕竟从小在这片雪原中长大，只好无奈地妥协了。我让卓宝换上我骑的黑马，只图在白茫茫的雪原中容易辨认。其实，这时的黑马几乎被大雪染成了白色。

卓宝走后，我们苦苦地等候，感觉时间过得特别慢。二十多分钟后，枪声没有响，大雪却奇迹般地停了，虽然风还照样刮，但可以看到远山的轮廓。我们朝着卓宝走去的方向运动。

不知走了多久，远处山坡上出现一个黑点儿，不久看清楚，正是卓宝。卓宝告诉我们找到路了，翻过前面的小山就是牧民们的冬窝子（冬季草场），这意味着我们将有可能在这里找到牧民和他们的帐篷。

就像黑暗中看到了光，听到这个激动人心的消息，我们把饥饿和劳累都抛到一边，牵着马，踩着两尺多深的积雪，奋力翻山，向有狗吠的地方奔去。晚上九点多，我们终于找到了一处帐篷，更让我们惊讶不已的是，这座帐篷竟是卓宝的家！

卓宝家是一个很小的牦牛毛编织成的黑帐篷，大约有十几平方米，中间是石砌泥抹的炉灶，当地藏语称"塔布卡"，上面是天窗，用来走炊烟和蒸汽。单薄的帐篷在风雪中剧烈地抖动。卓宝的阿妈和他的两个弟弟居住在里面已经十分逼仄，加上我们就更为拥挤。

卓宝把我们请进帐篷后，就和弟弟去拴马、卸马鞍。

多年骑兵的经验告诉我，战马经过长途行军身上汗水淋淋，立即卸鞍会着凉感冒，特别是在这样严寒的气候下，是严禁马上卸鞍的。我想，同样作为骑兵并且是牧民出身的卓宝，一定不会不懂这个道理。可是，卓宝丝毫不听劝阻，只是在卸了鞍子后，用自己皮大衣的袖子，用力地在马背上为马擦汗。

藏族战士卓宝的倔强，让我有些生气。今天迷路的原因也十分蹊跷，莫非是……

晚饭做好了，阿妈请我们吃饭。

晚饭是大米、牛肉和盐巴煮粥（计划经济时期，青海省果洛州久治、班玛两县，由四川省按中等人口县标准供应，所以主副食很丰富，大米尤其多。借此机会，感谢四川人民的照顾），由于海拔高气压低，煮出的米饭还夹生，肉也嚼不烂，甚至粥里混杂着牛毛。但就是这顿饭让我铭记了一生，在饥肠辘辘饿了20个小时后，没有比它更香、更美的饭了！我们几个狼吞虎咽，很快就把满满两锅饭给吃了个精光见底。

按藏家牧人的习俗以右为上，进门后，女人或家人应在"塔布卡"的左边，而右边是男人或客人喝茶吃饭睡觉的地方。卓宝把家里的一块毛毡和一块羊皮给我们铺上，剩下的就只有每人盖自己的皮大衣了。然而，皮大衣毕竟不是被子，盖了肩膀，腿和脚就只好露在外面。卓宝吩咐我们躺好，由他为我们一一裹上皮大衣。雪粒从天窗掉落进来，洒落在了脸上。卓宝把我们的帽子反过来再次遮住了我们的脸。最后，不知他又用了什么东西严严实实地把我们的腿脚包裹起来。我们就这样进入了梦乡。

凌晨四点，我被冻醒，想出去解手，才发现脚上裹着军大衣。我拿着手电筒，出了帐篷，突然一阵藏獒狂叫，吓了我一跳。惊魂未定，帐篷旁边一个大大的雪堆又猛然被掀开，从中站立起一个黑影来："张干事，你睡觉吧！马，我半夜喂过草料了。"

原来是卓宝，他的身下只铺垫着马鞍的汗屉，身上披着块毛毡！原来我们腿上包裹的是卓宝的大衣啊！而他却因为帐篷太小，自己睡在了外面！我想起他执拗要卸马鞍的情景……我的鼻子酸了，泪水也没忍住，夺眶而出。我被卓宝的真情感动，更为我之前的想法惭愧和深深自责……

第二天，我们终于如期到达了久治县城。

在久治顺利地完成采访任务后，返回的途中，我们特意又住在了卓宝家。我真不知道该怎么感谢他和他的家人，就拿带着的相机，为他们留下了纪念照。

今天的人们或许不会明白，那顿听起来简直难以下咽的晚饭对我们的意义。凝望着相册里那几张已经发黄的照片，我知道，那段往事将随着那个时代渐渐远去，成为历史长河中的一朵浪花，但那顿饱含深情的晚饭，会永远温暖着我的心灵。那份患难与共、无私无畏、兄弟般的民族情谊、战友深情，也将在时间的长河中，在新的时代中继续流淌。

张塞外四人的久治行，路遇大雪而迷路，确实很危险。首先，他们没带被褥，这是高原骑兵野外行军的大忌。再则，他们翻越无名雪山垭口之后，就进入了年宝玉则神山的西南季风迎风坡，这里正是全省降水量最多的地方之一。祖国大西南的水汽，常常会在这里集聚，路遇暴风雪也就不奇怪了。这个西南季风迎风坡在果洛的气象上是独一无二的，也就是说，除此之外，果洛其他地方冬季不会有如此大的暴风雪。我在果洛工作的10多年里，往往是3月前后的初春，届时会有大雪封山的情况出现。过去，只要过了9月中旬，外出都得带上高原冬装，像羊皮大衣、带羊毛的"大头鞋"等。不过，近20多年来的气候变化太明显了，10月像是进入雨季似的，而夏季的气温之高更让人诧异。

现在，德马高速公路可以很方便地从成都直通德令哈，这条一千二三百公里的高原南北大通道，对民族地区的经济文化繁荣和国防建设，将会起到促进和保障作用。德马高速贯穿了年宝玉则、阿尼玛卿这些玛域格萨尔文化的著名景观地，为当下火热的文旅产业又添一条热线，特别是自驾游的驴友们，自然是喜出望外啦。

2018年初冬，我们从玉树赶去果洛，到花石峡后，从北向南，走的就是这条德马高速。中途的两条大隧道还未完工，施工单位变通了一下，按路标提示可以通行，确实方便了来往果洛州府的车辆；否则，还得翻越阿尼玛卿5400米的雪山垭口；要么就得从花石峡绕道达日县、甘德县，再到玛沁县大武镇。

德马高速为避开阿尼玛卿雪山高海拔路段，公路设计选择了从雪山乡通过。花石峡南段地形平坦，道路笔直，但进入山涧峡谷，弯道和桥梁多了起来，海拔也降到了4000米以下，比原来省去了许多路途。雪山乡附近设有一个休息区，正在施工修建中，到本书出版时，想必已经完工了。

第三节　考古研究所所长的果洛情

社会上讲究人脉关系，但我好像我行我素惯了，记忆中，一生都没怎么求过人。可带队采访拍摄就不同了，不可避免地要与众多单位、各色人等打交道，怎能不求人？我得承认，每遇难题，格萨尔大王总会在关键时刻出手相助。

许新国时任青海省文物考古研究所所长，毕业于北大历史系，是一位很有才华、很有张力的人。制片部门与他的初步接触，碰了钉子。回话说，文物研究所一般不对外开放，等出土的文物考古研究工作完成了，交去了博物馆，让我们去省博物馆拍。

那要等到猴年马月，我要拍的是都兰热水吐谷浑古墓出土的唐代丝织品，以此说明，北线河西走廊的丝绸之路因战事中断后，南线即祁连山以南的这条青海古代丝绸之路的存在与价值。再则，展现唐蕃时期，从东北雪原林海迁徙过来的鲜卑族这一支，开创的吐谷浑王国近 350 年的辉煌历史。

也许是格萨尔大王给的勇气，我们还是坐在了许所长的办公室里。让许新国感到新奇的是，我一个汉族，是怎么与格萨尔文化搭上的关系。

我如实回答说："我在阿尼玛卿雪山下的果洛军分区待了 12 年，这就是缘分。"

许新国问道："那你认识许子恒吗？"

"嗨，许子恒，果洛军分区副司令员，是我的老首长啊！最喜欢我啦！记得 1975 年，许副司令员在家主持工作，把我任命为骑兵独立连副连长，直接改任军事干部了。"

只见许新国眼睛一亮，告诉我说："他是我父亲。"

哈哈，总能遇到这么巧的事。我情不自禁地说起了与许子恒副司令相处的一些往事。

第一次见到他还是我刚当兵的那会儿，许子恒还是果洛军分区参谋长。只见他飞身跃上了单杠，一阵大回环着实把我们这些新兵镇住了。那可是四十大几岁的首长，在海拔 3885 米的高度做出的连续惊险动作。后来，他作为前指总指挥，带领我们几位参谋人员，率领骑兵连队，搜剿吉龙旦恼一事让我记忆犹新。有一年，我和他的藏族警卫员更尕加一起，把他拾的一只小猞猁（也可能是兔狲幼崽）送给了广州动物园来采购野生动物的人。连傍晚打篮球分边，许副司令员也总点我和他一边。我把这些琐事，一股脑地倒了出来。

看得出来，许新国很乐意听，听别人讲自己父亲的事，肯定也是他不知道的事。我猜想许新国应该是家中长子，便说道："你选上了飞行员，可惜还没去航校就被战友走火打伤了大腿。没有飞上天，却因祸得福进了北大。"

"这你也知道！"许新国很是惊讶。

"当然知道啦，你妈妈跟我说的。"

"夏季，首长家属会从西宁家属院上高原探亲，你母亲也是山东人，老兵，老资格了。"

这下把许新国所长彻底"征服"了。军队大院出来的没法讲辈分，他虽然与我同龄，但我曾与其父一个单位，从这个层面讲，我可以"居高临下"。

还有什么不让拍的。

许新国所长很快就进入了角色，他发挥得特别好。这段采访和大量文物资料，撑起了格萨尔纪录片《丝绸之路》一集中很大一部分容量。

许新国有底气是因为他拿出了看家宝，多幅都兰热水大墓抢救性发掘出土的唐代丝绸锦缎，这回反倒把我们摄制组给镇住了，更是大开了眼界。唐代初中期丝绸之精美，太不可思议。这些丝绸，部分是中原文化风格，更多的则是充满西域风情。其丝织工艺也达到了世界丝织工艺的顶峰。其中一幅丝锦可谓无价之宝，是目前世界上仅存的一件公元 8 世纪的波斯锦；上面织有的迎请豪华车队的图案令人叫绝，车马、驭手，特别是号手等人物图案栩栩如生。这块丝锦上还织有古文字，经德国哥廷根大学中亚文字专家确认，文字的意思是"伟大王中王"。1300 多年过去了，这些丝绸制品依然色泽纯润，光彩诱人。

青海省海西蒙古族藏族自治州都兰县曾是历史上著名的"唐蕃古道"及青海丝绸之路重镇，其境内热水乡，散布有 2000 多座吐谷浑古墓。

许新国所长说，这类阿拉伯风格的丝绸制品，是西域商人带来的样稿，最终由中原丝绸织工师傅织出来。吐谷浑王国当时处于青海丝绸之路的要冲地带，这些丝织品，成了吐谷浑首领们最喜爱的高档礼品，用于收藏并带入了墓葬中。这为后人研究吐谷浑王国的历史以及中国丝绸发展史，留下了极为珍贵的实物原件。

许新国所长认为，每当祁连山北路河西走廊上的丝绸之路因战事受阻，这条南线青海丝绸之路就成了中原与西域的重要通道。

正如英雄史诗《格萨尔》中的《汉地茶宗》和《西宁银宗》所表达的那样，这条丝绸之路犹如金桥银桥，是连接各民族友情亲情的纽带。这条丝绸般珍贵的天路，始终没有中断，并深深镌刻在了各民族的心间。当下，在"一带一路"倡议的推动下，古老的丝绸之路再现生机，焕发了青春，为践行人类命运共同体的中国主张，走向远方，开创更加美好的未来。

青海省文物考古研究所的采访拍摄很圆满，制片部门没完成的任务，让我看似很轻松地就这么搞定了，制片自责地感叹道："孙导真行，好大的面子呀！"

呵呵，哪里是我的面子哟，分明是格萨尔王的面子大呀。

第四节　杨师傅的桑塔纳 2000

说到果洛情节，还有一位难以忘怀的杨师傅值得一表。他的全名叫什么，至今没有弄清楚，但他搭救剧组成员的事，给大家留下了深刻的印象。

20 多年前，越野车还不像今天这样普及，高原拍摄解决好车辆问题并不容易。制片人王抗美通过人脉还找来了一辆可免费使用的北京 212，但大家开了上万公里之后竟然把这台车给开报废了，此为后话。当时高原的道路确实很差，拍摄格萨尔纪录片要去的地方路况更糟糕。这会儿，王抗美又特意赶来西宁解决协调车辆问题。

联系到的一位姓杨的师傅开着他刚买的红色桑塔纳 2000 来了。我们下一个目的地是西藏那曲，轿车底盘低，青藏线上一年到头总会有地段在维护施工，轿车开到那曲能行吗？杨师傅觉得应该可以，遇到修路时，择路缓慢通过就是了。我见是辆崭新的德系车，觉得动力肯定没问题，就答应下来。

制片主任闫敏介绍说，杨师傅也是老高原了，其父曾是玉树军分区的领导。那也算是我的老领导了，玉树军分区是我们的友邻，我曾在果洛军分区工作过 12 年。

杨师傅听我这么一说便问道："那你认识张步清吗？"

"当然认识啦，原先是我们政治部主任，后来的军分区政委。

"他是我岳父。"

真是太巧了！我曾经的老领导，现在是杨师傅的泰山大人。这么一聊，相互间亲切、信任了许多。

摄制组按计划开拔了，第二天从格尔木直奔西藏那曲，全程 830 公里并不轻松。那时信息闭塞，还没有网络微信，获得消息晚了，为赶上那曲赛马会，得大跨度地奔袭。我们刚拍完甘南州香巴拉艺术节，路经西宁仅停留一天，紧接着就要深入羌塘草原，中途翻越海拔 5231 米的唐古拉山口。摄制组面临的真正的考验到来了。事前，制片部门做了些准备，结果还是漏洞百出。

　　从格尔木出来不久，高原反应立马袭来，有两三人反应强烈。快接近唐古拉山口时，首次上高原的张耀导演和场记嘴唇发紫，头痛加剧，那就赶紧吸氧吧，打开氧气瓶却四处跑气，也吸不进多少。唉，我们的制片部门，买了氧气瓶也不试一试！做好保障工作并不容易，除了要有高原拍片保障经验，责任心更为重要。我赶紧用对讲机把走在最前面的杨师傅的桑塔纳招呼停下。多数人并不了解高原反应的后果，一阵商议，谁也不想退回到格尔木，只能由杨师傅和制片主任陆松涛负责，载上张导和场记赶往那曲医院。这是一个大胆的决定，沿途海拔很高，前途未卜啊！

王抗美（中）、吴金华（右）、陆松涛（左）

　　红色桑塔纳翻过唐古拉山口，一路飞奔，进入安多县境内，两人的高反愈加严重。其实，刚走过的这一段路，海拔高度并没有下来多少，大都在4800 米以上。再得不到及时治疗，他们恐有生命危险。陆松涛与杨师傅商量后，觉得只能坚定地冲向那曲了，毕竟那里有地区医院，医术和医疗设备也好。至于张导和场记的高反，就看他们的意志品质了。杨师傅有丰富的高原行车经验，一个劲地鼓励两人要坚持住，不能睡觉。同时，杨师傅的车已经开到了极限。超越或是迎面相会的车辆，都在闪灯鸣笛提醒他速度太快，杨师傅也顾不上那么多了，救人要紧。可祸不单行，不久遇到了一段30公里的大修路面，修路机械虽然不多，但路面呈开掘状，根本就不是轿车能走的。如何是好？陆松涛正想开口央求杨师傅救人要紧，只见杨师傅一踩油门，毅然冲进了波浪般起伏的路段。一个多小时的颠簸扭动，人都要散了架，陆松涛觉着实在是对不住这辆新车，怎么办呢，只有说些感激的话。杨师傅坦然说道："车坏了还能修，但眼下可不能坏呀！"他还专门提到与我的这层关系，不看僧面看佛面，人命关天，救人事大。到底是辆新车，终于平安地冲出颠簸路段，驰入坦途。赶到那曲医院，张耀进了高压氧舱，经过抢救，两人很快脱离危险。

上述情节我是事后得知的，陆松涛一个劲地赞扬杨师傅舍车救人的精神。多年以来，每当提起这段往事，我都会由衷地感谢连名字都没留下的杨师傅。

我以为，慷慨付出的杨师傅，只是青海高原人的一个缩影。那时的高原路况不好，车辆也不像现在那么多，每当在路上遇到修车的，过往的大小车辆都会停下来，询问需要什么帮助。像补胎胶、千斤顶，甚至备胎都可以拿出来相助，青海的社会文化大背景就是这样。几年之后，我陪徐耿导演来青海拍他的电视连续剧《"老爸"与西里》。一日，借用一户农家的炉灶烧水，好供剧组吃午饭。谈到燃煤问题时，有人说，他看到上面公路旁就有一堆好煤。房东当即表示那个不能动，前些天拉煤的大卡车在这里翻了，车拖走了，房东帮司机把煤拢在一起，等着主人来装呢！房东道出的原委是，车翻了已是很大的损失，这煤就更不能动了，帮人家看好了才是。相比某些地方哄抢事故卡车物资的行为……唉，和青海人相比完全不是一个境界。对此，我为青海人的淳朴正直倍感骄傲，毕竟我在青海工作了12年，贡献了青春，算是半个青海人吧。

第七章　德格格萨尔文化之旅

　　开篇去过了阿须草原，这里不妨再回头欣赏一下德格县城和其他邻近乡镇的格萨尔文化。先认识一下有着"康巴敦煌"之称的德格人文宝藏。"德格"之名，取佛经"四德十善"之寓意。据《德格土司世谱》记载，元初，萨迦法王八思巴赴京途经德格，受到德格家族第 29 代土司四郎仁钦的朝拜与热情接待。八思巴法王将其选定为"色班"，即负责法王膳食的堪布。八思巴法王称赞他具有"四德十善"的品质和福分，欣然赐名"四德十格之大夫"。从此，四郎仁钦即以"德格"作为本家族名。地名亦随土司家族名，称为"德格"了。

　　"四德十善"中，"四德"指法、财、欲、果，简称圆满的四种条件，即佛法昌盛，资财具足，享受色、声、香、味、触五色之妙功能，修行佛法能达到解脱涅之果；"十善"指富裕地方拥有的十种优美条件，即近牧和远牧的善草，建房和耕地的善土，饮用和灌溉的善水，垒墙和磨制的善石，造屋和作薪的善木。

　　德格处于川、青、滇、藏康巴地区的中心地带，自古为茶马古道的要道，是藏文化的三大发源地之一，还是南派藏医学的中心。

德格印经院当年在周恩来总理的直接过问呵护下，躲过了"文革"烈火，其中保存的藏文资料分为18大类，占到了全藏地古藏文资料总量的70%。仅据2002年的全面统计，这里共有古旧印版306880块（613760页），近5亿字。其中印度早已失传的《印度佛教源流》和《龙济白红黑》《汉地宗教源流》以及藏族早期医学名著《居悉》（《四部医典》）等都属珍本。最古老的梵文、咒语、藏文对照的《般若波罗蜜多经八千颂》版本是目前藏地仅存的孤本。一套藏文版《大藏经》也极为珍贵，系国家对堪编纂工程的六大重要依托本之一。德格印经院还藏有木刻画版6380幅，其中有一块几乎与印经院一样古老的《格萨尔王十三战神威尔玛骑征图》尤为珍贵，至今可以在布料或是藏纸上拓印出清晰的画像。

德格印经院的师傅正在整理拓印出的经文
（陆松涛 摄）

德格文化另一大特点就是包容性，藏族本土宗教苯波教和藏传佛教各主要流派在此互不排斥，都得到充分发展。如境内的丁青寺、佐钦寺、更庆寺、八邦寺、更沙寺，就是苯波、宁玛、萨迦、噶举、格鲁五大教派在康区的领衔寺院及最高五明学府。

德格有如此厚重的文化遗存，自然是应合了钟灵毓秀、人杰地灵之吉言。这与德格接续了1342年的地方王即土司制度分不开，其社会超长的稳定性，可以看作是历代土司贵族与中央政府间政治制度安排的结果。德格土司、林仓土司都有千年的家族历史。林仓土司还是格萨尔哥哥嘉察的后代传人。史诗也说，格萨尔王最后把王位交给了侄子扎拉。阿须草原的岔岔寺还曾是林仓土司的家庙。

德格文化的宝藏中，格萨尔文化之脉，同样是人类非物质文化遗产及文旅资源的富矿，价值很高。开篇第一章中说到的格萨尔王出生地阿须草原，还有格萨尔王侄子扎拉留下的俄支林仓家族遗址系列、龚垭古堡，连同雀儿山、新路海和著名的佐钦寺，等等，这些格萨尔文化积淀遗存，都是德格的亮丽名片。

第一节　六过雀儿山

德格县的格萨尔文化遗存及标志性地域，相当一部分在雀儿山北麓，翻越雀儿山就成了每次探访的必经之路，我率队先后六次翻越雀儿山。

新千年11月的一个雪后晴日的下午，第一次翻越雀儿山，给我留下的记忆最深刻。那时，每到冬季，雀儿山的道路实行分时段单向通行。每天早上到中午12点，车辆从县城往外出。反之，下午1点以后，车辆才能从雀儿山北麓往县城方向开进。

当我们第一次沿着满是积雪的盘山公路向雀儿山顶开进时，那种新奇感、兴奋劲儿真是没法说。

早先见有人拍过一幅黑白摄影作品《车过雀儿山》，很是羡慕。那是一张俯拍的雪景大全照，清一色的5吨解放，至少一个汽车营的军车，一辆接一辆地在盘山弯道上攀爬，形成了远近高低、点线呼应、梯度叠加的高原运输线构图，其立体透视感很强。而眼下，我们虽然只有两台老款的巡洋舰越野车，同样在雪景中穿行，但身临其境的感觉也已胜过了《车过雀儿山》那幅佳作给我带来的视觉冲击。

堆积在雀儿山陡峭盘山路两旁的巨石从车窗中闪过，不由得让人想到当年筑路的艰难。这里可不止每公里牺牲一名筑路战士，不断塌方的岩石，让筑路部队损失很大。其中就有60炮排三班长张福林，被滚落的大石砸中，他

169

在生命的最后时刻，从上衣口袋拿出积攒下来的津贴费，嘱托战友捐给藏族牧民的孩子上学用。个人的作用虽小，但进军西藏、造福藏族人民、统一全中国的信念，在每一位 18 军将士的心中。他们用生命和青春，构筑起通往拉萨、通往祖国边防的五彩路。著名《格萨尔》学者降边嘉措就是进藏大军中的一员，2000 年夏，他在西藏昌都，向我们讲述了张福林献身雀儿山的事迹。张福林安葬在五道班下方不远的地方，每次车过雀儿山，降边嘉措都会来到张富林的陵园墓地，为这位老兵扫墓。是的，一直以来，都会有过往的藏族卡车司机在此停车，来向张福林烈士献上亲手编织的松柏花圈和哈达，祭奠他们心中的英雄。

当我们第一次上到雀儿山垭口，见到的又是另一番天地。不远处，耸立的标牌上写着"雀儿山海拔 6168 米"的标高。脚下的垭口也有 5050 米。摄制组已在高原上拍摄了两个月，这会儿谁也没有高原反应。夕阳不时被云雾遮挡，积雪覆盖下的群山，变幻着多彩的景象。八一电影制片厂的摄影师汪洋抓住时机，拍下了许多难得的唯美镜头。当然，险情和困难还是时有发生，车辆侧滑、人工铲雪，都是免不了的。直到天色已不具备拍摄的条件了，方才收工下山。

降边嘉措每次翻越雀儿山都会在 18 军战友张福林烈士墓前停车祭扫

南坡的道路更为陡峭，弯道也急。前一台车跑得快，当我们这辆车下到德格县城，问清了县招待所该怎么走，再起步时，车辆的方向连杆出了故障。驾驶员是玉树的慈美师傅，他下车趴在地上检查后倒吸了一口凉气，说是左边的"葫芦头"掉出来了。"葫芦头？""就是控制方向的一个连杆接头。啊啧啧，如果再提前几分钟出现这个故障，下山时的车速不低，还尽是弯道，突然失去方向的后果只有一个，我们这一车人的性命肯定都没了。"这样的有惊无险，还是少来点的好。庆幸啊，也许是雀儿山山神保佑吧！

让人后怕的事还在后面，第二天，汽修门店的师傅，用焊枪把包藏"葫芦头"的碗口给焊高了点，明确告诫我们："这车只能包你们跑300公里，下一站到了玉树一定得更换新的零件。"他收了300元修理费，还在千叮咛万嘱咐我们只能再跑300公里，到时必须换新的！你猜怎么着，我们的慈美师傅一直开了1000来公里才更换。当然，他也不是不怕，每跑一段路，他就爬下身去，检查那个焊接处的磨损情况。恐怕这种胆大不能称之为无知者无畏吧！

十八个年头过后的2018年，我又两过雀儿山。9月一次，雀儿山的隧道已经通车，限速每小时60公里，进出隧道都得停车领交便条作为查验凭证。隧道通车了，省去了翻越山顶的时间和风险。天下的事就是这样，有得便有失，方便快捷了，但失去的却是无限风光在险峰的体验和感受。

而同年5月11日的那次翻越，有必要在这里宣扬一下，一位不知名姓的川字牌照大巴驾驶员的行为让人感动。天不亮，我和小王奔赶到县城汽车站，正巧碰上有单位十多人去州上开会，没票了。这位大巴司机帮我们两人联系了他熟悉的一辆SUV小车，小车速度快，坐着也舒适。

雀儿山隧道8月份才举行通车典礼，我们还得最后翻越一次雀儿山。不巧昨夜山上一场大雪，到了半山腰，便进入了冰雪路段。要命的是，夏季单向通车的管制已经撤销，这会儿，南北向的车辆正巧堵在了雀儿山垭口两边。

有着急的私家车来回调头折腾，险些滑落山下。这一幕提醒了不少私家车主，他们纷纷取出防滑链。或许他们从未上过防滑链吧，怎么也挂不上去。焦急之中，那位大巴司机过来一连帮着四台小车上好了防滑链，相互间谁也不认识，纯粹是帮忙。我算是老高原了，常在高原路上走，我敬佩这位大巴司机保持了高原行车特有的互助传统，他算是雀儿山上的活雷锋。

这不，他又去了垭口堵车的地方。因为来往的车辆中，有许多重型货车，车型大，再加上重载，海拔5000米的雪路上，真就不好会车，为此争吵起来的司机也有。活雷锋大巴司机这会儿做起了协调调度员，南北车辆还都听他的指挥，一处狭窄地段形成的"肠梗阻"终于被他疏通了。看着一辆辆缓慢驰过的重型大货车，人们焦躁的心情平复了下来，大家看到了希望。从堵车时算起，四个多小时后，我们终于跨过雀儿山垭口，下山去了。这里，要再向那位不知名姓的高原川字牌大巴司机致敬，他不就是川藏路上又一"雪域信使——其美多吉"式的人物吗？

第二节　牵手新路海

青藏高原上，每座大山之下必有一处湖泊，雀儿山与新路海无疑是天造地设的一对。在描述新路海这神奇仙境之前，先讲讲我与新路海的缘分，牵线的还是格萨尔文化。

生平第一次朝拜和领略仙境般的新路海，那还是 2000 年夏秋之交。灵秀幽静的湖边，来了一位修行喇嘛。只见他光脚散发、黄衫褐衣，形象很酷，我给他拍了不少照片。有人称他"赤脚大仙"，其实他就是有名的多加喇嘛。10 多年后，在《香巴拉深处》纪录片中又见到了他。该片是以人物故事串联编排的写实基调，却将"赤脚大仙"拍得很唯美，极有形式感。特别是在冬季，安排他在新路海冰上赤脚行走的渲染画面那叫个好，把创作者的情感，洒在了山湖之间。我很推崇该纪录片导演以人物故事为主的叙述手法，值得好好地学习借鉴。

2018 年秋，我执行中国民族博物馆"格萨尔文化遗存数字影像资源采集"项目的拍摄，有机缘再次来到新路海。这次启用的青年摄影师刘龙坤业务很棒，即使在记录风格的影片中，他也很注重形式感，追求唯美的画面，这与他毕业于西安美院不无关系。到达新路海已是下午，我们一直拍到夜色降临。

其实，我还有一个期盼，就是要找到那位在附近山洞里修行的多加喇嘛。我还特意给他带来了 18 年前拍摄的放大照片和两大包普洱茶。问了几位当地的牧民，都说有两个月没见到他了。难道是机缘不够？我带着遗憾的心情离开了新路海。

不曾想到的是，四个月后，摄影师刘龙坤要归还设备，约好在北京金色度姆集团办公楼上见面。让我惊讶的是，该集团董事长德央陪同一位喇嘛推门进来了，瞬间，我便认出了一直想再见面的多加喇嘛。模样没怎么变，只是老了点。那是啊，十九个年头过去了。我向他提起在新路海首次相遇的往事，他也想了起来，与我行了碰头礼，这是最高的礼遇。德央介绍说，这位多加喇嘛是她的上师，这次安排他来北京看病。俗话说："百年修得同船渡。"我与多加喇嘛 19 年前新路海相识，这次北京再相逢，这缘分前世得需要多少年的修行啊！

要说我与新路海的善缘，还有更深的呢！

从西藏索县牧场走进西藏社会科学院的《格萨尔》说唱艺人玉梅，是位挺有个性的女艺人，与我们摄制组相处得很好。记得有一次，她一连唱了二十多位人物的出场曲调，我点哪一位，她就唱哪一位。她问我还需要哪一位人位的唱腔曲调，我一时也想不起《格萨尔》故事中的人物了，只好作罢。要知道，那时《格萨尔》说唱曲调失传的不少，我们拍摄录制的这批玉梅说唱曲调价值很高，具有抢救性质。《格萨尔》故事中重要人物的出场曲调是特定的，都有各自的风格，不能张冠李戴。

在西藏社科院工作的《格萨尔》说唱女艺人玉梅

玉梅会用她的直觉观察一个人，你敬她一尺、她还你一丈的事，真真切切地发生了。在拉萨拍摄，快要分别的那天，她把扎巴老人的外孙旺堆和我叫到一旁，要送我们俩每人一件礼物。她拿出的两件宝贝太珍贵，怎么能收？！ 1991 年，她去北京参加《格萨尔》工作表彰大会，接受了国家四部委授予的"《格萨尔》说唱家"的称号，其间，她有幸受到全国人大常委会副委员长、十世班禅额尔德尼·确吉坚赞的接见。十世班禅大师送给了玉梅一块精美的墨绿色美石。班禅大师告诉玉梅，这块美石是在雀儿山下的新路海，祭祀湖神时结下的善缘。另一件是陪伴玉梅多年的一串玉质念珠。这两件宝贝太珍贵，哪一件也不能要啊！最后，旺堆反倒做起了我的工作，实在推脱不掉，只能请旺堆先选。他要了十世班禅大师送的美石，我收下了玉梅的念珠。现在，这串玉质念珠，就供奉在书房《格萨尔王十三战神威尔玛骑征图》下。

新路海的藏语名为玉龙拉措。玉是心，龙为倾，拉措是神湖的意思。倾心神湖的名字来自格萨尔王的故事。相传格萨尔王的爱妃珠姆来到湖边，被秀丽的湖光山色和幽静的环境所吸引，徘徊湖边流连忘返，她那颗眷念高山海子的心沉入了海底，后人为了纪念珠姆，给湖取名为玉龙拉措。

新路海是著名的冰蚀湖，水源由雀儿山冰川和消融积雪供给，湖尾流出的溪流为措曲河的源头之一。新路海海拔4040米，面积4080亩，最深处15米，平均深度10米。这里属高寒带季风气候，年平均气温只有5.5摄氏度，1月份平均气温零下15摄氏度，极端最低气温达零下32摄氏度。新路海冰冻期长达半年之久，冰厚60厘米，难怪"赤脚大仙"多加喇嘛可以在湖冰上行走呢！

新路海周边生态保持得原始且完整，巨大的冰川从海拔5000米以上的粒雪盆里直泻入湖滨草原，极为壮观。这里高原动植物种类繁多，是它们生存繁衍的世外桃源。要说人类痕迹，那就是在裸露的大石块上凿刻的嘛呢经文，给大自然接上了佛缘。哦，还有一座新建不久的白塔，据"彩虹桥"版主说，此塔正是多加喇嘛出资70万元修建的，这是他一生化缘的积蓄。

来新路海朝拜的人，都会被这静谧、空灵的神山圣湖所震撼，敬畏感陡增，谁也不敢打搅，更不敢弄脏了湖水，也就没人敢在这里安营扎寨过日子。10多公里外著名驿站马尼干戈，因此应运而生。

第三节　居·米旁大师与他的《格萨尔经论》

　　大圆满佐钦寺在距离德格县竹庆乡政府 1 公里处，所以，也有人称作竹庆寺。佐钦寺比起那些动辄上千年的寺院，创建的历史只有 337 年，但它却有两个显著的特点：一是高僧、知名圣尊辈出，这自然也奠定了佐钦寺在藏传佛教古老的宁玛派中的地位；二是佐钦寺是第一个将作为藏族民间文化支柱的英雄史诗《格萨尔》吸收进宗教殿堂，为宗教所用，并创造出许多个"第一"的藏传佛教寺院。

　　佐钦寺由一世佐钦法王白玛昂仁于公元 1684 年创建，至今已有七代转世活佛和十二代法台的传承。诸圣尊在这里所成就的讲、修、行三功业殊胜无比，闻名遐迩。佐钦寺成了宁玛派的"别脱戒"和"菩萨戒"的授受中心，是无上大圆满法的修证中心，是旧密宁玛派的六大道场之一。

　　据传，莲花生大师曾以神变踏足过此地，并把此地加被为其二十五大雪苑道场中的功德圣地。

　　公元 1685 年，也就是佐钦寺刚刚创建的第二年，一世佐钦大活佛白玛昂仁仁波切便撰写了英雄史诗《格萨尔》十八大宗之一的名篇《分配大食财宝》，即现在的《达色牛宗》之部。木版刻印后，被社会上层广为收藏，有的直接供于佛堂，每年都会在特定的时段请下来照本吟诵。

　　接着，大堪布白玛巴杂尔撰写了《雪山水晶宗》部本。

2017 年 5 月采访佐钦寺，库房僧人展示了珍藏的跳法舞时的格萨尔王服饰

以上两位圣尊对《格萨尔》故事的撰写，是通过什么方式完成的，文献没有记载。一般来讲，不外乎三种方式：

第一种方式，组织僧人对某位《格萨尔》说唱艺人的说唱进行记录。当时没有现代录音设备，可采取多人接力笔录的方法，每人记一句，然后再汇总合成。僧人称其为"卡仲"，即民间《格萨尔》说唱艺人留下的版本。

第二种方式，在原先有手抄本或是"卡仲"本的基础上，由僧人对此进行整理、改写而来。

第三种方式，也许某位活佛、堪布本人就具有《格萨尔》说唱艺人的气质和功力，有"意念掘藏"的能力，他们的思绪进入特定状态后，便可直接书写出《格萨尔》的故事文本来。

以上第二、第三种方式得到的版本，僧人称作"杰仲"。

据悉，佐钦寺活佛、堪布那时写出的《格萨尔》文本载体是手抄本，再以寺院的财力和名誉出版，制作成木刻拓印本。佐钦寺版本，成为历史上著名的《格萨尔》"杰仲"古版本。僧人整理的版本，一定会受到宗教观念的影响，注入了佛教的内容，是主要为佛教服务的版本。

居·米旁大师（1846—1913年）是佐钦寺历史上最著名的大堪布，他作为一代宗师，又罕见地著有许多"格萨尔学说"著作。他的"格萨尔学说"著述独到之处在于，他完整地创立了格萨尔王及其护法神修持、祈祷、供奉、烟祭、招财、长寿等诸多方面的念诵仪轨。居·米旁大师从小就特别崇敬格萨尔王。18岁时，他接受了文殊开许灌顶及护法格萨尔大王交命灌顶。当然，居·米旁大师"格萨尔学说"的主题只是弘扬佛法。在他的"格萨尔学说"著述中，很少有情趣性的故事情节，基本上都是念诵偈文，满满的宗教化风格，已成了冠以格萨尔之名的佛教经典。

居·米旁大师认为格萨尔王有文、武、权、胜四种形象，即国王、护法神、本尊和英雄。根据不同场合和需要，格萨尔王以不同的面貌出现，起不同的作用。但目的只有一个，就是降妖伏魔，弘扬佛法。居·米旁大师先后撰写出50多部具有格萨尔文化内容的佛教经典，涉及宗教仪轨和寺院佛事活动的许多方面。其中有《格萨尔金刚寿王经》《格萨尔王仪轨祈愿经》《格萨尔迎神降服铁钩》《格萨尔神箭》《格萨尔修行马鞭如意宝》等。还有《征服霍尔英雄颂》《战神威尔玛法舞》《威尔玛煨桑仪轨宝鉴》《嘉察协嘎事业金刚经》《嘎德求神制敌简法》以及《制作战神飞幡法》《福袋裁缝法》等系列。通过居·米旁大师创立的这些"格萨尔学说"宗教经典可以看出，他已将格萨尔王这位史诗英雄和民族之神，作为佛界的上师来敬仰，作为护法神来供奉了。

居·米旁大师创立的"格萨尔学说"宗教经典，在整个藏传佛教诸多教派中产生了深远影响，并被广为吸收，成了祈请护法的重要传承内容和仪轨形式。

特别值得关注的是，居·米旁大师在借鉴引用较为完整的《格萨尔》故事时，会与历史上流传下来的血祭仪轨直接融合，使古老血祭遗存更具指向性、更形象化，也更有感染力、威慑力。比较经典的如《嘉察喜鹊供血》秘籍。嘉察是格萨尔王同父异母的哥哥，在抵抗霍尔国入侵中英勇战死。佐钦寺在举行嘉察喜鹊供血仪轨时，会取出嘉察的战刀，及刀下的头盖骨、刀下血、刀下筋、刀下肋骨等祭品。仪式正式开始后，刀下头盖骨被视为北方魔国鲁赞王的头盖骨，刀下血被视为霍尔国白帐王之心血，刀下筋被视为姜国萨丹王之体筋躯肉，刀下肋骨则被视为南门辛赤王之肋骨。这里，格萨尔故事中四大战争的对手都齐了。此时，迎请出的嘉察被视为勇猛的鹞鹰，辅以一整套咒语，经过如此一番仪式仪轨，主祭方坚信，血祭的目的七日内即可达到。

第四节　格萨尔法舞从这里走来

居·米旁大师还是第一部"格萨尔法舞"的总编导。"格萨尔法舞"直译称作"岭舞四业"，其形式是在广场的四面，各设置一片舞场，分别上演"雄狮傲立""苍龙舞空""大鹏展翅""猛虎跃谷"四项内容的法舞。用扮演者的服装和舞姿，尤其是面具造型，来代表和强化这里所指的"四业"。同时配有舞蹈奇幻音乐和"岭舞"极乐音乐。"岭舞"顾名思义即格萨尔所统领的岭国之舞。"岭舞四业"在这里翻译成"格萨尔法舞"更明了、更通俗些。

继居·米旁大师编创格萨尔法舞 20 年后，又有一位佐钦寺的大师，在其基础上进行了改编和补充，使格萨尔法舞更还原史诗故事和人物造型。这种略带世俗倾向的改编，使观看的信教牧民更容易理解。这位大师就是第五世丹却多杰活佛（1872—1933 年）。丹却多杰活佛先组织石刻艺人创作了格萨尔八十大将雕像；后传说在睡梦中，格萨尔王率众托梦给丹却多杰活佛，日后，他便投入巨资，组织各行业工匠，制作了全套格萨尔法舞的用具，编排了一台更大规模的格萨尔法舞。

可是，法舞在给德格法王展示演出时并没有取得预期效果（文献资料如此说，作者推断此法王大概就是德格土司吧）。当晚，丹却多杰活佛梦见一位身材魁梧、面色金黄、穿戴蒙古族服饰的英雄来到面前，摆出了各种不满的姿态。

大师问："是谁？"

英雄答道："我乃苏格达麦道乾，曾随格萨尔王征战，功勋卓著，给岭国带来荣耀。而眼下你纪念岭国八十大将，为何不叫我前来？"

活佛领悟并承诺，明天就制作他的披挂，让他加入岭国兄弟们的行列，接受众人礼赞。

话音刚落，来者便消失得无影无踪。梦醒。

次日，丹却多杰活佛根据梦中印象，即令工匠制作苏格达麦道乾的塑像，并赶制了一套蒙古族英雄的行头。从此，格萨尔法舞的队列中，有了苏格达麦道乾的形象。之后举行的格萨尔法舞表演，场场顺利，观者甚多。

在试着解释一下格萨尔王麾下三十大将与八十大将的区别之前，倒是要先把专名"三十大将"还是"三十英雄"给确定下来。以往作者多用的是前者，丹曲博士认为，藏语言的《格萨尔》故事中，直译都是"三十英雄"。用此直译，更符合原意。得，下文全用"三十英雄"为好。

30 位英雄系岭国长、仲、幼三部落的各分部首领，大都来自一脉骨血，或是有着亲密的血缘关系，每位英雄的血统、身世、战功都比较明确。在《格萨尔》故事中出现的也比较早。在格萨尔王赛马称王之前，就有三十英雄的说法。并且按其功绩与特长，还可细分为十三骄子、七勇士、四美男、三猛将、两大公证人，以及医生、占卜师、星相家、技艺家等多种头衔。当然，还有用凶猛或机智的走兽飞禽来称呼他们的。随着格萨尔王平息并征服了许多挑衅滋事的部落，岭部落联盟不断扩大，臣服的首领归顺岭国，格萨尔王也得以封将，在三十英雄的基础上，出现了八十大将的叫法。应该是又增加了 50 位英雄。其特征是，后增加的大将与岭部落应该没有多少血缘关系，想必日后会建立姻缘联系。后增加的 50 位将领名单中，那些知名将领不会有差错，排序越往后的，民间的说法越会有差异。

苏格达麦道乾这位蒙古族英雄托梦五世丹却多杰活佛的故事，一直在佐钦寺周边信教群众中流传。在寺院新建的格萨尔王护法神殿中，崇拜放置有 34 尊铜像，正殿是格萨尔王及母亲郭姆和大王妃珠姆，中央阵列是 30 位大英雄，这是 33 尊，还有一位对面单独放置的正是蒙古族英雄苏格达麦道乾将军。不知其他地区是否也有此种安排。

现在佐钦寺还珍藏有全套的格萨尔法舞道具，包括格萨尔王及八十大将

距离佐钦寺最近的协庆寺格萨尔法舞也非常精彩，此为格萨尔王形象 （陈新生 摄）

和十三战神威尔玛的服装、面具、头盔、旗幢、战靴、兵器等，用很大的仓库陈设摆放，这还不包括庞大的乐器阵容。我欣赏过两次，2018 年再来时，文物部门已规定不得轻易向外人展示了。

正是佐钦寺历代仁波切、大堪布对格萨尔文化的情有独钟，首创并不断完善丰富了格萨尔法舞，使之名气越来越大，前来观摩学习的各教派僧人很多。可以这么讲，藏地传统的格萨尔法舞，都受到了佐钦寺的影响，很多都是学习借鉴的结果。佐钦寺在传播宗教色彩的格萨尔文化方面，成就首屈一指。

佐钦寺选址在了背靠雪山冰川的一个盆地，盆地很平坦，面积也大，摆下一座寺院后还很宽敞。这里的海拔已有 3900 多米，但左右两侧的山上，满是茂密的松柏森林。好一块吉祥天成的福地！

佐钦寺现在的规模令人惊叹，这是我见过最大最宏伟的寺院之一。无论是总体布局，还是单独一幢建筑，还是道路、围栏、栈桥、亭阁、长廊、佛柱、烛灯，甚至花木草坪等，都经过了精心规划和设计。

进入佐钦大圆满寺门楼，右边不远处的高台上是大雄宝殿主建筑。殿堂内空间规模很大，建筑风格突显了古典与现代的融合之美。特别要关注的是，二层楼内的两项文化工程，一是佐钦寺博物馆的收藏，丰富真实；二是格萨尔护法殿的 34 尊青铜塑像，制作精良，人马形神兼备。

大雄宝殿前的广场宽阔平坦，广场前沿几座佛饰雕塑很精美。像格萨尔法舞这类露天活动大都在这里举行。立于广场边面朝雪山，寺院其他景观尽收眼底。莲花生大师金铜立像和格萨尔王骑征青铜像，分别立于寺院中段两侧，像是整个寺院的明珠神眼。

莲花喜苑闭关中心建在最里面，与背景的雪山冰川相映生辉。

千佛殿，佛学院，闭关中心，佛塔，每一座建筑都有各自的特色。寺院被建设得赏心悦目、现代气息很足，但又庄严肃穆、不花哨，做到了古典传承与现代风格完美结合，体现了当今佐钦寺仁波切和堪布经师们极高的文化修养和管理水平。

第五节　难忘土登仁波切

历史上佐钦寺涌现出多位高僧，这里就介绍一位土登仁波切，讲一讲他降服瞻对枭雄大魔头贡布朗加的故事。

2015年，我去甘孜州新龙县参加"康巴红·瞻对文化研讨会"，有幸见到著名作家阿来，他送了我一本新创作的纪实文学作品《瞻对——终于融化的铁疙瘩》。书中讲到，约在180年前，中瞻对部落头人贡布朗加，争霸抢拣，兼并土地，毁庙灭教，这个10多年间祸害方圆数百里的大魔头，最后在德格佐钦寺大活佛土登仁波切的训导下服软的故事。

瞻对，在当地人的语意中是"铁疙瘩"的意思。康巴人向来强悍，而瞻对人在康巴人中更以强悍著称。

瞻对这个称谓起自元代，当地一位名叫喜饶降泽的高僧，于公元1253年随元朝帝师八思巴进京觐见皇帝忽必烈。传说喜饶降泽在忽必烈面前将一把剑徒手挽揉成了一团铁疙瘩，由此深得皇帝赏识，获赐官印。从此，这片土地上便兴起了一个尊贵的家族——"瞻对本冲"，大意是因绾揉铁疙瘩而获得官位的家族。瞻对家族从雄龙西迁到了雅砻江河谷地带一个叫热鲁的地方，就是今天新龙县城所在地。其后300年，上、中、下的瞻对土司头人，都认为自己是"瞻对本冲"一脉骨血的传人。

此后，瞻对一词也泛指了地域，历史上新龙县城一带称为中瞻对，其北部还有上瞻对，而南部则是下瞻对。整个瞻对地域的东北面，是道孚、炉霍、甘孜、德格诸县，构成了四川通往西藏北通道上的几个重镇，现在有317国道贯通。瞻对以南，则是理塘、巴塘，又是四川通往西藏南通道上的重要支点，现在由318国道连接。可这南北两条通藏大道，像是有意要避开瞻对这个地方似的。其实不难理解，瞻对境内地势险峻，山高水急，森林密布，因此道路并不畅通。

过去瞻对地方长期闭塞，生产力低下，部落掠夺意识得以流行，外出抢劫藏语称之为"夹坝"的行为，成了他们聚财谋生的手段之一。这恐怕也是过去没多少人敢闯瞻对地界的原因。

瞻对"夹坝"也有规则，他们一般多是快马强弓，奔袭上百里，在南北两条通藏大道旁设伏。他们夺民财和过往商队的货物都为常事，哪怕官家或是宗教上层的财物也照抢不误。

从雍正六年，即公元1728年开始至清末改土归流止，清政府共七次对瞻对用兵，前六次均未取得优势。

其中乾隆九年，即公元1744年，瞻对200人南下理塘设伏，竟然抢劫了从西藏昌都撤换下来的一队清兵36人的所有辎重物品，场面极为难看。正值康乾盛世，下臣皆上书要求出兵征剿，为了脸面，乾隆皇帝也只得下令出兵了；但提出的具体目标是：必须将本次"夹坝"行为的纵容者——下瞻对土司班滚捉拿归案。

清廷低估了进军瞻对的难度，近三年的征剿并无多少收获，一线清军将士极度疲惫，想尽快结束战事，竟然谎称首犯班滚躲在寨中被烧死了。

欺君之事败露后，乾隆皇帝重新起用岳飞后代——老将岳钟琪，岳钟琪成功说服起事的大金川土司莎罗奔投诚。乾隆帝从宽赦免莎罗奔的举动，影响巨大，班滚最终把自己的归降之意上达给了天庭。皇帝下旨，班滚也被赦免。

而负责征剿瞻对、大金川两地的清廷将帅们，却没有作乱土司获得赦免的好运，因指挥进剿不力，又犯有谎报战功的欺君之罪，川陕总督、皇亲国戚、一品大员庆复被赐死，四川提督李质粹和前线总兵袁士弼、宋宗璋均被处决。而接替庆复指挥权的四川总督张广泗，也因指挥对金川征剿不力，被"刑部按律拟斩立决"，就是死刑立即执行。可见，乾隆年间对当朝高级官员的要求是相当严格的，战事不利，失误失职，是要掉脑袋的。

朝廷的宽大为怀，使瞻对地方安稳了59年。等到再次出事，那已是嘉庆十九年的事了。清廷七次用兵中，当数中瞻对土司贡布朗加这个独眼枭雄最难对付。

其父洛布七力已很有势力，但因"夹坝"肇事，后被清军剿灭。洛布七力儿子贡布朗加接位后，采用联姻手段，掌控了瞻对及周边地方更多的头人，又利用上下瞻对上层头人的家族矛盾，分别征服了他们，也报了五代之前祖上与下瞻对结下的宿仇。

道光二十九年，即公元1849年，他成功击退了由四川总督琦善奉命组织的两次围剿，这极大地助长了他称王的野心，扬言"既不当汉官，也不做藏官"。贡布朗加所作所为的社会影响早已超出"夹坝"。

请看，贡布朗加先后征服吞并了邻近的炉霍、孔萨、麻书、朱倭、白利五个霍尔土司，其新增加的领地，似乎比瞻对都大。更不可思议的是，他以五路兵马，采取昼伏夜行、突然袭击的方式，轻而易举地攻下了清政府授予的三品宣慰司德格土司城防。他故伎重演，把11岁的德格小土司连同其母等关键人物和寺院活佛，全都送往瞻对境内看管起来，自然都成了他的人质。接着，他又挥师南下，虽费周折，但还是攻克了理塘。贡布朗加侵吞四方土司的风暴，震惊朝野。

贡布朗加又虎视金沙江以西的地盘，此动向引起了西藏噶厦地方政府的严重不安，很快便与清廷制定了剿灭瞻对兵马的方案。清廷为藏军提供补充了银两、枪弹，又急征三十九族在内的兵民1500人，从西路、北路展开攻势，一路得到当地民众的支援，瞻对所侵占地方的土司也乘机起义反抗。瞻对兵马很快失去了往日的锋芒，节节败退，贡布朗加也被围困在自家的大官寨中。贡布朗加只得放火烧了官寨。数天后，大火燃尽，藏军并没有找到贡布朗加的尸体。此后多种版本的民间传说，更加渲染了瞻对人对这位枭雄的神秘印象。

贡布朗加原本就对佛教圣殿大为不敬，扬言要把大昭寺文成公主进藏带来的释迦牟尼12岁等身玉佛像搬来瞻对，省得瞻对人千里跋涉去拉萨朝拜。在所侵占的地方，他重新任命大小头人不说，还巡游寺院。他每每叫出活佛或是住持，问一个他自己早就明白的问题："我贡布朗加死后是去往佛国净土呢，还是下地狱？"这些寺院活佛、住持也许是出于保护寺院和自身性命的考虑，都违心地恭维他说能进入佛国净土。贡布朗加却并不领情，面对谎话，反而迁怒于这些活佛、住持，下令道："要么打起铺盖搬到瞻对去，有住，管吃，但不许走动，面壁思过。要么脱下袈裟，滚回老家放牛种田去，寺院里不能有你们这些两条舌根的人。"然后命令手下砸毁佛像，再放火烧掉寺院。

占领德格期间，贡布朗加来到了佐钦寺，与其他地方不同的是，他并没见僧人出来迎接自己。只听到寺院内佛鼓阵阵，法号声声，诵经声朝他涌来。嗯，佐钦寺倒是沉得住气，还在做着法事。他示意手下人马放慢脚步，自己提缰纵马走向寺院。快到寺门时，土登活佛也是独自一人前来会他。身后依然是持续不断的诵经声。阿来在他的《瞻对——终于融化的铁疙瘩》一书中，对这一段有过详细的描述。

> 马背上的贡布朗加高声发问："你就是人们所说的土登活佛了？"活佛淡然一笑，手持念珠，并未说话。贡布朗加又提出了他的问题："我死了以后是去佛国净土，还是要下地狱？"土登活佛并不答话。贡布朗加略带藐视地说道："以前遇到的那些佛门高僧，回答这个问题前，都说要念念经、打打卦才能作答。你也是这样吗？"土登活佛说："我不知道你是想听实话，还是假话？"贡布朗加说："实话！"土登活佛点点头，朗声说："你是个不敬神，不礼佛，夺走了无数生命的恶人。你这样的人怎能去到佛国净土？最好连这个念头都不要有。从生下来的时候就注定了，你死后要下地狱！你在此生犯下的罪恶，使你没有变身为人的机会。"
>
> 后面的人听得明白，心想，贡布朗加这回肯定要拔出刀来取活佛的性命了。不承想，他却从马背上跳下来，摘掉帽子，真诚地说："我今天算是见到真活佛了。尊敬的土登活佛，只有你以敏锐的目光看见了我的过去和未来。我的梦境告诉我，说我只能是到地狱里去了，这个我早就知道了！"说完，贡布朗加倒退着朝寺外走去，出了院门才上马，并下达了任何人不得骚扰佐钦寺和打搅土登活佛的指令。随即率部撤离了佐钦寺。

这就是佐钦寺高僧的魅力吧。

时代在变，洋务运动使清军的装备大为改观。面对洋枪洋炮，瞻对的强悍民风连同坚固碉楼城堡的优势，荡然无存。

历史突变，瞻对这个两百年的铁疙瘩熔化了。

毫无疑问，瞻对这块铁疙瘩的熔化是需要火与水的！

火，时代变了，尤其是新中国成立后，原来的土司制度下的生产关系改变了，农牧民获得了土地、草山和牛羊，成为瞻对的真正主人。生产力的提高，大大改善了生活条件，谁还惦记着"夹坝"呢？这是大势。党的民族政策的落实，各项社会事业的发展，就像甘露一样，滋润了瞻对地方上层和民众的心田，此为水吧。

如今的新龙县，过去瞻对人居住的地方，公路通畅了，

新龙县会说唱《格萨尔》故事的老牧民甲西克巴

距离格萨尔机场也才有几十公里。但雪山牧场、原始森林、峡谷河川依旧保持着原生态，风光之美无与伦比。加之牧场风情、河谷民俗独具特色，摄之不尽，许多地方，应是当下驴友或是摄影爱好者非常值得一去的地方。

第六节 白玉河坡格萨尔兵器宗

其实，在德格人的地缘意识中，历史上还有个"大德格"的概念，它包括了现在的白玉县、石渠县和撤销的邓柯县，以及金沙江对岸的江达县。20世纪50年代初，这些地方还都归德格管辖。

白玉县河坡格萨尔兵器宗是个非常有特点的文化遗存。据记载，约2000年前，这里是被称作"白狼羌"的羌人的聚居地。"白狼羌"民风彪悍，勇猛善战，曾经建立过一个羌部落联盟——白狼古国。据传，那时的"白狼羌"人，就开始了冷兵器的打造。吐蕃控制康区和南诏国的100多年间，河坡是藏王铸造刀、矛、弓、箭的基地。

宋代，格萨尔王更是调令霍尔部落优秀的铁匠集中来此，他们相互交流，带徒传艺，并开始炼铁，促进了这里以锻造兵器为主的民族冶金工艺的长足进步。如今，热加乡阿仁沟一带，还可以见到当年的炼铁遗址。格萨尔王视察河坡兵器生产的故事，一直在当地口口相传。据说，格萨尔王的达巴莱米宝刀就是在河坡打造的。

《格萨尔》说唱艺人的"刀赞"，让河坡格萨尔王兵器库享誉藏地。据英雄史诗《格萨尔》的描述，格萨尔王拥有天界和世间各九大兵器。

天界九大兵器是：战神头盔、护身铠甲、战神护法衣、神魂石佛盒、护身天母腰带、藤质盾牌、辐射彩靴、虎皮弓袋、豹皮箭囊。

世间九大兵器是：战神宝剑、胜利大角弓、凤凰石子带、99神垒箭、劈开岩山大斧、如意马鞭、三界自套绳、天铁小宝刀、护法神魂石。

尽管它们都充满神性，但许多兵器还是直接来源于现实生活。玉树囊谦县达那寺珍藏的据传是格萨尔王使用的盾牌就为藤质。"凤凰石子带"不就是藏族牧民驱赶牦牛的抛石器吗，它是用牦牛毛线绳编织而成，藏语叫"乌朵"。而"护法神魂石"正是用"乌朵"甩出去的小石块。"乌朵"现在成了许多藏地旅游景点销售的纪念品。阿里改则寺才贡仁波切送我的一条编织精美的"乌朵"袋，方寸之间孕河山，见天宇，充满灵性，着实让人喜爱。相传"乌朵"挂在车内或屋内又可用来避邪保平安。"三界自套绳"其实是牧人家用牦牛毛编织的绳索，或是用牛筋制成的更为结实的捆绳，用来捆驮子或是套马拴牛再好不过。以上这两套兵器的仿制件，在玉树州雪域格萨尔文化馆中都有陈列和注释。

河坡格萨尔王兵器库也为千年德格土司的地方统治提供着兵器。到了清末民初，德格土司还在白玉河坡格萨尔王兵器库投资，生产出了藏枪，除了本部落使用，还卖到了西藏。

千百年来，白玉河坡各类手工艺人、能工巧匠技艺的传承与发展，离不开各民族间的交往交流。公元1159年，即南宋绍兴三十年，康区第一座宁玛派寺院噶陀寺，在白玉县河坡白龙沟朵念山4800米的山腰间建立。蔡巴·噶德公布活佛七次赴内地，聘回了多批汉地艺人工匠，兴佛堂，塑神像，刻经版，制佛具，为白玉民族工艺输入了新的技术能量。

到了元代，阿俄·益西布巴活佛，为进京途经噶陀寺的八思巴大师进行了宁玛派的最极灌顶，并建立了师徒关系。后来，八思巴将京城带回的许多工艺珍宝赠给了噶陀寺，并特意请来汉地工匠为珍宝修建宝库殿堂。

公元1410年，即明永乐八年，明成祖朱棣为他死去的妃子徐氏求冥福，"遣使往西土求藏经之文"，同时邀请噶玛巴第五世活佛德银协巴赴京，活佛途经白玉噶陀寺时，专门带上了这里的工匠，在北京"灵谷寺建普度大斋道场"，使白玉民族工匠艺人在京城大显身手，同时也有了直接了解内地庙宇楼堂建筑工艺水准和观摩学习的机会。

清康熙、雍正年间，白玉地方民族工艺品在新兴市场上得到更多发展。公元1841年，即道光二十一年，中央政府专门颁布法令，"允许并鼓励德格商人到青海西宁一带行商贸易"，并对寄存货物、款项结算等都作了明确规定，为白玉生产的佛教用具和民间生活用品的流通，打开了方便之门。改土归流后，农牧民与土司家族的依附关系有了一定程度的解放，促进了康区手工业的发展。而各类手工艺匠人进入康区谋生，为白玉县的民族工艺传承再次输入了新的血液。

现在，白玉河坡藏族金属手工制作技艺已列入国家级非物质文化遗产名录。白玉河坡民族手工艺制品主要有五类。

重头戏是精美绝伦的礼佛装饰用具，尤其是寺院建筑上的金属装饰大件。一座中小型寺院的屋顶装饰，就是好几十万元的项目。改革开放以来，随着党的民族宗教政策的落实，藏地的寺院得到大规模发展，毫不夸张，一些寺院可以用气势宏大、金碧辉煌来评价。河坡村金属工艺的知名度，就为他们带来了众多的订单。河坡村我去过两次，见到的大多数人家都在赶制寺院大件装饰。

　　当然，每户人家的藏式民居都是四层高的宽大建筑，工艺作坊也在楼内。河坡村是一个靠手工艺为生、起家、发展的富裕村。

　　还有刀具类。我在四川省非遗传承人罗真工艺师家里，见到了他的代表作——两套非常精美的藏刀。从女式小刀，到4尺的壮汉用长刀，一套共六把。但现在没有几家人再做藏刀了，究其原因主要是市场萎缩。文化部门当作非遗结晶要保护，治安管理认定是管制刀具，持有者被查，刀没收处理是轻的。

四川省级非遗传承人罗真向我们展示了一套六把他打造的精美藏刀

　　第三类为马鞍装具类。藏地各州县每年举行赛马会，激发了牧民的马背情结，花钱买好马又成了风气，马鞍装具的需求自然就大了。装饰马鞍，当然还是河坡工匠手艺好，他们的金银镶嵌马鞍那可是奢侈品。罗真专门拿出一套金马鞍的照片让我欣赏。这副金马鞍他们全家上阵，干了9个月，仅黄金就用去2万多元的量。金马鞍在参加南方的一个展示会时，被人12万元买去。其利润并不高，罗真工艺师主要想靠这副金马鞍来展示河坡的传统工艺以及自己省级非遗传承人的手艺，以便扩大影响。

　　第四、第五类主要是生活用具类和饰品类。

　　以上五类产品细分有近百种，满足了藏族群众的需要，近来作为河坡文旅及外销产品也越来越受到欢迎。

第八章　太阳部落

从现代行政区划看，石渠大草原如同一块飞地，强势插进青海，像是有意要隔开两个最重要的格萨尔文化带——玉树和果洛。其实，从地理文化上讲，千年前的格萨尔王时代，这里都属于岭国部落联盟的属地。石渠称得上格萨尔文化带上的又一高地。

石渠云天大草原作为金沙江上游的第一大滩，连同纵贯大草原的雅砻江，构成了这片上天赐予的优良高山草甸带牧场。当地牧民感念大自然的恩赐，一直以来，流传着一个神话传说。很久以前，一头困在各拉丹冬雪山上的金色小牦牛被冻僵了。一群康巴勇士爬上雪峰，从太阳那里引来火种，融化了冰雪。小牦牛苏醒后，两股清澈透亮的雪水从它的鼻孔里喷涌而出。从此，金沙江和雅砻江连接无数涓涓细流滋润了石渠大草原。丰盛的牧草养育了18个到处牧歌飞扬的游牧部落。太阳与火，成了部落崇拜的图腾，于是，"扎溪卡"，即雅砻江部落的人们有了一个自豪的名字——太阳部落。

说到石渠大草原上太阳部落的格萨尔文化遗存，最著名的有四处。首先是岭国大将军丹玛的出生地——洛须的然须寺（原先丹玛官寨）以及山下的白日马嘛呢堆。二是有着千年历史的米帝嘉纳大师建造的正通寺。再就是被誉为旷世奇观的"两格"嘛呢石建筑，一处叫松格嘛呢城，另一处是巴格嘛呢墙。它们造型朴茂沉野，雄浑和谐，堪称大地装饰艺术之瑰宝。此外，嘛呢墙神龛中珍藏的神态万千的彩绘石刻造像，早已赋魂得道，可谓是格萨尔石刻艺术的珍宝。

第一节　松格嘛呢城——晁通之忏悔

2018 年深秋，去往松格嘛呢城的道路还不太好走，一条从青海达日通往西藏的国道正在修建。出石渠县城向东车行几十公里，过了阿日扎乡不久，就要注意辨别路况了，因为没有路标，容易走错。只要上了松格嘛呢城方向的岔路，再走 30 公里，见到恩德尔红山，拐过弯就到。

松格嘛呢城一直是我向往的地方，多年来总是与之失之交臂。当我终于站在松格嘛呢城的面前，立马就被它的气场所震撼。

这是一处被称作"松"的地方，"格"为语气助词，松格嘛呢城由此得名。确切地说，这是一座长方形的经石坛城，坐南朝北，东西长 73 米，南北宽 47 米，外墙高 9 米，城中心主体佛塔高 14.5 米。整个嘛呢经城，只用石板垒加，没有任何他物支撑，更没有使用黏合剂，却矗立千年而岿然不倒，真正是奇观呀！

我们对松格嘛呢城进行了全方位细致的拍摄，其间遇到前来朝圣的名叫日登的牧民一家，他们是果洛州达日县下红科人。我的几位果洛朋友日登都认识，有的还是他家亲戚，一来二去便熟悉了。日登的小儿子主动带我们登上城头，居高临下的视角，又是一番景致。

城顶上的通道，主要由层层垒上来的经文石板组成。石墙间隔之间，搭有石板过桥。过桥石板下，只用两根圆木搭连，踩上去有点摇晃。站在偌大的嘛呢城上是不是犯忌？谁也把握不准，不免有点心跳犯嘀咕。假借是藏族小朋友引导上来的，自我安慰一番，也就心安理得了。

其实松格嘛呢城正面有"城门"，从"城门"进入城内，眼前是一排排的嘛呢高墙，大部分间隔很窄，如同进入迷宫。

鸟瞰松格嘛呢城

城内最神秘的地方，要数一口深井，据说井眼就是松格嘛呢城的中心，如是"心脏"。挪开经版井盖，井内深不见底；俯耳静听，可以听到溪水的流动声，山林的风声，寺庙的螺号声、铃鼓声，或是战马嘶鸣声。传说，每个人听到的声响都可能不相同。井中的奇幻声响，至今还是个谜。

在松格嘛呢城墙体上，预留了许多神龛，仅外围墙上就有 383 处。在这些神龛中，供奉最古老的要数格萨尔王及其麾下的岭国三十英雄石刻像。当地有人传言，松格嘛呢城的始建者，正是格萨尔王的叔叔晁通王。

在《霍岭大战》中，由于晁通王的私心之过，格萨尔王的哥哥嘉察协嘎和总管王的小儿子朗琼玉达以及十多位战将，在抵抗霍尔大军的征战中战死。格萨尔王救出梅萨后，在北方魔国被梅萨和阿达娜姆设法挽留，一住就是 9

年 3 个月。在坐骑江噶佩布神马的呵斥下，格萨尔王醒悟，从北方魔国赶回岭国，清算了晁通王的罪行。后在霍尔王的女儿、美女巫师吉尊益希的帮助下，历尽艰险，计擒霍尔国白帐王，救回大王妃森姜珠姆，降伏了霍尔大将辛巴及十万大军，平定安抚了霍尔国民众。

格萨尔王最终还是赦免了叔叔晁通。相传，晁通为了忏悔并让死者的灵魂能够成功转世，回到部落原住地，在恩德尔红山下，建起了这座松格嘛呢城。久而久之，这里也就成了祭奠岭国所有阵亡将士的地方。如此说来，这座嘛呢城应有 1000 年的历史才对。

但是，有点遗憾的是，最近在网上看到，松格嘛呢城作为 2006 年全国重点文物保护单位，标定属于明清建筑。同样是 2006 年的全国重点文物保护单位的达那"格萨尔三十大将灵塔群及达那寺寺院建筑（宋元时期）"，先后两次碳 –14 测定，结果显示都是距今千年。如果能寻找出松格嘛呢城沉入地下的经文石刻，其真正的始建年代方才有说服力吧！

有人曾经考证，松格嘛呢城最下面的几层嘛呢石刻上的经文是古藏文，说明它是佛教（后弘期）大规模传入藏地前的石刻。直到公元 16 世纪初，大德白玛仁青在原址上进行了扩建，佛教色彩渐浓。之后的数百年间，周边的僧俗大众，不断地往松格嘛呢城上添加石刻经版，成就了今天人们看到的这座气势恢宏、世俗与宗教合二为一的松格嘛呢城。

第二节　白日马嘛呢堆——邓域大粮仓

白日马嘛呢堆建在石渠县洛须镇 7 公里外的那杂村，"那杂"即"山根"的意思，"白日马"是"很长"的意思。这座嘛呢堆的确很长，老人们说，原先的白日马嘛呢堆，从那杂村顺着金沙江一直并行延伸下去，如同一条长龙。现在只留下了龙头部分，其中相当的一部分后来搬进了镇中的度姆寺。尽管如此，白日马嘛呢堆的规模还是相当大。我迈开大步丈量，仍有 680 来步的长度。

2017 年我来洛须镇时，镇政府的朋友元登开摩托车带上我，走了数十公里进到大山沟中，一同欣赏了唐蕃时期的佛像岩画，其刻成年代与玉树勒巴沟文成公主时代的岩画相近。

有一种说法，白日马嘛呢堆是吐蕃时期的产物，由一位名叫罗布绒布的大商人出资组织匠人刻制。所刻内容为佛教三大经典之一的《贤劫经》100 卷。

从白日马嘛呢堆经石的凿刻风格及石料质地看，显然是两三个不同时代的作品，要辨别它们的刻制年代，需等考古专家鉴定。由于不同时代嘛呢石叠加堆放，最早的经石压在了下面，对其进行文物考古，即便选择性地搬取某一段经石，也是一个不小的工程。

洛须镇就是《格萨尔》故事中的大将军丹玛的故乡，这是洛须镇重量级的文化积淀，当地百姓都认可自己是丹玛部落的后人。

那杂村白日马嘛呢堆的后山顶上有座古老的然须寺，该寺原址属于丹玛家族官寨。元代国师八思巴从西藏进京路过洛须，驻锡地正是丹玛家族官寨。

坐落在然须寺山脚下的那杂白日马嘛呢堆

此后，丹玛官寨中的家庙然须寺，就改为了萨迦派寺院，同时，这座丹玛家族官寨，也就全部腾出来给了然须寺。

大将军丹玛是格萨尔王麾下 30 位大英雄中的一员，全名叫察香丹玛姜察，"姜察"意为黑毒虫，言其勇猛有如斑蝥，令敌生惧。格萨尔王的哥哥嘉察战死之后，丹玛便成了格萨尔王最为倚重的战将。丹玛智勇双全，是岭国的第一神箭手。每当遇到恶战，丹玛总是挺身而出，屡建奇功，可以说，丹玛是岭国诸将之首。丹玛的生命力极强，是三十英雄中最后一位离世的。有许多战死的岭国将领的遗骨，都是他收殓的。

在格萨尔唐卡中，丹玛的形象很好辨认，以青色为基调，即青面、青衣、骑青马的大将军。

丹玛自己调侃说，有三种人（东西）不喜欢我，一是敌人，一是马儿，一是女人。敌人不喜欢他，因为他是神箭手，百步穿杨，死在他手下的敌人太多。马儿不喜欢他，因为经常被格萨尔王派作先锋或是救援，频繁临危出征，坐骑自然就累，按骑兵的说法就是特别废马。女人不喜欢他，大概他长得黑、粗糙一点吧，肯定不是小鲜肉，但有英雄气概。格萨尔王麾下的三十英雄中有三大美男子，美是美了，战功都不及丹玛。

丹玛的出生是个谜，他的父母到底是谁？为什么从小在岭国总管王家中长大？这个问题将在后面"从《丹玛青稞宗》说开去"一节中再作解答。

然须寺前的深沟中，有一处丹玛出生时遗弃的脐带的纪念地。从上往下俯瞰，纪念地是一处茂密的松柏树林，好生奇特，吸引着我们非得下到底看个究竟。

2018 年夏秋时节，我们摄制组一行人在寺院僧人的帮助引导下，下到了这片纪念地。上首是一处挂满风马旗的祭祀地，下首是数棵簇拥在一起的粗壮柏树，其中一棵最粗的被砍了去，只留下 1 米高的树桩。僧人介绍说，这棵就是悬挂丹玛遗弃脐带的大树。遗憾的是，在 20 世纪 50 年代，这棵树被修路民工砍去当柴火烧水做饭了。唉，也许是丹玛征战一生，杀人无数，这棵有着丹玛血性的大树，算是替丹玛做了一件善事吧。

当我们完成拍摄，气喘吁吁地爬上然须寺的平台前沿席地而坐时，僧人们夸赞我们是第一批下到丹玛出生纪念地的媒体人。虽然累得不轻，但心里美滋滋的，我们又创造了一个第一。

按藏族习俗，孩子出生时的脐带属于"脏东西"，肯定是不吉祥的。现在，丹玛的脐带丢弃处成了一片圣地。这种将"脏污之地"转化为吉祥圣地的能量，毫无疑问，正是由《格萨尔》故事中丹玛的英雄形象所产生。

石渠县洛须镇，原属于邓柯部落（这里的"邓"即前文中的"丹"，翻译时的同音不同字。鉴于当地人用"邓"，而别处尤其是学者大都用"丹"，故下文根据前后关系选择使用）。洛须一带吐蕃时期称作"邓·隆塘"，史称"邓域"，后称"邓柯"。其部落在岭国（宋元）时期称"丹萨""萨霍尔"，后以"丹玛"部落命名。20世纪70年代，邓柯撤县，将洛须一镇三乡并入石渠县，将俄支、阿须并入了德格县。从今天格萨尔文化视角看，邓柯倒是地道的格萨尔文化县。

洛须处在金沙江的臂弯里，海拔从云中石渠草原的4300米，一直降到了河谷平川的3400米，这里水源充足，气候温和，至今仍是著名的青稞生产基地。可见洛须镇自古以来便是雪域高原腹地的一处大粮仓。

在松格嘛呢城的一个石窗神龛里，我拍到了一幅"农神扶犁牦牛耕田图"，十分传神。左上角还刻有梵文。向原北京黄寺中国藏语系高级佛学院的教授噶玛德乾请教，得知这是古印度大成就者之一的米蒂那巴大师。大师以农耕

为修行媒介，一边农耕，一边修行，最终得道。大概类似于中原百姓所崇拜的神农氏吧。此石刻极其精美传神，是何人何时所供？有待考证。松格嘛呢城在石渠海拔4300米的牧业区，距离洛须镇不近，但这幅米蒂那巴大师农耕

石刻《农神扶犁牦牛耕耘图》，虽然出现在海拔4300米的松格嘛呢城，但是显然与洛须青稞大粮仓的农耕文化相关联

石刻图，显然与洛须青稞大粮仓的农耕文化相关联。

《丹玛青稞宗》在英雄史诗《格萨尔》中排序十分靠前。丹部落的后人，上千年来一直在石渠洛须一带耕作生活。

唐蕃时期，洛须就是唐蕃古道上的重镇，现在，国家投资 32 亿元的唐蕃古镇建设工程已经开工。其中，以丹玛大将军为代表的格萨尔文化，将是洛须镇重点打造的文化品牌。

现如今，然须寺的活佛年龄尚小，由大喇嘛昂翁益巴全盘主持工作。在群众和政府的支持下，大喇嘛经过 10 多年努力，完成了"邓玛纪念馆"的建设。这是一个建筑群，同时还建有博物馆、民俗陈列馆、图书馆、唐卡珍藏馆，现都已完工，其规模让人赞叹。白日马嘛呢堆与"邓玛纪念馆"如历史与现实的遥相呼应，都是洛须镇上的著名文化景观。

第三节　更萨嘛呢堆——米帝嘉纳大师的传奇一生

2018 年 9 月，我们从石渠县洛须镇出发，沿金沙江而上，所走公路还没完工，砂石路面，尘土飞扬。

快到更萨村时，道路两旁陆续出现了一些古老的嘛呢堆，其规模大小不等，间隔出现的嘛呢堆，也成了这里的一景。其实，把更萨嘛呢堆改称更萨嘛呢墙更合适，沿路出现的嘛呢堆更像是过去连接在一起的嘛呢墙。

公路从更萨村旁穿过，一堆更大的嘛呢堆挡在了路当中，生生地把这条道路给切分开来，来往车辆只能绕着嘛呢堆行驶，也算是转了一次"郭拉"。

当地朋友说，更萨嘛呢堆也是历史上那位名叫罗布绒布的大商人出资所建。如此说来就是吐蕃时期的建筑，但确切的建筑年代以及当时的规模如何？还都有待于考古学家进一步考证。

只是距离这里很近的正通寺与更萨嘛呢堆有了联系。正通寺后面有一座垒砌得非常齐整高大的四方形嘛呢堆，绝大部分都是由古老的嘛呢石砌成，一打听才知道，这些古老嘛呢石都来自更萨嘛呢堆。

原来，正通寺旁的村小学校重建的时候，发现地基全是以嘛呢石为基础修筑的。老人们说，当年建小学校，社会资源匮乏，便取来了更萨嘛呢堆的经石做地基。现在，这些从学校起出来的嘛呢石，虽然没有回到更萨嘛呢堆中，但正通寺的名气，也足以让这些嘛呢石再度生辉。

正通寺约有 1000 年的历史了，它的创建人正是大名鼎鼎的印度大班智达、阿底峡尊者的上师——米帝嘉纳大师。大师是著名的语言学家和翻译家，是从印度进入西藏的佛学大师。刚入藏时，他并不通晓藏语，而进入藏地后不久，陪同的翻译病故了。米帝嘉纳大师毅然决然地向青藏高原腹地挺进，途中，他遭到抢劫，又失去了跟班和行李。最后他自己被迫做苦力，给人家放牛放羊。民间传说，甚至有老妇人把大师身子当垫子，坐在大师身子上面来挤牦牛奶。传说 3 年后，大师终于被允许离开了，临行时，主人问他要点什么，大师说要黑帐篷里临时搭建的泥石灶台，主人爽快答应了。原来，大师去世的母亲投生为青蛙，就困在灶台里，烟熏火烤，经受了无量痛苦。大师超度了母亲，用法力将灶台揉作软泥，做成了许多佛塔状的小擦擦，供奉佛祖。现在，广大藏地礼佛用的小擦擦就叫"米帝擦擦"，原来是米帝嘉纳大师首创！

大师在磨难的日子里学会了藏语、藏文，写出了梵藏语言翻译的专著。经过 13 年的艰苦跋涉，米帝嘉纳大师终于来到现今玉树市的仲达乡一带，他用渊博的知识和大智大勇的魄力，说服了当地三座苯教道场的苯教师，率领僧俗大众，于 1030 年建起了佛教地标性建筑——藏娘佛塔和桑周寺。这是佛教后弘期初步兴起的重大事件。藏娘佛塔公认与尼泊尔的巴耶塔、西藏的白居塔并称为天下最著名的三座古佛塔。

2000 年，桑周寺活佛在玉树历史学家丹玛·江永慈诚的陪同下进京，在北大校园里见到了季羡林先生。季先生听说米帝嘉纳大师当年在玉树仲达乡建有藏娘佛塔与桑周寺后非常高兴。季羡林先生对米帝嘉纳大师很是推崇，把大师的专著比作是自己精通梵文的开山之剑。随后，季羡林先生就将桑周寺活佛带来的材料，整理后直接上报给了国务院。由此，藏娘佛塔和桑周寺早在 2001 年就成了全国重点文物保护单位便不足为奇了。丹玛·江永慈诚说，据季羡林先生当时介绍，20 世纪 50 年代，周恩来总理和陈毅外长出访印度，在谈及两国文化交流时，周总理赞扬了米帝嘉纳大师的贡献。

丹玛·江永慈诚认为，青年时代的格萨尔王，拜见过米帝嘉纳大师，并与他且结为上师与施主的关系。所以，江永慈诚认为，格萨尔王属虎，按藏历推算，他的诞生日应是水虎年，即公元 1002 年，而不是多数人认为的藏历第一个土虎年的公元 1038 年，否则，格萨尔王是见不到米帝嘉纳大师的。

玉树著名历史学家、《格萨尔》吟咏艺人丹玛·江永慈诚

米帝嘉纳大师在完成藏娘佛塔和桑周寺的建造之后，他便南下到达了现在的石渠洛须境内，又建起了正通寺，并在那里传教，直至圆寂。

米帝嘉纳大师在正通寺后院，曾亲手栽有两棵柏树。千年过去了，两棵柏树虽不能说已长成参天大树，但也相当高大苗壮。陪同我们的一位僧人说，他小时候看到这两棵柏树好像就这样高，50 年了跟没长一样。这里海拔 3900 多米，松柏的生长也相当缓慢。值得一提的是，这两棵柏树有两奇：一是两棵树的枝杈生长方向不同，一根树枝向上生长，一根树枝朝向地面，不是活佛提醒，我还没看出其中的不同；另一奇就是这两棵柏树的柏果籽很是香甜，这区别于附近其他的柏树果籽。活佛专门为我摘了一小把，口嚼一粒，果真香甜。活佛告诉我，香甜柏树果籽是寺院的秘密，挺怕信教村民知道后都来采摘。信仰的力量有时也有毁伤力，记得在丁青孜珠寺采访时，喇嘛们打开琉璃峰下的一个很深的山洞，带我下去欣赏了洞中千奇百怪的钟乳石，出洞时，又用大石块封堵了洞口，因为发生过信教群众进洞敲下钟乳石搬回家供奉的事情。

现在正通寺的活佛法名叫格绒尼美，他从德格八邦寺佛学院毕业，修行10 年后来正通寺当住持。经过 20 年的努力，他把不大的正通寺建设得很精美。

我们执着地搜集米帝嘉纳大师的材料，让活佛很是感动。格绒尼美活佛打开了存放大师当年亲手制作的面具的密室，详细为我们进行了讲解；又展示了大师当年"飞石选址"正通寺的石头和许多珍宝，这些珍宝件件都有神奇的故事。

故事之一。正通寺后面有个村子叫多叮村，其村名就来自大师"飞石选址"的故事。米帝嘉纳大师离开桑周寺和藏娘佛塔后一路走来，觉得前面是一块吉祥宝地，应该是建立新寺庙的地方。大师便随手抛出一块黑石，黑石落地之处，便是正通寺的地址了。米帝嘉纳大师向一位农夫打听，有没有见到一块黑石头落地。农夫告知，黑石不曾见到，但清晨听到有石头飞过，"叮"一声，在前面落地了。大师再往前找，终于找到了落地的黑石，在此便开始了正通寺的筹建。现在的多叮村村名，其"多"即当地藏语方言"黑石头"的意思，"叮"则应属于象声字。正通寺落成，附近的居民便自定村名为"多叮村"了。

故事之二。米帝嘉纳大师常给飞禽走兽讲授佛经。有画师用这个故事素材创作了一幅经典唐卡画，唐卡中米帝嘉纳大师盘坐在一片松柏林中念诵佛经，自然界的飞禽走兽围拢过来，都在聆听大师的讲经。其实，这幅唐卡画委婉地告诉后人，当年大师传教过程的艰难，新来的佛教学说一开始并不被当地人所理解和信奉，只好讲给飞禽走兽听啦。

故事之三。这则故事从侧面证明了米帝嘉纳大师取得当地牧民信任是通过他的知识和爱心。故事内容大致是，大师在超度了母亲的灵魂之后，正准备离开，忽然发现山体有滑落金沙江的危险，他苦口婆心地劝大家赶快搬走，最终只有上文提到的大师为其打工的那位老妇人一家，听信了大师的预言，搬到了金沙江对岸，从而躲过了一劫。现在，正通寺往上几公里处江对岸的高山中，就有一处巨大的滑坡痕迹。而据说此岸的一些人家，正是当年听从米帝嘉纳大师的劝告，搬离后活命的老妇人的后代。

正通寺内，面对居中的是米帝嘉纳大师真身灵塔，两旁正在建造的四尊雕像，左起是莲花生大师、释迦牟尼佛祖，右起是阿弥陀佛、金刚萨埵。

格绒尼美活佛为正通寺孜孜不倦地奉献，成就颇丰。遗憾的是，同是由米帝嘉纳大师组织建造，玉树藏娘佛塔和桑周寺早在2001年就被国务院批准为全国重点文物保护单位了，而正通寺至今还藏于深山人未识。

第四节　巴格嘛呢墙——墙长情亦长

出石渠县城向北行至色须寺，向东再行 17 公里即可到达巴格嘛呢墙。

巴格嘛呢墙始建于公元 1640 年，全长 1.7 公里，墙宽 2 到 3 米，墙高约 3 米，现在是世界上最长的嘛呢墙。墙体全部用嘛呢石片垒成，石片上刻有佛学经典《甘珠尔》《丹珠尔》中的经文。嘛呢墙上每隔几米便留有一个佛龛，用来放置精美的石刻佛像和六字真言小经版。

当年，巴格活佛是为批评教育一个因贪财而忘情负义的男性青年，开建的巴格嘛呢墙。自从一对相恋的男女青年跟着巴格活佛放下第一块石刻经版至今，无数相爱的青年男女和信徒，年复一年地添加上寄托着自己心愿的嘛呢经石，终于形成了这座青藏高原上的奇观。

这样一座由广大牧民，尤其是男女青年恋人，经过 380 年垒建起来的宗教艺术工程，自然也少不了格萨尔王的石刻艺术品。据看守这座世界最长嘛呢墙的老僧人介绍，他见到过至少有 5 块很古老的格萨尔王石刻像。最大的一块，他在早些年就搬进了巴格嘛呢墙墙头上的殿堂收藏了起来。其余的数块已被后来的新石刻遮盖，要想从如此海量的石刻中找出来，几乎是办不到的事。好在还可以在殿堂里一睹这块最大的格萨尔王骑征石刻像，这也算是一件幸事。

虔诚的信教牧民，不断地往佛龛中放置自己带来的佛像，新佛像把古老的佛像遮掩在了后面，巴格嘛呢墙古老的面目被遮挡了。2013 年夏，当作者拜谒巴格嘛呢墙时，见到了更加令人不快的事，人们免不了以世俗的心态来向这座墙献上供奉，于是整桶的酸牛奶、整箱的时尚饮料、整袋的糌粑和酥油，都塞进了佛龛。此乃很不协调的举动，进一步遮挡了极具艺术风采的古老佛像。

2018 年秋，我再次拜访巴格嘛呢墙的时候，朝拜的人们往佛龛中堆放食品饮料的现象大为减少，显然是加强了管理。甘孜州加大了著名景点的旅游

世界上最长嘛呢墙——石渠巴格嘛呢墙

基础设施建设。

　　人们对巴格嘛呢墙的关爱一如既往。这次正赶上一个藏历节日，玉树的一个大家族开着七台小车，组织有二十七八人，来为嘛呢墙中间段的七座白塔进行维护粉刷。他们忙活了一整天，让佛塔焕然一新。从最初巴格活佛放下第一块嘛呢石至今，当地牧人以自身微薄的力量，经年累月地供奉和积攒，汇石成墙，创下了又一个世界之最。

　　要完成巴格嘛呢墙如此浩大的石刻量，这得有多少石刻艺人工匠参与其中！在我数次到访的经历中，从未见到巴格嘛呢墙的创造者——石刻艺人。他们的工作场地，大概都分散在石片储藏量多的地方了吧。

　　可在色达县，我遇到了一位石渠籍的石刻艺人，他叫巴德，1962 年出生，7 岁就跟父亲在石渠学习石刻技艺。他 15 岁时，自觉出师了，便告别父母，背井离乡，以佛教造像石刻为生，先后到过玛多、曲玛莱等县的七八个地方，直到中年才在色达县定居下来。2017 年，他搬进了藏居新村，县政府给他分配了一幢 70 平方米的独栋安居平房，清一色的黄墙红瓦，门前还有个挺大的院子。从此，他的生活和艺术创作有了良好的条件。

出生在石渠县的石刻艺人巴德，现在色达县从事格萨尔石刻艺术工作

　　格萨尔彩绘石刻是色达县三大国家级非遗保护名录项目之一。巴德的佛教造像石刻技艺十分精良，这些年却转向了格萨尔石刻艺术，只因色达的格萨尔石刻艺术兴起，吸引他留在了色达。现在，色达格萨尔文化中心收藏展示有他的多块格萨尔石刻作品。

　　只见巴德艺人在一块石板前凝神片刻，便蘸墨悬笔勾画出人物线条，是一幅财神图，围观者无不被他出神入化的绘画功力所折服。他取出父亲留给他的一把精巧小铁锤，轻快地敲击刻刀，石粉碎屑飘落，刻刀在巴德手中有节奏地游走。不多会儿，阴刻财神浮现，眼耳鼻唇连同胡须，都刻画得栩栩如生。石板上那只口含宝贝的金毛鼠，更是活灵活现。这是典型的藏族民间艺术构图，空间比例又是如此精妙，让人百看不厌。我在想，巴德没上过一天学，更不用奢谈进入艺术学院深造。可以他现有的功力，作品完全可以到最高美术殿堂去展示。巴德的才气，可以说得益于从父亲那里继承的石刻艺术基因，得益于巴格嘛呢墙中蕴藏的无数石刻艺术大师和匠人们的灵气浇灌。

第五节　格萨尔石刻艺术丰华地

甘孜大地上格萨尔石刻艺术丰华之地有两处，一处在色达县泥朵镇新近命名的"汇知格萨尔创意园"内，一处是丹巴县丹东乡金龙寺和莫斯卡村的石刻群。这两处可以算是当下集中了最丰富的格萨尔石刻的艺术博物馆。巧合的是，两处格萨尔石刻艺术遗存的创建元年竟然同在公元 1786 年。

石渠籍石刻艺人巴德，最终能留在色达县，得益于当下中国传统文化大潮的推举，冥冥中，也是甘孜州格萨尔石刻艺术历史遗存的感召。据色达县人大常委会原主任、格萨尔专家益邛的专著《高地秘史》的记载，公元 1853 年，阿吾仁波切来到泥唐卡玛石经墙边修行，与周边六七个部落建立了檀越施主关系。后在几位高僧的支持下，他在石经墙附近，建起了普吾寺，被尊为一世阿吾喇嘛单增大吉。他的杰出贡献之一，便是雇请石刻艺人工匠，大规模制作了格萨尔王及 30 位英雄人物的彩绘石刻。

上文说到色达、丹巴两地格萨尔石刻遗存的创建元年都在 1786 年，又如何解释？现今普吾寺的俄让活佛告诉我，在一世阿吾活佛到来之前的 1786 年，一位名叫德芒琼培的喇嘛，来到这里修行，首先刻制了格萨尔王及麾下 7 位大将的石刻像，放在嘛呢墙中供奉。这一信息明白无误地告诉我们，泥朵镇这批格萨尔石刻遗址中，保留有两个年代的石刻艺术作品。现在只知道那位德芒琼培喇嘛来自班玛县智钦寺，后又去往何方？众说纷纭，没有留下准确的资料。

还有一个值得关注的现象，色达、丹巴这两处格萨尔石刻遗存的开创者来自同一传承教派，都来自青海省果洛州班玛县智钦寺。智钦寺历史上是最大的帐篷寺院，元朝以后，寺院建筑改建成石木结构。智钦寺与阿什姜寺齐名，早先两寺均为宁玛派寺院，阿什姜寺后改为觉囊派寺院，至今都是班玛县最著名的藏传佛教寺院。

这两位从班玛智钦寺来的仁波切都尊崇格萨尔王，他们把民间文学英雄史诗《格萨尔》的故事，作为他们传教的重要手段，迎合了牧民的内在心理需求。

根据当地出产青色片石的自然条件，他们将格萨尔王及三十英雄的图像刻于石板上，与佛像、菩萨及各类神仙并列，供奉于庙堂之上。因而，两位仁波切传教都很成功，被后人牢记。

2018年秋，我有幸跟着下乡部署检查工作的色达县领导来到泥朵镇普吾寺，我们大饱眼福，观赏并拍摄到了泥朵镇全部的格萨尔古老石刻。

我们到来之前，一条通往果洛州达日县方向的公路正好修建到此。普吾寺的俄让活佛和阿亚喇嘛，赶紧组织人力将嘛呢墙的所有石刻搬移到了寺院的山坡上。近百块格萨尔石刻平铺于地，被雨水冲洗得十分干净，石刻画面、刀法清晰可辨。我们使用摄像机、照相机和无人机，逐一拍摄，收获甚丰。大家都说这次格萨尔石刻意外搬迁就是格萨尔王给我们的奖励。试想啊，我们早来了或是晚来了都不可能有如此收获。

现今的俄让活佛与阿吾活佛他们同一天坐床，同样继承了前世活佛的业绩，热衷于格萨尔文化。一批现代格萨尔王及八十大将石刻，经过多年制作业已完成，也平放在了古老石刻的另一边。其风格均为深浮雕式的满工满彩，块幅也比老石刻大得多，突显了时代感。

不久，由政府投资，泥朵镇建起了"汇知格萨尔创意园"。而传下来的这批完整的格萨尔石刻，作为镇园之宝、创意园文化之魂，现在都被镶进了厚墙里，正面有玻璃罩着。如此保护，再要拍摄并不容易。一年后，县委宣传部需要泥朵镇格萨尔石刻的图片用来申报选题，还是问我要的图片，算是为泥朵镇尽了点力。

泥朵镇1786年的8块格萨尔石刻没有上彩。而1853年的这批格萨尔石刻，大部分是在凿刻完成后，用藏族传统矿物染料着色，170年后的今天，其色彩依旧鲜亮生动，尤其是黄色与蓝色，令人赞叹。这些石刻具有鲜明的民间绘画风格，线条十分清新，人物战马栩栩如生。与这批格萨尔彩绘石刻一同刻制的还有一些佛像，特别是带有苯教风格的神兽形象，折射出远古的民族宗教文化。

需要提及的是，正是泥朵镇普吾寺格萨尔石刻艺术的启发与加持，色达县很早就组织开展了非遗保护项目申报，2006年5月，经国务院批准命名的

色达县泥朵镇格萨尔石刻

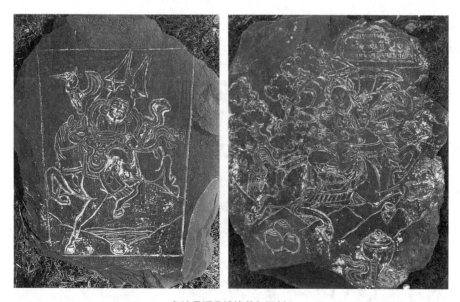

色达县泥朵镇格萨尔石刻

色达县泥朵镇格萨尔石刻

"色达格萨尔彩绘石刻艺术"列入第一批国家级非物质文化遗产保护名录。这些年来，当地民间格萨尔石刻艺术极大地发展，涌现出许多省、州、县三级的年轻格萨尔石刻传承人。

向东，丹巴县的莫斯卡村，便是第二处格萨尔石刻丰华地，这里聚集有6处格萨尔石刻群。

莫斯卡格萨尔石刻艺术，最早是由金龙寺创始人、首任活佛青则益西多吉组织艺人工匠制作的。据《丹巴县志》载，清乾隆五十年（1786年），由青海省果洛州宁玛派活佛青则益西多吉主持修建了金龙寺。与此同时，活佛请来石刻艺人工匠，刻制了格萨尔王及三十英雄石刻像，摆放于金龙寺大堂顶

从金龙寺顶楼瞭望格萨尔宫殿

部和础基梁柱等处，作为寺院的护法神，以保一方平安。

此举一直影响着周边牧民，230年来他们自发地出资刻制格萨尔岭国人物像，如今形成6处石刻群。

2018年夏，我们完成了莫斯卡格萨尔石刻艺术所有6个点的拍摄。说实在的，摄制组也付出了艰辛的努力。

莫斯卡6处格萨尔石刻艺术群，其位置与数量分别是：

1.金龙寺大殿顶层。共有石刻77幅，其中旧石刻40幅，已有230年的历史。新石刻37幅，1992年刻成。

2.格萨尔喇空（宫殿）。共有石刻109幅，其中旧石刻69幅，约有170年的历史。村民说，这些是由金龙寺创建活佛益西多吉晚年组织刻制的。1997年，当地20户牧民平均负担，请石刻艺人补刻了40幅。稍有点遗憾的是，此次补刻，顺便把旧石刻又重涂了一遍彩漆。据西南民大的教授专家说，格萨尔喇空里的石刻艺术水准最高。

3.卡斯甲都格萨尔塔。卡斯甲都系边尔牧场定居点，在莫斯卡下方4公里处，历史上也属于莫斯卡村。这里有石刻83幅，全部镶嵌于高8米、下部每边长6米的梯形方体石砌塔上，1994年刻制完成。

4.吉尼沟青麦格真神山。共有石刻80幅，放在山腰间的天然岩洞中，不过牧人借势建有三面封闭、正面敞开的房屋。这些石刻共分四层摆放，全部涂成彩色，1995年刻成。

5.曲登沟巴扎格热神山。共有石刻120幅，是莫斯卡格萨尔石刻群中规模最大的一处。其中旧石刻40幅，据说与金龙寺大殿顶层的旧石刻属同一时期。有新石刻80幅，1991年刻制完成。

6.甲拉沟甲拉勒神山。共有石刻60幅，1994年刻成。

以上所有新刻的格萨尔石刻，分别由道孚龙灯坝牧区艺人泽仁邓珠和道孚玉科寺老僧人戈土完成。他们虽已离世，但留给莫斯卡这片大地的格萨尔石刻艺术，将与草原、与牧人同在。

莫斯卡村，严谨一点说，就是定居点，其民居主体建筑围绕金龙寺布局落成。金龙寺大殿顶层和背后山坡上格萨尔喇空（宫殿），及4公里外卡斯甲都格萨尔塔的拍摄都比较方便。而青麦格真神山和甲拉勒神山两处格萨尔石刻群，需要骑马前往。甲拉勒神山离得较远不说，中途还得翻越 4800 米的金龙山垭口，下山骑马还得一个多小时。之后再蹚过两条湍急的河流，到达森林边缘，就是甲拉沟了。甲拉勒神山下的格萨尔石刻群，掩映在草原森林的青帐中，露出的五彩经幡，甚是耀眼。牧民为石刻群盖了一座遮风挡雨的半敞开式房屋。精美的格萨尔石刻分为上中下三层，一溜儿排开，其中也有一些佛像石刻。像往日一样，我们煨桑祭拜过山神，便逐一拍下了这里所有的石刻作品。

一路上都是莫斯卡村的高山牧场，夏季村里的青壮年都在牧场上放牧牛

丹巴县莫斯卡村金龙寺顶楼上的格萨尔古石刻

羊。这里是我见到过最好的高山牧场之一，鼠害很少，水草丰美，牛羊的个头也大。草山、森林、河流，还为莫斯卡牧民提供了众多的药材资源。回程中，落脚一户牧民家喝茶吃酸奶，看到女主人用马驮回来的药材，足有上百斤。主人家说，这些是一早出门采挖的，很多药材收购价挺好，卖药材的收入，约占牧民全年收入的一半。

曲登沟巴扎格热神山下的格萨尔石刻群不通公路，摄制组来回骑马要五六天时间，实在没有实力到达，但又不甘心。即使放弃视频拍摄，也得把图片拿到手。莫斯卡村的村委会主任十分精干，能不能让他专程去一趟？他欣然

接受了这项任务。于是，我们对他进行了相机使用方法的恶补式训练，灌输了拍摄要求。第二天，天蒙蒙亮他便骑上一匹好马，走近路当然也是险路，直奔格热神山下的格萨尔石刻群。村委会主任直到晚上十点多才安全返回。训练收到了很好的效果，拍的图片质量达标，弥补了我们的遗憾。

丹巴县莫斯卡村 4 公里外卡斯甲都
格萨尔石刻艺术塔

莫斯卡村格萨尔石刻群的石刻有三批，230 年前的一批，100 多年前的一批，30 多年前的一批。艺术手法上，早期的多为浅浮雕，无彩。中期的多为深浮雕，有彩。晚期的比中期的深浮雕稍浅，全为涂彩作品。

莫斯卡格萨尔石刻艺术人物众多，除有格萨尔三十英雄，还扩展到了八十大将。另一个特点就是石刻忠于史诗故事，中晚期作品都刻有岭国人物名姓，方便辨认，人物的服饰、战马、武器、形态都与史诗故事相吻合。

莫斯卡村村委会主任从曲登沟巴扎格热神山下
拍回的格萨尔石刻图片之一

"丹巴莫斯卡《格萨尔王传》岭国人物石刻谱系"这一课题的名称，是由西南民大藏族文化课题组杨嘉铭教授提出来的，他把莫斯卡村格萨尔石刻的地点、内容、关联、载体概括得很科学。从他们那本《琉璃刻卷·丹巴莫斯卡〈格萨尔王传〉岭国人物石刻谱系》的课题成果画册中，可以看出课题做得很扎实，也是一本难得的资料书。

降边嘉措在为其所作的序言中指出："这套《格萨尔》岭国人物石刻，还填补了藏族石刻艺术中的一项空白，即增加了世俗文化的内容。这在藏族社会这样一个特殊的历史环境中，更具有重要意义。"《格萨尔》岭国人物形象的出现，打破了菩萨和神佛在藏族石刻艺术领域一统天下的地位，使来自人民群众的英雄人物、人民群众自己创造的艺术形象，在藏族传统石刻艺术中占据一席重要地位，而且居然还与菩萨、神、佛'平起平坐'。这方面的意义，就藏族社会这样的历史条件和文化背景来讲，我认为，无论怎样评价也不算过分。"

这里的僧俗群众，对《格萨尔》的故事耳熟能详，真正做到了"岭国每人嘴里都有一部《格萨尔》"。人们更加期待文化旅游和文物管理部门的关注与扶持，让莫斯卡成为诗与远方的香格里拉。

中国民族博物馆收藏了众多泥朵镇和莫斯卡村格萨尔石刻的视频和图片，为学者、艺术家研究鉴赏格萨尔石刻艺术提供了条件。

第九章　战神威尔玛

第一节　镇院之宝

德格印经院三楼，珍藏有数百块古老的佛像木刻拓版，其中一块别样的珍品《格萨尔王十三战神威尔玛骑征图》，已有300多年的历史，几乎与德格印经院一样古老，被誉为镇院之宝。

这块格萨尔王骑征拓版，约有120厘米高、60厘米宽、8厘米厚，包浆厚润，古韵深沉，威严震撼，好似德格印经院的守护神。

我多次来过德格印经院，但只观赏拍摄过这块拓版三次。每次都是由那位年迈的拓印师傅，从倚墙的三层拓版支架下，挺费力地取出来。这幅拓版堪称绝世珍品，见其尊容的那一刻，总会心跳。珍藏室很昏暗，只有窗口漫射过来的一缕柔光，尽管第一次目睹拓版，我就被那娴熟的阴刻刀功折服。加上300年来，成千上万回的拓印，这块木刻拓版饱含墨香，历久弥新。

《格萨尔王十三战神威尔玛骑征图》拓版，构图丰满，比例恰当，灵气四溢，毫无匠气。主人公格萨尔王英姿勃勃，头盔、宝幢、箭囊、弯弓、马鞭等众多披挂，以及昂首的战马江噶佩布四蹄踏宝的阴刻图像，都是按照英雄史诗《格萨尔》中的描述，逐刀细刻而成。13位战神威尔玛贴身围绕四周，他们是格萨尔王出征时的标配。

刻制这块拓版的艺术家没有留下名姓，就像那些古唐卡、古壁画的创作者一样，他们以技艺谋生，或许更在意自己每一份劳作的功德，也就从不留名。德格印经院文物管理局充扎局长告诉我，现在还没有哪位师傅的技艺能达到这幅拓版的水平，加紧培养这类木版雕刻人才也是当务之急。

拓版搬到了窗下的工作台上，两位老年拓印师傅往平放的拓版上刷了墨，灰白色藏纸铺于其上，用棉团一阵捶拓，待揭下藏纸，一幅《格萨尔王十三战神威尔玛出征图》的正像，跃然纸上。当然，用布料拓印更好，我的第一幅就是用布料拓印的。

格萨尔王十三战神威尔玛是由十三只动物和猛禽组成。

十三战神威尔玛的本领作用不同，英雄史诗《格萨尔》之《世界公桑》篇中，列出了十三战神威尔玛的作用、排序及其文化内涵，按照谢继胜教授的解释是这样：

1. 大鹏。具力大鹏壮士，马头金刚的化身，居于格萨尔王头盔顶上的大鹏，是神魂通往天庭的地方。

2. 玉龙。战魂蓝色玉天龙，是格萨尔王天界姑姑朗曼杰姆的化身。

3. 白狮。威武伴神雪山白狮，绿松石色鬃毛，身如白海螺。

4. 红虎。居于西方，汉地认为西方为白虎，藏地认为西方属火,故曰大红虎。

5. 白嘴野马。念青唐拉山神的化身。

6. 青狼。大公狼，可以获得丰富食物的战神。

7. 花斑岩雕。是阿尼玛卿山神的化身。

8. 白胸黄熊。凶猛暴烈的战神。

9. 鹞鹰。也叫白海螺战神，在格萨尔王坐骑前面飞行。

10. 鹿。多闻子，是知识和智慧的化身。佛教信仰中也称为财神。

11. 白肚人熊。文化指向尚不清楚，大概类同于第8位的作用。如果有白肚人熊，那四尊猛禽中，就得减去一位。

12. 黄色金蛇。唐卡上常绘成青蓝色，战神手持毒蛇绳套，取得食物和财宝。与第 6 位和第 10 位的作用相仿。

13. 双鱼。谢继胜教授认为，可能是从星相图中借用而来。

十三战神威尔玛在格萨尔王骑征图上的位置，大鹏等四猛禽位于最上方，而明显属于阴性的战神居左，明显属于阳性的战神居右。

十三战神威尔玛日夜围绕在格萨尔大王的周围，系格萨尔王的专属护身战神和克敌法宝。他们的作用在英雄史诗《格萨尔》中也有描述。如猫头鹰是夜间值班的战神。大青狼是格萨尔王的"总供给部长"，因为大公狼总能捕获到食物，所以，许多草原游牧民族崇拜大公狼。同时，狼又有极强的警觉性，善于观察利用地形，故又让十三战神威尔玛中的大青狼，时常担任侦察先导。出于相同的理解，唐卡画师此时会将大青狼画在白嘴野马的前方。

说到十三战神威尔玛中的大青狼，我知道一个让人感到既辛酸又无奈的"华青与小狼崽"的故事。2000 年冬，阿尼玛卿雪山下大武乡一名叫华青的牧民，家里一头刚产下小牦牛的母牛被狼咬死，还被吃掉了不少肉。看着嗷嗷待哺的小牛，华青气不打一处来，虽然前天刚下的一场大雪还没融化，他还是提上枪上山了。

牧人熟悉自家草山沟壑中的一切，大体知道这只狼的活动范围。冤家路窄，华青把这只狼逼到了雪线附近，将它一枪毙命。当华青上前查看时他却后悔了，这是只母狼，从它饱满红润的乳头上看，是正在哺育小狼的母狼。对自家母牛下口，恐怕也因雪天找不到食物而出于母爱的本能吧。可自家的小牛为此也失去了母亲呀！不管怎么说，要找到小狼崽，否则它们就会饿死冻死。华青在另一座山的岩洞中找到了这窝狼崽子，竟然有 6 只。显然，母狼是为了保护小狼崽，而把华青引到了相邻雪山上的。华青将 6 只小狼崽往藏袍里一揣，下山回家了。

那头失去母亲的小牛与同样失去母亲的狼崽们，每天喝着同样的牦牛奶。其中 5 只小狼崽陆续被亲戚朋友要走了，当我们见到留下的这只狼崽时，它已有 6 个月大，快长成一条大狼了，被一条铁链拴着。见我们来了，它倒是很亲热地扑到人身上讨欢心。华青说，它的野性还是很强，家里原先养着两只京巴宠物狗，也是看着小狼崽长大的，相互之间玩得挺好。一天，两只京巴又与小狼闹着玩呢，不知什么原因，小狼竟然一口咬死了其中的一只，另一只京巴被吓得从此离狼远远的。你要抱上这只京巴靠近小狼，从京巴在你怀里猛烈挣扎的强度，就能体会出什么叫恐惧！让华青担心的并不只有京巴狗，同样还包括这只快长大的杀手小狼。华青每晚都要不厌其烦地把它关进一具牢固的木笼里，并且上好锁，这样做是怕家里那条凶猛的藏獒夜里放开后，会把这只年轻的狼给撕碎了。唉，这都是什么事呀！华青操的心真够多的。

我们离开华青家后，小狼的结局如何？不得而知。但在拍摄小狼时，围观的人中有位华青的客人，倒是谈了他们原部落族人崇拜大公狼的事，其部落徽章及战旗标识，用的就是大公狼的形象。问其原因，与上文提到的格萨尔十三战神威尔玛中的大青狼有关。

威尔玛来自哪里？史诗本身并没有给出答案。而谢继胜教授在一份古老的苯教仪轨文献中，找到了很详细的记载，并在他的《战神杂考》一文中转述了这份苯教仪轨文献的部分内容：

> 有威尔玛猛众的四典籍，
> 古昔，神，赛，白用神变力，
> 从虚空之天宫中，
> 以五宝形成一卵，
> 卵以己力开裂，
> 蛋壳变成护身盔甲，
> 外壳变成御敌兵器，
> 蛋清变成勇士威壮剂，
> 内皮变成隐匿的堡宅。
> 晦暗堡宅戳曲穆宗，
> 却夺太阳明亮光芒。
> 从蛋黄之中，

变出一具神变法力之男子：
生有狮头猞猁耳；
忿怒面相大象鼻；
水獭嘴巴虎狼牙；
长剑双腿水剑翅；
在乌与大鹏的两角之间，
有如意宝的头饰；
没有起名，因而无名，
益辛旺宗以咒术修度之，
唤作大勇威尔玛尼那。
是众具勇力者中最胜者，
护持本和辛的教法，
击退仇敌与生障魔的部众，
做善美之友。
……

威尔玛勇士成猛阵，
抵兵众九万九千强。
由神来，由赛生，
似‘白’神，摧妖魔，
……

毁极热，执极冷，
没人毁其天界堡宅，
无所惧，威尔玛之躯，
是雍仲苯教的命息，
降伏仇敌和生障魔的帮手啊！
这就是威尔玛勇士的四典籍。

　　这篇苯教仪轨文献原版是古藏文，个别的译文虽然有不明白的地方，但已明确告诉我们，战神威尔玛是在虚空天宫中，以五宝形成的鹰卵，鹰卵靠一己之力孵化啄壳而出。此典籍在介绍了威尔玛的相貌之后，历数了威尔玛的战力及其使命。他是一位有极强战力的战神，一神就能抵御战胜9万9千之敌兵，是"毁极热，执极冷"的勇士。看来这位勇士来自极地北方，也是苯教教义和创始教主敦巴辛饶的坚定守卫者。当然，史诗中看到最多的还是13位动物猛禽组成的战神威尔玛。

　　谢继胜教授考证"威尔玛"的发音与西藏西部方言中"阳光""光线"相同；苯教文献记载威尔玛就是光线，它乘坐在箭羽上，可在人的灵魂中穿行。威尔玛鹰形卵生特性，让我们想起世界英雄神话中，太阳神崇拜与鸟图腾相叠合的现象。太阳族的射手，往往都是卵生的或是有一种鸟的形体或化身。这和威尔玛（卵生）的鹰形动物形象又有密切的关联。

　　从藏文古文献看，战神从阳神发展而来，阳神原先位于人体右腋下，后来提升到居于男子右肩上。所以，进入藏地不能拍男子的肩膀，因为右肩上有战神，而左肩还有阴神（母神）。藏传佛教形成后，母神即可看作度母神。

德格阴刻母版：
格萨尔王十三战神威尔玛骑征图

德格木刻拓片：
格萨尔王十三战神威尔玛骑征图

最早认为人体右腋下藏有阳神的习俗记载，可以从敦煌出土的藏文文献中找到："吐蕃王止贡赞普与臣下罗昂比武，罗昂先用狐狗的尸体魇退了赞普身上的战神岱拉工甲，罗昂用藏于右腋下的战斧，砍死了战神岱拉工甲，并丢弃于底斯雪山后，方才弑杀了止贡赞普王。"

由此可见，战神是由人的体位魂慢慢分离出来，成了独立的神灵。

威尔玛又有兵器神之意，并且依附居住在格萨尔王的虎皮箭袋和豹皮弓袋上。格萨尔王的战神威尔玛与弓箭的关系如此密切，难怪英雄史诗《格萨尔》里的箭卜就有很多，格萨尔之箭也就被赋予了更大的神力。

与格萨尔十三战神威尔玛相联系的是岭国十三骄子，也称十三勇士。他们由于有战神保护，作战勇敢，无往不胜，也都归于岭国三十英雄之列。

第二节　莫斯卡村威尔玛之舞

这些年，土拨鼠成了莫斯卡村的大明星，其憨态可掬的形象，着实让都市人着迷。莫斯卡村坐落在四川省甘孜州丹巴县丹东乡 4000 米的高山牧场上，距离著名文旅景点丹巴美人谷藏寨约 70 公里。许多自驾车游客参观完美人谷藏寨，便赶来莫斯卡村，就为一睹可爱的土拨鼠。

莫斯卡村民说，村里共有六个土拨鼠群，总计一百多只。需要说明的是，这些土拨鼠都是野生的，与人亲近，那是村民们敬畏自然、关爱生命、从不欺负它们而形成的和谐共处的暖心现象。

原先有三位老奶奶每天喂它们，后来其中的两位老人离世了。好在游客渐多，实际上接管了喂养土拨鼠的工作。见到胖嘟嘟的土拨鼠，游客们总是热情过高，把莫斯卡村的土拨鼠喂得太胖，我担心它们会成为"三高"患者。不过，土拨鼠很有灵性，现在只拣喜欢的吃。啮齿类动物，生就一对挺大的门牙，这方便了它们吃硬点的饼干。它们与游人太熟了，等不及了，就会上爪子来抢，逗得游人一惊，那个开心劲儿。

我找了一处游人少的土拨鼠群居地，用饼干喂它们。眼前的土拨鼠双手抱食，"咔嚓、咔嚓"吃得津津有味，另一只伸爪来要饼干时，我无意中触碰到了它的前爪指甲，其硬度让我吃惊。想想也不奇怪，它们前爪的一项重要功能就是刨土建地下巢穴。土拨鼠一般会打通三个不同方向的出口，这是本能，防止狗熊、狐狸还有犬类等天敌毁洞袭击。噢，对了，在莫斯卡村我从未见过狗，村民们不养狗，也不允许流浪狗逗留，大概也是为了这些土拨鼠不受伤害和欺负吧。

有些自驾车的驴友们，会在金龙寺东边大门的平地上撑起帐篷露营，东边正好有两窝土拨鼠，这就与土拨鼠成了邻居。听一位村民讲，一帮驴友清晨忙着撤帐收拾行装准备赶路，忘了喂食土拨鼠了。几只土拨鼠便蹲在车前，像是在提醒游客早点还没给呢！这一幕，的确把驴友和村民给惊到了，赶紧喂食。车上有的好点心都拿了出来，每位一份，吃过早点，土拨鼠这才"放行"，让这帮驴友开车下山去了。

土拨鼠与英雄诗史《格萨尔》也有着神奇的联系，被国家四部委追授"杰出《格萨尔》说唱家"称号的扎巴老人，在他说唱的《天界篇》中，就有一个大梵天王降服"九头雪猪子"的故事。"雪猪子"是四川方言的叫法，指的就是土拨鼠，青海方言则称其为"哈拉"。扎巴老人口中的土拨鼠成了九头之物，大梵天王挥动水晶宝剑，将九个头齐刷刷斩断，它们旋即变成四个黑头、三个红头、一个花头、一个白头。黑头就是四大魔王，成了《格萨尔》故事四大战争中格萨尔王的对手。白头变成了威震高原的英雄格萨尔大王。土拨鼠在扎巴老人的故事中，显然是中性的；正义与邪恶是原生的一对，这类二元结构是藏文化的古老哲学吧。同时，被砍下的九个脑袋可以转世，各投其主，这又牵涉到藏民族的灵魂观念。这段故事犹如提纲一样，蕴含了大量信息，我们后面再讲。

其实，莫斯卡村真正具备硬实力的藏文化遗产有两个，一是有着230年历史的《格萨尔》岭国人物石刻谱系艺术群，前文已经介绍过。另一个就是村民们一年两次要跳的格萨尔十三战神威尔玛舞。

最近半年内，我两次带队到访丹巴县莫斯卡村，这里首先要感谢金龙寺寺管会塔新主任，往年跳威尔玛舞的时间都放在正月十五，为方便我们赶去青海省黄南州的同仁、尖扎两县，莫斯卡村的大型民俗活动提前到正月十二举行。

莫斯卡村民跳的格萨尔十三战神威尔玛舞，是金龙寺格萨尔法舞的一部分。这座被民居包围的金龙寺，在组织格萨尔法舞的宗教民俗活动时，祭祀诵经这类纯宗教仪式，主要是由僧人来做。格萨尔王、岭国三十英雄和美女，则是由僧俗群众共同扮演。鼓号乐手似乎全由僧人担当。

化妆地点索性安排在了金龙寺的大经堂里，这算是天下最大的单间化妆室了。六七十位出演者，把大经堂占满了，好在大经堂中的长排坐凳成了自然隔挡。人们三五成群聚在一起忙着化妆，无论是僧人还是村民，对自己的妆容都很讲究。

大经堂门外还有一片宽敞的过道走廊，成了儿童们的戏场乐园。十三战神威尔玛的行头搬来了，这时我才明白，今天出演威尔玛战神的全是少年儿童。他们在寺管会主任塔新的指导下，试穿13种动物猛禽形象的服装。威尔玛的服装形态各异，大小不等，穿上身确实挺费劲。

全套格萨尔法舞有特定的程序和套路。格萨尔大王是这场法舞的主角，形象高大魁梧，装饰行头出众，出场次数也多，演员需要很强的体能。每次格萨尔王跳完一大段之后，三十英雄分成几组轮流上场。当30位岭国美女出场时，现场气氛变得柔美了许多。岭国美女全由村民扮演，与往年清一色的村民出演不同，现在的舞阵中，还有许多大学、高中甚至初中学生，他们春节放假回到故乡，参加格萨尔法舞，感受了一次纯正的本土文化。

十三战神威尔玛最后出场，绿鬃雪狮、花斑猛虎等形体大些的动物，由个头高的青少年装扮，其余的飞禽走兽都由低年级的小学生扮演。看来没有太过复杂的舞姿，重在参与，意在内涵。休息后的采访，孩子们只知道他们扮演的是格萨尔王的战神，这就够了。格萨尔文化氛围正是在这种年复一年、潜移默化的气场中不断增强的。

莫斯卡村并不是由一个完整骨血的部落组成，而是在不同时期、由不同部落迁徙聚集组成。虽然最早在这里驻牧的一支自称是达绒部落的后代传人，但也只有 20 多户。达绒部落是格萨尔王叔叔晁通统领的下属部落。村民说，金龙寺创建者青则益西活佛，当年从果洛班玛来此地，建设寺院的土地，就是达绒部落后人献出的。在这片高山牧场上，格萨尔文化凝聚起了各地方牧人对英雄的崇拜，格萨尔文化成了独特的信仰力量。

这场格萨尔法舞的服装道具、头饰旗幢都是统一定做、统一保管的。包括接下来三场格萨尔藏戏所用的行头道具。

莫斯卡村格萨尔法舞的十三战神全由少年儿童扮演

这回又让我们赶上了好时机，莫斯卡村民排练格萨尔藏戏已经 30 多天，主要培训了许多接班的青年演员。村里 3 年没演藏戏了，相当一部分中年村民演员也将告别舞台，这回成了他们的告别演出。莫斯卡村民准备的三台藏戏是《英雄诞生》《阿达娜姆》和全部由新加入的青年演员担纲出演的《阿里金子

莫斯卡村每年在夏季和春节会举行两次格萨尔法舞祭祀表演

宗》。

演出放在金龙寺右侧村集体的礼堂里。能坐下七八百人的礼堂，有一个不错的木质舞台，观众席前低后高，有一定坡度，非常方便观看。村民们观赏格萨尔藏戏的热情太高，晚来的就进不了剧场。寺管会的一位僧人下达了口令，全体村民起立，每人向前挪点地方，再坐下，终于给场外的村民空出了进到场内的空间。莫斯卡村民淳朴好客，这回听调度、顾及他人的表现，让人感慨。

莫斯卡村的藏戏，是由金龙寺日穹活佛 30 多年前带队去色达县藏戏团学习两个月带回来的。经过莫斯卡村民的多年演出和编创，增加了新的剧目，形成了自己的格萨尔藏戏风格。

第三节　年都乎村情人节之邀

青藏高原上每一处部落庄园，每一座村寨庄廓，都会有自己的保护山神。村民每年都要定时举行祭祀活动，祭拜本村的保护神。2001 年 11 月，我在青海省黄南州同仁县年都乎村拍摄"於菟"专题的时候，就领略了村民的山神崇拜。

年都乎村的大部分村民，是本村年都乎寺的施主，而年都乎寺是一座有着 500 多年历史的格鲁派寺院。寺内的"赞康"殿，是该寺护法山神的供奉地，山神自然也成了全村的保护神。全村连续几天的集体念经结束后，每家的男性掌门人都要来向山神敬酒敬香。一排排的大男人手持酒瓶、往供奉池中倒酒敬山神的场面，很是潇洒。众人然后转身登上大香炉祭台，往炉膛里逐一献上自家供奉的新鲜松枝柏叶和上等青稞香料，桑烟缭绕，想必，山神也是笑纳了。而此时，人们的心中却是沉静释然的，升起的袅袅桑烟已然成了沟通神灵的媒介，人们的祈福之声，在天地间回荡。

出"赞康"殿后院，有座土墙围起的院落，院内有座铸铁香炉比较特别，系立式人形炉。人形炉头形略有些夸张，卷发高鼻，外来文化装点得有点过。炉火正旺，发出"滋滋"的响声，原来炉膛内有一块八九斤重的大肥肉在燃烧。黄南州民族研究所的才项多杰说，村里供奉着好几个喜欢吃肉的山神，这类山神的庙宇都是独门独院。山神"吃肉"的习俗，追根溯源，还是与古老的藏地本土宗教——苯教的血祭风俗有关吧。

但是，全村又在村外东山头上建有一座二郎神庙，供奉二郎神，并且将二郎神视作年都乎全村的第一保护神。相传二郎神在天庭主管的库房失窃，被贬下界，玉帝命其连夜西行，天亮时正巧走到了年都乎村，受到村民的拥戴。这个传说明显地融入了汉文化色彩，但二郎神庙中供奉的另外 4 位山神，却又是地道的藏地之神，其中还有著名的阿尼玛卿山神。这种多元文化的汇聚，证实了历史上多民族多信仰乃至不同政权的融合更迭，也为探讨梳理"於菟"的文化来源带来难度。

年都乎全体村民供奉二郎神，但每两个生产队又有自己的保护山神。年都乎村共有 8 个生产队，两两靠在一起居住。这是一个仆人部落跟着一个主人部落的建制延续至今的结果。过去仆人部落是专门从事养马、放牧牛羊等生产保障任务的。我们来的这一天，是年都乎村的情人节，全村分四个点各自举行叫作"邦"的晚会。我参加的是第三、第四队的"邦"晚会。"邦"晚会在他们的公堂里举行，公堂设在阿尼达嘉神殿的楼下。

负责这个点"邦"晚会的正巧是全村组织跳"於菟"的"拉哇"。"拉哇"可以理解为巫师，他精通民俗仪轨，是不脱产的宗教人士，并且"拉哇"的职位世袭。

这天天还没亮，"拉哇"经过一套宗教仪式的洗礼，把阿尼达嘉从神龛中抱了出来，安置在楼下公堂的正座上。"拉哇"告诉我，阿尼达嘉是甘青两省交界处一座大山的山神，年都乎村的三队、四队村民崇拜他，视为他们的保护神，每年只在农历十一月十四这一天请他出来与村民同乐。阿尼达嘉山神像的造型明显就是一位汉地神，并且是按照明代人的衣冠做成的一尊木雕神像，约有 60 厘米高，有几百年的历史了，遗憾的是给新刷了一层油漆。这是百姓们容易犯的一个错误，出发点当然是为了保护他们心中的神，但从文物

年都乎村每年都要跳"於菟",以驱邪、祝福来年吉祥安康。此为化妆文身成虎豹的村民"於菟"

年都乎村第三、第四两队的护法神阿尼达嘉是在甘青两省交界处群众供奉的一位山神,
两队村民供奉的这尊古老山神像,是明代汉地衣冠风格的木雕像

保存规范的角度看，这样做就不敢苟同了。

为了准备晚会，还需做些纸花和纸幡装饰公堂。纸花做了53朵，因为三队、四队共有53名少儿，大家与阿尼达嘉同乐之后，将这些纸花分发给孩子们，插在家中的屋梁上，据说可以保护孩子来年无病无灾。纸花和纸幡都是"拉哇"亲自动手做成的。

一整天，村民们陆续拿来了自家的酒、馍、水果等供在阿尼达嘉雕像面前。

天色渐晚，十四的月亮早把山村照得雪亮。

看来，这时女性是不能进公堂了，门外、窗口围满了观看的妇女。孩子们包括小女孩倒是最先进到了公堂里。

一位外号叫"大头"的村民显然喝高了，摇摇晃晃地走到阿尼达嘉神像前，一句接一句地高声念叨："香巴拉……香巴拉……"在"大头"看来，香巴拉——人类理想的家园就在他的酒中。"大头"还是一位行为艺术的高手，借着醉意，不时地用形体和俏皮话，把村民逗得前仰后合笑声一片。这种放肆的快乐情绪是十分必要的，"邦"晚会之后，情人相会，不得先撕去平日伦理的面纱吗？"拉哇"又是一位不苟言笑之人，"大头"帮了他的忙，烘托出了必要的气场氛围。"大头"像是"人来疯"，他在那里时而说土语，时而说藏语，时而又用汉语表演上了。从政治到调情，无所不包，胡诌一通。"阿尼达嘉……阿尼达嘉……""大头"又转用土语在激情诉说。陪同的才项多杰给我翻译了大意，"大头"是在向阿尼达嘉山神倾诉：我这里给你敬酒了，一年就这么一天与我们同乐。今晚一定要和你喜欢的情人如何如何一番。岂不知山神都挺风流的，除有正妻，还有情人，她们当然都是山神湖仙啦！接下来我才知道，"邦"晚会上会有许多"荤段"表演。

人们的热情上来了，"拉哇"也该出场了，他从房柱上取下一只铜锣，塞给"大头"，自己还是操羊皮鼓。他又从村民中选出5人，每人手拿一件供品，有馍、酒、苹果、炷香和纸花。在"拉哇"的带领下，他们跳起了祖传的"邦"舞。他们敬过保护山神阿尼达嘉，拜过四方神灵，便席地而坐。带表演的问答游戏开始了，这不同于那些从国外克隆来的电视娱乐节目，全是原创。要即席应答，要说真话，乡语村言紧扣当晚情人节的主题。有些土语不能翻译，属于"少儿不宜"之类。但在现场有十多名少儿，看不出他们有丝毫的羞涩，没准这还是一种古老的性教育方式呢！

"大头"活宝第一个登场。

"拉哇"："你说土语呢，还是说藏语？"

"大头"："我要说普通话。"（众人笑）

"拉哇"："今晚你要请谁？"

"大头"："我请山神阿尼达嘉。"

"拉哇"："你要去哪里？"

"大头"："我去香巴拉。"

再往下，就不正经了……

"拉哇"："你的情欲在哪里？"

"大头"："我的情欲在两腿丫。"

"拉哇"："你的快乐在哪里？"

"大头"："我的快乐在这里。"（用锣锤从裆部划过，众人大笑）

……

问答完毕，"大头"在村民的要求下，用藏语唱了一段情歌："美丽的杜鹃，你在山顶吟唱，我在谷底忧伤……"

"大头"唱罢，"拉哇"打卦，落在羊皮鼓上两只羊角，正巧角尖和弯曲度朝向一致，"大头"顺利过关，否则还得表演。

其他5人依次上场，全是即兴发挥，风格迥异。

有这么一位憨态可掬、拙中见巧之人挺有意思，没弄清他的名姓，暂称其为"拙人"吧。

"拉哇"问"拙人"："你有没有情人？"

"拙人"："我有情人。"

"拉哇"："是谁，叫什么名字？"

"拙人"："她叫华毛吉。"（从村民的笑声中，可以推断确有此人）

"拉哇"："你的情人想要什么？"

"拙人"："我也不知道。"（憨得可爱）

"拉哇"："你要唱一段情歌送给华毛吉吗？"

"拙人"："我要唱一段特别的，你听好。"

"拙人"用土语唱道："於菟大，天空大，地上的箭杆大……达那，达那，嘎拉拉，爱慈琼波，哈拉拉；小小的草地像宝镜，小小的马儿在上面一个劲地跑……"我没弄懂唱词的确切意义，但从村民的笑声中，可以感觉得到拙人对他情人的钟情，他也得到了大家的肯定。

……

情人节晚会结束时，公堂里的孩子和围在窗口外的妇女们，都得到了糖果和点心，大家十分开心。

第二天，对情人相会的问题我顺便问了几位村民，他们都说，过去的确是这样，儿时的伙伴，青年时代的情人，在这一天晚上都可以相会。但现在儒风西进，"情人节"已是名存实亡，很少再有成家之人与往日情人相会的事了。请山神下来公堂与村民同乐的习俗，倒是保留至今。

山神崇拜作为藏民族最古老、最具普遍性的精神文化现象，至今活跃在民众的日常生活中。年都乎村民的山神崇拜，其表现形式庄重神圣，也不失通俗亲民。

第四节　宗喀巴大师的护法神

战神崇拜源自山神崇拜，反过来讲，山神崇拜必然发展成战神崇拜。

同一位山神和战神的形象大都相同。阿尼玛卿山神，在藏族人民的心中是一位骑白马、穿水晶铠甲、头戴红缨白毡帽的战神形象。

阿尼玛卿山神原是苯教崇拜的山神，后来，许多佛教寺院以壁画形式请他来护法，也就成了佛教崇拜的山神了。其中很重要的一个原因是受到了宗喀巴大师的影响。当年，宗喀巴大师从青海东部来到拉萨郊野修建甘丹寺，创立格鲁派，振兴了佛法。其间，宗喀巴大师一直请的是阿尼玛卿山神为其护法。所以，甘丹寺的安觉康内，一直供奉着一尊阿尼玛卿护法神青铜塑像，大约有一尺高。2000 年夏，我们有幸见到了这尊护法神像。

安觉康是宗喀巴和弟子们最早的经室，格鲁派教义从这里发源，犹如圣地。采访拍摄中，侍奉护法神像的喇嘛，讲述了一个有意思的事情，才知道原来这尊护法神像一度还过着天当房地当床的生活。宗喀巴大师创立的格鲁派教律甚严，对不曾剃度而且有家室的阿尼玛卿护法神来讲，白天待在经堂内，晚上天黑前则要被请到寺院外面过夜，这是担心他的伴侣来找他。不知从什么时候开始，僧人们采取了一种变通的方法：每日黄昏祈祷时，以婉转的口气告知山神，安觉康需要洁净，规劝他能安神自律，克制世俗之体如何如何。这样，阿尼玛卿护法神夜晚就可以待在安觉康室内，免受露天风雨霜雪之苦了。

每一座大雪山中都会有圣洁的蓝湖，所以，藏族民间传说有山神就必有湖神。早年的苯教神灵中，居住在阿尼玛卿大雪山蓝湖中的女神名叫丹玛·多吉查姆坚，是阿尼玛卿山神的伴侣。她的坐骑很酷，是一头长有十叉鹿角的毛色洁白的公鹿。女神还跟拉萨哲蚌寺有着亲密法缘。相传 500 多年前，二世达赖喇嘛传教时，多吉查姆坚骑着她的十叉公鹿，飞越千山万水，给大师送来了雪山狮奶。二世达赖喇嘛向天神、念神、龙神礼敬之后，吩咐把雪山狮奶倒入大铜锅中，让全体僧人共饮。直到现在，哲蚌寺每次早茶时，都会有一名少年僧人高喊："雪山女神请进来吧！请从玛卿邦拉送来雪狮乳汁吧！请进入措钦大殿，守护宗喀巴大师的教法吧！"呼喊礼毕，方可进茶。

哲蚌寺后山的耿壁乌孜山洞，就是多吉查姆坚女神来拉萨的驻锡之地。

2000 年冬，我们在阿尼玛卿大雪山下，拍摄采访过一户饲养白唇鹿的人家，当我们挨近成年白唇鹿的时候，顿时被它们的高大的体型所震撼——一点不比骏马矮多少。男主人说，阿尼玛卿山神的坐骑中就有一头神鹿，他饲养白唇鹿会得到山神的呵护。可不是吗？每年都会有野生大公鹿从上坡跳进鹿场围栏，与发情母鹿交配，所以，他家的鹿群一直都很兴旺。

傍晚时分，野外放牧的小鹿群、牛群回来了，父母忙着照应鹿群，4 岁的小女儿则帮着拴牦牛。我拍下了小姑娘牵引牦牛的照片，此照还获得过首届全国农村摄影大赛优秀作品奖。二十年过去了，这位牧民的女儿现在一切可好？

　　格萨尔王除了拥有 13 位威尔玛护身战神外，还有岭国他最倚重的大战神阿尼玛卿山神。岭国的另一位大战神是上文提到的格佐，就是念青唐古拉山神。念青唐古拉山绵延数百里，横跨藏北草原和江河源头，这片广袤的大地，是《格萨尔》故事广为流传、《格萨尔》说唱艺人涌现最多的地区。

　　战神藏语叫"扎拉"，意为御敌之神。战神崇拜的基本意义有两个：第一，保护崇拜者不受敌人伤害；第二，帮助崇拜者战胜敌人。

　　根据《格萨尔》史诗中的描述，战争开打后，双方军队在地面生死搏杀，而双方的战神也会在无形之中激烈交手。格萨尔王毁掉了霍尔三帐王的寄魂牛，进入霍尔城堡，与白帐王激战正酣时，双方的战神也在半空中打得天昏地暗，甚至格萨尔王已经束缚住了白帐王，而双方战神的争斗还没结束。

　　降边嘉措在他的《〈格萨尔〉论》中，对山神崇拜有过专门的论述，下面以他的理论为依据，结合自己的调研，对山神崇拜现象作一下简要的梳理。

　　按照英雄史诗《格萨尔》的描写，岭国中心玛域，即黄河源头的周边地带，有 13 座山峰，傲然高耸于群山之上，被称为"十三山神"。这些山神围绕在岭国三大寄魂湖周边。每年夏秋之交，当地牧民都要转山转湖，煨桑祭神。

　　在全藏地也散布有 13 座大神山，从藏文文献看，是以最古老的九大神山为核心发展来的。九大神山是：沃德贡杰、雅拉香波、念青唐古拉、觉娃绝钦、玛沁邦热、觉娃玉杰、喜乌卡日、吉雪句拉曲保、诺吉岗娃桑布。按照传统的说法，世界形成之初就有这九大神山了。九大神山又演变成九大山神，保卫着整个世界。降边嘉措说，以后又增加四座神山，形成十三山神。这四座神山是：觉卧起拉、觉卧纳松、觉卧亚邦、觉卧拉居。

　　佛教传入藏地之前，最著名的山神是"玛桑"神。有时他是一位大山神，有时是兄弟九个或七个。有学者认为，"玛桑"兄弟是藏地整个传说时代的统治者，格萨尔王有时也在呼唤他们来保护自己。

　　在漫长的社会发展过程中，人们给山神赋予了不同的职责，比如念青唐古拉是最大的"念神"，同时被看作是财宝的守护神，又称作"宝物之主"。山神还有自己的本命年，分成不同的年份，受民众的祭拜。比如，藏历铁马年去转冈仁波齐神山最吉利，据说祈愿最容易实现。

山神有很多种，体系大的山神有"念"和"赞"。他们都是藏族社会原有的"土著神"，虽然都很威严，有厉神之称，但并不具有贬义。把"念"译成"妖厉"，将"赞"译为"厉鬼"是不确切的。民俗当中，山神最根本职责是保护当地百姓不受妖魔鬼怪、瘟疫疾病、自然灾害的伤害。同时人们也普遍认为，不敬畏自然，破坏生态，也会遭到山神的惩罚。

"念"神分为四大类，有地神、水神、木神、石神，此外还有很多"念成"，即小神，都是地方性的神祇。

"念"从词源上讲，就是盘羊，青藏高原上特有的一种大角野羊。我们习惯叫它大角盘羊或大头弯羊，它的羊角弯曲的角度特别大、特别美。当羊的角大到低头抵住了地面，而吃不上草、喝不上水时，便因饥饿而死。降边嘉措认为："念"也是古代藏族氏族的名称，由动物的名称演化为神祇的名称，而后成为氏族名称。这可能反映了古代藏民族的图腾崇拜。

"四大念神"在藏族先民原始崇拜的认知里，保卫着雪域之邦的土地和百姓。具体哪"四大念神"？各地说法略有不同，但当地群众都把他们当作地方保护神来崇拜。降边嘉措在《〈格萨尔〉论》中列举的是：

东方念神是玛沁邦热，身穿水晶甲，骑白马，持带有旗帜和珍宝的长矛。他的伴神有玛系三百六十兄弟，还有十万个"玛勉"。

南方念神是伊杰玛本，身穿金甲，骑枣红马，一身紫衣，持缚旗长矛和短斧。

西方念神是念青唐古拉山神，身穿白衣，披白斗篷，戴丝头巾，骑月桂色驴子，手持藤条马鞭和缚旗长矛。他又是念青唐古拉山脉的统治神，这些山脉绵延数百里，是青藏高原的脊梁。后来，他又被看作是布达拉宫所在的拉萨红山的保护神。

北方的念神是俊沁唐热，他是一位身穿"梭虚"和黄丝衣的黄衣神，骑一匹绿松石鬃毛快马，手持一个轮子和一支缚旗长矛。

"赞"分山妖和水妖两种。还有一种红身又骑红马的叫"赞马"的厉鬼。现在一些藏地的寺院作法事前，用酥油拌糌粑做成"赞马"，涂成红色，法会上当作驱鬼的对象。

其实，"赞"和"念"一样，原先不是贬义词，佛教传入藏地后，把一切

塔尔寺壁画阿尼玛卿山神像

果洛州甘德县隆恩寺壁画阿尼玛卿山神像

不属于佛教体系的神灵统统称作"妖魔"和"鬼怪"了。

"赞"有坚固、威严、勇猛的意思。吐蕃王朝的五位君王用"赞"字命名,称"赞普",史称"赞字五王",那时"赞"完全是褒义。

在赞神神话里,也有四大方位守护神:东方寻香赞,南方辛赤赞,西方鲁赞,北方夜叉赞。有意思的是,格萨尔大王降服的四大魔王中,有两位是赞神。一是鲁赞,一是辛赤赞。说唱艺人并没有把他们与妖怪、魔鬼等同,鲁赞抢了格萨尔王的爱妃,辛赤王抢劫了岭国的牛羊和宝贝锦缎,他们与岭国格萨尔王为敌,显现了"魔"性,才称他们是"魔鬼"。根据说唱艺人的描述,鲁赞怕是最凶悍、最恐怖的魔王了。而更多的念神和赞神与格萨尔王站在一起,帮助他降妖伏魔,造福百姓而受到歌颂。

第五节　煨桑、战神与格萨尔之箭

　　嘛呢多伦村和果毛滩村，是坐落在青海省黄南藏族自治州尖扎县高山上的两个藏族村庄。每年的正月十五、十六两天，他们都要举行射箭对抗赛。比赛前的煨桑、呼唤战神的仪式庄严神圣，和英雄史诗《格萨尔》中的仪式一脉相承。

　　负责射箭比赛之前煨桑请神的司仪名叫龙本，他是两队共同选出的祭祀主持。龙本是果毛滩村人，也即客队队长罗藏尼玛的父亲。龙本那一年60岁出头，他熟悉煨桑祭祀的仪轨，能够咏颂许多古老的祭祀祭文，受到村民的敬重。

　　英雄史诗《格萨尔》中有一部《世界公桑》，说的是英雄少年觉如，通过赛马决胜，取得了岭国王位，被尊称为雪域格萨尔雄狮大王。为了让阿尼玛卿大战神及各路神灵，能在日后自己率部征战时给岭国以护佑，帮助完成降妖伏魔、为民除害、统一高原的大业，格萨尔王组织岭国各部落，在阿尼玛卿雪山下举行了盛大的煨桑庆典。这次煨桑，竟然成了史诗中的重要篇章。至今阿尼玛卿雪山脚下还有一处规模宏大的格萨尔煨桑台，藏历五月十三日，周边牧民会以所在部落的传统习俗，专门前来煨桑祭祀。

　　有意思的是，煨桑这个词是藏汉语结合而成的。"煨"是汉语，有"埋在热灰中燃烧"的意思。桑是藏语音译，有"烟、烟火"的意思。这么看来，也可以把"煨桑"理解为"烟祭"吧？据说在很古远的时候，男人出征或是狩猎回来，不能马上进村寨，族长、老人、妇女、儿童，在郊外点燃柏枝和香草，替归来的男人熏身，并不断往他们身上洒水，目的是驱除男人在外沾染的污秽之气。这和汉地"洗尘"的原始形态很相近。不过，与"洗尘"相比，煨桑还具有鲜明的迎神目的，桑烟袅袅升起，成了沟通天地间神灵的媒介。英雄史诗《格萨尔》里煨桑祭祀的描述很多，几乎人们的一切祈愿都可以成为祭祀煨桑的理由，大到攻克仇敌，小到祛病延寿。至今，藏族生活中，又何尝不是如此？

两村的射箭比赛开始了，客队和主队汇合在一边，依次各派一名弓箭手出场，以对抗的形式，每人2箭，共射前方靶台。十五日这一天，嘛呢多伦村是东道主，赶来助威的本村村童自然就多。两村的孩子既给本村加油，也干扰对方的射手。射手们皆穿戴华贵，让刚来的局外人不大容易分清谁是主队的射手，谁是客队的射手，更不用说扎在同一靶台上的箭了。其实，这不用你担心，就像牧民能在牛羊群中，轻而易举地辨认出自家的牛马一样，让他们分辨出主客队各自的箭，易如反掌。

比赛开始后一直是客队领先，这让主队有些难堪。下半场要换场地，主客两队一同调向另一边。调转射箭的方向之后，主队嘛呢多伦村来了好运，主队的箭手，一箭射中了60米开外的靶心。按照比赛规则，凡中靶心的一方，就取得了决定性的胜利。客队长时间的领先全都不算数了，主队来了精神，箭手们围着靶台尽情欢呼："战神胜利！战神胜利！"

战神是英雄史诗《格萨尔》中出现最多的神灵，史诗大都反映了部落战争和部落联盟的故事。作为人类的重要精神遗产，作为人类童年时代，在诗领域里第一颗成熟的果实，英雄史诗《格萨尔》充满了人类天真的遐想，是藏民族集体智慧的结晶。面对部落战争，战神可以保护己方不受对方伤害，还可以攻击对方，帮助自己获得胜利。格萨尔王的首席大战神就是阿尼玛卿山神，阿尼玛卿大雪山到嘛呢多伦村、果毛滩村的直线距离也只有大约100公里。两村的村民都把阿尼玛卿山神看作自己的保护神。

射箭比赛结束了，人们统计战果后，不忘用哈达把箭捆扎起来。村民们认为，自己手中的是格萨尔之箭，本身就有辟邪驱魔的作用。

按照传统仪式进程，东道主嘛呢多伦村要尽地主之谊，在公堂摆下宴席，款待客队，向客人献礼、敬酒。而客队果毛滩村的弓箭手们却迟迟不肯赴宴，这和汉地的习俗相去较远。客队这时是以舅舅自居的，这两个村子在血缘上有很亲的联系。不进门有不进门的理由，客队的领队要有诗歌般的语言、口若悬河的辩才，方能体现舅舅家人的风采。

嘛呢多伦村代表第一次献礼后，果毛滩村的领队罗藏尼玛便唱道："我们舅舅来自东方／就像太阳从东方升起／太阳行进需要彩云铺路／若没有彩云般

的礼物引请 / 我们舅舅就不进门。"众人齐和："对，对，不进门。"众人还向后退了两步，好像真的要走。

藏族诗歌大多是由三段组成，所以罗藏尼玛又唱道："我们舅舅来自南方 / 就像南方的蛟龙一样 / 蛟龙落脚需要甘露春雨的迎请 / 如果没有甘露般的献礼 / 我们舅舅就不进门。"

嘛呢多伦村派人献上第二次礼，张开双臂邀请客人。

罗藏尼玛紧跟着又唱第三段："我们舅舅来自北方 / 就像北方的布谷鸟一样 / 布谷鸟需要丰盛的鲜果来迎请 / 如果没有鲜果般的礼品 / 我们舅舅就不进门。"

嘛呢多伦村又派人送上第三份礼。"这个舅舅啊，献上这份礼您也应该落脚了吧！"献礼者诙谐幽默了一把，引得围观的人们笑声一片。在一段感谢神灵和强调舅舅重要性的唱词之后，客队终于答应赴宴了。

这时主人嘛呢多伦村的姑娘们反而不答应了，她们在公堂前组成人墙防线，客队果毛滩村的小伙子必须手捧哈达高歌一曲方能赴宴。没等唱歌的两人按姑娘们的要求献歌完毕，早已经等得不耐烦的客队弓箭手们，以强大的冲击力，代替了献歌的殷勤，冲破了姑娘们排起的人墙，进得公堂。

居住在黄南州尖扎县高山上的嘛呢多伦村与果毛滩村每年正月十五、十六两天都要轮流举行格萨尔射箭比赛

射箭对抗赛之前先要煨桑祭过格萨尔战神和箭神

主客队每一轮各派出一位箭手捉对厮杀，
直到箭手双双较量比试完毕

嘛呢多伦村的姑娘们献茶、献酒不在话下。酒过数巡，主客双方对歌起舞，箭坛上雄性的张力已化作快乐、喜庆的娱乐氛围，也融进了青年男女的友情和亲情。人们享受着欢乐，一直到深夜，高原上今夜无人入睡。

第二天，也就是正月十六，果毛滩村"反客为主"，将在自己的村里恭候嘛呢多伦村的射手们，新一轮的比赛较量又将开始。

尖扎县大山顶上这两个藏族村庄的射箭比赛，虽说是娱乐为先，但依然是战神崇拜的直观体现。村民们手持格萨尔之箭，呼唤战神的激情，丝毫不做作，没

验靶时，命中靶心的一方呼唤战神前来一同庆贺

有戏份，完全是真心融入，幻想着满腔热血地跟随格萨尔王出征。

年都乎的村民可以在情人节之夜，把他们的护法山神请出来同欢乐。而对于区域大山神，民众只有敬畏，绝对来不得半点玩笑。有一次，我们开车快到唐古拉山口了，摄影师汪洋见窗外雪

主队向客队弓箭手敬酒

山景色很特别，便停车下来拍摄。已是中午时分，刚刚还蓝天白云，忽又阴云密布，但在我们的拍摄点位，一丁点风都没有，绝不夸张，火柴划着了也不会熄灭。我当时就想，肯定是唐古拉山神给的机会，因为我们为拍摄格萨尔文化而来。而我回头见到的一幕，又让我更加理解了当地人敬畏山神、崇拜山神的虔诚之心。我的藏族好朋友，还坐在车门打开的车里。我上前招呼他，他忐忑不安地告知："不能打搅山神啊！"好在他终于勇敢地下得车来，大家仰望被积雪覆盖的唐古拉大神山，共同祈祷山神的护佑。随后，我的确见到了"山神的女儿"。

"山神的女儿"居住在海拔 5231 米的唐古拉山口，她家帐篷就扎在离垭口石碑几十米远的坡地上。这里是他们的夏季牧场，算不算是世界上最高的放牧点呢？反正我由衷地钦佩这户人家。

没见到这家的主人，倒是四个孩子跑来了，两男两女，每人手里攥一把新鲜的深绿色的雪莲，是那种青藏高原特有的绒球状花朵的雪莲，药用价值很高。有人问过，每株 10 元人民币。好奇心让他们忘了推销手中的雪莲花，摄影师或许是摄像机吸引了他们。我动员大家有需要的，买下了他们手中的雪莲。一则雪莲正宗，唐古拉山上长成；二来，也是对 4 个孩子雪山采莲劳动成果的肯定。剧组及其他车辆下来的过客，很快将他们手中的雪莲买了去。

没想到的是，最小的女孩儿径直朝我跑来，将两朵雪莲花往我手中一塞，

235

还没等我反应过来，她便跑开了。摄影助理过来告诉我，那位小姑娘有意留下了两朵，原来是专门给我的。要遵守群众纪律，我让摄影助理把 20 元人民币交给了小姑娘的哥哥。

摄影师们完成了外景拍摄，装车准备启程，那位最小的女孩儿出现了。她是来为我们送行的吧，也不靠近，只是站在十步远的地方望着。这时，我才看清，她穿一身小藏服，尤其是她那高原红的脸蛋泛着红光，没有帽子，也没有围巾，散乱的自来卷发就成了她遮阳挡雨的"帽子"。相互对视的那一刻，我被她一双清澈明亮的眼睛所折服。对了，应该送她一件小礼物，我取出一粒有金色丝絮的水晶串珠，朝她走去。这是临出发前，在北京潘家园大棚地摊上买的，那时售卖的松石、水晶还没有仿品假货。小姑娘欣然接下水晶珠后一直攥在手里，也不看那粒水晶，只顾抬头望着我，她还是那样纯朴且灵性内秀的样子。再见啦！

唐古拉山口遇见的这位小姑娘不同凡响，我确信，她就是"山神的女儿"。那一年，一路行车拍摄纪录片，前后用时 9 个月，行程 8 万里，有惊无险地完成了任务，把摄制组平安带回到北京，其中离不开山神为我们的加持和护佑。

20 年的时光过去了，唐古拉山口遇见的"山神的女儿"现在哪里？正巧，随手翻看了 1999 年美国国家地理杂志在藏地拍摄的一组人物肖像，许多读者在微信上留言，感叹那时高原人的质朴与纯真，还有的抒发对青藏故土及童年的眷恋。用得上这句话："即使生命如尘，仍愿岁月如歌。""山神的女儿"，你那灵秀的形象、清澈明亮的眼神，永远留在了我的心间。

愿山神永驻，护佑我们大家一生平安吉祥。

第十章　探秘达那寺

——格萨尔三十大将灵塔群

　　2016 年，就在我收到香港《中国旅游》杂志寄来的《寻找格萨尔王》封面专题故事样刊的时候，也收到了世界纪录协会给格萨尔三十大将灵塔群的两份世界纪录证书。一是世界上海拔最高的千年灵塔群，有 4823 米和 4678 米两处。另一个是数量最多的千年灵塔，共有 37 座。这是继 2006 年格萨尔三十大将灵塔群连同达那寺寺院建筑，被国务院核准并公布为全国重点文物保护单位之后的又一殊荣。国家考古权威部门先后两次对灵塔群进行了检测。第一次是 1990 年，由玉树历史学家、《格萨尔》学者丹玛·江永慈诚来达那寺取样，送国家文物考古研究所，经碳 –14 测定为公元 1115 ± 70 年的文物。第二次是在达那寺申报全国重点文物保护单位时，由省文物考古队取样，经碳 –14 测定为公元 917—1057 年的文物。这与历史上格萨尔王的生活年代完全吻合。

第一节　勇闯达那山

　　我曾六次来到达那寺，最让人难忘的还是 2000 年的首次探秘之旅。

　　达那寺位于澜沧江上游腹地的玉树藏族自治州囊谦县吉尼赛乡境内。那时，从县城到吉尼赛乡 106 公里的乡道车程走完之后，还得骑马至少两天方能到达。途中异常艰险，要翻越两座雪山，有两个地段牵着马走都不行，只能放开马让其自行通过，否则有人马一同坠落的危险。

　　千年灵塔的神奇感召，给了我们勇闯达那寺的冲动。在进入雪季的时候，我们一行 6 人向达那山进发了。

　　县里派了兽医站站长昂扎陪同我们前往，昂扎是当地人，早年毕业于湟源牧校，一级畜牧师，但他是第一位对格萨尔三十大将灵塔群进行大量、详细研究的专家。他的长子几年前还被认定为达那寺的转世活佛，这会儿正在西藏楚布寺学习。

　　马来了，吉尼赛乡政府的院子里一下子有了生气。牧民们帮助备马，我心里却在嘀咕，一行人中，除了藏族博士丹曲从小在马背上长大，其余的人都没有骑过马。我有 12 年高原骑兵军旅生涯经历，教他们点骑马常识吧，又怕时间太短，反而引起心理负担。与博士商量后，决定还是不教为好，一切顺其自然，无知可能无惧。

　　第一天骑马的路程短些，6 个小时后安全到达了宿营地改加寺。这是一座全藏地最大的尼姑寺院，有尼姑 400 余人，而且大部分是青年尼姑。她们的生活和精神层面也相当值得研究，当然这是另一个人文选题。

　　记得当时昂扎告诉大家，前面就是改加寺了，许多人的马突然间就来了性子，驮着主人一溜小跑地奔向前去，反倒把我和丹曲博士甩在了后面。是啊，敢于骑马奔向格萨尔三十大将灵塔群的人，都会是天生的好骑手吧！

　　结果还是出了问题，一路走得急了，一匹驮马病倒了。第二天，改加寺尼姑把她们驮水用的小骡子借了出来。我们把病马留下，请尼姑们照料。昂扎是兽医专家，他认为这匹驮马凶多吉少，只能听天由命了。

　　傍晚时分，我们终于赶到了达那寺。达那寺被雪山、峡谷、大河、草原环抱簇拥着，与青藏高原雄壮的气势相比，达那寺周边的地貌显露出一种刚中带柔的灵性美。

　　天刚黑便下起了雪。县领导曾告诫过我们，如果遇上一场大雪，至少封山半个月出不来。我考虑的反倒是明天能否上得了灵塔群，第二天必须上山，免遭更大的雪。寺院僧人直摇头，说是不行，从来没有人在冬季雪天上过灵塔群。寺院劝不住我们，于是派了两位体能最好的僧人，背上最重的器材和水、熟牛肉陪同我们上山。幸好是一场中雪，黎明时，雪也就停了。清晨7时，高山还在沉睡，我们已踏着过踝的积雪开始上山。

　　灵塔群位于达那寺前山的两座山洞中，相距大约300米。我们先登上的是南面的山洞，洞内有11座灵塔，安葬着格萨尔叔叔晁通王和他的两个儿子，以及长系部落中的大将。洞内也是大型野生动物的藏身处，几块岩石被进出的动物磨得十分光亮润滑。我们没敢久留，更多的灵塔在东边的岩洞中。由于岩洞四周陡峭无路，我们必须先下到山腰，再向东边的灵塔群攀登。

　　此时已经是下午2点，下到寺院舔食盐分的一群野生石羊也跟了上来，很快便超越了我们，向更高的山岩攀登，回家去了。

　　在我们前方还有关键的100多米，坡陡雪滑十分危险。昂扎有些担心，万一有人失足滑下深渊，他不好交代。都在等待我的决定，我想，就此打住退下山去，那会后悔一辈子。"上！"我的性格就是如此。

　　昂扎只身探路，放下绳索，大家方才爬上了东边的灵塔群。其规模要大得多，共有26座灵塔，是晁通家族之外的三大部落将军的灵塔。让人振奋的是，其中还有格萨尔大王的灵塔，位于灵塔群前排正中。按照英雄史诗的描述，格萨尔大王在完成统一大业之后可是返回了天界呀！那只有一种解释，格萨尔大王的肉身，的确就葬在了这里！

　　昂扎如数家珍地向我们介绍每一座灵塔中大将军的名姓和部族，以及灵塔上古藏文的含义。灵塔中装藏有许多宝物，其中最多的是精美的小擦擦。擦擦一寸大，造型多为佛像和佛塔。灵塔中的擦擦有一世噶玛巴活佛造像，分为蓝色和红色的两种；有四臂观音塑像，十分大气、超俗；有千手千眼观音塑像，外形呈三角，做工十分精细；有文殊菩萨塑像，智慧之剑给人以力量；宛如拇指指甲大小的蓝紫色圆塔式擦擦，着实让人喜爱。从碎了的一枚小擦擦腹中，我们见到了贝叶经文，经文写在一种用树皮做成的纸上，上面有三个藏文字母，念作"唵、阿、吽"。昂扎说，每一种擦擦都是用大师的骨灰、经文、草药等圣物掺和做成。这些擦擦十分精美，堪称佛教雕塑艺术的精品。

　　也有几座灵塔遭到破坏，有人为的，也有石羊踩坏的。我们简单地进行了维护修补。

　　我们向格萨尔大王的灵塔敬献了哈达，昂扎呼唤着山神祈愿经，向空中抛撒着风马，风马迎风飞舞，蔚为壮观，仿佛唤醒了沉睡千年的格萨尔大王和他率领的大将军们。周围的群山在注视着我们，也许山神也加入了我们的行列。

　　时针指向了下午5时30分，原路返回已经不可能了，因为被雪覆盖的山路太陡，也太滑，必须再向上攀登100多米，翻过山顶，绕道返回达那寺。这样要多走10多里的路程，但安全。接下来的攀登，其艰难已经不能用语言来表达，众人体力早已透支，经过1个小时的努力，大家才在山顶汇合。脚

2000年11月雪季，第一支媒体人队伍攀登格萨尔三十大将灵塔群的情景

下是 5200 米海拔的高程，举目远望，山峦重叠，心中感慨万千。这些年来，我用心去体会民族文化遗产的精髓，快乐与收获，是从牧民帐篷的牛粪炉火旁开始的！是从骡马嘶鸣的鞍鞯上开始的！更是从这巍峨雪山的海拔高程上开始的呀！

灵塔群中还安放有格萨尔大王的肉身灵塔

　　进入格萨尔三十大将灵塔群的收获是丰厚的，过程本身就是一种精神享受。当然，精美的千年小擦擦没有一个人获取。一是我向县领导表了态，要做文明之师；更重要的是，在这崇高险峻的氛围中，敬畏感陡增，每个人的心灵都得到了净化，是纯洁的。尽管我们事先就知道，这里的一枚小擦擦就价值 2 万元人民币。

　　从格萨尔三十大将灵塔群绕道返回寺院的中途，多亏僧人牵来了马匹，即便如此，回到寺院已经是晚上 10 点钟了。全体僧人都很感动，原先有些僧人认为，这几位都市里来的人，在恶劣的气候条件下绝不可能上得了灵塔群，甚至断言，爬到一半就会返回，现在他们信服了。

　　僧人们端来了一锅"芫根"汤，类似于萝卜牛肉汤，大家美美地吃了一顿。接下来的一次非正式或许更应当算作真诚的环保议题座谈会让我记忆犹新。僧人们进进出出换了几拨，话题渐渐集中到环保尤其是对灵塔群的保护上来。一位僧人拿出一封事先拟好的信，恳求我们带回北京交给国家领导人，并且用藏语郑重地朗读了一遍。在僧人们看来，我们来自北京，就好像一定能见到国家领导人似的，多么纯朴的心啊！

　　这封信的主要内容是，请求在达那寺周边建立起一个 15 平方公里的自然保护区。不准砍树、不准打猎，也不准挖虫草，更不准偷盗灵塔群中的文物。他们愿意帮助政府承担起自然保护区的建设工作。达那寺僧人的想法像雪山泉水一样透亮，他们的心里充满了对故乡、对自然、对生命的关爱，理应得到政府和社会上有识之士的关注和响应。现在，千年灵塔群和达那寺已被列为全国重点文物保护单位了，条件具备，僧人们的愿望就能够实现。

我们从达那寺返程再度借宿改加寺，每个人的脸上都洋溢着幸福的笑容，为顺利完成达那寺探秘之旅而高兴。接着奇迹出现了，那匹病了的驮马，竟然平安归队了。原来，改加寺的尼姑们运用藏族传统的放血疗法，对它进行了医治，还为它灌了药。我们真诚地谢过，一并归还了她们用来驮水的小骡子。

高原的落日尽情地挥洒着它的余晖，为大地铺上了金辉，而苍穹依旧是那样神秘，湛蓝湛蓝的，深不可测。蓦地，一朵密度厚实的五彩云霞从我们头顶上缓缓飘过。哦，我在想，这不正是格萨尔大王率领30位大英雄为我们护佑加持的吉祥映照！

第二节　格萨尔三十大将灵塔群的千年之问

千年灵塔群蕴藏着的1500年历史的达那文化相当厚重，摆在我们面前需要回答的首要问题是：格萨尔王麾下三十大将是岭国三大部落的军事首领，一生跟随格萨尔王除暴安良，征战四方，其命运结局各不相同，怎么就齐齐地安葬在了达那寺前山的两座岩洞中呢？这个千年之问，从昂扎2000年11月雪季，带我们登上灵塔群后，我就抛给了他。经过多年的田野考察与探寻，终于在四个关注点上有了一些突破。让我们拨开历史帷幔，以探索和发现的眼光梳理和分析，破解这个真正意义上的"诗与远方"的谜团。

破解千年之问的起点：朗·绛曲哲桂大师与格萨尔王的相会事件

这要从藏族历史上的朗氏族家族说起。吐蕃王朝崩溃之后，青藏高原陷入了400年的地方割据，战乱纷争。朗氏贵族集团一度统治着从西藏山南到康区及玛域的广大地域。朗氏家族崇拜念青唐古拉山神和玛沁邦热山神。由此看来，朗氏家族的统治和影响，一直延伸到了青藏高原的东部。玛沁邦热就是前文提到的果洛州玛沁县境内的阿尼玛卿大雪山。

西藏社科院珍藏着一部重要的藏文古文献《朗氏一帙》。文中记载，朗氏家族第 14 代孙——朗·绛曲哲桂大师于公元 968 年出生在达那山下的月格村。据昂扎介绍，绛曲哲桂大师的前辈，正是朗氏集团派驻到当地的官员。

绛曲哲桂大师出生那会儿，佛教后弘期正在酝酿复兴，还没有达那寺，这里只有一座名叫沙群科索南宗的苯教道场。当地人说，绛曲哲桂自幼有幸进入了宁玛巴一门学佛。但作者以为，绛曲哲桂大师应是一位苯佛双修的大成就者，他的苯教功力修为毋庸置疑。他青少年时期，故乡达那的主流毕竟还是苯教，他最先接受的应是苯教修行。从青年时代开始，在西行前往西藏等多地修学的过程中，拥抱新近兴起的后弘期佛学大潮当是必然，这使他的学术得以扩展，修为更为深厚。《朗氏一帙》记述，大师在随后西行的学习修炼中，征服了许多妖魔鬼怪并役用为其护法。从此，这位大成就者化身为无数个救星，云游四海为民除害谋福利。当他路经唐古拉山时，证得到空行母的预言："你的事业在东方。"

这里我们可以把这个预言看作是朗氏贵族集团的一次人事安排，因为在东方，出现了日益强大的岭国，需要平衡甚至节制。而最好的方法或者说最好的礼物，就是输入新的佛教思想。而当时有着系统理论支撑的佛教充满生机和活力，在不断吸收原有苯教仪式仪轨和护法山神体系为我所用的本土化过程中，藏传佛教日益强盛起来。

绛曲哲桂大师按照"预言"回到自己的出生地，在格措湖，即达那寺的神湖畔，第一次遇见了年轻的格萨尔王，两人探讨了善恶的缘由与区别。格萨尔王向大师赠送了伞盖、披肩、宝马等宝物和许多资财，还向大师请教了长寿灌顶之类的问题。从此，两人建立了师生关系，绛曲哲桂大师成为格萨尔王的上师，同时也成为岭国国师。绛曲哲桂大师先后到岭国六个地区传法传教，建立了朗与岭亲密的供施关系。

绛曲哲桂大师 108 岁圆寂，就葬在达那山木里修行洞中。

根据达那寺的传承记载，格萨尔王及三十英雄的灵塔，是由绛曲哲桂大

达那山下月格村是绛曲哲桂大师的出生地，2017 年大师的石雕塑像在月格村落成

师的儿子念妥阿昌修建的。鉴于朗与岭供施关系的紧密，朗氏家族为让后人永久祭奠岭国的英雄，修建了格萨尔王及三十英雄灵塔群。根据现代仪器对灵塔的两次测试的结果，灵塔修建年代与记载完全吻合，是距今千年的文物。

值得关注的是，绛曲哲桂大师的第 7 代孙，于公元 1175 年出生的杰坚阿，13 岁出家拜在叶巴噶举达那寺意希孜巴大师门下，并接受了密传灌顶。后来，杰坚阿在西藏著名的直贡寺和帕竹寺分别担任过多年住持，成为一代大师。

解构千年之间的文化阶梯：密切关注达那寺厚重的历史进程

格萨尔三十大将灵塔群的建筑带有明显的苯教文化印记，丹曲博士考证后说，"灵塔上古藏文都用短脚草体写成，元音也都是反写的"，这与灵塔上部方形造型相匹配，这是古老苯教审美风格的遗存，以后佛教灵塔的上部都是圆形的。

显然，格萨尔三十大将灵塔群的建筑风格，深受苯教文化影响，而公元686 年，这里的沙群科索南宗苯教道场，又是何时转化为藏传佛教寺院的呢？

达那寺保留至今的众多古典法舞"羌姆"中，有一场独具特色、其他寺院都没有的保留节目《公丁传教》，直接演绎了佛教传入达那寺的情景。公元1068年，也就是绛曲哲桂大师百岁的那一年，从克什米尔来了一位名叫公丁的传教士，他带来了更加完善与系统化的佛学经典。正是这段"公丁传教"法舞，把这些佛教还未完全发扬的地方比作荒蛮之地，把当地人也比作了白猴和棕熊，法舞表现了"野人"皈依佛门的过程。

公丁来达那寺传教取得成功的重要标志有两个，一是建起了尕乌拉康宫殿，是当地出现的第一座佛龛用房。历史上尕乌拉康与藏南的雍布拉康齐名。另一个就是创建佛教寺院达那寺。"达那"即藏语"马耳朵"的意思。

后来，公丁与当地的一位名门女子结了婚，"达那"成为他们的后代的姓并相传至今。现在尕乌拉康是闭关修行的地方，世代都由姓"达那"的僧人照料。从20世纪80年代开始，达那格勒父子，坚持数十年筹资维修尕乌拉康、添置内部佛龛。幸运的是，玉树大地震后，国家拨款，尕乌拉康按文物古迹修复原则，也得到了全面加固与修缮。

公丁来达那寺传教的时候，这里依然处在苯教与佛教共同发展的时期。直到百年后的公元1188年，藏传佛教叶巴噶举的创始人意希孜巴，在达那寺建起了大经堂和百柱殿，达那寺就全面成了佛教寺院。

意希孜巴是大师出家后的名字，梵文名叫嘉纳古刹，多数人知道他的名字叫桑杰耶巴。他在创建叶巴噶举第一座寺院之前，曾在一处名叫"普"的山洞里修行18年，所以有人称他"耶普巴"，后又简称叫"耶巴"。"桑杰"是佛陀的意思，人们觉得他是现世佛陀，所以，奉上了"桑杰"这个尊称。

藏传佛教四大教派中的噶举派（俗称白教）的传承体系最多，素有"四大派八小派"之称，叶巴噶举是八小派之一。

王辅仁先生编著的《西藏佛教史略》中谈到叶巴噶举时这样写道："据说格萨尔王信奉这一支派，其后裔又把格萨尔王用的兵器存放在叶浦寺。后来这一支派和其他教派合流，早已湮灭了。"王老先生的结论有失误的地方，格萨尔王的兵器，当然也包括许多宝物，更多地存放在了达那寺。他所说的叶甫寺，在西藏类乌齐县和青海囊谦县的交界处，大约在民国晚期，两地的上层集团为争夺叶浦寺教派归属而发生冲突，致使该寺毁于战火。

达那寺独有的法舞《公丁传教》

意希孜巴从 38 岁开始，一生建有四座叶巴噶举寺院，东面的叶浦寺，南面的多宗寺，西面的公龙寺，北面的达那寺。在历史岁月的冲刷下，叶巴噶举派并没有湮灭，深藏于澜沧江上游腹地的达那寺完整地保留至今，庆幸地成为藏地唯一的一座叶巴噶举寺院。

现在，达那寺还有三座相当有影响的高僧灵塔。一座是达那寺的创建人意希孜巴的上师帕木竹巴（1110—1170 年）的灵塔。一座是藏族的医圣云丹贡布（703—? ）的灵塔，他著有藏医学宝典《四部医典》。还有一位就是著名的女性佛教大师玛吉拉珍（1055—1153 年）的灵塔，她是藏密历史上最著

法舞再现了公丁教化民众的情景

名的能断派和息学派的创始人。但两派修行地点、方法各不相同，能断派常在坟场墓地、重山峻岭、荒无人烟处密法修持；息学派的信奉者要在 108 个泉边咏诵"泉经"，直至功德圆满。这三大历史遗迹，都成了今日达那寺的重彩灵光。

达那寺厚重的历史从古至今中间没有断层，搭建起了千年之问的文化阶梯。总之，格萨尔三十大将灵塔群是在佛教后弘期到来之前的灵塔建筑，是由绛曲哲桂大师之子念妥阿昌组织建造，其建造时间与寺院历史记载的时间完全相符合。

打开千年之问的钥匙：达那寺历史上为什么又称岭国寺？

达那寺珍藏的众多格萨尔文物，很多来自德格的林仓家族，那么，达那寺与林仓家族是什么关系？首先要关注德格俄支林仓家族与达那寺历届活佛、住持的密切交往史。

在康区，人们普遍认为林仓家族就是格萨尔王同父异母的哥哥嘉察的后代。嘉察母亲的娘家在汉地是汉人，"嘉察协嘎"直译就是"汉地白脸外甥"的意思。这是千百年来，汉藏之间甥舅情谊骨肉亲情的又一经典例证，也是反映在英雄史诗《格萨尔》民间文学艺术领域的真实历史。嘉察在"霍岭大战"中为保卫岭国家园英勇牺牲，是格萨尔三十英雄中八壮士之首，一直受到藏族人民的喜爱。史诗中说，格萨尔王没有儿子，最后把王位交给了侄子扎拉，也就是嘉察的儿子。

2001 年春节刚过，我见到了后来的全国政协委员林仓晋美先生，他是林仓家族的第 84 代孙，他的说法和达那寺的记述一致。

公元 1188 年，叶巴噶举的创始人意希孜巴，在达那寺完成了大经堂、百柱殿的建造工程后，应德格林仓王嘉察的第 5 代孙桑吉嘉措的邀请前去诵经，超度亡魂。

半年之后，意希孜巴大师要返回达那寺了，林仓王为了表示对大师的敬意和感谢，有意将祖上传下来的众多格萨尔文物存放在达那寺，也作为对意希孜巴大师的供养。意希孜巴大师请林仓王把文物集中放在一座山坡上，然后用法力空运回了达那寺。

运输方式多有渲染，暂且不论，但达那寺格萨尔文物来自林仓家族应该是清楚了。意希孜巴带回来的格萨尔文物之多，从达那寺留存至今的账单可以看出，不妨摘录几件。其中有岭国格萨尔王及三十英雄族谱和传记1500卷、霍尔王的虎皮九张、岭国声震三界钹、格萨尔王的达巴莱米宝剑、岭国格萨尔军号、汉地招茶福用的包茶虎皮、上千尊印度和汉地佛像。其中八大宝物是金制释迦牟尼像、银制苯教敦巴辛饶像、螺制观音菩萨像、珊瑚制无量佛像、绿松石制度母像、铸铁制黑护法神像、花石头制会叫狗像、螺制会叫羊羔像，以及众多兵器、法器及生活用品等。

此时的达那寺，已成了格萨尔王侄子的后代林仓家族的主寺，他们之间的供施关系愈加紧密，以致后来达那寺一度又叫岭国寺。这里"林仓王"的"林"，与格萨尔所统帅的"岭国"的"岭"字，应属异形同音同意。"林仓"也有文献译成"岭葱"，应是一个意思吧。

绛曲哲桂大师与格萨尔王、杰坚阿与意希孜巴，以及他们与德格林仓家族之间，连续千百年的交往史，凸显出达那寺的中心地位和历史作用，因为这份因缘纽带，格萨尔王与他的大将军们，最终选择达那寺前山岩洞作为陵寝，也就再自然不过了。

选择高山峻岭中的山洞作为陵寝好像也是当时的一种习俗，在玉树囊

林仓家族第84代孙，原全国政协委员林仓晋美先生 （2001年3月15日摄于成都）

谦、杂多等地，我还见到过几座风格相同的贵族灵塔呢！

两次现实版的大掘藏：达那寺再度增辉

"掘藏"这个词借鉴自藏族历史上苯教和佛教共有的一种古老传承方式。比较典型的事例像佛教第一次传入藏地后，在"朗达玛灭佛"打击下，许多佛经、佛像被埋入地下，此举被称之为"伏藏"。200 年后，后弘期的佛教再度兴起，后人找到了前人埋藏的经典、宝物，谓之"掘藏"。

达那寺现实版的两次大掘藏出土文物，多的让人目不暇接。第一次是由仁增喇嘛完成的大掘藏，时间在 2001 年的 7 月 11 日。这一天清早，生命日趋衰竭的仁增，感到自己的大限已近，该把埋藏心底的大秘密说出来了。他让弟子叫来了寺管会主任、首席活佛珠古·阿边仁波切，以及夏季留守寺院的所有僧人。

"文革"中，仁增和他的弟弟冒着风险，乘夜色，把寺院的许多金佛像、经卷、古唐卡等宝贝，埋藏在了达那前山的山脚下。那是需要足够的勇气和智慧，除了不能让任何人知晓，还得将宝物逐个用布包裹好，里外都要涂抹上酥油，以经得起地下潮湿土壤的侵袭。幸运的是，仁增喇嘛全都做到了。

弟弟去世以后，仁增喇嘛的生命就与这些地下文物绑在了一起。经过漫长的等待，终于到了让这批宝物重见天日回到寺院中的时候。

阿边活佛根据仁增喇嘛的指点，率僧人把当年仁增喇嘛伏藏的宝物取了出来。经过仁增喇嘛的一一确认，一共 72 件。最主要的文物有各种鎏金佛像、古唐卡和古经文，有不少为宋元以及之前的文物。其中一尊大型鎏金释迦牟尼坐像及文成公主进藏时途经达那寺留下的白檀木梳妆奁极为珍贵。

经过 1400 多年的风风雨雨，文成公主使用过的木质结构梳妆奁已经有些缺损，但在当地僧人和牧民心中的地位极高。

囊谦县广为流传着这样的说法：文成公主进藏带的宝物中有三件最为珍贵。其一就是现在供奉在拉萨大昭寺中的释迦牟尼 12 岁玉质等身像。第二件是供奉在囊谦县白扎乡尕尔寺中的一座 1 米多高的铜体鎏金转经筒。第三件就是留给达那寺的文成公主自用的白檀木梳妆奁。

关键时刻，仁增喇嘛优先选择了把这件木质宝物文成公主梳妆奁，连同金佛像一道埋藏于地下。现在，这只梳妆奁已经修复，寺院还专门为其做了一只红漆双门大柜用来单独保护收藏。

这批掘藏的宝物中，一尊宋早期的"右手敬天苯教金神像"极为珍贵，走遍藏地从未听说有第二尊，已然成了镇寺之宝。

据老喇嘛彭措扎西介绍，这尊金神像是晁通家的宝物。这与《格萨尔》中所描述的晁通是一位苯教占卜大师的身份相一致。"右手敬天苯教金神像"形象鲜明地反映了藏族古老苯教的三界人生观，右手掌朝天的造型表示对天神的敬畏。

苯教从内象雄向外象雄传播的一个大站，便是西藏丁青县的孜珠寺。孜珠寺与达那寺的距离很近，可以说只是隔了一条澜沧江。

达那寺的镇寺之宝"右手敬天苯教金神像"

现在两寺的僧人都认为历史上达那寺（准确地说是沙群科索南宗）是孜珠寺的子寺。孜珠寺至今仍然是最大、最古老的苯教寺院。他们对达那寺的镇寺之宝"右手敬天苯教金神像"十分敬重，想用重金请回孜珠寺。但达那寺说什么也不答应，尽管它早已演变成藏传佛教寺院了。

那一夜，实现了大掘藏的仁增喇嘛，在达那寺僧人的集体诵经声中安详地走了。鉴于仁增喇嘛学识渊博，严于戒律，品格高尚，很有威信，同时为了表彰仁增喇嘛的掘藏贡献，寺院以活佛圆寂的规格为其火化，并为他筑造了一座银质灵塔，供奉在叶巴殿中。

达那寺珍藏的古经文之一

达那寺珍藏的汉地十六罗汉
宋代木刻经文夹板

达那寺珍藏的印度造
青铜莲花金刚曼陀罗（也称坛城）闭合状

青铜莲花金刚曼陀罗开启局部图

尽管我只见过仁增喇嘛一面，但我还清楚地记得他的模样，弱小的身躯，朴素的衣着，身体已不大好了，也不会说汉语，但他那深邃的眼神令我难忘。

那是 2000 年 11 月，进入雪季后的一个清晨，我们完成了格萨尔三十大将灵塔群的探索性拍摄，正备马准备告别达那寺的时候，仁增喇嘛却一直与陪同我们前来的昂扎说着什么。事后据昂扎回忆，他们谈得最多的话题是格萨尔文化的前景，以及国家越来越重视这部英雄史诗的大趋势。

其实，仁增喇嘛当时已有说出宝物埋藏地的想法了，他曾暗示昂扎说："寺院里的那些东西，以后是放在大经堂里好呢？还是放在叶巴殿中好？"昂扎忙着帮我们摄制组备马，捆绑器材垛子，还以为仁增喇嘛说的是自己借给他的那些书籍呢，没能听出仁增喇嘛这句话的本意。

昂扎一直坚定地认为，正是我们首次来达那寺拍摄格萨尔纪录片这件事，对仁增喇嘛的触动非常大，激励他最终说出心中秘密，这件事也许是他完成大掘藏的直接动因。

仁增喇嘛的功德善举，也感染了他的同辈噶玛曲江喇嘛，在仁增喇嘛圆寂后的第三年，噶玛曲江喇嘛实现了达那寺历史上第二次现实版的大掘藏。那是在他即将圆寂的前 3 天，他叫来了寺院的当家活佛珠古·阿边仁波切，说出了当年他独自埋藏下来的寺院文物的所在地。噶玛曲江喇嘛的大掘藏的数量没有仁增喇嘛多，但文物质量同样让人惊叹。其中5尊古印度铸造的"青铜莲花开合双修金刚曼陀罗"极其精美珍贵。

两位喇嘛现实版的大掘藏，让达那寺1500年历史长河中的精华得以保存和传承，为达那寺再度增辉。

第十一章　达那六纪

第一节　大石羊与狗儿们的那些事

记得我们第一次来达那寺，当时就被世外桃源般的景象所震撼。国家二级保护动物藏雪鸡，三五成群地在我们跟前啄食，全然不顾我们新来的一行数人靠得这么近。在林间飞舞的马鸡、松鸡、尕拉鸡，还有许多叫不出名字的飞禽不下十几种。在这群雪鸡的前方不远处，发现了一队大石羊，粗大的羊角，白肚灰背，十分硕壮。细细观察，石羊竟然不下四五十只。石羊为隐蔽自己，毛色随着季节变化，尽量和大地颜色保持一致。它们像在休闲散步，走走停停，舔食盐分。你要是每天拿点盐撒在石头上，要不了几天，石羊认识了你，就会主动到你手上来舔食。要不是亲眼所见，决不会相信达那寺野生动物能与人这般的和谐相处。

僧人告诉我，原先石羊可以在寺院内穿行，后来牧民丢弃的狗儿多了，都聚集到了达那寺。狗儿们不明事理，把追逐驱赶石羊群当作了自己的职责。经过僧人的训导，狗儿与石羊和解了，默认了各自的领地界线。寺院 30 米外属于石羊，之内属于狗儿，互不侵扰。这是2000年见到的情景，这种平衡先被狗儿打破。之后的几年中，外来的流浪狗有几条特别"尽职"，见石羊下山，便狂吠不止，冲上前去乱咬乱追，非得把石羊群赶回山上去不可。连同其他许多野生动物和飞禽都遭了殃。这下僧人们不乐意了，可如何处置这些狗儿还是一个难题，直到实在无法容忍了，僧人们行动起来，把特别能闹腾的几条狗捉住，送去200公里外的县城后放掉。说是县城人多，狗儿找点野食更容易。此后，达那寺又成了野生动物的天堂。

阿边活佛特意把弟弟叫来寺院，专门照顾寺院周边的这些野生动物。弟弟严格管理留下的狗儿，训导它们尊重其他野生动物。这种和谐的情景大约持续了七八年，自从活佛的弟弟回家照顾父母，尤其是在玉树大地震后，寺院僧人忙于多座建筑的维修加固，没有时间管理训导狗儿。狗儿每年又在增多，其中不乏勇猛者、"尽职"者，大石羊群又不敢进来寺院舔食盐分了。阿边活佛又犯了难，如何处置这些狗儿呢？他跟我说，那些凶猛的狗儿似乎有了警惕，很不容易捉住，这事无论如何不能再拖到来年了。

生活在达那寺周边的牧民，其生态保护观念绝不亚于都市人。他们的心里早就有了关爱生命的观念，政府号召环保，立马引起他们的共鸣，还上缴了猎枪。所以，这些年野生动物就繁衍得很快。

首次骑马来达那寺的途中，我们刚翻过一座垭口，就遇了一群正在睡觉的白唇鹿，大概我们是顶风而行，这群足有上百头的白唇鹿没有发现马队，我们突然出现在它们面前的时候，双方都吓了一跳。这群白唇鹿瞬间起身夺路奔跑下山时所产生的震动和气场，穿透身躯，直达灵魂。这种体验无法言表，让人终生难忘，再也没有遇到过此种情景。

高原上猛兽也在发展，狼群在壮大，大哈熊也不少，狼群咬死大牲畜的事件时有发生。2002年夏，寺院放牧野外的两只大红骡子就被群狼咬死了。这一年，我在转山的路上，也见到了新鲜的熊掌印。得失随天，让自然法则去调节吧。

政府给达那寺分配有固定的牧场，每年至少可以从中收获三公斤优质冬虫夏草，为了保护高山牧场生态，寺院一直不允许挖虫草。为此，达那寺每

年不是要减少四五十万元的
收入吗？阿边活佛坚定地回
答道："决不准在寺院的草山
上挖虫草，哪怕每年损失百万
元，也不能让生态环境受到
丝毫伤害。"其实，挖虫草的
5 月，雨雪充沛，尖镐挖出虫
草后，随手将翘起来的小块
草甸泥土填回去，踩上一脚，
对草甸的损害可以忽略。但就

房顶上僧人牵住了两条狗，
以便大石羊能顺利进入寺院舔食盐分

是不允许挖，可见达那寺保护生态环境的决心有多大！在此，为他们送上一
个大大的赞！

第二节　天蓬元帅的不同使命

当你骑马走进达那山，最先映入眼帘的是达那寺护法神天蓬元帅的神庙。
神庙位于达那寺东南角，负责扼守达那寺的背后要冲。这里原先是骑马进入
达那寺的必经之路，也是转山人祭拜达那山神的地方。牧民们认为，在这里
煨桑磕头祈祷达那山神最灵验。

达那寺护法神天蓬元帅的藏语名字叫旦金多杰莱巴。旦金多杰莱巴护法
神的形象很古老，最早出现在宁玛派的护法神中，后来受到其他各教派的欢迎，
纷纷请来为自己护法。

天蓬元帅这个称号显然来自天宫。他从天界下凡来到人间，在汉地就成
了小说《西游记》中的猪八戒。而在藏地，他是一位骑着青羊、手执铁锤和
风袋的战神。达那寺的堪布噶玛德乾告诉我，这是因为护法神旦金多杰莱巴
还是位铁匠，风袋用于冶炼时鼓风，铁锤用来打铁。达那寺护法神神庙旁，

就有几块自然形成的大石头，其中最大的一块，相传是他用来打铁的，而邻近的三块石头则是支撑冶金炉炼铁的地方。他的坐骑是青羊，在神庙的红墙上，能清楚地见到羊的蹄印。显然，这是在建造这座护法神庙时有意做上去的，以突显旦金多杰莱巴护法神的身份。

旦金多杰莱巴护法神深受信教民众的尊崇和喜爱，在达那山周边牧民中，一直流传着这样一则故事。说的是过去有个穷人，有幸结识了护法神旦金多杰莱巴，受到护法神的关照。这个穷人自认为有了依靠，从此好吃懒做，把旦金多杰莱巴给他的财富挥霍一空，反倒堕落成了乞丐。当他再次见到旦金多杰莱巴之后，满是怨气，埋怨护法神不够意思。旦金多杰莱巴反问穷人："我帮助过你多次了呀，就说富人施粥那天，你讨到的那碗粥里，是不是有一块肉呢？""大家不是都有肉吗？"穷人不满地回话。"不，其他人没有。"旦

达那寺护法神天篷大元帅旦金多杰莱巴神庙

金多杰莱巴告诉穷人真相后，真诚地劝道："你想过上好日子，可自己不干活，这样下去就是神仙也帮不了你呀！"显然，这是家长用来教育孩子的话，告诫他要靠勤奋劳作获得财富，过上好日子。

天蓬元帅下凡后，在藏汉两地的命运迥然不同。面对严酷的高原生存条件，藏族牧民敬畏神灵，渴望神灵的护佑，也就赋予了神灵更多的职责。且金多杰莱巴护法神有手艺，会打铁，在古代属于掌握高级技能的大师吧！这无疑是广受人们崇拜的重要原因。但在总体上，人们还是赋予了他威严善战、能量巨大的护法神特点，他必须承担民众和寺院拜托给他的诸多任务。而生活的另一面，藏族民众的态度又不失从容乐观，人们把今生今世许多精神追求，寄托给了神灵佛祖，自己只顾礼佛敬神之后快乐地生活。

而汉地由于封建社会的超稳定性，百姓长期固守在土地上，生活中的禁锢和压抑是长久的，以致每当有机会宣泄，竟会使到玉帝老儿和神灵身上，比如节庆时的耍龙，比如文学中的猪八戒形象。文艺评论家说，从猪八戒身上可以看到中国农民的一些性格，全然不顾他原先天蓬元帅神仙地位的高贵。

有趣的是，藏汉两地的天蓬元帅也是殊途同归，都没有忘记各自的根本职责，一个在达那寺护法，一个护送玄奘西天取经。

达那寺天蓬元帅护法神庙依山而建，红黑白黄蓝色调的装饰很亮眼，色彩比例搭配得多寡有序而不张扬。再看其他建筑景观，都是依大自然而建，体现了一种顺势态度，很少看见强行揳入的惨状。或许，这就是藏民族的审美。

与达那寺护法神庙相对应的一座古老的温泉，位于达那寺西南方向 3 公里处。很烫的泉水从自然形成的大象造型巨石中流出，人们随手在巨石下凿出五六个掩体洞。想泡温泉了，灌满新水，坐入洞中正好水齐脖深。据传，这座温泉比达那寺还要古老，应该是和苯教道场沙群科索南宗同时代的产物。1500 年来，这里一直是周边牧民和僧尼大众的最爱。现在更加声名远播，有不少人家开车而来，扎下帐篷，连续数日泡温泉，享受大自然的恩赐。

第三节　山神赐给的一只雪鸡

　　2002年夏，我第二次来到达那寺，朝拜格萨尔王及其三十大将灵塔群是必需的日程安排。在阿边活佛引导下，我们一行向着达那山的顶部攀登。迎接我们的是盘旋于达那山上空的几只苍鹰。

　　达那寺的海拔是4300米，到灵塔群的高度差虽然只有600米，但高原登山的每一步，都将考验你的心肺承受能力。

从达那寺仰望格萨尔三十大将灵塔群右边的26座灵塔

　　行程过半，同行的张阿合忽然离队，向10点方向快步前突。那他这是去干什么？大家都不太明白。阿边活佛说，他好像发现了什么。我已是气喘吁吁了，也没在意张阿合的动向。张阿合是本地人，曾任县委组织部副部长，退下来后，专注于义务建桥公益事业，是一位受人们尊敬的藏族干部。

　　当我们进入灵塔群后不久，张阿合赶来了，竟然递给了我一只雪鸡。

　　"你从哪里得来的？"我惊讶地望着他，这可是国家二级保护动物呀！

　　"达那山神给你的雪鸡。"张阿合平静地说。

　　"什么？达那山神给的！"我更加不能理解了。

我注意到，这是一只刚成年的雪鸡，还有些体温，显然刚死不久。

张阿合示意我看看雪鸡的腹部。腹部有一道挺深的爪痕。我明白了，雪鸡是被鹰抓了。

是的。鹰击之后，雪鸡拼死挣脱鹰爪，钻进荆棘草丛，张阿合看到了这惊心动魄的一幕。我赞叹张阿合的眼力，这在藏族牧人中也是拔尖的。

张阿合笃信这是达那山神的安排！在格萨尔王及其三十大将的灵塔群中，在达那山上，这样一个自然文化情境中，所有的人都深信不疑，这只由鹰杀死的雪鸡，真的就是达那山神赐给我们的礼物。

我们祭拜过了格萨尔王及其三十大将的灵塔，向上翻过山顶，见到的是一片高山牧场。我们来到一户牧民家小憩，张阿合要安排一位藏族小伙儿来收拾雪鸡，被我制止了。"还是我自己来吧。"牧民小伙收拾一只羊的话，大概不会有什么难度，雪鸡就不一定了，雪域草原深处的牧民一般也不会猎杀飞禽。

第四节　彭措扎西喇嘛的道别盛宴

说是盛宴，实际上只有一块石羊肉。当你得知这块石羊肉的封存制作过程，天下所有的美味，只能算是小菜一碟了，用盛宴来表达一点不为过。其原生的滋味有多美，不可言传，只能亲尝。这么说吧，在大都市的顶级酒店饭庄里是不可能品尝到的。

那是一年前的深秋，牧人获得了坠崖而亡的一只大羊，献给了年迈的彭措扎西喇嘛。牧人分解好羊后，立即用羊的原皮将肉包裹，放进海拔5500米以上的高山岩洞中，再用大石头封住洞口，确保熊啊狼啊的食肉动物不能扒开。深秋时节的雪线之上，夜间的气温都在零度以下，加上整个漫长冬季的极度低温储藏，直到来年春夏，岩洞中仍处于低温状态。其间，石羊肉到底发生了什么样的变化，不得而知。高海拔、缺氧、低温石窟窖藏，都是它的变化条件吧。

2002 年夏，我重回达那寺一住就是 17 天。临行前，彭措扎西喇嘛派人去高山岩洞中给我取来的一块羊肉，比两只拳头大点，一色的瘦肉，透着酱紫色的光泽。我惊叹雪山岩洞中封置将近 10 个月的羊肉，竟然如此新鲜。

"生吃，还是给你煮一下？"彭措扎西喇嘛问我。

雪域草原上的牧人特别是康巴人，至今保留有吃生冻肉的习惯，其中的美妙，不是外人所能理解。虽然这趟藏地高原行，我已经能喝牧场上刚挤出的生牛奶了，不过，我还是希望把羊肉煮一下。其实，这里的沸点也只是刚过了 80 摄氏度。

当彭措扎西喇嘛让人再度端上这碗羊肉的时候，肉块已经切成了肉丁，依然是那么鲜嫩，按西餐的标准，大概也就是个六成熟吧。加了点盐，没有任何佐料，原汁原味的，我竟然一气吃完了。什么滋味？哦，真的不可描述！这么说吧，我在青藏高原生活的 20 来年间，要我列举出吃过的最美味的佳肴，

2002 年作者第二次到访达那寺，在彭措扎西老喇嘛负责维护翻建的百柱殿中，为他拍下的这张照片

只有青年时代在果洛班玛林场吃过的松鸡算一个。松鸡吃松子为生，其肉质的鲜美，你都不用品尝，光想象的空间就大了去了。彭措扎西喇嘛的这块羊肉可以与之相媲美，从羊肉的封制过程讲，这块羊肉当属第一。

好啦，在佛家宝地达那寺的章节中，大快朵颐，似乎有点不敬，那就到此打住。

一定要补充几句的是，我明显感觉得到，彭措扎西喇嘛特别真诚。或许我是第一位率队骑马来到达那寺、寻找格萨尔王的都市人。两年后的孤身再访，其路程来回依然要骑马 4 天，不畏艰险，只因被达那寺厚重的文化吸引，这也感动了达那人吧。

我没有辜负达那寺全体僧人及周边牧民的期盼，《探秘达那寺》《格萨尔三十大将灵塔群之谜》人文地理稿，被《文明》、《中国民族》（英文版）、《今日中国》（藏文版）、《中国西藏》、《周末》等杂志以及央视国际网等十多家网站刊登转载。最让我欣慰的是，我请中国社科院著名藏学专家、《格萨尔》研究中心主任降边嘉措先生牵头，向国家文物局写了推荐信，达那寺"格萨尔三十大将灵塔群及达那寺院建筑（宋元时期）"2006 年被国务院批准为第六批全国重点文物保护单位。

第五节　活佛们的务实工程

达那寺历史上有三支活佛传承体系。第一支是 1966 年出生的寺管会主任、住持珠古·阿边仁波切。第二支是 1986 年出生的珠杰仁波切。第三支是 1991 年出生的拉泽仁波切。

阿边和珠杰两位仁波切这些年承担了大量的寺院管理和建设任务。这里我先介绍一位上文提到的彭措扎西老喇嘛的业绩，虽然他已于 2013 年 6 月圆寂，但对达那寺的贡献值得后人尊重和牢记。阿边活佛在楚布寺闭关学习期间，珠杰和拉泽仁波切年龄都还太小，达那寺一直由彭措扎西老喇嘛主持日常事务。说实在的，那时达那寺的运行一度很困难，以至于一位出生在当地的著名藏医扎西曲培捐赠了 10 万元人民币给达那寺，方才渡过难关。彭措扎西喇嘛维持寺院正常运转 10 多年真不容易，那时寺院不通公路，远离县城，几乎没有外来香客。但彭措扎西喇嘛所做的最大贡献，就是不顾年高，倾其所有，坚持 20 年，重新完成了翻建修缮百柱殿的工程。

古老的百柱殿很高大，是一幢三层楼房的藏式庙宇建筑，始建于公元 1188 年。百柱殿中间的 10 根支撑柱，是从底层直通顶层的。支柱所用木料之间虽然有榫卯交合组接，但每根木材都要足够粗壮足够长才行。买到这样规格的木料非常不容易，彭措扎西喇嘛办到了。那么，运输条件更差的 1000 年前，意希孜巴大师是如何办到的呢？想必也是很费劲吧！以至都归于神助了。民间相传，当年百柱殿的木材由护法神旦金多杰莱巴从印度运来！世间许多富商、匠人、雕塑家、画家参与建设，更有仙界的许多神佛来出力，出现过一个白天人建、夜间鬼神建的施工高潮！传说很动人，很有想象力，但也折射出百柱殿建设的难度。

历经千年的风霜雨雪，百柱殿也已成了危房，急须在原有基础上翻建修缮。为此，彭措扎西喇嘛奋斗了 20 年。2002 夏，我第二次来到达那寺，正赶上百柱殿翻建工程的盖顶阶段。屋顶木板已铺垫好，上面又垫了层青藏高原特有的荆棘层。一次夏季法会后，许多牧民留下来参加义务劳动，他们将一筐筐和好的泥浆背上房顶，铺盖在屋顶的荆棘层上，这是当地一种古老的建筑方法。我用摄像机记录了当时热火朝天的施工场面。彭措扎西喇嘛圆寂前几年，终于完成了百柱殿的重建工程。

现在的寺管会主任琳古·阿边活佛可谓是年富力强。他通过自学，汉语已相当流利。2002 年我来达那寺时，他看过我组接太阳能逆变电流充电器后，便能正确掌握，每天帮我充电。为防有人偷盗灵塔中的文物，急需在灵塔内安装视频监控系统。2013 年 6 月，他到西宁看过工程师对监控设备的安装演示后，便带着三套不同的设备，急忙赶回寺院，带着僧人硬是把视频无线监控防盗设备给安装了起来，不请工程队安装还是为了给寺院省钱。

达那寺需要用钱的地方很多，由阿边活佛负责的全寺饮水工程终于完工，但那时全寺院的太阳能发电站还迟迟没能建成。10 多年来，阿边活佛负责的最重要的工程便是达那寺的大经堂翻建修缮。从 2003 年开始，他先后去过新加坡、印度尼西亚等地讲学化缘。近些年来，国内的施主也多了起来，集腋成裘，聚沙成塔，古老的大经堂，终于按照文物修缮的原则翻建修缮完工，并且经受住了玉树大地震的考验。

自从囊谦县城通往达那寺的两条公路建成后，达那寺的物质条件得到了

2008 年阿边仁波切指挥维护修复大经堂现场

极大的改善。中国移动很早就在达那寺架起了基站。由国家和施主分别建起了两座太阳能发电站，寺院的很多电器，如电视和冰箱也能使用了，路灯也亮了。阿边活佛在古老的温泉边，建好了寺院的温泉招待所。

达那寺虽有集体的草山和牛羊，法事活动的收入也归集体，但寺院僧人还主要靠自己的俗家供养。随着社会经济生活水平的提高，僧人的用度也渐涨。

也没问阿边活佛是从何时开始，他每年都得从化缘来的经费中，支出20万元补贴全寺僧人的生活，比如说全年免费的午餐等。另一项每年20万元的支出，是要保障寺院收留抚养的20余名孤儿及困难家庭儿童的生活和学习。僧俗两界都一样，当老大的就得有担当。更不用说寺院大点的工程项目，都得靠阿边活佛去化缘。玉树大地震后，各级人民政府先后拨出约4600多万元的资金，用于达那寺国家重点文物的修缮保护，包括格萨尔三十大将灵塔群、尕乌拉康、大经堂、百柱殿、叶巴殿、格萨尔大堂和一些寺院周边古老的灵塔等。最重要的是加大了对格萨尔三十大将灵塔群全方位的监护力度。

原计划2015年夏就要举行大经堂落成开光典礼的，可典礼一拖再拖。因为达那寺文物很多，大多数由阿边活佛掌管，少部分由其他扎仓学院的僧人保管。而且，现在都按照寺院的传统保管方式秘藏多地，很不科学，非常不利于文物的收藏保护，更谈不上展览与研究。达那寺急需建设一座现代博物馆，这既是对祖上留下文化遗产的敬重，也有利于文物收藏保护。今人当然就责无旁贷，阿边活佛为此努力奔走多年。

2019年夏，喜讯传来，阿边活佛专门来电话告知，省州两级政府的领导来达那寺考察，欣赏了部分文物，听取汇报后，同意由政府拨款，为达那寺修建一座具有藏文化建筑风格的现代博物馆。图纸设计与前期选址勘探工作已经结束，2020年4月正式动工开建，2021年上半年博物馆框架完工，2022年将完成内部装修。

堪布是寺院的首席经师，大概相当于汉地禅宗的维那一职，除了法事法会上举腔领唱，还主要负责主持宗教仪式和教授佛学经典。原先达那寺的堪布噶玛德乾是八邦寺毕业的高才生，后去了北京黄寺中国藏语系高级佛学院担任班主任教师。达那留下的工作，现在由珠杰活佛接替。珠杰活佛的俗家父亲就是昂扎先生。别看珠杰活佛年龄不大，责任心却很强，他在东南亚一些国家讲学5年，前不久，他把海外化缘来的资金全都交给了阿边活佛，以支持达那寺的佛学院建设，佛学院基本建筑已经完工。珠杰活佛另一大贡献，是他去尼泊尔访学期间，在一座图书馆中发现20部古老藏式《格萨尔》手抄本。经过公关，他出资将其全部复印了回来，成为重要的"格学"研究部本。

拉泽仁波切前些年一直在北京学习文化科学知识，每到放假，便赶回达那寺参加法事活动，以提高佛学修养。现正在八邦寺 3 年闭关修行中。

第六节　还愿达那寺

2015 年夏，第四次前往达那寺的途中，顺道拜访改加寺。这是一座很大的尼姑寺院，我们早前两次骑马前往达那寺时，来回都要在改加寺歇脚借宿。算起来前后我也来过改加寺六七回了。不幸的是，这回离开改加寺时，越野车刚起步就熄了火，挡也没挂上，紧急制动，脚刹手刹都没了，车在空挡状态下顺着很陡的路自由下滑，车速渐快，惨剧就要发生，驾车的陈新生急中生智左打方向，让车掉入近 3 米深的坑中，避免了高速下滑后车毁人亡。车头朝下着地，巨大的撞击力，让同乘的 5 人全都受了伤，头破的、肋骨骨折的都有。我坐在后排正中，撞击中身体飞向前窗，左侧肩部、头部撞在挡风玻璃上，伤得最重。头上的肿块忽略不计了，断了两根肋骨也不必说，关键是第 10 节颈椎骨折，这相当危险，弄不好从此就瘫痪了。这是我上高原几十年来行车中唯一一次遭遇事故。当然，陈新生那辆只开了 3 万公里的猎豹四驱越野车报废了。

有必要说一下此行的来龙去脉，找出疏忽的地方，也好为日后自驾车上高原的朋友们提个醒。我是应邀参加称多县 2015 年"首届中华祖山巴颜喀拉山水旅游文化节暨'世界公桑'烟祭"活动。又与《今日中国》杂志社记者张霄一同来到称多县拉布寺，采写一篇《玉树:百年前的环保先行地》图文稿。说的是 100 多年前，拉布寺第十三世江永洛松嘉措活佛在他 15 岁那年，在北京学习 3 年期满后，返程途中在湟源县购买树苗，组织牦牛队走了 800 公里路程将树苗驮进故乡种植的壮举。如今拉布乡拉司通村绿树成荫，参天的白杨母树扎根雪域高原，百年来见证着一代又一代拉布人不息的环保精神传承。玉树，则开启了"视树为玉"的环保工程。

南京电影制片厂录音师陈新生一行4人，自驾车按时赶到了拉布寺，然后我再搭乘他们的车，一同前往囊谦县达那寺。

或许是车上有三位女性的缘故，车过改加寺，肯定得去尼姑寺看看。改加寺我也有几位熟人，2002年结识的13岁小活佛如今可好？我还带有当年与之合影的照片呢。一问才知，活佛去县里开会去了。寺院倒是变化挺大，许多建筑都重新翻建过，大经堂正在内部装修，负责图案描绘的美工技师就有好几位。无意中我来到了改加寺的养老院，几位老尼姑俗家已无人，全靠寺院供养。按常理我各给了她们一点钱，略表心意吧。其中一位还认出了我，是的，13年前她正在缝合大经幡，我用120反转片为她拍过人物肖像照。

一些微小的善举或许上天看得见，出车祸的瞬间，我们得到了格萨尔大王的护佑。事后有人说，当时的魔力很大，格萨尔王与魔争斗，权宜之计也只能先保人了。

我在两位尼姑的拉拽下爬出了车厢，全身疼痛，并不知道哪里受伤，只能就地趴下，祈祷自己的内脏没有出血。尼姑们是在哭泣中抢救我们的，当我得知其他4人也被救出后稍稍放心了。显然是昏迷了一会儿，背部感知有凉风飘过，方才苏醒。我扭头看时，一位长发白胡子老僧在不停地往我背上吹送"仙气"呢！请允许我这样表述。

很快，一位画工，开上他的SUV，把我们5人送到了囊谦县医院。全新的三甲医院上个月刚投入使用，7月12日我们便住了进来。医院是由对口支援玉树的北京市援建的，条件相当好。

阿边活佛先是委托其妹夫、昂扎、张阿合还有藏医扎西曲培的女儿卓嘎央宗几家轮流给我们送饭。阿边活佛不放心，第二天特意又从西宁飞回来照看我们。

我一直住了10天方才出的院。藏族青年医生看了我出院前的片子，对我说："老师，你恢复得很好喔！"我合十谢过。当时只是这么一听罢了，因为骨伤处稍不注意还是很疼。伤筋动骨一百天，在昂扎家又休养了12天，等能拖着行李上飞机了，才走。

搞笑的是，回到家，找保险公司报销了1500元住院费（在大城市住院10

天，像我这样的骨伤怕要花两三万医疗费吧？何况我从急诊室出来就住进了单人间的"高干"病房），保险公司回话，我的颈椎受伤他们可以理赔。"哇，保险公司真好！"心中窃喜。然而，等来的消息却是不理赔了。问其原因，说是专家看了我的片子，认为恢复得太好了。欸哦——有点囧。应该庆幸吧，说明囊谦县医院治疗及时得当；说明我的恢复自愈能力超强；也许还由于那位大修行师的仙气！事后，我多次想起搭救我的那位大师，打听后得知，他是主管改加寺和日亚寺的大活佛白玛增明仁波切。我想起来了，13 年前的2002 年，从达那寺回程落脚改加寺，张阿合带我骑马去白玛增明仁波切修行地拜访过他，还拍过合影照呢！如今天气骤变时，青年时代打球受伤的脚踝会有点酸痛，而受伤的第 10 节颈椎处却没有丝毫不适。

张阿合带我从改加寺骑行十多里，在一处修行地拜访了白玛增明仁波切（右三）并留影

说起这次事故的教训，切记高原行车一定要有敬畏感。这条乡道上，前些年发生的事故让人扼腕叹息。一次是香港慈善机构来的 3 人，准备援助一所小学校。他们在县上雇了拉活的车，车行至急转弯处，不幸掉下 20 米的悬崖，连同小学校一位教师，一下失去了 5 人。现在的掉崖处，牧民们挂起了密集的五彩经幡以示悼念，当然，也是在提醒着过往司机，此处有急转弯。另一

次是北京来的两位哥儿们，开着轻卡，装了服装，准备送给需要的人。但他们不适应高原，不慎翻车身亡，教训惨痛。

陈新生是我多年的朋友，他开摩托车 30 年，速度感极好，反应也快，但开越野车时间并不长。关键是什么时候都要谨慎呀！全手动挡的车起步，尤其是在大陡坡下山处，每一个动作都得像当初驾校要求的那样做扎实了。可不能几个动作连做，一旦没挂上挡……唉！

高原拍片无论时间长短，驾驶员的选配，往往决定摄制组成员的安全和拍摄任务的成败。我选驾驶员的条件是：藏族，年龄 45 岁以下，15 年以上驾龄，并且一定要有高原 3 年以上大货的经历。当然，身体要好，现在很多藏族驾驶员因为信仰原因，不吸烟不喝酒了，这一现象的确应该点赞。当然，人品最为重要。

我有幸遇到了一位特别优秀的藏族驾驶员，他的名字叫索昂求培。记得那是江永慈诚陪我去参拜米帝嘉纳大师修建的藏娘佛塔和桑周寺，驾驶员正是索昂求培师傅。这次偶遇，他给我的第一印象是一位理想的驾驶员。接下来 3 年中的三度合作，他回应了我的最初印象。

索昂师傅的工作态度无人能比。一次，他被中科院长江源头考察队雇佣，谈好用他的卡车拉生活保障品。考察队并没有雇请厨师，头两天都是自己做饭。索昂师傅觉得考察队的科学家出去一天挺累，就主动承担了烧饭任务。一人忙活十多人的用餐也不容易，更何况是在高原野炊。科考队的营地一般距离河水不远，但提取一天的用水也不轻松。入乡随俗，三根铁镢子往地下一钉，坐上锅，他捡来牛粪，打上火皮袋，水很快就烧开。高压锅煮米饭倒是不难，再炒上三四个大锅菜就要费点事。顺便说一句，索昂师傅做饭的手艺很棒。从此，科考队员每天回来就能吃上热饭菜、喝上热茶了。40 天后，长江源头考察任务完成，索昂师傅收拾东西准备返回，被科考队负责人叫住，另外多付给他一个月的工钱。索昂师傅的劳动付出，感动了全体科考队员。

索昂师傅没读过几天书，汉语不算流利。为照顾四个弟弟读书，他与姐姐在家放牧牛羊，耽搁了自己的学习。但他特别聪明，各种拍摄器材的操作，他一看就会，很快就成了编外的摄影助理、照明助理、录音助理。更不用说每天装卸器材行李这些琐碎繁重的活儿，他都是抢着干完。说句公道话，哪个剧组雇请了索昂师傅，哪个剧组就省心了。

索昂的驾驶技术非常过硬，年轻时就跟着师傅在高原上开大卡车跑长途。不管干什么活儿，都得讲究行业操守，说白了就是人品好。与索昂师傅每次结束拍摄任务，20天后，总会接到索昂师傅的电话，询问有没有违章记录。得到的结果是没有违章，他才放下心来。这些小事，正体现了索昂师傅超强的责任心。

让我吃惊的是，索昂师傅从小也会说唱《格萨尔》的故事。那会儿，许多老人会盯着他，让他给唱上一段。我问他怎么学会的，他自己也不知道，好像天生就会。后来他忙于生计，也就不唱了。雪域高原上《格萨尔》说唱艺人的文化现象的确很神奇。我与索昂师傅的结缘，是不是也很奇妙啊！期待下次再与他合作。

大难不死，伤愈情况出奇的好，肯定得来达那寺，向格萨尔王致敬。

2016年8月，我应邀参加"中国·囊谦达那格萨尔文化研讨会"，这是我还愿达那寺、祭拜山神湖神的好时机。可研讨会安排得太紧凑，没有个人活动的时间。当然，收获是多方面的，其中感受最深的是达那人对我这些年所做工作的认可。与会的旺龙寺密南活佛，是享誉国内外的书法家，尤其通晓不同时代的古藏文，能艺术地将其运用到当代藏文书法中。在与会的一百多位学者嘉宾中，密南活佛准备了6幅书法作品，当众赠送给6位，非常荣幸，我也在其中。

来年的2017年夏，我率队执行"格萨尔文化遗存数字影像资源采集"项目，再度来到达那寺，又一次徒步登上格萨尔王及三十大将灵塔群，敬献了哈达，负重陪同我们上山的还是索昂师傅。这一次的达那行，阿边活佛取来了几乎所有的珍藏文物，我们分数日进行了拍摄。至此，中国民族博物馆获得了这批珍贵文物的超高清影像资料。

第十二章　英雄史诗《格萨尔》的

生命哲学

降边嘉措在他的《〈格萨尔〉论》中，以一章的篇幅，对藏民族灵魂观念进行了论述，他把灵魂观念称为"托起雪域文化的哲学根基"。此根基是如此的厚重，无论是民间文化、僧侣文化，还是曾经的贵族文化，灵魂观念渗透到了藏文化的方方面面。

在英雄史诗《格萨尔》中，万物有灵、灵魂外寄、灵魂转世、灵魂不灭的观念比比皆是，通贯全篇。说唱艺人无意中将藏民族普遍存在的灵魂观念，驾轻就熟地演化成推动史诗故事发展、转折、再发展的一个又一个的重要情节。

每一场大战，格萨尔王的对手都魔力超强，一个重要原因是他们的灵魂寄托物很强大，也很多，比如像野牦牛、铁蝎子、巨蜘蛛、老树、蛇精、铁灰鸟等，不胜枚举。其中就有极富想象力的寄魂物，比如一碗癫子血，究竟是什么？癞蛤蟆的血吗？反正听上去挺让人不舒服。北方魔王鲁赞凶恶无比，而他最后一个寄魂物，却是藏于他额头正中的一条小金鱼。这样的编排又很有趣，直到最后被格萨尔王一箭射中小金鱼，魔王鲁赞才最终倒下。

而寄魂物都是什么？藏于何处？这是当事方的最核心机密。如何获取这些秘密，简直就是一场间谍战。什么手段方法都会用上。仅以四大战争为例，《北方降魔》中，梅萨以女性柔情，诱使鲁赞王夜晚泄露了机密，鲁赞没能过得了美人关。而且，梅萨还杀了鲁赞的神牛让格萨尔王吃下，格萨尔王才得以长成与鲁赞王一般高大。梅萨的行为，对鲁赞王而言，简直相当于御林军阵前起义。《霍岭大战》下部，类似于霍尔国情报局长的女巫竟然直接出了问题，白帐王让霍尔国绝美女巫吉尊益希占卜打卦，查清霍尔国白、黑、黄三帐王同时生病的原因。女巫占卜后提供了完全相反的情报，指示打开宫门，理由是好让被冲撞后生气出走的家神回来。其实是为了方便格萨尔王进城。美貌女巫吉尊益希在城外烧炭准备炼铁的时候，通过慧眼，认出了化装成小乞丐的格萨尔。听到天母的歌声后，她便与格萨尔王定了亲。《姜岭大战》中，天母更是利用"空天情报网"，设计让姜国萨丹王下湖洗澡，格萨尔王变作小金鱼，钻入萨丹王肚中，发出金轮绞碎了萨丹王的心肺，岭国才侥幸取胜。《门岭大战》中，则是格萨尔王的神马江噶佩布，侦察到了门魔寄魂物的隐身洞，格萨尔王孤身前往，灭杀了九头蝎和铜胡须铁尾巴的九头乍瓦，他们正是魔王辛赤和"天下第一美男子"魔臣古拉妥杰的生命支柱，岭国终于取得了胜利。

而灵魂不灭还更多地表现在灵魂转世方面。格萨尔王从北地魔国回到岭国，面对强大的霍尔，只能智取。他与神骏江噶佩布潜行霍尔，途中遇见一只鹞鹰在疯狂地捕食小麻雀。格萨尔王看不下去，正要取出神弓射杀鹞鹰，神驹江噶佩布发话了，让格萨尔王看仔细，鹞鹰正是为保卫岭国而英勇战死的嘉察大将军！而那些小麻雀则是死去的霍尔兵转世，转世为鹞鹰的嘉察，还在为岭国战斗。兄弟俩拥抱相泣倾诉衷肠，史诗安排兄弟俩以这种形式相见，有点凄凉，但更多的是表现血浓于水的兄弟情谊和英雄惜英雄的悲壮。

上文艺人篇中，我们讲到著名的"卡鬼"圆光艺人卡察扎巴，他的父亲、祖父都是一般的宁玛派僧人，娶妻生子，过的俗人生活，并没有丝毫的圆光能力，不可能向卡察扎巴传授圆光知识和技能。那么，卡察扎巴的圆光能力从何而来？他自认为冥冥中有一脉传承转世关系，只不过借助了现世父母之结合，生下了自己的肉身。据说"卡鬼"圆光艺人卡察扎巴能看铜镜靠的不是血统，而是前世之缘，他的前世，是修建西藏桑鸢寺时一个叫西热坚参的工头，此人后来又转世为格萨尔三十英雄之一的阿吉加桑，此后又经过多次转世至卡察扎巴。对这样一种自成系统的世谱，卡察扎巴深信不疑。

牧民们听着《格萨尔》说唱艺人有关灵魂转世情节的故事，是那样的自然亲切，与他们的心理完全融合。纵观这些年来我与藏族朋友相处的日子，直接感受灵魂观念的影响，不知不觉中似乎自己也完全接受了这样的观念。下文就讲讲我20多年来在寻找格萨尔王过程中的所见所闻，加深大家对藏民族灵魂观念也即生命观念的理解与认识。

第一节　扎巴老人的头盖骨

记得那是 2000 年夏天，我们正在为寻找《格萨尔》说唱艺人扎巴老人的头盖骨而犯愁的时候，扎巴老人的外孙旺堆主动找上门来，表示愿意去游说姑父，让家人拿出爷爷的头盖骨给我们拍摄。

原来，扎巴老人认为自己与那只被格萨尔王的坐骑踏死的青蛙有着千丝万缕的联系。当年，格萨尔大王的神马江噶佩布奔跑如飞，一不留神，马蹄踏上了一只青蛙。格萨尔王飞身下马，手捧青蛙抚摸超度，发愿让青蛙转世后，成为说唱艺人，向天下人讲述格萨尔王的故事。扎巴老人在离世前几年，两次对女儿白玛说，自己的头盖骨上一定留有那只马蹄印，并叮嘱家人，自己死后，天葬时要留下他的头盖骨和右手无名指，那是一辈子用来礼敬三宝的。天葬台上，扎巴老人的头盖骨倒是留了下来，天葬师没留神，无名指却喂老鹰了。

旺堆是被我们服装上"格萨尔摄制组"的标识所吸引找上门来的，那真是想烧香走对了庙门，旺堆直接成了采访拍摄对象不说，他还是位爱学习的人，从小在拉萨长大，接地气，掌握不少格萨尔文化和宗教民俗知识。他16岁进西藏汽车运输公司，加上西藏退休工龄的特殊待遇，年龄不大已是退休职工了。他原本一心向佛，因格萨尔的缘分，加入了我们的队伍，担任起了我们导演组的驾驶员。

旺堆找到了色拉夏天葬台的天葬师欧洛，是他为扎巴爷爷天葬的。欧洛答应我们以天葬台为背景对其进行采访。

为表谢意，我们在前一天宴请欧洛一家。天葬师一般不参加社交活动，毕竟天天和死人打交道。有胖旺堆的介绍，又见我们真诚相邀，天葬师欧洛带着年轻的妻子和9岁的女儿来了。欧洛那年不到50岁，妻子和女儿都很漂亮。年轻的妻子是一位画家的女儿，并且有遗产继承，欧洛一家生活很富裕。再加上天葬师特有的一份收入，——死者家人一般会把家庭财产均分，死者的那一份，连同生前自用的物品，都会用来请喇嘛念经超度，其中会有小部分物品赠送给天葬师。所以，天葬师即使收到珍贵的水獭皮镶边、内里为猞猁皮的藏装大衣也不足为奇。

旺堆介绍说，色拉夏天葬台是拉萨最大的天葬台，高出地面许多的花岗石呈倾斜状，如同一张巨大的天床。天床上，散布着许多大大小小凹陷的坑，这是长年在此砸碎骨骼而形成的。传说色拉夏天葬台从天竺飞来，巨石的四周有四根从天而降的铁链悬挂着，只不过凡人肉眼看不见而已。在这里完成葬礼的人，更容易去往天堂。但是，小孩子死后，是不能上这张天床的，说是早夭的孩子承受不了天床的神力。在巨石天床旁边，还有一块小了许多的石床，孩童只能在这块小石床上天葬。我们采访欧洛天葬师的那一天，一位死者被从两千里外的东部安多地区运来，可见色拉夏天葬台的名声有多么大。

波绒卡天葬台是拉萨三大天葬台中的又一座。按照约定俗成的规矩，一个家族，每隔12年才能使用一次波绒卡。也就是说，家族中有一人在此天葬后，只有过了12年才能允许第二去世的家人使用。在这期间，如果家里再有人去世，只能在其他天葬台上天葬。这个约定俗成的规矩，大家都会自觉遵守。

波绒卡天葬台的地势很高，天葬台的面积却不是很大，而且每天比其他天葬台开始天葬的时间要早很多，几乎黎明时分就开始了。于是，我们很早就出发了，大地还处在黑暗中，天空刚有些许的亮度，巨大的兀鹫身影，便从我们头顶上悄无声息地飞向波绒卡。

根据扎巴老艺人的身前遗愿，天葬时要留下他的头盖骨。这是为其举行过葬礼的天葬师之一

拉萨几座天葬台每天要天葬的人数是不确定的，那么，就需要控制兀鹫飞来的数量，使其与天葬的人数达到相对平衡。这里的天葬师有一个惊人的本领，就是发出不同的口哨声控制调来兀鹫的数量，需要招来多少，就能飞来多少。要不是我们在拉萨这几座天葬台上亲眼所见，真不敢相信，天葬师有这等绝活。他们究竟是怎么练就这般功夫的，仍然是个谜。

直贡德知天葬台距离拉萨140公里，隶属于藏传佛教噶举派的直贡德知天葬台，是拉萨三大天葬台之一。直贡德知天葬台上，有一尊酷似兀鹫的石头。天葬时，要用红布绳把死者的头固定住，这块兀鹫石便成了拴牵死者脖颈的神石。

兀鹫石犹如天成，绝无仅有，在人们心中当然就非常神圣。

直贡德知天葬台出名的另一个原因，是这里的高僧大德会亲自为死者念经念咒，为死者施行点"破瓦"法，让死者的灵魂，从中阴界中解脱出来。所谓的点"破瓦"法，可以解释为灵魂出窍的方法。藏传佛教认为，此时的灵魂，并不是从人的固有七窍中出来，而要借助喇嘛的功力，在死者的头顶天灵盖正中，击打出一个小圆孔，死者的灵魂便从圆孔中出来，得到解脱。

我的朋友宋文退休后，还完成了一项家族的夙愿，将父亲的部分骨灰撒在直贡寺的神鹰天葬台上。

在广袤的青藏高原上，大凡古寺名刹，都会有一座神奇的天葬台，它们与古刹名寺相伴而生。

在西藏丁青县孜珠寺天葬台上也有一块自然形成的"神石"，其作用也与点"破瓦"法有异曲同工之妙。当地人告诉我，天葬前，先将死者的头在"神石"上触碰一下，死者的灵魂就出来了。此时，高居修行洞中的喇嘛，正在为其念经念咒，据说出窍的灵魂便会寻着喇嘛的念经声而上，在咏诵经文的引导下，成功转世。

扎巴老人的外孙旺堆告诉我，按照藏传佛教的解释，人死后二十一天，灵魂如果找不到转世的路径，就会遇见恐怖神，投入恶道。因此，点"破瓦"法，可以帮助死者只见四十八个和平佛身，而无须再见那五十二个愤怒神了。

安葬好死者，才能慰藉生者。天葬时，灵魂能否从死者的身上安心离去，是天葬成功与否的重要标志。在西藏山南一座天葬台上，我听说发生过这样一件事。这一天，送来了两名死者，其中一人天葬进行得很顺利，而另一位车祸中死去的中年男子却一直躺在那里，兀鹫聚集在不远的山坡上，就是不去吃。也许天葬师心里明白什么，于是走到死者跟前，与死者攀谈起来。原来，死者生前和天葬师非常熟悉。天葬师劝说道："虽然我比你大10多岁，平时呢，你也常拿我开玩笑，可是你先死了，还要由我来为你天葬。我知道你的心思，你是放心不下家中的那位年轻貌美的娇妻。但是，你们现在已经分隔在两个世界。她守在家里也好，她嫁人也好，都与你无关了。你只管走你的路，让灵魂转世有个好的去处，这才是最重要的。作为朋友，你觉着我说得对，你就听我的。"大概死者的灵魂听从了天葬师的劝说终于走了，兀鹫一起拥向了中年男子，天葬得以成功进行。

第二节　等待鹰王

青年时代，我在青藏高原生活了10多年，现在，每当我再次走上高原，生活习惯很快就能转换成藏式的。一两个月后，我的内心渐渐地也是一个藏人了。藏族朋友把我当亲人，我也有幸上得天葬台，目睹并拍摄过几次天葬的全过程。其间，少不了奇遇奇闻。但我以为，藏族的天葬方式，既是雪域高原客观环境的选择，也是藏传佛教文化的驱使，同时，它还可以算是人类葬礼中，最环保、最合理，当然也是最独特的一种。

最近一次拍摄天葬，是在澜沧江上游、横断山脉腹地的达那寺。达那寺吸引我的原因有三：其一，它很古老，源头一直可以追溯到苯教时期。而现在，达那寺还是藏地唯一的一座叶巴噶举寺院。其二，在达那寺的前山上，海拔4870米处的两座岩洞中，保存有格萨尔大王及三十英雄的千年灵塔群。其三，达那寺珍藏的金佛像、古经文、古唐卡数量之多，质地之精美，让人叹为观止。幸运的是，2000年冬，在我率队来到达那寺之前，还没有任何媒体同仁踏足这方宝地。

两年后，我只身一人再次前往达那寺，不为别的，只求感受达那寺的厚重文化和那充满灵性的自然景观。途中遇到刚从电大毕业分配回家乡做小学教员的洛丁，他家就在达那寺附近，我们便结伴而行，他也成了我的藏语翻译。我们先从玉树州囊谦县开车106公里到吉尼赛乡，然后换上马，和首次来时一样，经过两天骑乘，方才到达达那寺。

寺院向我展示了所有的宝藏，我正拍在兴头上，年轻的珠古·阿边活佛告知我，这里的拍摄先要停一停，有一位阿婆去世了，下午为她天葬，让我去拍。我犹豫片刻，阿边活佛鼓励我说，拍吧，阿婆和寺院关系很好的。是啊，既然全方位记录达那寺，天葬也是一项民俗内容。

首先，我对这位阿婆的精神境界怀有由衷的敬意。阿婆生前表示，等她死后，请达那寺的喇嘛念经超度了她的灵魂，就把自己无用的躯体施舍给饥饿的老鹰。这样，老鹰也就不会去捕捉弱小的动物了。这也是所有愿意实行天葬人的共识，这种想法与"佛陀舍身饲虎"的故事一脉相承，但从阿婆的视角看，天葬的本质倒是对弱小生命的关爱了。

一连下了几天雨，天葬时虽然雨停了，天空依然浓云密布。阿婆的遗体用布包裹着，先被放在了达那寺护法神庙前的广场上，由寺院的喇嘛集体为她咏诵度亡经。

正值夏季，牧业生产眼下最为繁忙，寺院放了假，大部分僧人已经回到俗家，照看家园，支持家人忙生产去了。留在寺院的僧人虽然不多，为阿婆念经，也全都来了。

念过度亡经，亲戚又将阿婆驮上马背，运往两公里外的天葬台。

此次为阿婆天葬的是寺院的藏医嘎玛唯色喇嘛，另外还有一名助手。按照程序，他俩把阿婆安顿在天葬台上，做好了天葬的全部准备。

选派的4位僧人，在天葬台的小经屋前，手持藏语叫"德鲁"的鼗鼓，不停地左右转动手柄，又念了好一阵经文，就是不见兀鹫飞来。阿边活佛劝我不用着急，他说四周正在下大雨，兀鹫一时不容易收到念经的信息，会来的。

果然，十多分钟后，兀鹫来了，在天葬台两端各落下了三四十只。

又过了好一会儿，就是没有一只兀鹫有动作。时间一分一秒地过去了，僧人的诵经声和着"德鲁"鼗鼓清脆的鼓点，一阵紧过一阵，像是在催促兀鹫开始天葬吧。两端的兀鹫依然聚集在一起，丝毫没有飞向阿婆遗体的迹象。我真的有些着急了，我非常清楚，不是每一位去世后送上天葬台的人，都能圆满地被兀鹫带走。为什么会有这种现象，我也不能确切地解释。逝者家人会认为是件不愉快的事情，从天葬台上再撤下来的死者再改为水葬或是土葬，当地牧民会认为这样死者的灵魂就不一定去得了天堂，转世的结果也不会好。问题是，这一回我也在天葬台上，万一阿婆的天葬不顺利，家人会不会怪罪我呢？我的心理压力陡然上升。

阿边活佛与洛丁用藏语说了点什么。洛丁告诉我一个惊奇的消息，鹰王还没有来，只有等鹰王来了，其他的兀鹫才敢去吃。在等鹰王！太神奇了，有些不可思议！我在藏地生活了那么多年，还是第一次听说天葬要等鹰王呢！

鹰王为何姗姗来迟？我不时地抬头观察着天空，焦急地期盼鹰王出现。浓云遮掩了群山，就像迟迟不愿开启的幕布，悬念重重。此时，连一只小鸟都没有了，仿佛时空都已凝固。我又陷入了等待鹰王的焦虑中。

"那个王来了！"洛丁最先发现了鹰王。他的一句低声自语，在我听来却是振聋发聩的喜讯。我赶忙抬头看时，只见鹰王穿破云层，向着天葬台俯冲而下。一只，两只，三只，好家伙，一共五只！难道鹰王还带有卫队？

再看两端的老鹰，蜂拥而下，一起拥向了阿婆。

要不是亲眼所见，真有点难以相信。好在我当时用摄像机拍下了鹰王从天而降的珍贵镜头。

直到这会儿，我一直悬着的心才终于放下，可不能因为我在拍摄而影响了阿婆的葬礼，现在好了，可以祈祷阿婆的灵魂一路走好，来世有一个好的结果。

青藏高原上来天葬台的老鹰学名叫"兀鹫"，住在高山的悬崖岩洞中。听洛丁介绍，来达那寺天葬台的这群兀鹫中，有两只与众不同、长着黑色羽毛的黑鹰，它们已列入了国家一级保护动物名录。当我极力寻找黑鹰时，忽然发现，先来的兀鹫，全都集中在斜坡上展开了双翅，好生奇怪！噢，明白了，正如阿边活佛所言，四周正下大雨呢，兀鹫是穿过雨带飞来达那寺天葬台的，因此羽毛打湿了，现在，它们张开翅膀，等晾干了羽毛，方能振翅离去。

天葬讲求干净彻底，不留一点残余。下一个重要程序，便是砸碎骨骼，也好让兀鹫一起吃掉。有研究表明，兀鹫也是很喜欢吃骨头的，大概有助于消化吧。这会儿，天葬师要暂时驱散它们。

达那寺没有职业天葬师，嘎玛唯色作为寺院的藏医，经常被邀请天葬。死者家人一般也会给天葬师一百元钱作为报酬。这一次，阿婆得的是肾脏病，生前治疗用去了许多钱，现在为阿婆天葬，也就不能再收什么钱了。

嘎玛唯色对天葬的每一个环节都做得十分仔细。一个多小时以后，天葬台上已是干干净净，兀鹫带走了阿婆的一切。天葬非常成功，按佛家之言这是大圆满，预示着阿婆的灵魂有了一个好去处，在等待新生命的转世降生呢！

第三节　怒江源上骷髅墙

比如骷髅墙的名气越来越大了，其文化价值还在于，整个藏地只在怒江这里有这样的丧葬习俗。据当地有关资料记载，骷髅墙已有300多年的历史了。这里的人们为什么要在死者天葬时留下骷髅并码放在一起呢？当地人给我的

比如县城郊帕竹佛塔的嘛呢石刻：《格萨尔凯旋珠姆献茶图》

直接回答是，要让活着的人戒贪、知足、行善。君不见，这些骷髅，你能分辨出他们生前谁的财富多，谁的财富少吗？当然，可能还会有其他文化内涵，有待学者们去研究了。

　　骷髅墙坐落在比如县西北方 40 多公里外的茶曲乡达摩寺。比如县是那曲市最南面的一个县，也是气候条件相对较好的县，沿怒江河床两岸而建，蔬菜特别是萝卜、洋根长得又大又脆。可是，这里的海拔还是达到了 3900 米。早些年除了那些背包族、骑自行车闯高原的勇敢者之外，普通人没有越野车还真不容见到比如骷髅墙呢！开车去比如县只能走 317 国道，从那曲向东走120 公里或者从索县向西走 107 公里，到布隆，再从交通地图上为"指隆"的地方拐向南边，再行 105 公里即可到达比如县。这几段路都还好走，只是那时从比如县到茶曲乡达摩寺的 40 多公里有些险峻。

　　2000 年 8 月，格萨尔纪录片需要反映藏民族的生命观念的内容，达摩寺骷髅墙的内容很有说服力。于是，我带一支精干小分队，开一辆北京 212，单车轻骑，从巴青直奔比如县。那时，从县城到茶曲乡的路刚修通，大概属于乡级公路吧，路况很差。大部分行程是沿着怒江而行，几段悬崖峭壁还是真险，路很窄，天又下着小雨，车轮时不时地侧滑，一不留神，便可能掉下几十米深的怒江。陪同我们的县政府文化官员不放心我们的北京吉普，还是后面上了一辆自治区文物普查用的丰田车。不过，我们的北京 212 还是很争气，一直在前面开道，有惊无险地过了关。

当我们来到达摩寺，让我们感到十分惋惜和遗憾的是，寺院刚刚把几百年的老骷髅墙拆掉，建了新围墙，将骷髅用木框重新码放起来。当然，围墙大门是上了锁的。这里拍摄收费，大概还与第一位到达这里的摄影师有关。据说在 20 世纪 80 年代初期，一位摄影师骑马 3 天来到这里，他以骷髅墙作前景，让老僧站在骷髅墙的后面，当一抹夕阳从侧旁扫过老僧从容若定的面颊，快门一按，一幅老僧与骷髅墙的环境人物肖像就完成了。照片视觉效果很好，这是一张 120 反转片，听说后来在国际图片市场上卖了不少钱。从此以后，人们便认为，凡拿照相机的人，都是来挣钱的，不向你收费，能行吗？其实这只是为数稀少的个例。

唉，不管怎么说，把老骷髅墙拆了实在令人惋惜。我与在场的县政府官员交流此事，他说，附近村民很满意，祖先留下的头骨再不受日晒雨淋之苦了。哦，只要当地村民满意，外人也就没有什么可说的了，毕竟骷髅墙是当地人的。不过，面对如此方式的"乔迁"，我们很感无奈，一切为时已晚。假如在围墙改造时，老墙老办法，只遮风雨，不拆散；新墙新办法，上框上架，那该多好啊！我只能这样想，当地藏族群众满意就好，这个全藏地仅有的天葬"骷髅"文化，原本就是他们创造的。

拍摄完成之后，我们付了钱，寺院也给我们开了收据，寺管会的图章上却是"达木寺"，大概是音译文字写法不同。其实，在怒江对岸，还有一座江登寺，也保留有同样一座古老的骷髅墙，几乎没有外人去过。从原生态的意义上讲，怒江西岸的骷髅墙才更有意义。

高原行车，秋季最好，无雪无雨，天还不太冷，牧草金黄，牛羊肥壮。可大多数户外运动走向高原的人，选择在了夏季出行。夏季雨多，尤其是遇到雷暴天气，还防止雷击。我们从丁青、巴青、索县往比如走，遇到几场雷暴雨，只能找地势较低的山脚躲避，等雷暴雨过去再走。同时还要防止泥石流。大雨过后，沿山腰山脚的公路常会出现泥石流。我们在索县境内，就赶上了一次泥石流，滚石咆哮着从山间涌来，水桶大小的石头，在泥浆的输送下，迅速扑向河滩，把正巧驶来的一辆卡车团团堵住，又慢慢地将其推入河中。初次见到泥石流，感叹大自然的力量是如此的巨大而大自然又是如此无情。等过了索县，向西行车不多久，就踏上了羌塘大草原的东端，此后，路面变得开阔平缓起来。此一路行车，要加满油，因为途中基本没有加油站。从那曲去往比如县的 225 公里路要好走一些。建议在比如住一晚上，第二天一早赶往茶曲达摩寺。

那会儿，一路没有餐馆，吃得惯纯牧民的饮食，像肉、酥油糌粑、酸奶什么的，那就是福了。沿途众多的牧民帐篷，是你休息用餐的好去处。牧人热情好客，但你吃饱喝足了，不要忘了付钱，每人放下个百八十的，全凭你的感觉，藏族牧民从不计较。过不了高原牧民饮食这一关，那你就多带些食品吧。总之，入乡随俗既拉近了你与当地人的感情，又能使你得到充足的营养，尽快适应高原。

第四节　雅日科和他的伙伴

雅日科是果洛藏族自治州班玛县康玛日穷贡天葬台的天葬师。康玛日穷贡藏语的意思是"仙鹤筑巢的地方"。现在，这个美丽的名字与雅日科紧紧地连在了一起。

雅日科那年 64 岁，虽然他的祖父、父亲都是这座天葬台的天葬师，但雅日科过去并不从事天葬职业。父亲去世后，康玛日穷贡天葬台就没有了天葬师。谁家有了丧事，都是自行处理，弄得天葬台杂乱无章，很是糟糕，乡亲们很有意见。于是，乡亲、寺院喇嘛和乡政府，都希望雅日科能继承父业，出任天葬师。起初，他的妻子坚决反对。后来，周边三个寺院集中了一百多名喇嘛，来为雅日科家念经。这让雅日科的妻子很感动，终于同意雅日科去做天葬师。

雅日科毕竟是天葬师的后代，收藏有祖辈留下来的天葬方法图解，都是经文样式的图文稿。比如，划解尸体的刀法就有三种图解，分为正常死亡的、病死的和"凶死者"。天葬时，不同死者所用刀法不同，像被雷击、摔马而死，甚至犯有罪过之人死后，都被归为"凶死"。

牧区天葬台不同于拉萨的都市天葬台，天葬师不需要控制兀鹫的数量，反而是兀鹫来得越多，越说明该天葬台的名气大。最多时，雅日科一次能招来三百只兀鹫。雅日科与来他天葬台的兀鹫相处得非常亲密，他给不少兀鹫起有名字。每次天葬，哪只来了，哪只没来，他都心中有数。兀鹫也非常听他的话，打架的，调皮的，听到雅日科训斥批评自己时，都会站直了恭敬地听训。雅日科与兀鹫很有感情，他可以把兀鹫抱在怀里，放于膝上，就如同自家饲养的宠物一样。由于责任心强、天葬技术好，雅日科受到周边地区同胞的爱戴和敬重。

如果说远者为缘，近者为因，那么，雅日科便是其中的因缘连接。2023年9月，我应邀来到果洛州班玛县做非遗调研。机缘巧合的是，班玛县非遗工作干部迎星同志，无意中发现本节讲述的雅日科正是他的父亲。于是，雅日科于2012年8月17日圆寂以后，锁在两只大保险柜中的天葬遗物，第一次向世人展现，我拍下了雅日科祖辈留下的所用工具和遗物，非常珍贵，不少遗物在文物普查中都被登记编号了。现在迎星同志的小弟，接过康玛日穷贡天葬台的管理工作，继承了祖业，继续为牧民群众服务。

雅日科和妻子在帐篷前留影

　　为什么要实行天葬，在西藏还有这样一个传说。吐蕃时期，最早的藏王原先是天神之子，他是顺着木神的梯子来到雅砻河谷的。所以，在藏王的头顶上都悬有一副隐形神梯。当藏王的世俗生命结束时，他的身体便化作一道彩云，沿着头顶的木神天梯回到天庭。可是，到了第七代藏王止贡赞普时期，一次他要和大臣比武，为了表示公平，他决定不借神力，毅然砍断了自己头上的天梯。从此，藏王再也回不到天庭，只能安葬在琼吉等地。后来，人们为了实现再回天庭的目的，便想出了借助兀鹫翱翔蓝天的神力去往天堂。于是，便有了天葬。

　　这么看来，天葬师的职业既是神圣的，也是美丽的。天葬师成了安抚灵魂的行善人，是他们为藏地芸芸众生架设起了一座通往天堂的木神天梯，直到灵魂成功转世。天葬，这种独特的丧葬方式，难道不是对大地万物、一切生命的礼赞吗？

　　需要说明的是，整个藏地丧葬以天葬为主，但也有其他丧葬方式。高僧大多实行塔葬。塔葬也分两种，一种是火化后骨灰藏于塔内。另一种便是镀金身。遗体经过复杂的防腐"香化"处理，用丝绸缠裹，外面再用金箔层层贴附。最后，在金箔上描绘出生前的模样，此为丧葬中最高等级，也是最奢华的方式，只有极少数高僧采用此方法。

　　居住在纬度较低的水系旁边的部分藏族百姓则采用水葬。我在迪庆藏族自治州德钦县奔子栏镇怒江边，就见过一次水葬。水葬要事先对尸体进行分割处理，后用船载到江中喂鱼。水葬地点的岸边挂有经幡。据当地人介绍，如果在冬季水量少的时候，要把处理后的尸骨装入袋中，放到江中，用石块压住，等到春潮波涌、坚冰融化时，石块下的死者才最终融入自然，水葬才告最后完成。

　　在西藏林芝县苯日神山深处，我见到一处树葬。这里的树葬只是对 6 岁以下夭折的儿童安排的一种丧葬形式，大部分为婴幼儿。村民们把夭折的孩子装入小木盒中，放在巨大无比的松树上。这棵树被村民称作神树，在他们看来，在树神的呵护下，早夭少儿的灵魂便可顺利转世。

　　带我们来树葬地的是两位当地的藏族小学教师，都很年轻。他们领我们

    2002 年作者在孜珠寺住了 16 天。孜珠寺主体建筑所处的地方地势都很高，天葬台反而落在了山腰处。传说孜珠寺天葬台是一位女神从天门中下来，路过孜珠寺时帮助修建的，所以名气很大

沿着苯日神山的小路向上攀登。小路两旁的坡壁上，有几条连绵不断的沟痕，还有许多人工掏成的小洞。两位教师告诉我们，苯教徒挖小洞是希望死后自己的灵魂能来洞中居住。沟痕则是他们一面转山，一面用树枝划出的，也是希望自己的灵魂将来继续朝拜苯日神山，可以沿着这些沟痕路径转山。接近山顶时，我们转向了山峰的另一侧，路也越来越难走了。黄昏时分，我们方才来到树葬的大神树下。等我们拍摄完毕，天就要黑了，回到山下已是晚上十点多钟。

第五节　二毛与他的《神鹰传说》

　　兀鹫藏语念作"郭"，意为"神鹰"。它们的确是一种神奇的飞禽。在藏地，人们从来都不曾见证过兀鹫的死亡，从没有人见到过兀鹫的尸体。拉萨色拉夏天葬师欧洛告诉我，那是因为兀鹫预感到自己的生命将要结束的时候，它就会展翅朝着太阳飞去，一直飞到距离太阳很近的地方，炽热的阳光引燃了兀鹫的羽毛，兀鹫化作一片青云，融入了蓝天里。这个壮志凌云的故事很是壮美，人们赋予兀鹫凤凰涅槃式的升华形象，无意间，也给天葬标上了同样美丽的注脚。

　　兀鹫的巢穴选筑在极高的悬崖峭壁的缝隙中，让人惊叹的是，它们是仅有的只在每年严寒冬季产卵孵化雏鹰的猛禽。所以说，兀鹫在藏族百姓心中近乎完美，甚至神圣。

　　藏族诗人二毛作词的《天葬》这首歌，歌手在央视文艺节目再度演唱时，把歌名改成了《神鹰传说》。"应召而来天的神鹰，请你打开我阳光的天路……死亡在消失，生命已经飞翔"，经捞仔作曲，亚东首唱，这首歌在藏地引起了轰动，让不少中年男性热血沸腾。这种轰动，不能等同于那些追星族对硬派藏族歌手亚东的崇拜，《神鹰传说》歌的真正魅力，说到底，是因为它是一首深深嵌入藏族人心灵的歌。《神鹰传说》中的主角，就是被藏语称作"郭"的神鹰。它带走荣耀，打开天路，指引重生。而这条被阳光指引的天路，正是一些藏族百姓笃信的释放灵魂引导转世的点"破瓦"法，二毛抓住这个要点，并且引申出了更高意境层面上对天葬的解读和赞美。

　　说到《神鹰传说》这首歌的创作起因，开始是亚东想演唱一首表达生命极致的歌，他专程到拉萨找到二毛。二毛的藏名叫楞本阿姆，显然"二毛"是"阿姆"的谐音。1992年，他从新闻单位退下来，孤身一人来到拉萨，学会了拉萨话，以自由撰稿人为业。多年前，他有一本《拉萨的秘密》受到不少白领青年的追捧。后来，我们请他为纪录片《话说格萨尔》撰写解说词，相识至今。

　　这会儿，亚东和二毛两位藏族汉子的思路想到了一起。要表达藏民族对生命终极意义的思考，只能从天葬说起。

"歌词什么时候要？"二毛问亚东。

"今晚。"

"马上就要？"

"对，我在这儿等。"

亚东清楚，今晚不逼着二毛写出来，那就要等到猴年马月了。二毛的"文债"多，还喜欢喝点儿……

"容我想想。"二毛也没有推辞。亚东也不再催，顺手给二毛斟了一杯白酒，另一半给自己满上。两人一口气干了，没有多余的话。

二毛习惯性地轻轻啃着手指甲，右手指尖的铅笔都快攥出了汗。

"我试试。"

二毛来了灵感，他拿过一张纸，伏案疾书。二毛诗人的灵感在那夜迸发，一气呵成写好了《神鹰传说》歌词：

默默地向你挥挥手，告别我们轮回的缘分，应招而来天的神鹰，请你带走我一生的荣耀；

轻轻走过曾经的家，记住千年不变的誓言，应招而来天的神鹰，请你打开我阳光的天路；

如此安宁，如此安详，多么美妙神奇的时光，死亡在消失，生命已经飞翔，远去的翅膀上。

亚东怀揣歌词，匆匆飞往广州。捞仔是他心中作曲的第一人选。此时的捞仔正处于生活的低谷，无奈之中，正在闭门读一本厚厚的藏传佛教的书。这时，亚东来找他为《神鹰传说》歌词谱曲，是不是有些缘分？

捞仔读过歌词，顿时来了精神，这首词写得不一般。亚东见捞仔很喜欢这首词，便问他谱曲配器要用几天。

"半个月吧。"

"那好，十五天后我们进棚。"

　　捞仔一头钻进了藏文化的殿堂，渐渐地有了感觉。这感觉，有些神奇，似乎同时也抚平了他心中的伤痛。

　　他在激情中，哦，应该是在深思熟虑中，与亚东一起录制完了《神鹰传说》之歌。那时捞仔还没有去过藏地，心中没底。"这算是藏歌吗？"他在问亚东，也在问自己。此时的亚东已经非常清楚，这是他最满意的一首歌了。面对捞仔的担心，他用近乎高傲的语气告诉他："放心吧，我亚东唱的，就一定是藏歌！"

　　再说一个同样的艺术创作例子，张千一曾对我们说过，他在创作《青藏

2002 年拍摄外宣片《茶马古道》时，与藏族诗人二毛留影于长江第一湾

高原》之前，并没有去过藏地，而当他第一次踏上青藏高原的时候，其内心的感受与他创作这首广为流传的《青藏高原》时是一样的。这些优秀的作曲家，心灵感觉极准，都有先知、预知的灵性呀！

　　《神鹰传说》之歌在藏地的走红是全方位、多层次的。两年后，亚东带着

捞仔来到自己的家乡甘孜藏族自治州，在德格县的一座寺院里，僧人们正坐在广场上听讲经，亚东的到来，自然受到了僧人们的热烈欢迎。此刻，亚东没有忘记把捞仔介绍给他们："正是这位捞仔兄弟，为《神鹰传说》之歌谱的曲。"

于是，又引出一阵躁动，接着，便是一片惊叹，喇嘛们再看捞仔："这位汉族兄弟分明是我们康巴人的转世嘛！"捞仔1米86的身高，壮壮实实，真的是一脸康巴人的刚毅，虽不如亚东硬朗，但要帅气些。

今世的捞仔浙江温州人，财会专业，到了大学一年级，一次偶然的机会，发现了自己的音乐天分。他苦练了两年吉他，竟然摘得全国青年吉他手大赛第一名。后来，他放弃了财会专业，成了音乐制作人。经他包装的歌手得到业界好评，请他作曲配器之人趋之若鹜。当我把一组赞美生命轮回的图文专题稿，发表在2007年《中国民族》英文版上的时候，捞仔已经完成了电影《可可西里》的作曲，接着完成了自己首部藏族歌舞剧《藏王》，现在他早已是作品满架了。

又过了两年，捞仔才与只闻其名、未谋其面的二毛在北京相见。那天我正好也在座，也是一瓶二锅头，一人一半，一气干了，算是为《神鹰传说》之歌画上了句号。

前不久，二毛给我转来一个微信，是一位歌手重归歌坛所唱的《神鹰传说》舞台视频。二毛说，好像这是第五位歌手唱的版本了。前面亚东首唱后，还有几位知名歌手唱过。二毛说："比较下来，唱得最多最好的可能还是天葬师吧。哈哈……"

第六节　远去的翅膀上

结束本章之前，我们不妨再回到达那寺。达那寺南面3公里处，有一座非常好的古老温泉。盛夏时节，在温泉附近的草滩上扎下帐篷过林卡，那是最惬意不过的事了。对孩子们来说，过林卡就是过节，过藏式夏令营。

达那寺处于三个乡的交界处，这里的孩子要去最近的吉尼赛乡全日制小学读书的话，骑着马，也要走两天。即便住校，家长送些生活用品也很不方便。几经商量，人们试着在达那寺附近办所分校，职业教师正是开头遇见的洛丁老师，在他到来之前，学生们先由达那寺代管。这下，牧民乐意了，放心地把孩子们送了过来。

连续的阴雨天终于放晴，大地沐浴在明媚的阳光下，草原恢复了生机，人们的心情仿佛也跟着蓝天白云一起放飞。

正当孩子们兴高采烈地备马牵骡，带着装备去温泉过林卡的时候，传来了一个坏消息，寺院里的两匹大红骡子被群狼吃掉了。这些年，牧民响应号召，上缴了猎枪，不打猎了，但狼啊熊啊之类的猛兽也多了起来。每当夏季，当地牧民只习惯把羊群和母牛、小牛赶回家去过夜，而把驮牛、骡马这些大牲畜留在野外吃夜草。所以，猛兽夜袭大牲畜的悲剧时有发生。

两匹大红骡子为寺院干过许多活，现在死了，两位年轻的活佛做的第一件事就是在温泉草地旁架好帐篷，念度亡经，超度那两匹大红骡子。

诵经声久久地在山野间回响，这让我想起了从达那寺通往温泉的半道上，那座美丽的九块白色嘛呢石垒起的坟茔。每块嘛呢石上，通体雕满经文，在岁月的销蚀下，是那样的清新洁白。嘛呢石静卧在绿草丛中，黄花为伴，情调素雅，很是醒目。人们告诉我，这是一个8岁男孩的坟茔。孩子叫什么名字？死于何时？为什么葬在这里？又为什么不去天葬？没有人给我解答。不过，小男孩的墓地就安放在通往达那寺的路旁，过往的人们都会口念六字真言为他祈祷。我俯下身去，通过镜头，看到了远处像马耳朵一样的山峰。哦，达那山下达那寺，或许，小男孩在这里可以永远仰望那神奇的达那山吧。

蓦地，我体会到了藏民族特有的精神状态，他们世代居住在青藏高原上，面对严酷的自然环境，却生活得十分豁达、乐观，甚至可以说潇洒。也许，正是因为他们把生活中的烦恼、苦痛，连同死后超度灵魂转世这等大事，全都交给了寺院，交给了喇嘛去打理的缘故，自我的精神世界反倒轻松了许多。他们踏上朝圣的路，去朝拜古刹名寺，去祭祀神山圣湖，这些就成了他们一生中最重要的期盼。精神理想一旦实现了，也就全然没有了心理负担，快乐的生活就是一生。

过林卡的孩子们也是快乐的。他们来自三个乡，分成了两个班，赛歌、摔跤、藏式拔河，相互之间的竞争也在所难免。他们在温泉中沐浴，在林中读书，自在地生活。孩子们的歌声、笑声、读书声，分明是生命的延续，分明是生命的飞翔。

作为牧民的儿子，他们将从这里起步，开启人生的征程。

第十三章　英雄史诗《格萨尔》的
内外张力

第一节　佛苯相争相融的结果

有必要先简要地了解一下佛苯相争相融的过程。1400 年前，当佛教传入西藏以后，佛教与苯教之间曾有过长达数百年的较量。

早期的吐蕃以"苯教治国"，历代赞普身旁都有苯教师参与朝政。可是，苯教中的巫师、占卜师往往都由大臣的兄弟、儿孙、亲属担任，他们形成了一个庞大的神权集团。一代英王松赞干布继位后，决心化解王室权势衰落的危机。要树立王权，必须统一意志，必须有新的意识形态与之相匹配。正在这时，佛教传入，松赞干布便大力宣扬倡导佛法，翻译佛经；他先后迎请信奉佛教的尼泊尔赤尊公主和大唐文成公主入藏；建造桑耶寺和大小昭寺。松赞干布众多扬佛抑苯的举措，引起了苯教集团的强烈不满和抵抗。松赞干布去世后，佛苯之争进入白热化。杀死哥哥获得王位的赞普朗达玛用极端的措施灭佛兴苯。3年后，朗达玛又被佛教徒射杀。吐蕃王室发生内乱，在平民起义的大潮下，吐蕃王朝崩溃。从此，藏族社会进入了长达400年之久的动乱时期，几代藏王精心扶持的佛教也遭重创。历史上把佛教第一次传入西藏到朗达玛灭佛这段时期，称为藏传佛教的前弘期。

佛苯之争的实际争斗过程相当残酷。历史不能再说假如，佛苯之争对藏族社会的发展负面影响很大。许多藏族学者对佛苯之争的结果，大有哀其不幸、怒其不争之憾。降边嘉措在《〈格萨尔〉论》中，先就佛苯之争的来龙去脉和重要节点作了精准描述，评论道："这次佛、苯之争……双方采用的手段都是极其残酷、极其愚昧、极其野蛮的。斗争的结果，没有任何一方是胜利者，哪怕是形式上的胜利也没有得到……长期的佛苯之争和边境战争，几乎耗尽了吐蕃王朝全部的人力、物力和财力，也耗尽了王室成员和僧侣贵族

纳木错修行洞中的苯教师

的智力和精力，不但导致吐蕃王朝的彻底崩溃，也使藏民族大伤元气，陷入大分裂、大混乱，从那以后，无论萨迦政权、帕竹政权、第司藏巴政权，还是噶丹颇章政权，都未能建立全藏地统一的政权。藏族社会始终处于分裂状态，无论政治、经济，还是宗教、文化都没有形成全社会公认的真正中心。"

佛教第一次传入西藏虽然失败了，但在深厚理论根基的支撑下，200年后，大约在11世纪初，佛教又从今天的甘肃、青海、西藏阿里这些青藏高原的边缘地带，逐步向青藏高原的中心发展，这是藏传佛教后弘期的开始。

后弘期的佛教接受第一次传教失败的教训，开始大量吸收苯教的仪式仪轨为自己所用；把众多苯教所崇拜的山神战神也请进寺院成为佛教的护法神；尤其是吸收了苯教的生命观念、宇宙观念，以此来适应民众的心理。这种佛教本土化的过程，也就是藏传佛教确立自己风格的过程。藏传佛教从此便开

始在广袤的青藏高原上快速传播。其间，教派林立，互不统属，为争信众时有冲突。但也说明藏传佛教发育发展得充分，尤其是历史上先后出现的四大教派即宁玛派、噶举派、萨迦派和后来的格鲁派，各领风骚数百年，成为藏传佛教的中流砥柱。

朗达玛灭佛的暂时"胜利"，并没给苯教带来发展，相反，随着后弘期佛教的蓬勃兴起，苯教的影响却日益衰弱，只能退守在边缘地带生存。苯教也在反省和思考，转过来采取积极的姿态，学习、吸收佛教的精华，建立起了苯教的理论体系，完成了许多苯教经典，以他山之石垒筑起自己的大厦基石。西藏昌都丁青县的孜珠寺，便是能够全面讲授苯教《甘珠尔》《丹珠尔》等重要经典著作的苯教寺院。

第二节　根植于民间的《格萨尔》史诗文化

在广泛信教的历史长河中，宗教对民间文学英雄史诗《格萨尔》的影响是毋庸置疑的。

先从历史发展方向看，藏民族先后经过了自然崇拜、苯教崇拜和藏传佛教崇拜三个重要阶段。社会意识的相对独立性规律告诉我们，这种信仰阶段的过渡，是以渐进的、吸收互融的形式在推进，其间，激烈的甚至刀剑相向的对抗也属必然。

因而，宗教对英雄史诗《格萨尔》的影响就较为复杂。简而言之则是：自然崇拜既是苯教和藏传佛教的基石与血脉，也贯穿于《格萨尔》故事始末；而苯教对《格萨尔》的影响则是原生的、内在的、核心的；藏传佛教对《格萨尔》的影响却是晚来的、外在的、强制的。

结合降边嘉措给出的定义，就佛苯两教对《格萨尔》的影响问题，这里作简要分析。

"与其说苯教文化对《格萨尔》施加影响，毋宁说《格萨尔》表现了、反映了苯教文化，它是在苯教文化的氛围中产生的，苯教的宇宙观、万物有灵观念、多神崇拜、图腾崇拜、祖先崇拜以及巫术活动，都在《格萨尔》里表现得很充分。"

就连格萨尔王的叔叔晁通王，都被直接描绘成了苯教大师。晁通王连同他管辖统帅的长系达绒八部落，全都信仰苯教。晁通精通苯教的各种法术，这是他处世立命的根本，也是史诗人物的形象定位。这说明，佛教在藏地大范围传播成为强势信仰力量之前，即后弘期全面兴起前，英雄史诗《格萨尔》就已经形成，至少进入了成长期。

即使在当下，《格萨尔》说唱艺人在说唱开始前和结束时，还是会向佛祖请愿感恩，进行焚香、净水弹指礼敬三宝等仪式，一旦进入《格萨尔》的故事说唱，佛教的内容就比较少了，反而直接演绎出许多苯教的故事情节。这一现象，除了有刚才说的《格萨尔》形成年代的原因外，《格萨尔》说唱艺人对格萨尔王的敬仰、敬畏，决定了历代说唱艺人是不会、也不敢随意改动《格萨尔》的故事。因而，《格萨尔》这部伟大史诗保留下很多早期的原生形态的内容，这是今人称其为藏民族百科全书的原因之一。

而藏传佛教对《格萨尔》的影响，则是采取了拿来主义，将原本是由民间文学创造出的格萨尔王，请进寺院做自己的护法神，英雄史诗《格萨尔》的主人公进入了宗教殿堂，佛格加身，神佛合体，与佛并列。而由僧人编写、实则篡改的《格萨尔》版本，则加入了大量的佛教教义。

再从横向历史空间看，藏文化呈现出三足鼎立、三元汇合的特征。即由领主贵族文化、僧侣文化和民间文化三部分组成。三种文化之间既相互独立，又相互依存；既相互排斥，又相互影响、相互吸收，构成了独具特色的雪域文化。但总体讲来，领主贵族文化与僧侣文化往往轻视民间文化，必要时还会对其打压。

因而，三种文化对待英雄史诗《格萨尔》这部民间文化杰作的态度，也就不尽相同。广大牧民农人作为最广泛的受众群体，他们是《格萨尔》宏观意义上的创造者，积累沉淀了《格萨尔》得以生存发展的深厚土壤。广大民众喜欢《格萨尔》，首先是被《格萨尔》说唱艺人的语言文采和诱人故事所吸引，凸显出《格萨尔》的欣赏娱乐性。其次是长久以来的部落战争、宗教战争，使得苦难深重的藏族人民，将《格萨尔》当作了精神食粮，期盼格萨尔王这样的英雄降临，来解救黑发藏人。史诗中美好的岭国，也就成了人们心中的理想家园。

开明的贵族有时会约请优秀《格萨尔》说唱艺人来庄园家中说唱，特别是遇有喜庆的日子，艺人则迎合主人家的喜事和心愿，从《格萨尔》故事中，选择最适合的内容说唱，讨个大吉大利、福运满满。主人高兴了，给的赏赐会多点。尽管如此，上层社会并没有给予《格萨尔》说唱艺人应有的社会地位，在旧西藏，《格萨尔》说唱艺人要缴纳的竟然是乞丐税。

新中国成立以后，英雄史诗《格萨尔》获得了新生。在国家的大力推动下，格萨尔文化已蔚为大观。2006 年第一批列入中国非物质文化遗产保护名录的英雄史诗《格萨尔》，又于 2009 年被联合国教科文组织列入世界非物质文化遗产保护名录。如今，在格萨尔文化广泛流传地区，社会各阶层统一形成了保护弘扬格萨尔文化的自觉意识。其中，藏传佛教界，尤其是宁玛派、噶举派，

早年桑珠说唱《格萨尔》故事的场面   （降边嘉措供稿）

2006年阿里改则县改则寺法会期间的歌咏比赛，牧人角琼以一段《格萨尔》故事一举夺魁。图为说唱过程中，牧民群众为他献哈达

还有苯教寺院，对格萨尔文化采取了更加宽容、全面欢迎接受的态度。

而在过去则不一定都是这样。即使在20多年前，我带队在塔尔寺拍摄纪录片，一位扎仓的负责喇嘛还说："什么格萨尔？我们不喜欢。"面对主人的直率，我们也不好硬杠，便与他交流起当年初建塔尔寺时的一段传说：一面殿墙总也砌不好，倒塌了两次。请来高僧打卦，说是此地魔力大，尊嘱挂上了格萨尔王像，用以震妖降魔，后来这面墙果然就砌好了。那位喇嘛承认有此一说。进一步与他谈，格鲁派的创始人宗喀巴大师去拉萨创业，供奉的正是格萨尔王的首席大战神阿尼玛卿大山神。那位喇嘛顿时想通了，接下来与我们的配合就很顺利。其实，作为只有600来年历史的新教格鲁派，他们的教规最为严格，《格萨尔》的故事太过精彩诱人，怕僧人听了看了会影响学经。再则，英雄史诗《格萨尔》毕竟反映的是部落战争的故事，其中抢夺财宝和女性、战斗杀戮的故事不少，这也与佛教的宗旨不相符。有些寺院不主张僧人听读《格萨尔》故事，也可以理解，毕竟精彩的世俗文学与深奥的佛经义理，不是一个精神层面的东西。

降边嘉措认为，藏传佛教对《格萨尔》的影响，最直接的是体现在僧侣文人改写的《格萨尔》手抄本、木刻本上。他们把民间艺人说唱本中关于"抑强扶弱，造福百姓"的主题，变成了"降妖伏魔，抑苯扬佛"。增加了颂扬佛祖、阿弥陀佛、莲花生大师的内容。他们把"雪域藏地"说成是观世音的"教化之地"，莲花生大师是观世音的化身；而格萨尔王又是莲花生大师的化身，是他事业的继承人。天界的神子——格萨尔一出生，便能展示高深的佛教经论。为神子灌顶的神灵和仪轨，全是佛教的，很多是密宗的一套。他们把神同佛联系起来,把魔同苯画了等号。格萨尔王的使命已是弘扬佛法,而他的敌手就有灭佛的赞普朗达玛和他的大臣。

从现存的版本看,知识僧人改写的手抄本、木刻本至少在世上流传有二三百年甚至更久,受众也是广大民众,所以,对整部史诗的影响还是比较广泛的。

前文提到,僧人们把《格萨尔》分为"卡仲""杰仲"和"曲仲"三种不同类型。所谓"卡仲",是指民间艺人口头说唱的故事。其实,这才是中国乃至世界非物质文化遗产的基础版本。虽然也有不少佛教的烙印,但其人民性并没有改变。"杰仲",意译"国王的故事",这里的"国王",自然是指雄狮大王格萨尔。"杰仲"由僧侣文人改自艺人的"卡仲",还常以"掘藏"的形式出现,体现它的珍贵和神秘。僧侣阶层一般认为"杰仲"比"卡仲"的版本高雅。而"曲仲"则专指佛法内容的《格萨尔》,其故事情节不重要,大都也已删去,只用念诵偈文和经文写成。最典型的是在第二章介绍过的德格佐钦寺历史上的大堪布居·米旁大师所作的50多部《格萨尔经论》。由于"曲仲"太过高深,米旁大师创作的出发点只是提供给寺院使用,虽然影响很大,但本质上属于增加了佛经典籍的一个类别。

英雄史诗《格萨尔》在如此强势的宗教历史背景下,艰难地却又从不间断地传播与发展,更加难能可贵的是,她依然保持了鲜明的人民性和艺术性。毫无疑问,这是藏族人民追求与创造、呵护与选择的结果。归根结底,深深扎根于民间的土壤,才能创造出世界级英雄史诗的伟大巨著。最后,我们还是用降边嘉措的精准评论来结束本节:

第一,《格萨尔》所表现的"抑强扶弱、劫富济困"的思想,从本质上说,与宗教宣扬的"天命"观念是相对立的,表达了人民群众希望消除社会不公、改变现状的强烈愿望和要求。

第二,《格萨尔》是一部表现战争题材的史诗,它热情讴歌统一战争、正义战争。格萨尔王征服"魔国"、铲除邪恶势力、造福百姓的壮举,符合藏族人民的实际利益和美好愿望。格萨尔王治理下的"岭国",就成了古代藏族人民心中的乐土与理想王国,与佛教徒所追求的理想王国香巴拉,有着巨大差异。

第三,由于各地方势力、教派间的不断争斗,藏族社会长期处于分裂、混乱状态,人民遭受深重灾难,但又看不到希望,便把摆脱苦难、寻找幸福生活的希望,寄托在了英雄身上。格萨尔王成了振兴民族、造福人民的希望之神、民族之神。

第三节　孜珠寺的诱惑

孜珠寺是当今西藏规模最大、最古老的苯教寺院。作为西藏宗教文化的重要组成部分,孜珠寺保留了众多的古代苯教仪式仪轨和典籍,被誉为"象雄文化的'活化石'"。同时,孜珠寺也吸收了一些佛教的精华,这为探究"佛苯相争相融"的宗教文化渊源,提供了难得的鲜活样本。

近几百年来,苯教一直处于被压制、被排斥的地位。直到新中国成立以后,广大藏地各教派之间才实现了平等,孜珠寺的苯教文化得到保护。正像著名学者降边嘉措早年告诫他的某些同胞时所指出的:"我丝毫不怀疑你对信仰的虔诚,但绝不能以自己的虔诚而否定苯教。否定苯教即是否定了藏民族自己的历史和文化。"

不少学者,尤其是玉树和昌都的《格萨尔》学者认为,岭国晁通王的长系达绒八部落,最开始是在昌都一带驻牧,他们崇拜境内古老的苯教神山孜珠山和苯教圣地孜珠寺。

玉树杨学武所著《岭国人物》记载,岭国董氏祖先是藏族六大氏族之一,其后裔称为穆布董氏。"穆布"指紫色,源自帐篷颜色。相传,穆布董氏到了然赤格博这一代,从康区西部向东迁徙,来到阿尼玛卿大雪山下驻牧,从此,部落壮大,六畜兴旺。"然赤"——万只山羊;"格博"——大汉,拥有"万只山羊的大汉",然赤格博一名由此得来。然赤格博的第三子秋培那泼娶有三房夫人，她们是绒萨秋卓、达萨秋松、森萨嘎松卓玛。绒萨生下绒察查根，达萨生下达绒晁通，森萨生下森伦嘎玛，子名都跟随并标明了母亲的所在部落。这便是岭国幼系著名三兄弟的血脉渊源。

我一直有个疑惑，最近才得以解开。晁通既然出自岭国幼部落，怎么就成了统领长系部落达绒八部落的首领了呢？玉树州《格萨尔》史诗文化工程项目组的青年学者洛都然扎给了我一个信服的解释。他说，晁通是苯教大师，精通占星术、巫术，这与其所处的年代和母亲来自达绒部落有关，这是其一。其二，达绒部落驻牧地，早先就在现如今的西藏昌都至丁青、巴青一带，当地牧民如是说。这里是苯教广为流传的地方，达绒所属八部落普遍信奉苯教，对晁通这位苯教大师很尊崇，请其来担任达绒部落的最高长官，可谓两相情愿。

其三，格萨尔王出生之前，晁通长子阿奴达平是一位智勇双全的帅才，一度封为岭地王，统领长、仲、幼米各部落。达绒部落请阿奴达平王的父亲晁通来主政，也就顺理成章。可惜的是，阿奴达平英年早逝了。

孜珠寺"羌姆"法舞现场

下面来看一下达绒部落曾经驻牧并崇尚的神山孜珠山的苯教文化。

2002年是藏历铁马年，按照习俗很多人都去朝拜冈底斯山，以祈求山神的赐福。我却放弃了去阿里转山的计划，只身来到藏东南的丁青孜珠寺。两年前，我和这里的活佛相约在了藏历铁马年的五月十五日。这一天，孜珠寺要举行盛大的法会，并将重现

俯拍孜珠寺法舞出场仪式

一种古老的苯教法舞。这种苯教法舞12年才能举行一次，当我提前10天来到孜珠寺的时候，遗憾地得知法舞取消了。理由是眼下正值农牧民收获虫草、打酥油、剪羊毛的繁忙季节，铁马年的法舞这一项就得举行两天，几乎要吸引孜珠寺周边地区所有信奉苯教的农牧民前来观瞻，怕影响了生产。寺院为了能让我尽可能多地了解苯教的仪式仪轨，精选了十三项内容的法舞，说实在的，都相当精彩，只是少了12年才举行一次的法舞，让我还是有些遗憾。再等12年，能否见到，也得看缘分了。

孜珠寺坐落在距离丁青县城37公里的孜珠山上，海拔4350米。第一次来孜珠寺是2000年冬季，我率队拍摄纪录片。从山下通往山上的简易道路刚刚修通，路况很差，有着高原巡洋舰之称的越野车，轰足了油门才爬上来。上得山来，孜珠寺的奇峰异景，强烈地震撼着所有人的心。以修行著称的古代苯教师，把修身炼道的房屋建在了"天门"的悬崖绝壁间，其中就有历史上最著名的苯教大师占巴南喀的闭关修行洞。说实在的，我去过许多深山古刹，唯有孜珠山孜珠寺的奇观仙景让人倾倒，摄人心魄。

那天，正赶上了一个宗教节日，孜珠寺来了许多信教群众。陪我们上山的是仁青江村活佛，寺院用仪仗礼宾迎接我们，群众则在路边列队，活佛一一给他们摸顶。礼乐开道，哈达献情，蓝天下几只大鹰展翅翱翔。这时孜珠寺的异峰奇观格外有灵气，我真想在这里住上些日子。

寺院广场上居然停放了四五辆大卡车，不敢想象，他们是怎么把卡车开上来的。一打听才知道，车到了危险地段，人们全都下车，空车加油再加上众人推车就上来了。

几个小时的拍摄显然是匆忙的，但有成员的嘴唇发紫，快要不能适应孜珠寺的海拔高度了，晚上在这里住下会有危险，集体行动，只好下山。

下山的路上，驾驶员大司在急弯道处一把方向没能拐过来，他停住车，准备倒车，可压在石块上的一只前轮突然滑落下来，车子瞬间就颠成了空挡！车体开始下溜，车速越来越快，大司一脚没刹住车，便再也没有了刹车。手刹原本就是坏的——高原上的司机就是这么大意、大胆。车上坐着丹曲博士、场记和乡政府的会计，大司不能跳车逃生，他迅速将车的左侧靠向土坡墙，借用摩擦力迫使车辆减速。车最终向左边翻了，又幸亏被一块大石挡住，没有滚下山去。我们急切地拉出车内的4人，还好，他们只受了些皮外伤。又用1小时40分才把车翻正过来。还有许多人抢着要上大司的破车，但谁都知道这车还可能有危险。大司劝阻后，乘大家不备，自己开车下山去了。大司不想让其他人和他一起担风险，这场面还是有些感人。高原行车，同舟共济，陶冶了人们的情操。好在快要到公路了，在仁青江村活佛的指引下，一部分人步行下山。

这是我们那年在高原上9个月的行车中唯一的一次翻车，我当时就想，或许是山神不让走，应该在孜珠寺住下的。说来也巧，每次行车，总是我们导演组的车为先导，这一次，导演组的车怎么也发动不着，在寺院僧人和群众推车帮助下，车走了200米又熄了火。另外两台车等不及，先下山了。这样看来，大司驾驶的那台车是替我们翻的，幸亏活佛和副乡长在我们车上。以后一定要来还这个愿，向山神，向孜珠山的所有神灵焚香祈祷。这是我在两年后的铁马年，再度来到孜珠寺的又一个原因。

这一次我在孜珠寺足足住了16天。

孜珠寺的历史相当古老，据丁青县提供的资料，在第二代吐蕃王穆赤赞普时期，共修建了三十七处密教修行场所，孜珠寺为其中之一。孜珠寺几经坎坷，几度兴衰。到了1382年，罗丹宁布活佛（1360—1406年）点燃了这里苯教的余火，修复扩建了孜珠寺。直至今天，孜珠寺一直是苯教信徒心中的圣地。

第四节　大鹏鸟的传说

在宗教学上，一般把藏地的早期苯教归于萨满教的范畴。苯教经历了笃苯、伽苯、觉苯三个发展阶段。简单地讲，苯教从开始流行于民间的原始巫术，到吸收克什米尔等周边地区的宗教成分开始有了教义和正式仪轨，再到公元7世纪开始翻译佛经并建立自己的理论体系，至今约有3000年的历史。

苯教的创始人名叫敦巴辛饶，意思是具有渊博知识的导师、引路人。著名的法国东方学家石泰安在《西藏的文明》一书中分析说，敦巴辛饶来自象雄（今阿里）甚至大食（伊朗）地区一个叫辛的部落。当今的多数学者认为，苯教的起源和发展是从象雄地区开始的。

象雄文明是青藏高原的早期文明。有学者认为，象雄文明从阿里高原兴起，向东南方向传播，横贯青藏高原分为上象雄、中象雄和下象雄三大地理分布区。这与里象雄、中象雄、外象雄三个苯教传播圈相趋同。象雄文化的核心便是苯教文化。阿里地区冈仁波齐神山和玛旁雍错圣湖是苯教徒认定的最早最神圣的苯教文化地理标志，整个阿里地区被称作里象雄；而中象雄指以羌塘觉让为中心至那曲上部；外象雄指的是以孜珠山为中心至昌都、那曲下部、青海西南、云南西北、甘南、川西北的藏东大部分区域，最边缘到嘉绒地区。

公元7世纪，吐蕃王朝崛起后，三次向象雄用兵，赞普松赞干布击败了象雄王李迷夏之后，象雄王国走向衰败，象雄文明也被切断。一部分象雄贵族和苯教师迁徙到了外象雄。此后，丁青孜珠山上孜珠寺，继承了象雄文化的宝贵遗产，可以说孜珠寺的历史就是半部雍仲苯教文化史。

丁青在历史上又叫琼布丁青，琼布是大鹏鸟后代的意思。在民间，大鹏鸟又与苯教的产生和传播有着密切的关联。相传很早以前，从象雄飞来一只大鹏鸟，在丁青附近上空见到一座雪山，便落下休息，不曾想，雪山被踩塌了。这座雪山叫白乃日扎，是西藏的四大名山之一。史诗中描述的格萨尔王的神马江噶佩布正是在白乃日扎雪山中找到的。大鹏鸟只好又飞到了一座叫巴大波松的小山上落下，小山却纹丝不动。大鹏鸟笑了，白乃日扎大雪山竟不如这座小石山。这一笑不要紧，从大鹏鸟眼中流出两滴眼泪，便成了丁青牧场上叫布托尕的两座高山湖泊。大鹏鸟在布托尕附近产下了三只水晶蛋，三天后孵化出三个男孩，一个叫尕日苯（白色的），一个叫纳日苯（黑色的），一个叫扎日苯（黄色的），这三个孩子便成了琼布丁青人的祖先。现在，在丁青县经常可以见到大鹏鸟嘴叼大蛇俯冲降落的图腾画，这种卵生神话被当地的苯教典籍和苯教信徒看作是苯教的由来。站在孜珠寺山头，天气晴朗时就可以看到百里之外大鹏鸟降落的地方，那里就是著名的布托湖所在的高山牧场。

后来，我专门去了一趟布托湖，这是我见到过最好的高山牧场。那时，简易公路只能通到布托湖牧场的台地下，再往里走就得骑马。骑行三个小时后，两位牧人把我带到生产队长的帐篷边后便告辞走了。生产队长名叫阿杰，约莫三十来岁，汉话说得挺好。一聊，原来他是位退伍军人，曾在西藏樟木口岸服役3年。

我进了帐篷，刚坐下，阿杰的3岁小儿子，竟然从灶台边找到一根硕大的冬虫夏草，拔出后特意递到我的手上。新鲜虫草还裹着菌衣，个头之大，让我吃惊。阿杰说，我儿子欢迎你这远道而来的客人。虫草相迎，多么吉祥的事啊！可不是吗，就在自家牦牛黑帐篷灶台边，冒出地面一两天了吧，孩子的眼力固然是好，得到这样吉祥的礼物，是天意！

布托湖可谓是雪山明珠，祥天福地。阿杰有6个孩子，4男2女。全家5人上阵，在自家草山上，40天共挖了4斤虫草。他取过一只牦牛毛编织袋，打开让我见识了布托湖高山牧场虫草的高品质。虫草已经晾干，不仅个头大，还整齐划一，像一个模子倒出来的一样。优质虫草成了布托湖周边牧人家一年中最大的一笔收入。

正赶上阿杰一家要从现在的春季牧场搬去夏季牧场，他要忙活儿，为不影响我的拍摄，安排了队里的一位小伙子陪我去布托湖。我俩每人一匹马，一天转的地方不少，高山牧场特有的景致别处确实没法与之比，自然不虚此行，后来还剪出了一部小纪录片《阿杰和他的一家》。

原想请阿杰送我去玉树囊谦达那寺，从布托湖向东直插，只需一整天的行程。阿杰告诉我，他带人刚去青海驮盐回来，途中必须横渡的两条河河水开始上涨，驮盐回程时，河水还冲走了一头驮牛，现在骑马渡河肯定过不去了。去达那寺没法走捷径，只得先返回丁青县城，再到类乌齐等车。好在昂扎开了台北京212越野车来接我，再从囊谦县去往达那寺，不过还得在吉尼赛乡换马骑乘两天，方能到达目的地。比从布托湖直插多走了半个月，此为后话。

我两次去孜珠寺朝拜，首席活佛丁真俄色仁波切都去拉萨开会，不曾相识。从他撰写的一篇文章中得知，丁真俄色仁波切出生于1971年，是历史上六大苯教传承流派中黄色鲲鹏一族的传承人。前些年毕业于北京黄寺中国藏语系高级佛学院。丁真俄色仁波切编纂整理的苯教经典成果相当丰富。在他的带领下，孜珠寺的建设也越来越好。不过，从最近微信发来的照片看，天门山那里搭建起了钢架观景台，此举不敢苟同，破坏了景观的统一性（但愿是临时性的维修支架）。好在我20年前用中画幅胶卷拍下的反转片很好，算是留下了原生态的模样。

"孜珠"指的是六座山峰，经师邓巴带我登上山头，一一作了介绍。

第一座叫如意珍宝峰。

第二座叫无影白琉璃峰，现称作无垢水晶峰。因山峰内相传有白琉璃空洞而得名，1996年空洞真的被发现。这回寺管会主任专门组织了人力，带我深入地下几十米参观。最先遇到两堆野山羊的墓地，那些行将老去的野山羊进得洞来，在它们祖先的墓地中，等待生命的结束。成堆的尸骨中，雄性头羊的大羊角很是显眼，死后也是矗立不倒。再往下，爬过几处窄口，进得地下大溶洞，僧人们打着手电，点燃蜡烛，我见到了千奇百怪的钟乳石，大都呈半透明状。当地人赋予了这些琉璃般的钟乳石浓厚的宗教色彩，这也是情理之中的事。外来的朝拜者，连记者都算上，也没有人能有幸下到琉璃洞中。出洞后，僧人又将洞口用许多大石块堵住。这是一种保护措施，怕有人进去将钟乳石敲下带回家中供奉。

第三座叫现实如意峰，现称作见平等性峰。

第四座叫禅定观明峰，现称作达愿喜乐峰。

第五座叫永恒雍仲峰，现称作不变雍仲峰。"雍仲"指的就是敦巴辛饶改造了原始苯教后所创立的苯教。

第六座叫智慧剑峰，现称作硕大顶戴峰。

佛苯两教的融合，使今天的人们很难从外表准确区分各自的传承。我在孜珠寺的16天中，还是注意到了苯教自身不同于佛教的显著特征。

苯教的雍仲标识"卍"字符，象征古代先民对太阳神的崇拜，它以逆时针方向旋转。这和佛教"卐"字符顺时针的旋转方向正好相反，逆时针方向旋转反映了古代先民对太阳东升西落天体运行轨迹的认知。

苯教的自然崇拜最典型的就是三界人生观，苯教把世界分为天上、地面和地下三度空间，认为天地世间神灵鬼怪无处不在。住在天上的为天神，天神威力极大；住在地上的为念神，有很多神山以"念"字开头，如念青唐古拉等；住在地下水中的称"鲁"，即为龙神。这种三界人生观一直影响着后来的藏传佛教，延续至今，代表了整个藏民族对世界的认识。

"龙树"相传是雍仲苯教降临的地方。孜珠寺前的这座"龙树"台上插着绘有精美苯教画的木牌

孜珠寺远处的山脊上，有两座"龙树"建筑，基座用岩石垒砌，两米多高，上面插有茂密的高原红柳枝。相传"龙树"就是雍仲苯教降临开始传播的地方。寺院下方还有两座"龙树"，规模略小，但靠前的一座"龙树"插的不是红柳，而是一块绘有精美苯教画的长条形木牌，表达的内涵，还有待专家解读。

苯教师所用的法鼓鼓面上绘有六角星，仁青扎巴告诉我，这是愤怒护法神的象征。全黑的鼓面底色象征庄严，意在说明其他颜色不能侵蚀沾染。

苯教师的紧身坎肩都镶有蓝色布边，几位高僧的帽子上也装饰有交叉的蓝色布纹，这些标识都有别于佛教。

跳法舞的金刚的衣着、帽饰十分大气，锦绣花团般。有相当一部分的禽、兽面具留有古代部落图腾的印记。

孜珠寺大法会上用糌粑酥油做的乳房状祭品

法会上的供品中，有用糌粑酥油做的女性乳房形状祭品，这里曾为女儿国，这或许是女性崇拜的历史遗存。

祭祀仪式中全然没了古老苯教宰杀牛羊作牺牲血祭的场面，这大概是向佛教显宗学习的结果吧。

孜珠寺主体建筑地势都很高，天葬台反而落在了山腰上。孜珠寺的天葬台，传说是一位女神从天门中下来路过孜珠寺时帮助修建的，名气很大。

昌都市组织的一个茶马古道考察团要来，其中有许多中央和海外的媒体。寺院僧舍墙壁粉刷一新，拉起了多彩的经幡华盖。僧人们一边唱着歌，一边干活，我注意到，几位活佛也参加了劳动。经师邓巴强调说，现在寺院有不少年轻僧侣，要带着他们干好才行。看来，寺院僧人也有以身作则的传统啊。

六珠峰的险峻和奇丽增添了孜珠寺的灵气。朝圣的人们提前两天赶来参加法会。他们唱着苯教的八字箴言歌，一圈又一圈地转山。途中，人们会捡来石头，堆供成佛塔，放在转山路旁，久而久之规模渐大，便成了大地上的宗教装饰艺术。

山有多高，水就有多高，这是雪域高原的秉性。围绕孜珠山一周就有八十一座山泉，转山的人们遇泉便可饮水洗面，净化心灵。

人们把寺院前的大石山比作阿里的冈底斯山，把两座小石山比作迪庆的卡瓦格博和林芝的苯日神山。这种集天下苯教神山于一处的做法，更增加了孜珠寺在前来转山的苯教信徒心中的魅力。

藏历铁马年五月十五的大法会举行了一整天，十三套法舞都有特定的内容和含义，其作为人类的精

孜珠寺喇嘛的服饰和帽饰上的蓝色条纹有别于藏传佛教

神文化遗产，在这里得到了充分的尊重。

　　还要特别提到的是，孜珠寺有着光荣的历史和鲜明的爱国爱教传统，当年他们支持西藏和平解放，支援人民解放军进藏。在后来的民主改革中，他们坚定地站在人民一边，维护了祖国的和平统一。

第十四章　雪域文化王冠上的明珠

　　中华文化历久弥新，各民族文化交相辉映，这是今天我们强大文化自信的根源。

　　《格萨尔》是一部震撼人心的伟大史诗，其文化价值无与伦比，"格学"也必将会向"红学"看齐，成为未来的热门学科。"格学"除了本身体量巨大，还涉及社会文化的方方面面，可以开列出的学科项目那就太多了。英雄史诗《格萨尔》是一座真正意义上的储藏量巨大的文化富矿，有待深入开掘。

　　本章就作者在《格萨尔》史诗文化领域的学习收获罗列几点，虽是学海中的沧海一粟，好在只求抛砖引玉。

第一节　"故事袋子"

英雄史诗《格萨尔》在300部故事中塑造的众多艺术典型，随便拎出一位来，都是民间文学舞台上的闪亮之星。

还是那个郭部落，就出有一位"能言善辩的巧舌"天才，名叫米琼卡德。他是格萨尔王母亲所在部落之王郭·冉洛敦巴坚赞的侄子。冉洛敦巴还是位名医，米琼卡德从小跟他学得了医术。可是，米琼卡德的社会地位却很低下，竟然以一桶奶酪和十只羊的价码，被岭国总管王给买去当男佣。其兄卖去了霍尔国，其弟卖去了嘉洛部落，但价码比他高得多。为什么会是这样？卖的钱又归谁？从史诗故事中得知，他们的父母都是以乞讨为生，显然，这是透过史诗研究古代藏族社会变迁的一个难得的家庭标本。

然而，米琼卡德靠着自己的口才和智慧，数次改变了他低下的社会地位，也挽救了自己的性命。他曾滞留霍尔国很长时间，有说是他送格萨尔王去北方降魔，返回途中迷了路，误入了霍尔国。此后的米琼卡德，竟然从霍尔国的放羊仆人，摇身变成了霍尔白帐王的近臣。珠姆被白帐王抢来后，他又成了珠姆的侍臣。格萨尔王攻下霍尔国，米琼卡德并未得到"解放"，岭军"在他的面颊右侧涂上了白点，左面画上了黑点"。更要命的是，格萨尔王对米琼卡德的忠诚度产生了怀疑，要他在众英雄面前把留居霍尔不回岭国的原因说清楚，"说得不好呀，把你当靶子"。在命悬一线的关口，米琼卡德凭着"卡德"这张巧嘴，不仅通过了"夹行鞭刑"式的质询，摆脱了被乱箭射杀的危机，日后竟然得到了格萨尔王的"厚爱"，成为近身谋臣。接下来的许多事件证明，米琼卡德确实成了格萨尔王的得力助手。

《嘉岭之部》中的米琼卡德，将自己的才华发挥得淋漓尽致。《嘉岭之部》故事大意：

嘉国皇帝噶拉耿贡娶来东海龙女尼玛赤姬为皇后，没承想，这龙女是从九个魔女血肉中分化出来的妖女。天神、龙神、念神商议要收回她的阳寿，否则，她将主宰人间的生死。

果洛州甘德县德尔文部落著名艺人昂仁自认为是《格萨尔》故事中的"故事袋子"米琼卡德的转世（拍于 2000 年冬）

出生在西藏昌都边坝县的斯塔多吉自幼就会说唱《格萨尔》，是典型的托梦艺人。他从西藏大学硕士研究生毕业后，留校在《格萨尔》研究所工作。他的说唱部数多，而且语速极快，是一位天才的"故事袋子"（降边嘉措供稿）

那曲艺人说唱时的老照片（降边嘉措供稿）

于是，三神变作跛子、盲人和哑巴，来到嘉国皇后寝宫门前广场，上演了民间精妙喜剧，民众阵阵叫好声，引得皇后出宫观看。大家第一次见到美貌的皇后，议论纷纷。结果，由于触犯天规，皇后开始生病。临死前，她要求嘉皇将自己尸体用黑布包裹，藏入深宫，皇帝每晚为尸体取暖，3年后她便能复生。

女儿阿贡措知道母后一旦复活，嘉国便会陷入灾难。阿贡措与嘉国姊妹商量，认为只有岭国格萨尔王可以解救嘉国，她们放出信鸽三兄弟，给格萨尔王送去了恳求信。

格萨尔王决定前往嘉国焚毁妖尸，但所需法物用品繁多，并且千奇百怪。好在梅萨愿意带上岭国几位美女前往木雅国寻得灭妖法物。丹玛与珠姆配合，拿到了须弥山洞中共命鸟夫妻孵化出的多珍拇指姑娘，她是天下第一挤奶高手。可是，还需借得阿赛罗刹松石法辫方才完满。阿赛罗刹把守着通往上天的云梯和下地狱的隧洞，魔法魔力甚大甚强。晁通与阿赛罗刹曾经盟誓患难共生死，只有晁通出马才行。格萨尔王派米琼卡德去请晁通出山，关键时刻晁通却抱病不来，米琼卡德以高明的医术，诊断出晁通是在装病，这才逼着晁通运用法术向罗刹要来了松石法辫。

迪庆州塔城《格萨尔》说唱艺人和明远
（降边嘉措供稿）

格萨尔王带着 13 位超强能人来到嘉地，米琼卡德凭着他的善巧，赢得了嘉地七姐妹的信任，帮助格萨尔王顺利进入皇城。

经过多项比试，嘉皇提出的挑战，均被格萨尔王带来的能人及法器宝物所化解。格萨尔王乘机运用变幻术，将真身化作一只金翅大鸟，载着秦恩和米琼飞入宫中，将妖尸装入铁盒，运到天地交界处，用檀香木焚化，为天下除去了这具可怕的妖尸。

从嘉国返程时，秦恩将队伍引入了绒地，可又不见绒地人迎接，格萨尔王很是生气。善解人意的米琼卡德知道秦恩思念家人，便化装潜入城内，让绒地国王相信，真是秦恩回来了，开了城门迎接，秦恩很是感激。

米琼卡德这个人物形象融入了《格萨尔》说唱艺人自身的情感。米琼卡德自称是"故事口袋"，艺人们常常会把能言善辩的米琼卡德当作自身来加以塑造。果洛州甘德县著名《格萨尔》说唱艺人昂仁，就说自己是米琼卡德转世，他认为自己的说唱，富有米琼卡德同样的智慧和能力。藏语"米琼"指矮子，而昂仁则身材高大，这里，只能有一种解释，那就是艺人昂仁对米琼卡德的智慧和语言能力非常崇拜，也为自己惊人的说唱能力做了最美妙的注解。

米琼卡德是个小人物，人们无法知道在他矮小甚至丑陋的外表下，蕴藏着多少智慧。活跃在藏族民间的"故事口袋"还有一位，被民众称为"导师叔叔"阿古顿巴，他同样是藏族人民心中聪明才智的化身。阿古顿巴对统治阶层的贪婪、腐朽，进行了果敢、幽默的讽刺和批判。他关爱、体谅贫苦大众，乐于助人，凭自己的本领，给人们以鼓舞、欢乐和美的享受。

阿古顿巴和维吾尔族的阿凡提、蒙古族的巴拉根仓一样，早已超出了本民族的范围，成为各民族群众共同喜爱的艺术典型。现在，《阿古顿巴》图文故事及动画作品不少，其中一部动画电视片于2019年在中央电视总台少儿节目中播出。

人们普遍认为，阿古顿巴是西藏达孜区白纳村人，著名作家阿来根据民间传说，专门为他写了一部中篇小说《阿古顿巴》。从民间广为流传的《阿古顿巴的故事》的体量来看，其艺术形象是由全体藏族人民共同创造。作为藏族民间故事，扎根于深厚的民间土壤，有无数位"故事袋子"在为《阿古顿巴的故事》编写续集，真可谓"众人拾柴火焰高"。

其实，民间《阿古顿巴的故事》有"荤""素"两种版本，就像民歌"花儿"分"家曲"和"野曲"一样。在家里唱"花儿"，长幼在座，是不能唱情爱的内容；而在山野饮酒对歌时，只要不是以家庭为单位，大可以放歌"野曲"，大都以男女谈情说爱的内容为主，调情逗趣的内容也不少。我曾听过几段《阿古顿巴的故事》中的所谓"荤"故事，那肯定不能当着长辈和未成年人说了，虽然是纯粹的口头传播，其故事的讽刺性、批判性依然强烈。

第二节　从《丹玛青稞宗》说开去

《丹玛青稞宗》描述的是格萨尔王登基前发生的故事。在整部英雄史诗《格萨尔》中，是很靠前的一部。这里想要探讨两个问题：

一是丹玛的父亲到底是谁？

二是《丹玛青稞宗》的叙述心理为什么与大部本《格萨尔》故事中的不一样？

要回答上述问题，还得先从《丹玛青稞宗》的不同版本说起。《丹玛青稞宗》的不同版本从故事情节线上区分，主要有这几种：

其一，1989年6月和1997年8月，青海民族出版社出版（再版）《丹玛青稞宗》藏文版，是由青海省《格萨尔》史诗研究所角巴东主编辑整理的116

页本。本文称其为"安多本"。

其二，2014 年 1 月，四川民族出版社出版的《丹玛青稞宗》藏文版，是由四川省《格萨尔》工作办公室多吉先生收集整理的 144 页本。

2015 年 5 月，同是四川民族出版社出版的《丹玛青稞宗》藏文版，系根据昂翁益巴珍藏本编印的 287 页本。

这两个版本的故事基本相同，昂翁益巴珍藏本更详细。昂翁益巴珍藏本，由角巴东主翻译，2011 年 5 月，高等教育出版社出版《格萨尔王传》汉译本系列丛书之《丹玛青稞宗》240 页本。本文把在丹玛故乡流传的上述两版本称为"石渠本"。

从"石渠本"2014 年版的四川省"格办"出版说明中得知，这是流传于

丹玛纪念馆顶上丹玛引弓出阵青铜塑像

石渠民间的一部古老版本，用藏文草书手抄而成，口语说法颇多。清末著名佛学家居·米旁大师和已故著名《格萨尔》说唱艺人仁钦扎巴曾先后鉴阅该珍稀古本，并给予高度评价。

石渠岭国大将丹玛纪念馆内的丹玛塑像
（陈新生　摄）

其三，西藏大学《格萨尔》研究所青年说唱艺人斯塔多吉硕士告诉作者，他的《丹玛青稞宗》的说唱故事情节，基本与"石渠本"相同。

其四，著名说唱艺人桑珠2004年完成的说唱本《丹玛青稞宗》的汉译本，由索朗格列整理、亚东·达瓦次仁翻译，2017年6月由西藏藏文古籍出版社出版。其在"译后记"中说，这是一部"故事情节较为简单的说唱本"。

参考上述四个版本和田野考察调研的结果，来分析回答开篇提出的问题：

1.丹玛的父亲到底是谁？

先给出答案：丹玛的父亲正是岭国的总管王、格萨尔王的大伯父绒察查根。其母当然就是萨霍尔王之亲妹妹萨阿曼。

而早先读到的1989年"安多本"说，丹玛的父亲是亲王，即萨霍尔王的兄弟。这段文本是这样描述的：丹玛的出生地，现甘孜州石渠县洛须镇麻呷乡嘎普村至今流传着一个传说，萨霍尔王的兄长家生了一个男婴，然后天象大凶，人们惶惶不可终日。萨霍尔王认定这个男婴会给整个部落带来灾难，于是下令，如有愿意收养男婴者可以带他离开邓域，否则便要处死这个男婴。就在时辰将到之际，岭国总管王绒察查根赶来，表示愿意领养并带走了男婴，使他躲过了这个大劫难。当总管王带着男婴走到现在的拉托村附近时，男婴掷出手中的小木桩，将一个恶魔钉在了山岗红岩之下，保证了故乡的平安。

然须寺昂翁益巴大喇嘛，听完上面描述的内容后明确指出，这是安多的一个版本，主要问题是，几个关键性的故事情节与石渠县洛须镇丹玛故乡流传本不同，主要区别是丹玛父亲不同。此外，"安多本"中所提到的洛须丹萨部落的山川河流、城池战场、地方神名，在洛须镇各地全都没有，完全是虚构的。显然，"安多本"最初的口述艺人没有来过丹玛故乡，传承中有了明显的断层。而昂翁益巴手上这个"石渠本"中，牵涉到的绝大多数地名、神名、部落名等，在如今的洛须镇都可以找到。这很重要，这些命名无疑是历史的记忆。

阅读《丹玛青稞宗》"石渠本"，立马就能感受到，千年之前丹岭两大部落间发生的惊心动魄的那些事，既充满了戏剧性，也蕴涵了丰富的古代民族文化积淀。《丹玛青稞宗》的故事起因并不复杂，北方豪强格斯王和丹国萨霍尔王，都来到拉萨朝佛、经商。这两位皆是藏有野心的人，同时看上卫部更拉朵王的女儿色隆华拉公主，都想娶来为妻。结果萨霍尔王情场失意，眼见格斯王娶上美人色隆华拉。萨霍尔王难抑心中妒火，在郊外设伏暗杀了格斯王和一名婢女，还要强暴色隆华拉公主，公主不从，拔刀自尽。

格斯王的舅父多旦王和色隆华拉公主的父亲根葛王起兵追杀凶手，一直追过金沙江。面对实力强劲的丹萨国，他们没敢贸然进击，只能找同样强大的岭国来主持公道，伸张正义。

岭国总管王绒察查根和副总管阿奴司盼同意从中斡旋，寻求解决方案。

为此，他们还派出岭军与格卫追兵一同进入了丹萨国。经过数年谈判，总管王终于让丹萨王服软，赔偿众多钱财，还搭上了一些部落，终将此事了结。此间，丹玛的故事也就孕育而生了。

洛须民间说，总管王在丹萨国调停一住就是12年，汉文翻译本上说是3年，总之时间不短。期间，萨霍尔王的妹妹萨阿曼照顾绒察查根这帮强势客人自不必说。时间一长，绒察查根和多旦王都喜欢上了阿曼姑娘。绒察查根担心阿曼姑娘以后会倾心正值壮年的多旦王，就抢先下手，先娶了阿曼姑娘。请看"石渠"本的描述："在总管王和阿曼进入洞房之时，天竺国八十大成就之首萨惹哈将其化身神婴变成一粒白芥，借阿曼之腹降临。虽然阿曼已与总管王成了夫妻，但是，她对多旦王又有所不舍，难以忘怀。于是，阿曼每晚服侍总管王睡下之后，又在后半夜与多旦王幽会，又一粒籽种进入阿曼的腹中，如此一来，日后出世的孩子丹玛便有总管王和多旦王两位父亲。"

从古代民俗上讲，他可以有两位父亲。"石渠"本中，神婴丹玛刚一出生便唱道："我天生清净之神婴／谁说没有生身父……我乃穆布董族之远裔／与我有父缘的是岭尕总管王／又属北方之民族／另一个与我有父缘的是多旦王。"此大段唱词中，岭国的众英雄连同格萨尔王，丹玛都认了亲。

另一个细节是母亲萨阿曼接着儿子的唱词再唱："母亲是我萨阿曼／萨霍尔的亲姊妹／虽然诞生在丹国／丰功的建立在岭上。"

丹玛以这样的因缘出生在丹国，自然不会受到萨霍尔王的喜欢和容留。最后，随亲生父亲绒察查根回到岭国当属必然。

史诗描述丹玛在岭国总管王绒察查根家里长大，成长为岭国鹞鹰狼三勇士中的鹞神，也是格萨尔王所在岭国最著名的神箭手。

2.《丹玛青稞宗》的叙述心理为什么与《格萨尔》故事中的其他部本不同？

随着萨霍尔王的屡次作恶，丹国出现了明显的衰败迹象。

而在岭国的战略棋盘上，丹国是必定要拿下的，让其成为强大岭国的后方粮食基地。这是岭国开疆拓土、统一高原的重要条件。要达到这一战略目标，通过部落战争手段，用时短，容易实现利益最大化，但代价也大。

此时，萨霍尔王却给了岭国一个机会，史诗中说，他去西藏做佛事，忏悔宿孽兼还愿，途中被他害死的色隆华拉公主、格斯君王和婢女转世成三条大蛇，将其缠绕、撕咬，萨霍尔王中毒而亡。总之，萨霍尔王是死在了西藏，而与丹玛同龄的幼小丹王子萨江继位。

这时，岭国要对丹国用兵，是在乘人之危，不够体面。岭国找了一个冠冕堂皇的理由：丹玛已经10岁了，他同样是丹部落王族的骨血。而当年离开丹国时，他没有得到任何财产，是地道的"裸走"，这很不公平。现在回来要求拿到属于丹玛的那一份家产。这个理由给丹国群臣和小王子以巨大压力。谁都明白，丹玛实际上就是要来执掌丹国大权的，而他背后正是强悍的岭国。

丹岭两国早已有婚姻联系，比如说，岭国晁通王的夫人赛措就是原丹萨国王的女儿，从辈分上算，也是丹玛的姐姐。只是丹岭两国还没有形成紧密的集团式的部落联盟。但不管怎么说，岭国的这次用兵还得顾及亲戚的脸面。最重要的用兵目的，是在掌控丹国的粮食基地，而不是摧毁丹国。在史诗《丹玛青稞宗》的描述上，就表现为与其他部本中存在许多不同。

　　一是在战争形态上，岭国并没有采取碾压式的进攻方式集中兵力一举拿下丹萨玉城。虽然由总管王挂帅、岭国各部落首领亲自领兵出征，在如此强大实力下，却犯了兵家大忌，以单个将领依次出击，一幕幕地排班次，逐步施压，轮流攻击丹萨玉城。

　　丹国老臣更尕久麦，从大局出发，向丹王子犯颜陈述厉害，摆明现状，其中明确讲道："岭国英雄单独出征，丹国军队群起回应，君臣们胜败如何？"再则，岭国总管王绒察查根亲自出阵时，面对更尕老臣的唱词中说得更明白了："岭国英雄单人匹马来出征，你更尕是否感到惊讶？"无论更尕老臣的进谏之语，还是总管王阵前之问，都暗含了岭国是希望丹王子能以和平的方式归顺或交出大权之意，一直在等丹王子醒悟。

　　再看攻击顺序，先是晁通王想争头功，却丢盔弃甲，险些被丹国捕获。晁通儿子年查阿丹，不忍丹军侮辱其父，拍马迎敌。

　　接下来依次出战的是副总管阿奴司盼、戎查玛尔勒、华亚脱加和昂依。

　　战争进入中段，嘉察出战。接着是黄旗军赛巴首领尼奔达雅。在缓和了晁通与儿子的矛盾后，岭军收编了丹国大将阿色教敦。森达阿顿木出战后，接着是仁庆达鲁、达尔盼、蓝旗军阿奴华桑、戎查玛尔勒，白旗军首领嘉察出征营救戎查玛尔勒。

　　战争进入后段，总管王亲自佩甲出征，丹玛出征交手刚继位的萨江王子，总管王小儿子昂琼玉达出征。

　　总攻是在征服了地方神变化成的野牛后进行的。

　　此时，格萨尔王再次降临，他用神箭打开丹国蓝色青稞宝库，宝库中世界各种有名的粮食应有尽有，此段描写极富想象力。青稞的"福运"传给了丹岭两地民众，传给了藏族百姓。

　　二是在立场上，"石渠本"中并没有抹黑丹国小王子和众位将领，对于信仰中的佛教、苯教及双方的战神、地方神一视同仁。这是"石渠本"《丹玛青稞宗》明显有别于其他故事版本的地方，即没有把岭国对手描写成妖魔，渲染其魔力，而是以平等视角加以描述。丹国将领的唱词与岭国将领的唱词段落数量也差不多，语言一样精彩，比喻生动、幽默，充满生活气息，又不失英雄气概。

　　岭国将领数次都不能战胜对手，都需要格萨尔王暗中相助，方才取胜。有一段格萨尔王暗中保护岭丹双方两位英雄的描述很能说明问题。（这里采用了超时空的神话描写，因为还没到赛马称王的年代，格萨尔王提前穿越而来）岭军的达尔盼与丹军的囊见日吉当达英勇无比，都杀伤了对方军阵中的许多人马。正是这位丹将囊见，打败过晁通王，打伤了阿奴华桑，用绳索套捕了戎查玛尔勒，格萨尔王的哥哥嘉察与之交战也没胜他。此时，达尔盼与囊见两人打得不分胜负，也都受了伤。格萨尔王在另一时空中看得明白，这是一对难得的战将，失去了谁都心疼。格萨尔王先后变作小麻雀，用歌声启迪两英雄要惺惺相惜，不要再战。后又变化出狗熊与人熊搏斗、黑牛与公羊在悬崖边抵角争斗的景象，终于让两英雄醒悟，表示互不为敌。说唱艺人安排未来的格萨尔王亲自出手关爱丹国将领，也说明丹岭两国这一仗与其他的战争有所不同。在民间看来，此战类似于亲戚间争强吧。格萨尔王亲自出手留下丹国将领的意义非凡，这应合了藏族这样一句谚语："投降的敌人亲过儿子。"

　　丹国有两位少年英雄值得称赞。一位是丹王子萨江，一位是老臣更尕的儿子日吉当达。他们忠贞不贰，直至战死。最后，由格萨尔王超度他们灵魂进入天国。被格萨尔王看中并保护下来的丹国猛将囊见日吉当达，又被晁通使用魔法困住，后被丹玛用神箭所杀，嘉察赶来，为其祈祷，引灵魂入佛国。

　　史诗中说，丹岭之战双方所有死去的将士，都被引导到了度母的境界内。这样的结局，也支持了《丹玛青稞宗》在立场上平等的初衷。

　　三是在战争目的上，岭国只为获取粮食基地，而非摧毁丹国。

　　岭国出征前，10岁的丹玛听从嘉察的教导，骑上努丑丹巴宝马直奔黑土沟玛麦，去见只有5岁的幼主小英雄觉如，即日后的格萨尔王，寻求进攻丹国的旨意。这样的描述，无非是在为岭国进攻丹国的正当性，寻求权威支持。

　　再者，岭国是游牧部落，对农业生产并不通晓。要使丹域大粮仓真正发挥作用，就不能伤害丹国农户，要充分依靠他们善种青稞的生产技能才行。所以，对丹国只能取之，不可毁之。丹王子战死，岭国攻下丹萨玉城，取得了丹国各部落的掌控权，但总管王并没有让丹玛留守，而是委任丹国老臣更尕久麦代理执掌丹国国政。

值得关注的倒是，庆功宴上，丹玛只穿十八代丹萨王的朝服，在前排就座，算是完成了丹萨王位的登基形式。之后，总管王组织修复玉宗城郭，临时处理政事。岭国派出了尼奔达雅、阿奴华桑、晁通等众将领率领的几十个工作组，深入丹国各部落，政策开路，安抚民心，鼓励生产，很快消除了丹岭之争的负面影响，岭国的用兵目的达到了。史诗把善后工作讲述得极为详细，让人赞叹。

"石渠本"中提到的丹萨国各部落，至今可以在石渠县找到传承村寨。更不用说众多的山神、地方神还有山川河流的名称与本地的称谓相一致，《丹玛青稞宗》的史实性跃然而出。

本书接近完稿时，又收到了桑珠的说唱汉译本《丹玛青稞宗》，该部本多为韵文，365页之巨，但在桑珠的说唱本中还是属于一部短篇。虽然"语言大师"桑珠的语言文字魅力依然令人叹服，但该说唱本的故事情节却让人不能理解，与"石渠本"相比，可以说完全没有情节，丹玛出生的缘由背景也风马牛不相及。从头到尾只是在说"丹域青稞之福运，若不被岭国所有，黑头后裔难生存"，岭国在向丹国索要蓝色青稞之种的同时，还提出要让萨霍尔王的爱子丹玛来岭国居住任职，理由是丹玛是岭国的栋梁之材，如同"护身阳神"，是未来的大将军。于是，岭国先后派出三批使臣游说丹国。双方虽有主战派人物，也有局部摩擦和战斗，但最终通过谈判，丹国答应了岭国的条件。这样的"大圆满"似乎在用丹玛一生的功绩，反向推导少年丹码的前生。似乎也说明桑珠并没有听过前辈艺人说唱《丹玛青稞宗》，如此看来，再优秀的说唱艺人，也不能穷尽英雄史诗《格萨尔》的全部故事。正如索朗格列在"整理者说明"中指出了该部本明显的不足之处后所言，"对于丹岭和谈会盟之结果缺少相应的情节展示"，可贵的是"遵从科学的整理原则，以说唱者的口述故事结构为本，仅对个别必要的词语进行甄别取舍以期完善"。这为版本比较研究留下了难得资料和广阔空间。

第三节　诗领域第一颗成熟的果实

史诗一词源于在古希腊语中，意为"字、叙述和故事"。俄国文艺批评家别林斯基认为："史诗是在民族意识刚刚觉醒时，诗领域中的第一颗成熟的果实。史诗只能在一个民族的幼年期出现。"

这里的"幼年期"指的是史诗产生年代。学术界的一个共识：史诗产生于原始社会即将崩溃、奴隶社会即将建立的转型过渡时期。由于各民族所处地理环境的不同和发展的不平衡，这个"转型过渡时期"的时间有早有晚。史诗产生时期人类社会演进的主要推力，无疑是生产力的提高，生产力的发展促使人类的自我意识开始觉醒。正如俄国文学家高尔基在论述产生史诗的历史原因时所说，人类"征服大自然的初步胜利，唤起了他们的安全感、自豪心和对新胜利的希望"。人们的观念也从只知道崇拜神灵、万神主宰一切的朦态中，逐步看到了自身的力量，开始呼唤英雄。当面对强大的自然力，自身的力量不足时，又想借助于神灵。所以，英雄史诗中的主要人物，一定是半神半人的形象。

这里的"诗领域"是指人类社会整个文学艺术的创作实践，而史诗作为"第一颗成熟的果实"，需要一个漫长的创作过程，经由本民族的语言大师——吟游诗人们数十代的努力，并在综合民间艺术的基础上，最终创作完成。正像哲人所说："荷马不是一个人，而是整个希腊民族。"无数才华横溢的《格萨尔》说唱艺人，如同"活化石"一般明白无误地证明了这一点。

创世史诗和英雄史诗。就一个民族的史诗而言，创世史诗一般早于英雄史诗产生。作者认为，创世史诗应是英雄史诗的先驱与基础，并将融入到英雄史诗当中。反过来讲，不少创世史诗，大都因为成百上千年的历史变迁，人们没有承平日久的生活，致使民间文学发展的阶段缺失，因而没能完成到英雄史诗的跨越。

创世史诗主要表现的是人类祖先认识和创造世界的过程，包括天地形成、人类起源、洪荒劫难、长途迁徙等人类发展的内容。这些是在上古神话、传说的基础上发展而来，与本民族的成长史密切相关。我国南方少数民族中的创世史诗尤多。比如苗族《古歌》《侎巴侎玛》，纳西族《祭天古歌》《崇搬图（创世纪）》《黑白之战》，哈尼族《奥色密色》《祖先迁徙史》《古歌十二路》，瑶族《密洛陀》《盘王歌》，侗族《侗族祖先哪里来》《侗族远祖歌》《祖公之歌》，布依族《赛胡细妹造人烟》《造万物歌》《安王与祖王》，傣族《巴塔麻嘎捧尚罗》《厘俸》《相勐》《粘响》《兰嘎西贺》，壮族《布洛陀》《姆洛甲》《布伯》《莫一大王》，土家族《摆手歌》，仡佬族《十二段经》，水族《开天地造人烟》，彝族《勒俄特依》《查姆》《梅葛》《天地祖先歌》《铜鼓王》，基诺族《阿嫫尧白》，拉祜族《牡帕密帕》《扎努扎别》《古根》，普米族《捉马鹿的故事》，景颇族《勒包斋瓦》，畲族《盘瓠歌》，黎族《追念祖先歌》，阿昌族《遮帕麻和遮米麻》，佤族《司岗里》《葫芦的传说》，布朗族《顾米亚》，德昂族《达古达楞格莱标》，苦聪人和毛南族都有的《创世歌》，白族、傈僳族、独龙族各有一部《创世纪》，羌族《羌戈大战》等。由于各民族在新中国建立之前所处社会发展阶段不同，这些古老诗歌同样处在创世史诗的不同阶段。刘亚虎在《南方史诗论》中说道："就原始史诗而言，新中国成立前夕尚处原始社会解体阶段或带有较多原始社会残余，主要以采集狩猎、刀耕火种为生的独龙族、基诺族、傈僳族、佤族等民族的这些诗歌，还没有超越人与自然力的象征限度；已经产生私有制的彝族、纳西族、拉祜族、苗族等民族的这类诗歌则出现了人与带有各种自然和社会性质的天神形象斗争的情节。"而其他民族已经形成了规模宏大、内容丰富的长篇诗歌。当然，其内容的侧重点有所不同。

2005年，我在贵州省黔东南苗族侗族自治州雷山县掌批村和岩寨村拍摄"短裙苗族"专题时，民间《古歌》高手李木迭老奶奶讲述了20世纪50年代中央来的教授向她收集苗族《古歌》的往事，她为我们唱的几段《古歌》，经在场的州电视台编导孙舞阳翻译，内容大都是对苗族历史上大迁徙过程的追溯。

2011年，我去了有着"羿的后人"之称的革家人居住地——黔东南州黄平县重兴乡枫香寨和望坝村。他们的历史文化，深藏于自己的古歌《五龙七典》中。《五龙七典》一直是由革家民间社会阴阳两个管理系统中的阴族长，用革家语言世代口头传承。

革家人是我国六个待识别人民共同体之一，俗称待识别少数民族。革家人自称为"科摩"人。历史上称"革兜"，"革"字就是一个读音，旧写革字还加有反犬旁，新中国成立后，体现民族平等，反犬旁改成了单人旁。汉字电脑输入法中找不见单人旁加革这个字。为方便录入书写，编辑《贵州革家民族研究文集》的文化学者一致约定，暂去掉单人旁，直接采用"革家人"输入。虽不是国家的权威决定，但毕竟是革家文化精英们的一个临时约定的写法。本文也全用"革家人"表述，在此说明。

2005 年采访贵州省黔东南州雷山县岩寨村《古歌》高手李木迭老人

从 1991 年开始，香港科技大学教授张兆和博士数次深入黄平县，录制了几位大祭司阴族长说唱的 6 部古歌古词。计有《开启宗词》《宗阴庇护词》《迁徙词》《开路词》《祝酒歌》《芦笙词》（七典中失传了一部。五龙指革家人崇拜的社神，羿是五龙中的首神）。此外，罗义贵教授多年采集、翻译、研究的成果《革家典籍与民族源流》一书，还将部分革家语的古歌同步标注了国际音标。

《五龙七典》的内容非常丰富，包含了革家人的源流和文化。《宗阴庇护词》第五层第 12 首至 15 首词中，保存有殷商时期多个部落方国的名称。其中记有这样一段，革家祖上遭遇到"兔子吃人了……"的威胁，他们便请来鹞鹰兄弟与兔子交友，等兔子丧失警惕后，悬于空中装睡的鹞鹰俯冲而下，击毙了兔子。实际上这段古歌记录了革家祖上的一次危机，商代革家人属于弜（读蒙音）方，而古歌中的"兔子"指兔方，他们都归商王武丁夫人妇好将军统领。兔方人不守规矩，多次抢夺甚至杀死弜方人，弜方联合鹞方制服了兔方，便

贵州省黔东南州黄平县旺坝村革家人的阴族长掌握着祖传创世史诗《五龙七典》，到祭祀祖先的"哈戎"节时，他们又是大祭司，披上特定的毡披风，充作祖公祖婆，受到族人的敬重

有了上文古歌中的记述。

《迁徙词》多在革家人"哈戎"大祭祖时演唱，是革家人迁徙叙事诗，共760 余行。其中可以看到革家人祖上母系社会向父系社会过渡时期，祖公大胆责问祖太的内容：祖公外出狩猎转回家后，"祖公去对祖太说 \ 我去你的肚子大 \ 我回你的肚子扁 \ 你将我崽放哪里 \ 祖太她对祖公说 \ 我挖杉树脚 \ 我生你儿放杉桩 \ 祖公慢去看 \ 他是个男孩 \ 他是廖杉树……"古歌连续五段问与答，祖太告诉祖公还生有廖黄瓜、廖花、廖广菜、廖蕨巴，这就是廖姓的五支。这里的男性祖公大胆提出要求识别自己的孩子，说明原始社会母系氏族的群婚制明显衰弱。

《开路词》1375 行，是在丧葬中为死者"开路"的悲调词，引导死者的灵魂经过 43 个地方，能够准确进入祖鼓中。葬礼中，要拔下死者的一对上门牙，让其握于手中，便于祖先识别。此举算是革家人的身份证明，来自"羿杀六怪兽"

中的凿齿事件（早期神话传说羿所杀怪兽只有四个，并没有凿齿），凿齿是稍后的一个很能征战的部落——凿齿部落的一个信仰习俗，就是所有成年人要拔去两颗门齿，因而得名。羿率部征服并吞并了凿齿部落，此遗风也影响到了革家人。山东大汶口文化的墓葬中，也见到有缺失门牙的丧葬习俗。

民族的记忆不仅保留在史诗古歌里，也反映在节庆祭祀活动中。香格里拉市三坝纳西民族乡的白地村，每年的农历二月初八都要举行盛大的祭祀、野炊和歌舞活动，年轻姑娘们都披一张羊皮出场，无疑是在追忆自己祖先遥远的游牧生存形态

纳西族的东巴大师掌握有多部东巴经典，用于各类祭祀活动，客观上传承了民族的记忆。有不少应该属于古歌创世史诗

《芦笙词》共七章，每章一个专题，有300余首，每首数节，每节叙述一个事物的生活典故。比如"美男"是描述男人射猎活动并暗地会情人的芦笙词；"稻蚂蚱"是描述妇女捉蚂蚱煮沸做菜食的芦笙词；"老婆"一节则是描述夫妻房事的芦笙词。革家人的古歌，对于研究他们的历史渊源和社会文化有着极高的价值。

2002年，中国社科院少数民族文学研究所刘芝凤研究员所著《寻找羿的后人》和随后央视探索频道拍摄的同名纪录片，其视角都集中在了革家人的民俗民风上，而革家人的创世史诗中的古歌《五龙七典》却不曾涉及，这仍然是一个有待研究的领域。

英雄史诗则是民族崛起的产物。降边嘉措指出："一切优秀的英雄史诗，往往表现了民族崛起的发皇精神，是民族精神的象征。"

其主要表现了人类祖先的英雄壮举，描述了部落战争的故事。本民族的神话、传说，应该也包括古歌，与其说是英雄史诗必不可少的创作素材，毋宁说是一种催化剂、染色剂，渲染中的天神下地、先祖上天的演义大戏，又让部落战争的历史故事散发出神性的光芒，其中的英雄人物既亲民护国，又神力通天，备受民众的崇敬和喜爱。

说到英雄史诗的特性特征，推导英雄史诗产生的条件，先哲们有着许多精到的见解。古希腊哲学家亚里士多德把史诗分为"简单史诗、复杂史诗、'性格'史诗和苦难史诗"，史诗的成分"必须有'突转''发现'与苦难"。"史诗的'思想'和言辞也应该好。"德国哲学家黑格尔把史诗分为"一般史诗"和"正式史诗"两大类。他所说的正式史诗就是通常说的英雄史诗。意大利文艺复兴时期的著名诗人塔索指出了史诗的四个因素：第一是情节，这是诗的根源和灵魂；第二是叙述中的人物特性；第三是体现出的思想；第四是修辞。降边嘉措在他的《〈格萨尔〉论》中这样归纳：史诗产生在各民族形成的童年时代；史诗与神话有密切联系；史诗凝聚着一个民族的智慧，成为特殊形态的知识总汇；史诗叙述的庄严性，歌颂的是国家（部落、部落联盟）民族的重大事件。从某种意义上讲，一部民族史诗，往往是该民族的特定时期的一部形象化历史。

历史的格萨尔与艺术的格萨尔，两者之间的关系，是学术界长期争论的问题，前文多有涉及。其实，此问也只有英雄史诗《格萨尔》这部鸿篇巨制能够提出来，她既古老，又年轻，贵为"活形态"。

有着4000年历史的古巴比伦史诗《吉尔伽美什》，用楔形文字记载在了12块泥版上。而古希腊史诗在公元元年之后也固定成了文字，古印度史诗的成熟稍晚，应在公元四五世纪以后。这些史诗故事所依据的生活原型早已不复存在，那些上演过一幕幕英雄壮举的部落、城邦的直系后人，在长期接连不断的战争和民族迁徙融合中，早已消失得无影无踪。更何况古希腊史诗的几乎所有神名，都是从古埃及借来的，而许多故事则是取材于希腊半岛原住民达罗毗荼人的古老传说。尽管在民族精神层面上，古希腊史诗创建的文化大厦有鲜明的独创性，但在撷取和吸收大量外来成分以后，再去考证回看其"历史的真实"已没有什么意义。

英雄史诗《格萨尔》从民间文学的视角反映了不少藏族历史，也印证了古代藏族社会由分散走向统一的人民期盼。形象地记述了藏民族从氏族、部族、部落到部落联盟的全部过程，是一部藏族部落发展史。

英雄史诗中的格萨尔王以及岭国主要英雄，在历史上确有其人。他们的英雄壮举，是《格萨尔》这部伟大史诗萌芽期乃至成长初期最直接的创作原型。否则，就不能解释在广袤的青藏高原上，《格萨尔》说唱艺人彼此之间互不相识，没有沟通，甚至相距数千里，却一直以来说着同一个故事。

根据我多年的田野考察、与当地《格萨尔》专家的交流，得到两个有意思的认知。一是岭国各部落有一个从南向北迁徙或是扩张的趋势。此论点已在第二章中"将军藏寨"一节有过表述。从相关学科的视角入手，听取民族口述史，再参考史诗的内容，就能看清这种趋势。二是当下仍然在薪火相传的知名部落，他们祖先的英雄壮举，都集中展现在了英雄史诗《格萨尔》前面的几部里，成为整部史诗形成最早也是最核心的部分。这些部落的后代传人，能保持血缘主体传承至今，受益于再没有遭受大规模的战争与民族融合；受益于青藏高原地理环境的闭塞和藏族社会的长期超稳定性。即使是20世纪民主改革时的行政区划，基本上也是以原部落驻牧区域划分，有幸保留了较完整的部落及历史文化形态。这为今人的田野考察，提供了传承有序、历史可溯、实据可考的多学科研究的生态土壤。

再看，藏文化中的神山神湖很多，为什么唯有阿尼玛卿大雪山和扎陵、鄂陵、卓陵三大湖与格萨尔王和他的岭国三部落有着如此亲密的"骨血"联系。只能有一个解释，那就是真实的格萨尔王以及岭国长、仲、幼系三部落，确实在这里生活过。再则，历代《格萨尔》说唱艺人把自己的说唱看得很神圣，不会也不敢轻易改动传承而来的故事内容，这为这部伟大史诗保留了许多古代史实和民族记忆。有学者认为，果洛一度成了岭国的政治中心，而格萨尔赛马称王的地方在岭国三大寄魂湖附近。格萨尔登上王位后举行的全部落世界公桑的煨桑台，就定在了阿尼玛卿大雪山下。这些明确无误的地点，在史诗千百年的传承中从未改变，这对于上述"历史的格萨尔"之论述，也是一种例证。

至于格萨尔王的实际生卒年代，尊重民间共识就好，虽然有两三种说法，但也只相差 30 年，也与众多的文物遗址和相关记载相对应，与这部史诗的形成年代相一致。

艺术的格萨尔不能与历史的格萨尔画等号，这个好理解。艺术的格萨尔经过了上千年无数《格萨尔》说唱艺人的再创作，把藏族历史上一些重大事件融进了英雄史诗《格萨尔》中，其中就包括有真实的格萨尔王出生前和离世后的重大历史事件。《格萨尔》说唱艺人在创造锤炼出世界上最长英雄史诗的同时，格萨尔王这位半人半神的艺术形象愈加丰满。

英雄史诗《格萨尔》作为文学巨著，这里要强调的是，艺术的真实其价值显然高于历史的真实。艺术的格萨尔为这部伟大史诗注入了人民性的精神实质，张扬的是人民的理想信念。虽然佛苯两教对《格萨尔》的影响不可规避，但格萨尔王的艺术形象，依然还是按照人民的心愿所塑造。战胜那些欺压祸害百姓的魔王，然后将财宝分给百姓，唱响了人民的心声。哪怕是细节的铺垫和安排也如此，格萨尔王一出生就集神性、龙性和人性于一身，神性和人性好理解，赋予他龙性，映射了藏民族的心理认知，三界中的龙界最富有，龙王邹纳仁钦被称作"财富之主"，他成了格萨尔王的"外公"，表达的是古代藏族先民渴望摆脱贫穷、过上富裕生活的愿望。降边嘉措在《〈格萨尔〉论》中指出："英雄史诗《格萨尔》凝聚了藏族先民长期积淀的巨大心理能量，其情感内容和精神追求，比之个别人的心理经验要丰富得多，也深刻得多。这样的历史使命，不是一个部落酋长、一个地方首领，更不是一个土司头人所能担负的。只能由古代先民理想中的英雄——超人来承担。因此说，英雄史诗《格萨尔》是由全体藏族人民所创造。"

需要指出的是，在《格萨尔》的故事广为流传的地方，人们也从来不会刻意区分历史的格萨尔与艺术的格萨尔。人们确信半人半神的格萨尔大王真实存在，他是藏族人民心目中永远的英雄。藏族人民实际上在心底里已经将历史的格萨尔升华为艺术的格萨尔了。这是艺术的魅力，是《格萨尔》说唱艺人的功劳。在本书开篇词"认识格萨尔王"中，已经提前回答了格萨尔王是人还是神的考问，降边嘉措的定义十分精准，也十分精彩。"格萨尔王不同于耶和华，也不同于释迦牟尼，他是藏族民间文化土壤中诞生的神，是民族理想的化身。格萨尔王既是人格化了的神，又是神化了的人，更多地表现了人的历史属性。因此说，格萨尔王是历史的人、文化的人，是雪域文化铸造的民族之神。"

以中国社科院降边嘉措为学术带头人的国家哲学、社会科学国家重点工程项目《格萨尔》藏文版精选本 40 卷 51 册，由中国民族出版社出版。图为降边嘉措与责任编辑合影

第四节　英雄史诗《格萨尔》的传播

史诗诞生之后，前文字期传承、传播的使命，只能由吟游诗人来承担。随着社会的演进，产生史诗的社会基础消失了，史诗的传承和传播只能依靠文字载体。正如法国文学家雨果所说，"史诗在最后的分娩中消亡了""世界和诗的另一个纪元即将开始"，人类文学创作已被其他多样化的文体所替代。中国的三大英雄史诗，尤其是藏民族《格萨尔》的传承与传播，可以说涵盖

了世界上所有史诗的流传方式。这归结于它至今呈现出的"活形态"，虽然其自身的发展也早已进入了成熟期，吟游诗人即《格萨尔》说唱艺人将会逐渐减少，直至不再出现；英雄史诗《格萨尔》也将固定在文字和其他现代媒介中。尽管如此，它还是让今人见证了史诗流传的过程，见证了一部完整的史诗"活化石"全貌。英雄史诗《格萨尔》传遍全藏地，自不必多言。新中国成立以来，经过数十年的抢救、搜集、整理、研究、出版，英雄史诗《格萨尔》已有300部之多。此外，它还传播到了喜马拉雅文化圈及周边地区的蒙古族、土族、裕固族、普米族等民族居住地区，成为各兄弟民族的文化遗产。下面根据作者的所见所闻，做些粗线条的代表性的梳理。

"小西藏"巴尔蒂的格萨尔文化

巴尔蒂斯坦位于巴基斯坦东北部喜马拉雅山脉和喀喇昆仑山脉之间，印度河两岸，1942年并入巴基斯坦。莫卧儿王朝统治时期和印度的历史学家称这里为"小西藏"。

巴尔蒂族现有人口40万，巴尔蒂语系藏语方言，由于近五六个世纪以来，中断了与中国西藏在文化、宗教、经济等方面的联系，语言也受到突厥语、波斯语、布鲁沙斯基语的影响。据巴基斯坦学者阿巴斯·加兹米1989年参加中国成都首届《格萨尔》国际学术研讨会的论文介绍：公元五六世纪，这里的政权史称大勃律和小勃律。公元725年吐蕃军队攻占了巴尔蒂地区，经过12年的征战，于公元737年灭亡了大小勃律。可是仅过了100多年，在"朗达玛灭佛"事件与平民起义的打击下，吐蕃王朝崩溃，吐蕃的一支驻军便留在了当地繁衍至今。佛教与伊斯兰教在这里前后各自流行了600年。改变吐蕃驻军后人文化和佛教信仰的是伊斯兰教的第二次东征。巴尔蒂人面对强行改变宗教信仰、禁止使用藏文而一律改用波斯文的压力，想尽可能地保留自身文化，英雄史诗《格萨尔》是最有效的自卫和抵抗的"软猬甲"。在之后的数百年中，《格萨尔》的故事成了巴尔蒂人的希望。尤其是在漫长的冬夜，在许多村子里，男女老少都聚集在一起，听艺人讲述格萨尔王的故事。可是近几百年来，这里长期中断了与中国西藏的联系，随着宗教、文化、语言等方

1992 年，中国学者降边嘉措和杨恩洪来到巴基斯坦的巴尔蒂地区，采访考察《格萨尔》说唱艺人，与艺人和孩童合影

面的巨大变化，藏地优秀的《格萨尔》说唱艺人不能轻易到达巴尔蒂，许多版本反而是从拉达克地区传过来的，巴尔蒂地区的《格萨尔》传播渐呈弱势。

1992 年，降边嘉措和杨恩洪作为中国学者，第一次访问巴尔蒂并考察了当地的格萨尔文化。他们采访了这里的《格萨尔》说唱艺人，显然他们是后天才学会的吟诵艺人，并且有着明确的师承关系。从现存版本中可以看出，其内容与原版有着许多不同。连霍尔国白帐王都变成了突厥国王；格萨尔大

巴尔蒂地区的《格萨尔》说唱艺人

王妃珠姆的名字也改成了伯隆格莫。其版本的体量显然不能与母体版本相提并论。

随着《格萨尔》史诗文化的流变，现在不少说唱艺人同时还是民间乐手。隆格尤尔河谷马球比赛盛行，最后获胜的马球队，都会请乐队歌手演奏《格萨尔》故事演变来的歌曲，庆祝本方获

胜。著名的古典剑舞《乔戈尔巴莱苏尔》和《加舒巴》早先都是按照《格萨尔》的韵文部分的乐曲编成，分别编入了 12 支乐曲和 9 支乐曲，成为珍贵的文化遗产。巴尔蒂民间也有许多《格萨尔》史诗故事传说遗址，降边嘉措带回了他们在赫尔达斯村附近格萨尔王出生石下，与村童和艺人合影的一组照片。

"呼尔奇"金巴扎木苏

2019 年 7 月，习近平总书记到内蒙古自治区考察指导工作，在赤峰博物馆接见了多位《格萨尔》说唱艺术家，85 岁的金巴扎木苏也在其中。他是与我失联多年的蒙古族艺人朋友，终于找到了。

记得那是 2001 年 7 月，中国社科院少数民族文学研究所斯钦孟和博士亲自驾车，带我和摄像师赶往他的家乡，参加巴林右旗的那达慕大会，我们的主要任务还是拍摄内蒙古的《格斯尔》文化（蒙古族将英雄史诗《格萨尔》称作《格斯尔》）。

最先采访到的正是著名说书艺人金巴扎木苏。之前赤峰市文化部门找了他 8 年，采访时他刚接受了文化局交给他的录制《格斯尔》的任务，有了一间住宿兼说唱录音的房间，结束了 10 多年没有谋生手段和生活保障而四处漂泊的日子。金巴扎木苏非常热情地接受了我们的采访拍摄。我用专业反转片为他拍的一组照片，还挺好，那时他也没有电话，我回京后又与他失去联系，一直没能将照片寄给他。直到习近平总书记这次接见，借此机缘，通过新闻联播搭桥，终于又联系上了这位老艺人。

金巴扎木苏是目前最优秀、出版发行最多蒙古族《格斯尔》的说书艺人，是国家级非遗传承人。据不完全统计，在已经录制的 1500 小时的蒙古族《格斯尔》史诗中，金巴扎木苏说唱的就占了三分之一。2003 年，斯钦孟和博士整理出版了金巴扎木苏演唱的《格斯尔》共 96000 行，并对其作了系统性研究。金巴扎木苏有着很强的编创能力，学者们将其归为"自由发挥型"说书艺人。

这位被誉为"呼尔奇"即民间认为的"说书大仙"的艺术家，似乎也是为英雄史诗《格斯尔》而生的。1934 年，金巴扎木苏出生在巴林左旗一户牧人家庭，祖父是位著名的民间乐手和说书人。从幼年开始，祖父就教授金巴扎木苏琴艺和演唱，要求他背诵民间谚语、绕口令、谜语、寓言。尤其是有着说书世家背景，通晓蒙藏汉语的舅舅达瓦熬斯尔喇嘛，见金巴扎木苏聪明伶俐，音乐天分极好，又对说书艺术表现出极大兴趣，就耐心培养这位 7 岁的小外甥。可是下了一番功夫，舅舅教授他学习蒙古文，传授说书技艺，每有巴林旗和翁牛特等乡的说书人来访，都让小金巴上前观摩。金巴扎木苏 16 岁时，能背诵 40 部蒙汉说书故事，其中就含有 11 位老艺人传授给他的《格斯尔》故事。

蒙古族《格斯尔》说唱艺人金巴扎木苏

珍藏于内蒙古社会科学院的北京 1716 年蒙古文版《格斯尔》

新中国成立以后，金巴扎木苏的说书能力得以展现和提高。1953 年，他被旗里派去参加东三盟民间艺术工作者培训班，结识了萨木皮勒、乌斯呼宝音等 8 位著名说书艺人，学习掌握了创作新曲目的技能。他由衷地感恩时代，编唱了《歌颂党的恩情》等两首好来宝，获得本次培训比赛"草原头号青年说书艺人"奖。1957 年，金巴扎木苏荣幸地参加了内蒙古自治区召开的人民艺术家大会，他在会上演唱了《蟒古思故事》《呼和浩特颂》《也苏该之祝辞》《祖国》，获得了第三名。尤其是会上结识的芭杰、毛依汗等大师级说书艺人，对他的鼓励和点拨，使他受益匪浅。20 年间，金巴扎木苏走遍了内蒙古草原的盟旗，服务于牧民的同时，自己的说唱技能也达到了炉火纯青的程度。

　　琶杰是最优秀的老一代说书艺术家，1964 年，他参加全国少数民族文艺汇演，受到毛泽东主席的接见。伴随着《格斯尔》美妙的旋律，琶杰留下了宝贵的 80 个小时录音磁带。1991 年，琶杰与藏族《格萨尔》说唱艺人扎巴，一同被国家四部委追授"杰出《格萨（斯）尔》说唱家"称号。这次内蒙古之行，有幸采访到了琶杰老艺人的徒弟罗卜桑艺人，他穿上蒙古袍，特意往腰带上挂了一只红色的小鞍袋，这是在说唱《格斯尔》史诗前的一项庄重仪式。

　　《格斯尔》优秀版本对蒙古族说书艺人的重要性是不言而喻的。那部著名的 1761 年北京蒙文木刻版《格斯尔》，便是此次要采拍的重要内容。在内蒙古社会科学院图书馆里，我们鉴赏并拍摄到了这部珍藏的版本，这里还藏着一个天意合体的故事。1761 年蒙古文史诗《格斯尔》传入西方的版本只是上卷 7 章，先后翻译出版了俄、英、法、日、德等文字版本，引发了研究蒙文《格斯尔》的热潮。不可思议的事情发生在 1954 年，内蒙古社科院的两位学者出差北京，在隆福寺大街的旧书摊上，竟然发现了 1761 年北京蒙古文《格斯尔》版的下卷 6 章，以很低的价格捡了漏，从而让这部蒙古文《格斯尔》版本珠联璧合，完整地珍藏于它的故乡。1761 年蒙文版《格斯尔》其实是北京印经院刻印，有专家认为，这部《格斯尔》是在印经之余顺便刻出的，却开创了《格斯尔》文本传播的先河。

　　本次内蒙古寻访《格斯尔》文化之旅，还有个更惊人的发现。2001 年 7 月 11 日，我们在内蒙古自治区图书馆拍摄，一位馆员从库房里拿出一部刚完成馆藏登记编目的蒙古文《格斯尔》手抄本，在场的每个人都很兴奋。陪同来访的自治区社科院专家初览后说，这部《格斯尔》手抄本一共 15 章，系清末民初的版本，蒙古文书法非常漂亮，卷后落款说明，这是受内蒙古东部的一位绅士之托而抄录。更为难得的是，其内容从未听说过，是一部新发现的版本。原先人们屏息的现场气氛热烈了起来，真不虚此行啊，这部在图书馆仓库里沉睡了 43 年的《格斯尔》手抄本，又走进了火热的新时代。

　　一些细心的朋友会问，青藏高原周边各民族中流传的《格萨尔》与藏族的《格萨尔》有什么不同？它们之间有源流关系吗？先说不同点：藏族的《格萨尔》体量巨大，是世界上最长的史诗，并以"活形态"的形式惊艳学术界。

优秀《格萨尔》说唱艺人的记忆之谜至今也不能完全解释，许多托梦艺人还不识字，也没有明显的师承关系，他们说唱的《格萨尔》数量，用著作等身形容就不是比喻。英雄史诗《格萨尔》的文体，采用散韵结合的方式交替进行，散文用以述说，韵文用来歌唱，并有不同的曲调。而其他民族的《格萨尔》艺人算是民间说书人，同样也能说唱《格萨尔》。他们的说书技艺要靠师承传授，还需有文本。蒙古族《格斯尔》的文体全为韵文，背熟后演唱。同时艺人说唱时会用四弦琴自拉自唱。再说源流，毫无疑问，藏族《格萨尔》是源头，传入其他民族以后，经过各自民族艺人数百年的再创作，将本民族的文化融入其中，把英雄史诗《格萨尔》打造成了本民族的文化结晶。

名师恰黑龙江的三传人

民族文化学者李克郁送了我一本由他翻译并签名的《土族格赛尔》。这是一本有着 657 页 16000 诗行的土族《格萨尔》。原稿是由德国传教士多米尼克·施劳德采用拉丁字母为主的国际音标记录。1948 年 11 月至 1949 年 6 月，他在青海省互助县沙塘乡的甘家堡发现并记录了这部土族英雄史诗，说唱者是当地有名的画匠官布希加。后经瓦尔特·海西尔整理，在德国出版。1984 年，中央民大张寿财老师给李克郁寄来了其中的 100 多行诗，请他试读。李克郁正巧去内蒙古大学参会，在他老师清格尔泰处获得了施劳德音标记录的全本土族《格萨尔》。李克郁如获至宝，只几天工夫就试读完，并如饥似渴地翻译成中文，1994 年由青海人民出版社出版发行。

作者认为，各民族应该将这部伟大史诗统一写作《格萨尔》，只在前面加以民族界定为好。李克郁翻译出版的书名为《土族格赛尔》，而当今又约定俗成地称为"土族《格萨尔》"，如此这般，本节的表述有点尴尬。所以，但凡李克郁的译作就用"格赛尔"，此外均写作"格萨尔"，在此说明。

早在 1944 年，李克郁 9 岁那年他就见过画匠官布希加。家里盖好了新房，父亲让他和哥哥去请官布希加来为新房装潢绘画。不几天，一件秘事让李克郁很是好奇。深夜，不少村民一改往日喜欢热闹喧哗的习惯，悄悄来到他家，进到里屋后，父亲还闩上了门，这让被挡在门外的兄弟俩十分好奇与不解。

直到多年后，向父亲问及此事，才知道那天画匠是在说唱《格萨尔》。父亲告诉他，如此谨慎是因为当地的佛爷不让讲《格萨尔》的故事。

李克郁在译者注中说道，本故事的主人公"前半部以仁欠西利的名字出现，到了后半部突然以格赛尔名字出现，也未做任何交代，给人莫名其妙的感觉。为使读者不发生误会，在翻译整理时以格赛尔这个名字一贯到底，没有用仁欠西利这个名字"。李克郁明确指出，这个现象是那时当地宗教界禁止土族群众说唱《格萨尔》的缘故。画匠官布希加用仁欠西利这个名字替代格赛尔的名字是在避嫌，传教士记录他的说唱，是在天主教堂内封闭的环境中，官布希加逐渐没了顾虑，后半部又回归了主人公原名格赛尔。细读李克郁的译作，在460页有这样的描述："阿卡其东告辞回家后／歆国可汗便更换女婿（格萨尔）的名字／由此名叫恩庞哇西利。""西利"是土族语"少年"的意思。"仁欠""恩庞哇"算是少年格萨尔的化名。

土族居住在青藏高原东部，与藏族有着近似的生产方式和生活习惯，又有共同的宗教信仰，不少土族群众同时能用土藏汉几种语言交流，土族《格萨尔》说唱艺人中有很多才华横溢的民间语言高手。李克郁翻译的这部《格萨尔》音标记录本，合并了藏族《格萨尔》中的《英雄诞生》《北方降魔》《霍岭大战》三部故事内容。但是，除格萨尔王外，所有的人神魔怪、部落、山川河流的名称全都变了，基本故事情节来了个乾坤大挪移，重新创作添加的内容很多。当然，只要熟悉藏族《格萨尔》的故事，是很容易将该土族版中的大部人物对应关系和故事的走向改变看清楚。土族艺人在说唱《格萨尔》时，韵文与行序没有限制，往往韵文用藏语咏唱，然后用土语进行解说。这时，会加入许多土族古老文化内容，更贴近土族民众的欣赏习惯。这种叙述方式，客观上起到了承上启下的作用，反映出土族人民在吸收其他民族文化时的创造精神。

《土族格赛尔》中出现的第一位重要人物罕木洛夏尔干桑，他诞生在一只从腾格里长生天飘落下地的皮靴里，长大后成了阿克隆（对应岭国）的可汗。算起来他是格赛尔（对应格萨尔王）的祖父。长生天主神什登拉欠桑又派三位公主下到凡间采花，三公主喝了药泉之水，忘了归途，只得认作罕木洛夏尔干桑可汗为父，被分别安排去了阿克隆水流的上中下三地，也没交代三公主与谁成婚，只是说三公主分别梦见三色雾后，都怀孕生下孩子，这便是阿克隆部落的祖先，——似乎对应的是岭国长、仲、幼系三部落，又很有点"女儿国"母系氏族传说的意味。

《土族格赛尔》很快塑造了一位干尽坏事的反派角色阿卡其东，再从名字的发音看，是藏语"叔叔晁通"变化而来。不同的是阿卡其东与后面出生的神子格赛尔成了平辈兄弟关系。阿卡其东篡夺了老可汗权位后，显威风，摆阔气，分别宴请六方可汗，其中就有乌都可汗鲁日赞和佛尔白、黄、黑三可汗（对应北魔鲁赞和霍尔三帐王）。结果是请神容易送神难，阿克隆部落被各方可汗敲诈勒索而负债累累，以致贫困没落。阿卡其东只得向自家三部落子民摊派金银财宝、牛羊马猪，繁重的苛捐杂税弄得部落民不聊生，怨声载道。

阿克隆老可汗乘桑烟上到腾格里长生天，请求天神派神子来解救天下百姓，几经周折，天神决定派神子斯尕尔玛东加克下凡。神子先变作一只蜜蜂，又变作迷路的灰鸽子。长生天中的姐姐嬷嬷塔利娃什尕为帮神子转世，化作鹞鹰将灰鸽杀死在清泉旁。杜卡莎阿奶（年龄一定不小）背水拣到死去的灰鸽，拿回家放入灶膛中烤熟吃了，不久便怀孕生下格赛尔。其情节与《格萨尔》的《天界篇》和《英雄诞生》相去甚远。

而《土族格赛尔》主人公格赛尔，对其智慧（也有小聪明、幽默）形象的塑造多于勇敢奋进和除暴安良，李克郁在《译者的话》中这样评价："格赛尔是阿克隆的可汗，是天之骄子，是生活中的胜利者，但他从未统领大军去与邻国进行声势浩大的战争。即使有些战斗，也并非格赛尔亲自统领指挥，而是由他的部将们进行的……而格赛尔则骑着自己的神马，领着神狗周游四方。"值得一提的是，格赛尔每当遇到不可克服的困难，腾格里长生天中的姐姐就会出现，先知先觉地帮他解决问题。显然，这位姐姐取代了格萨尔王天界姑姑的角色。

格赛尔可汗迎娶大王妃斯藏莎（对应珠姆）的故事中，安排了很多幽默甚至恶作剧的情节。次王妃巴什扎巴什孜（对应梅萨）是歆国可汗之女。斯藏莎嫉妒次王妃，将其赶出家门，结果鲁日赞可汗的神鸟乌鸦，骗她骑在自己的背上飞回城堡，将她献给主人鲁日赞做了王妃。格赛尔去救次王妃，在乌都特边地遇到的却是鲁日赞的女儿拉木阿尔达克（对应鲁赞王的妹妹阿达娜姆。不过，果洛州格日尖参的女儿央金拉姆曾跟我说过，藏文也有两个版本，其中一版阿达娜姆就是鲁赞王的女儿）。格赛尔救下次王妃巴什扎巴什孜的过程相当不容易，故事继承了《北方降魔》篇中情节的复杂性。故事情节安排鲁日赞有九个头、九条命。鲁日赞额头正中不是小金鱼，而是三把火炬，这是他生命力最强的寄魂物。格赛尔要进入乌都特城，必须用金斧砍倒城堡上的大树等，一切难关，在可汗女儿和次王妃的帮助下，一一被破解。乌都特可汗鲁日赞最终也归顺了格赛尔。经过以上概括，明显可以看出，画匠官布希加的说唱版，融入了太多的土族文化，虽然其故事线与藏族《格萨尔》大致相似，但在大量的细节和语言描述上，却是千差万别。

格赛尔滞留乌都特期间，大王妃斯藏莎被佛尔白可汗抢去，待到格赛尔赶回阿克隆，要去佛尔国夺回斯藏莎时，这部《土族格赛尔》的故事打住了，看来这是一部未能讲完的故事。

为德国传教士讲述《格萨尔》故事的官布希加，少年时代外出学习绘画手艺，有幸结识了享誉四方的土族《格萨尔》说唱艺人恰黑龙江（1875—1946年），拜其为师学唱的《格萨尔》。想必官布希加手上没有《格萨尔》文字说唱本，全靠记忆说唱，不过已很了不起。如有文字本，传教士施劳德一定会花重金买去。即便如此，据知情人讲，施劳德当年还是付给官布希加不少酬劳。

不必担心官布希加说唱本故事的完整性，当代最优秀的土族《格萨尔》说唱艺人王永福（又名更登什嘉），为社会留下了众多的土族《格萨尔》。而画匠官布希加的师傅——堪称大师级的《格萨尔》说唱艺人恰黑龙江，正是王永福的外祖父。恰黑龙江的说唱技艺传给了女婿杨增（1890—1957年），杨增又将说唱技艺传给了儿子王永福。

王永福老艺人生于1931年，为躲避战乱，在他两岁时，父亲杨增便举家逃离故乡青海省互助县，翻山越岭，来到如今的甘肃省天祝藏族自治县朱岔乡多让沟落脚谋生。王永福从小在父亲身旁聆听《格萨尔》故事，耳濡目染

甘肃土族《格萨尔》说唱艺人王永福的
早年照片 （降边嘉措供稿）

留下了不可磨灭的记忆。在父亲的言传身教下，王永福很快成了家族第三代《格萨尔》说唱艺人。父亲杨增去世以后，王永福依旧勤奋好学，从民间文化中吸取营养，年纪轻轻就是闻名乡里的"酒歌师"。逢年过节，迎亲嫁娶，十里八乡的各族乡亲，都来请他去当司仪，其中说唱土族《格萨尔》是必不可少的保留节目。

第一次采访拍摄王永福老艺人是2000年11月，当我们摄制组赶到甘肃省天祝县老艺人的家里时，正赶上王永福的小女儿出嫁，我们先就拍摄下了原汁原味的土族婚嫁的风俗。小女儿穿上传统的新人服饰，王永福为女儿煨桑，洒净水，诵念起古老的祝福词。女儿的"哭嫁"真切地表达出对父母养育的感恩。接亲的车队远去，天还未亮，在场的人都体察得到王永福内心的激动与伤感，这是他最小、也是最疼爱的闺女。

早在1991年，王永福就被国家四部委联合授予"优秀《格萨尔》说唱家"称号。2006年，王永福成为"第一批非物质文化遗产保护名录——土族《格萨尔》说唱传承人"。得益于王兴先教授1987年的调研，王永福这位土族《格萨尔》说唱艺人得以被发现保护。经过几代学者的努力，王永福的说唱成果，已编入《格萨尔文库》第三卷《土族〈格萨尔〉》上、中、下册，为《格萨尔》学研究拓展了新的领域。为此，西北民大成了土族《格萨尔》文化研究的高地，并建有王永福《格萨尔》说唱艺人纪念馆。

第五节　向共和国第一代《格萨尔》学者致敬

首先需要说明的是，这里所列"共和国第一代《格萨尔》学者"，是特指我采访过、请教过的专家学者，虽说不上挂一漏万，但肯定会有遗漏。受条件所限，不能一一拜访请教全部的"格学"专家，只能在此致歉。再有，像四川学者任乃强、甘肃学者王沂暖等几位跨越时代的学者，每一位都是一部大书，令人敬仰。遗憾的是，他们离世较早，无缘相识，也就不列入下文了。即使本章所列出的大部分专家学者，也只是当年采访时与之相处了两个来小时，有的只见过那一次面，给我的印象与教诲却很深刻，现在回想往事，当初相识是缘分也是机遇。好在不是写传记，抓住最深的记忆，只写一件小事，或是关于格萨尔文化的一个观点，真正的一滴水见太阳了，以示我对他们的怀念与敬意。至于第二代乃至第三代《格萨尔》学者，也是人才辈出，后浪前涌，限于篇幅，不能在此列入，有待日后拜访请教学习。

作为共和国第一代《格萨尔》学者，毫无疑问必然担负起开拓者的使命。过去，不是有这样一种说法吗，"《格萨尔》在中国，而《格萨尔》学在西方"。显然是从陈寅恪早先说的"敦煌在中国，敦煌学在西方"这类话借鉴过来的。那也没有办法，旧中国积贫积弱，王道士一心想要钱修复敦煌洞窟建他的道观，把最有价值的敦煌藏经洞中的唐代书稿及丝质经卷，分两次卖给了英国和法国的探险家。中国只留下了不足四分之一的洞藏经卷，要研究这批敦煌出土文献，必须去英法以及俄日等国看微缩胶片了。更加麻烦的是，俄罗斯的藏品中，还将新疆龟兹出土经卷与敦煌经卷混在了一起，辨别各自所属，都将是一项艰巨工程。敦煌文献的大部头及相当的精品到了西方，敦煌学的研究反而是西方近水楼台了。

所谓"《格萨尔》学在西方"，其代表人物还是法国东方学家、能够运用藏汉两种文字进行科研的石泰安，他的著名的《西藏史诗与说唱艺人的研究》，是他 1958 年的博士论文。

西方学者掌握的《格萨尔》版本资料并不算多，倒是原来锡金王国后来收集编纂有 30 部《格萨尔》珍藏本，成为最基础的版本资料。最让人提气、受鼓舞的是，经过我国政府半个多世纪的不懈努力，各地方《格萨尔》工作者搜集整理编辑出版了众多的《格萨尔》英雄史诗，其中还有多位著名的《格萨尔》说唱艺人的录音整理"科学版本"。就《格萨尔》版本而言，中国已经是厚积薄发，仅四川民族出版社于 2019 年就整理出版了 300 册《格萨尔》英雄史诗藏文版。

现在我们可以自豪地说，《格萨尔》在中国，《格萨尔》学同样在中国！其重要标志便是我们国家建立起了从中央到地方的《格萨尔》学科体系，院校和研究机构培养了大批中青年学者，并且研究成果丰硕。《格萨尔》学优秀人才梯队完善。下面就请出《格萨尔》学的几位大咖，从点滴侧面感受领教一下他们的不凡人生和学术风采。

徐国琼

徐国琼是一位德高望重的《格萨尔》学者，并且在 20 世纪 60 年代民间搜集和保护《格萨尔》古旧珍藏本的事业中有过大贡献。而第一位用纪实文学报道宣扬徐国琼的正是降边嘉措。《海内外文学》1989 年第 2 期上登载了降边嘉措的《神歌》，其第五章中有这样一段描述：

"在熊熊燃烧的大火中，是不是也有人宁可被烧焦眉毛和手指，宁可冒着被抛入大火殉葬的危险，保存一个民族的理智和良知呢？

"有的，不仅是一个人，也不仅是一个民族的人！这是我们民族的幸运和安慰。历史将记住这些人的名字和业绩。"

接着降边老师向广大读者隆重推出了三位他所敬重同行。

"一个汉族人——徐国琼"

"一个蒙古族人——黄静涛"

"一个藏族人——阿图"

黄静涛在 20 世纪 60 年代任中共青海省委宣传部部长，那可是中国民间文艺研究会青海分会干部徐国琼的顶头上司。阿图是云南省迪庆州升平镇的《格萨尔》说唱艺人。他们都为保护《格萨尔》珍藏本以命相搏，为国家为民族保护下了珍贵遗产，令后人敬仰。

1966 年夏，虽然青海省民研会资料库已经上了封条，但还是被人擅自撬开，拿走了一批《格萨尔》文本，当众点燃。徐国琼说："大火焚烧那一页页《格萨尔》，我全身每个毛孔都在淌汗，又像打摆子似的仿佛浑身浸在冰水里。不亲身参加《格萨尔》搜集、整理、翻译的人不会有我们这样痛苦的体验。"他那会儿连跳进火坑抢救的机会都不存在。万幸的是，就在这场焚烧的前夜，徐国琼找到已被打倒的黄静涛部长，请示放在民研会办公室用作整理、编纂、翻译的那 57 部手抄本、木刻本如何处理，那可都是《格萨尔》的精华命根子。黄静涛坚定地鼓励徐国琼说，你一定要想尽一切办法先藏好这批宝贝，不要怕，出了事一切由他担责。有黄部长撑腰，徐国琼心里有底了，一定要藏好这批宝贝！藏在哪里才安全呢？思前想后，只得乘着夜色，分几批把这 57 部《格萨尔》搬回了家。这下可把妻子吓坏了，一个劲地求丈夫要为孩子着想，为全家考虑，把这些东西拿出去，千万别放家里。徐国琼是铁了心的，现在哪里都不如家里安全。他一面安抚妻子，一面将 57 部珍本《格萨尔》里三层外三层地包裹好，撬开地板，藏在坑内，再填上土，钉好地板。这些活儿，他没让妻子插手。他想：万一自己被造反派抓走，不是还得有个送饭的吗？

我见到徐国琼已是 2001 年初春，他调回家乡云南省社科院工作多年，忘了哪位朋友给我们拍下了一张挺难得的合影照。他说 1960 年前后搜集到的那些《格萨尔》手抄本和木刻本，除了少数寺院僧人版本外，主要来自德格岭葱土司家族多年组织记录的优秀艺人说唱本，文学价值非常高。1960 年徐国琼拜访德格降央伯姆土司，女土司回忆小的时候，在玉树囊谦娘家时，常见父辈在组织文化人抄写《格萨尔》，并自豪地告诉徐国琼，"一般人抄写出来的都赶不上我娘家人抄写出来那样好"。

我在青海省文联《格萨尔》研究所拍到了一幅清末民初的格萨尔王骑征图唐卡，据说这幅唐卡来自德格，经徐国琼确认，正是他从"吉基贡"小寺院征集到的，是当地著名唐卡画师江察罗周的作品。

"吉基贡"是在龚垭嘉察古堡遗址旁建的一座小寺院。里面只有 5 位喇嘛，他们念经时只张嘴动唇却不出声，人说念的"哑巴经"，只有两句疑问句："格

2001 年初作者采访徐国琼老师

徐国琼于 1962 年从德格征集到的清代唐卡
《格萨尔王十三战神威尔玛骑征图》

萨尔王什么时候出现？嘉察什么时候回来？"龚垭嘉察城堡遗址我去过，时任德格县人大常委会副主任的泽尔多吉为我们作的讲解。而徐国琼当年就弄清了龚垭嘉察城堡被毁的经过，是在清末被新龙瞻对布鲁曼部进犯时烧毁的。正是第七章第五节讲到的佐钦寺土登仁波切驯服的瞻对大枭雄贡布朗加所为！

"吉基贡"的喇嘛当时还将一件据说是嘉察的铠甲交由徐国琼，让其带回由国家保管。由此可见，当时的人们对国家派人搜集《格萨尔》版本及文物的工作信任度多高呀！在几个当地人的帮助下，徐国琼将嘉察铠甲抬到邮政局，竟然有40多公斤重，没法邮寄，只好奉还原主。

甘孜县色西底乡一带是流行《格萨尔》手抄本最多的地方。徐国琼收获非常大，仅从札呷寺墙根火堆中就抢救出好几部《格萨尔》手抄本，其中有《霍岭大战》（上、下）、《姜岭大战》、《门岭大战》、《大食分牛》（即《色达牛宗》）等。藏式手抄本的装帧很沉，全部重量足有 80 多斤。几天后，他担着这副重担回到县城，请罗特多老艺人甄别，结果全部手抄本均为《格萨尔》的故事，真让徐国琼喜出望外。

徐国琼见我不停地记录，便起身从书橱里取出一本《〈格萨尔〉考察纪实》送给了我。这本围绕他深入藏地搜集、抢救《格萨尔》手抄本、木刻本的工作纪实，可读性很强，同时，也是一本珍贵的资料书。

徐国琼有着苦难的童年，更为不幸的是，抗日战争期间，日军军机飞临他家乡上空，投下天花病毒菌，当地感染天花的人非常多。他的哥哥姐姐相继感染天花病逝。母亲无奈之下将昏迷了多日的他放在木柴房内听天由命，徐国琼命该不绝，天花终于发了出来，起死回生，但也从此破了相。1955年他毕业于云南大学中文系，毕业论文题目是《论中国人民口头文学》。他后来被分配去国家建委做文字工作，当他读了老舍在中国作协理事会上的报告，便主动申请去了青海，从此，开始了他的《格萨尔》研究工作。新中国成立后，在第一次抢救、搜集《格萨尔》文本及文物的征程中，留下了他长长的身影。

《神歌》中有这样一段不能落下："四人帮"粉碎后，徐国琼埋入自己家中的57部《格萨尔》英雄史诗珍贵文本终于见到了阳光，"省委给《格萨尔》平了反，省上对资料保护者进行了奖励"。有邻居从广播里听到徐国琼的事迹，便问他《格萨尔》是不是还在国外，徐国琼信心满满地回答道："格萨尔回来了！"

杨恩洪

2000年杨恩洪老师为格萨尔文化纪录片做学术指导

说起来我与杨恩洪老师相识，还是她的专著《民间诗神——格萨尔艺人研究》搭起的媒介。2000年秋，《北京青年报》记者谢民跟着我们摄制组高原拍片两个月，自感对格萨尔文化的采访报道已成竹在胸。扎陵湖畔与我们分手时，谢民提出还需采访学者，降边老师正好去了哈佛讲学，那就去采访杨恩洪吧。只是我还不认识杨老师，无法提供联络方式。谢民亮出记者证，自己上门去找，此为新闻记者的看家本领。我随手取出《民间诗神——格萨尔艺人研究》交给谢民，见到杨老师后，请她签个字，好留作纪

1983 年杨恩洪在果洛做田野调查
（降边嘉措供稿）

念。一个多月后，《北京青年报》分两次以整版的篇幅刊登了谢民的长篇通讯《追寻格萨尔踪迹》。随后谢民给我打来电话，告知交办的任务都完成了，"杨恩洪老师赞扬你啦：'这位导演学习得很认真，很细致嘛！'"她大概见到了书中的许多标签和我随手写下的读书笔记。说实话，这是杨老师一本十年磨一剑的专著，对纪录片导演来说，极具指导和引领价值。

杨恩洪在她的专著后记中一开始便写道："从我决定写这部《〈格萨尔〉说唱艺人研究》开始，直到梦想成真，已经过去了整整 12 个年头。人生有几个 12 年？何况它又正是我精力充沛、风华正茂的 12 年。我付出了，义无反顾、执着地付出了。如今看到自己辛勤培育的果实，当是十分欣慰的。然而我那些可敬可亲的艺人朋友，有些已经等不到这本书的正式出版而离开了人世，这也正是我感到悲哀之所在，这也是抱憾终身无法挽回的一件事。"杨恩洪独自一人寻访了 40 多位《格萨尔》说唱艺人，见之于书的共有 24 位。当我们读着这本艺人研究专著走上高原拍摄纪录片的时候，又有几位老艺人离去，那就更显得这部专著的可贵。后人若想知道那些逝去艺人的事迹和故事，只能从杨恩洪老师的这本专著中获得。

从 1986 年开始，采访写作这本书的 10 年间，她走遍了青藏高原最艰苦的牧区，作为一位女性，其中的艰难困苦，只有我们这些亲身经历过高原生活的人才能理解。仅以果洛、玉树为例，那时候，从省城去往高原腹地的县城还算方便，每隔三天，省长途客运总站会发一趟班车。当然，途中两三天的行程，每个人都会有的高原反应，对于从低海拔来的人就是一种"折磨"。那会儿，州县机关车辆很少，基本不可能提供车辆便利。而县与县之间还没通客运班车，只能搭便车前往。省汽车运输公司的高原卡车司机，成了人们最期盼的人。记得我两次去玛多县，返程时，在花石峡换乘便车，都是"背大厢"回到果洛州府驻地大武镇的。货运卡车驾驶室人坐满了，只能爬上装有货物的车厢，称之为"背大厢"。从花石峡到大武镇有200多公里，沿线阿尼玛卿大雪山的景观可以尽情欣赏，只是一路下来车尾卷起的尘土落满全身，等到了目的地，早已成了泥人，只露一双眼睛，同伴相视，唯有苦笑。想必杨恩洪还要去西藏昌都类乌齐县采访著名圆光艺人"卡鬼"，那路程就更为艰难了。好在杨恩洪从中央民大藏语言文学系毕业后就分配去了那曲工作，尽管那时她很年轻，但也算是老高原了，有着丰富的高原工作经验和经历，也是本钱。很难想象有第二位学者能坚持10年完成这本书的采访与写作。

等见到杨恩洪老师已是格萨尔纪录片的后期编辑阶段，在中国社会科学院《格萨尔》研究中心的会议室，编导组在听取专家学者们的意见。中午，众人安排在机关食堂就餐，杨恩洪跑前跑后地办完手续，招呼大家用餐。大学者如此亲和热情，编导组每位成员的心里暖暖的。多年后，我有幸参加在中国藏学中心召开的《格萨尔》学国际研讨会，又见识了杨恩洪的组织才干和学术风采，此次亮出的又是另一番英雄本色。

《民间诗神——格萨尔艺人研究》由中国社科院少数民族文学研究所老所长贾芝作序，他这样评价的杨恩洪："一个会说藏语的汉族女学者，受到当地群众的热情欢迎。她可以说是第一个掌握了金钥匙的人。"懂藏文说藏语才能真正打开英雄史诗《格萨尔》文化金山的大门，走入其中，攀登上"格"学研究的高峰。"应当说，有计划地开展民间艺人寻访采录，进行比较研究，是探索和认识民族史诗与古老文化之谜的最好的一种治学方法。"

杨恩洪这本专著，对我们纪录片编导和人文地理专题作者帮助很大，这在上文《格萨尔》说唱艺人的章节中多有表述。我的理解，一是从抢救非物质文化遗产的角度看，杨恩洪的贡献独一无二。第二，她的采写风格体现出女性的细致深入，为研究那些已故《格萨尔》说唱艺人提供了难得的、甚至是唯一的文献资料。

王兴先

20年前用反转片为王兴先拍的这张照片我挺满意，地点就在西北民大他家的书房里，自然光线下照度不是很够，全凭手持的功夫了。说满意是此次畅谈中的瞬间抓拍，先生儒雅亲切的神态尽显其中。王兴先还告诉我们，说自己的祖上其实是藏族，现在户口登记的是汉族。大家建议改回来，他意不改了，反正这一生都要献给藏族民间文学巨著《格萨尔》的科研事业。他专门送了我一本1991年出版的他第一部专著《〈格萨尔〉论要》。

王兴先1936年出生在甘南藏族自治州临潭县木地坡村，该村是个以藏族为主、藏汉杂居的小村子。从小受到乡风民俗的耳濡目染，当他1958年以优异成绩从西安市一中毕业后，便毅然决然地考进了中央民族学院少数民族语言文学系，开始了5年藏文专业学习。毕业后他坚决响应祖国号召，三次递上申请报告，终被批准去了西藏阿里地区改则县政府做秘书工作。他在完成秘书工作的同时，利用工作便利，深入牧场村组搜集记录下大量藏族歌谣、谚语和史诗传说故事。他还经常去寺院阅读经文，寻找史料，记录下十多万字的笔记。就这样，他在改则县一干就是12年。

这可比我在果洛工作的12年更艰苦，论高原工作生活的艰苦程度，我的直观体验是，阿里第一，那曲第二，果洛当然还有玉树曲麻莱县第三。

虽然改则县城的海拔只有4300多米，但周边海拔却悄无声息地攀升起来。那年，我还专程去了先遣乡，瞻仰当年新疆军区进藏部队先遣连的驻地土窑遗址。县委书记说，当年先遣连要是再前进30公里选址驻守的话就会好得多，海拔从5000米降到4500米左右，不至于因高山病牺牲56名干部战士。

据王兴先的夫人、同院物理系副教授张万英回忆，丈夫在改则工作的12年里，只回内地休过三次假，他的青春岁月留给了阿里高原。然而，阿里的高海拔环境还是无情地摧残着王兴先的身体，年纪尚轻，他就患上了严重的低血压和高原心脏病，1975年组织上只得把他安排去了兰州西北民族学院工作。

当39岁的王兴先提着装满从阿里收获的《格萨尔》及民族文化的一手资料，来到西北民族大学报到时，心中涌起无限的遐想，这所共和国民族院校的"长子"，将为王兴先下半生提供砥志研思的最佳舞台。学校的奠基人正是彭德怀、习仲勋等老一辈无产阶级革命家。学校成立于 1950 年 8 月，在来年的 8 月 20 日补开的建校开学典礼上，时任中共西北局书记的习仲勋对学校的办学方针、目标任务作出了重要指示。于是，历届校领导哪怕是在经费拮据的困难年代，都对《格萨尔》学及科研团队鼎力支持。

　　1981 年开始，王兴先师从《格萨尔》学的先驱王沂暖，成为西北民大《格萨尔》学研究事业承上启下的核心人物。他的导师王沂暖是跨时代学者，我最早能读到的《格萨尔》汉译本正是王老先生翻译的内部资料本。若干年后，王兴先接过西北民大《格萨尔》学的领军大旗，培养了 30 余名藏族、蒙古族、土族、汉族等民族的博士、硕士研究生。其中土族学者王国明的发

2000 年秋采访王兴先老师

现、培养、成长故事成为一段美谈。王兴先的治学优势和方法就是特别重视田野考察，掌握第一手真实鲜活的材料。青藏高原及周边地区《格萨尔》的流传便成了他的关注重点。多年以来，他和他的学生们流连徜徉在英雄史诗《格萨尔》中，不是挑灯研读笔耕，就是坐在《格萨尔》说唱艺人的家中与其攀谈。王兴先继 1986 年在青海互助县找到土族《格萨尔》说唱艺人黄金山后，又于 1987 年在甘肃天祝县天堂镇发现了著名土族《格萨尔》说唱艺人王永福。其传承关系我们在本章上一节中有过记述。发现一位优秀艺人王永福，这让王兴先如获至宝，他与王永福同吃同住同劳动，取得老艺人的信任后，便录制了王永福的说唱录音 800 小时，为土族《格萨尔》的研究奠定了基础。这时，王永福的儿子王国明成了王兴先的最好助手。在王兴先的引导提携下，王国明从中央民族大学学成毕业，回到西北民大任教。经过数十年的努力，王国明最终又接过王兴先的《格萨尔》学的接力棒，成为西北民大新一代《格萨尔》学领军人物之一。由彭景晖、宋喜群两位记者合写的通讯《秉千年史诗风骨

继万里诗国绝学》刊登在《光明日报》上，通讯从王兴先的视角切入，详细介绍了西北民大数代传人在《格萨尔》学事业中作出的卓越贡献，值得上网搜来一读。

王兴先是一位在《格萨尔》学事业中获奖颇丰的学者。最早1986年因"在英雄史诗《格萨尔》发掘工作中做出的优异成绩"获得国家四部委的联合表彰；1994年获英国国际传记中心《格萨尔》学特别成就奖；1997年再次被国家四部委授予"有突出贡献先进个人"称号。他一生发表有40篇论文及专著，其中《〈格萨尔〉论要》1992年获得甘肃省高校哲学社会科学优秀成果一等奖；担任国家"九五"重点图书出版规划项目《格萨尔文库》的总主编，几代人64年的采集梳理，22载编纂打磨，至2010年出齐三卷7册。其中第三卷土族《格萨尔》上册与王国明合作，1998年获得中国少数民族文学第二届学术成果奖，连同第一卷又于1999年获得甘肃省首届"五个一工程"奖。《格萨尔文库》于2002年获甘肃省教育厅科技进步暨社科成果一等奖后，于2003年再获甘肃省委、省政府"社科一等奖"。

赵秉礼

我翻阅拍摄日志，第一次也是唯一一次采访赵秉礼是2000年10月6日。18年后，当我再次走进青海省社科院办公室的时候，方感岁月无情。一位年轻的同志热情地接待了我，但他并不知道赵秉礼为何人。一通密集的电话询问，终于弄清楚了，赵秉礼先生已经去世，家人也已和别人换了房子，搬出家属院多年，现在的住址不清楚，无法联系。我也有点茫然，恍如隔世一般，谢过接待的同志，转身离去。

当年采访赵秉礼先生的情景浮现在眼前，当时他见来了这么多摄制组的同志，很是高兴，上午的采访拍摄告一段落，便取出一瓶多年前的茅台酒，一定要请大家吃顿饭，互敬一杯。尽管先生是那样的真诚，但还是被我们谢绝了。大家凑在一起匆匆吃过工作餐就接着工作。采访拍摄结束后，竟与赵秉礼先生也熟悉了，不知是谁先开的头，赵秉礼给大家看手相，我也凑了数，原本没怎么上心，只是会心一笑，谢过。20多年后的人生命运与秉性结果，与赵先生当年的预测完全一致。

　　除去赵秉礼的学术成就，他用时 10 多年搜集整理编辑的《格萨尔学集成》五卷本最受人们称道。至 1998 年第五卷出版为止，该集成几乎收纳了当时国内外所有《格萨尔》学术文章及有关信息。该集成首发式是在北京人民大会堂西藏厅举行的，中国民间文学和民俗学大师钟敬文专门到会讲话，给予高度评价。18 年后再去找赵秉礼，是想询问《格萨尔学集成》第四卷、第五卷上，那二十多位国家领导人以及相关方面大学者的题词原稿现在何处，国家级博物馆需要征集永久馆藏。

　　随着时光的流逝和《格萨尔》学研究的深入，此集成的文献价值愈加显出。我使用的《格萨尔学集成》一至五卷皆为降边嘉措帮助购买。特别是第四卷、第五卷，甘肃民族出版社也只剩下了最后两套。后来被冯晶借去使用了大半年，说是请北京的大腕编格萨尔电视片用。归还时，竟然给翻阅得很陈旧了，看着心痛，是在吃书吗？想想借阅者如此用功，也就作罢。我只得在旧书网上捡漏，总算又有了一套可以充新的《格萨尔学集成》收藏本。挺佩服书商的眼光，他们那双无形的市场之手，把这些印刷数量不多、但价值颇高的二手书价格都抬了起来，至少比原价翻了几番。

　　虽然没法找到赵秉礼的家人，但在青海省教育厅办公室的一位老同志的帮助下，我找到了吴均先生的儿子，还通了电话，交流中，他表示支持国家对格萨尔文化的征集工作，也可以帮我找到赵秉礼的儿子。有了这条线索，便可以展开工作了。

吴均

　　藏名阿旺曲哲，当年，我们采访拍摄吴均先生的时候，他已经是 87 岁的老学者了。记得他刚接过我的名片，便开口赞道："哎，这就对了！应是'岭·格萨尔'摄制组。"这部英雄史诗通篇讲的是岭国的故事，故不能在翻译成汉文时把"岭"字给省了。吴均是甘青地区"早期藏学开拓者""青海省《格萨尔》学的先驱"。早在 1984 年，吴均发表在《民族文学研究》第 1 期上的《岭·格萨尔论》一文中就对"格萨尔"与"岭·格萨尔"的称谓作过梳理辨析。原

2000 年夏作者采访吴均老师

来历史上还有诸如"格萨尔春吉王""祝古·格萨尔""霍尔·格萨尔"等称谓。吴均认为"格萨尔"泛指武士、英王之意，有下属拥称的，也有自封的。在"格萨尔"之前，冠之地名或是族名即有了区别。"岭·格萨尔"才是这部伟大英雄史诗的主人公。最近，又重温了他的几篇论文，尽管老先生受历史条件所限，缺乏广泛的田野考察这个关键环节，但凭着他深厚的藏文功底，研读分析藏文古典文献，对"格萨尔其人"之认识，还是符合当下主流论述的观点。从文学理论的角度看，本质上这属于"历史的格萨尔"与"艺术的格萨尔"的认识范畴。其实，藏语讲到这部史诗总是带着"岭"字发音，即"岭·格萨尔"，所以藏族同胞并不会有异议。当下，不懂藏语的人，往往就以"格萨尔"泛指这部英雄史诗了，这倒也简单明了，同样不会有异议。

吴均老先生如此认真，与他深厚的藏语言功底有关。他青年时代受道师范专业，却酷爱藏文化，便专程去同仁隆务寺苦读 4 年藏文，师从夏日仓和罗藏华丹大师，获得"柔艾巴"即名义学士学位。他在晚年的回忆文章中，特别感谢两位恩师及喜饶嘉措大师的教诲，让他终身受益。也正因为他的藏语文专业水准，又让他的人生轨迹变得不可捉摸。他年纪轻轻就进入民国青海省政府秘书处任藏文秘书，后又效力于国民党玉树党委办事处做指导员，这段履历也苦了他。抗战胜利后，虽然及时弃政从教，任兰州大学边语系副教授，但还是于 1957 年陷入风波。由此，后半生的命运又奇迹般地与英雄史诗《格萨尔》的翻译和研究连在了一起。

完全得益于时任中共青海省委宣传部部长黄静涛的胆识与作为，吴均能以整理翻译《格萨尔》为主要劳动任务，这也成为他历史错位后的精神寄托。黄部长回忆那段往事时说，在国家困难时期很多项目都在下马，唯独我们给

《格萨尔》工作加了草料，跑得快些，到 1962 年，我们就有了突破性的收获。我们的同志行程万里，足迹遍及几个省和自治区，破天荒拿到了这部史诗巨著极为珍贵的不同版本七十余种，并且逐一印出了汉文译本。拥有了可能找到的国内外有关《格萨尔》的论著、参考资料、访问记录等多种材料。要把七十多部《格萨尔》翻译成汉文，人手力量不足，而南郊监狱中就有几位翻译高手。黄静涛通过组织手续，获得了有关主管部门的同意和支持。

从此，吴均带着几名翻译，一头扎进《格萨尔》的世界中，经年勤劳努力，收获了多部高水准的《格萨尔》汉译本。我收藏的青海人民出版社 1984 年版《霍岭大战》（上下卷）共 72.9 万字，最后一页落款处豁然写着："吴均、金迈翻译；左可国、雷廷梓、徐国琼整理。"我通读过这套《霍岭大战》，故事内容丰富，文学语言极好，是一部难得的珍藏本。吴均等人的精彩翻译，更是为《格萨尔》故事四大战争《霍岭大战》之部锦上添花。

1977 年，吴均获释平反，后在原青海民族学院任教，又从事青海省文史及教材编译工作，但一直没有放下的便是对《格萨尔》学的研究。吴均因在整理翻译《格萨尔》工作中的突出贡献，1986 年获得了国家四部委授予的表彰。几十年中，他从事青藏地区历史、社会、民族、宗教、文化等诸多领域的研究，撰写了大量有价值的理论文章，整理译注藏文古籍多部，尤其是《安多政教史》，至今仍是藏文典籍汉译的代表作。2002 年，中国藏学出版社"现代中国藏学文库"出版了《吴均藏学文集》（上、下卷），也是我珍藏的重要学习读本。

刘志群

身为戏剧家、文艺理论家的刘志群，20 年前我在拉萨采访他时，他正担任西藏民族艺术研究所副所长。他 1965 年毕业于中央戏剧学院，像他这样的人才都是早年的高才生。他与王兴先一样，也是大学毕业后主动申请来西藏藏戏团工作。

正巧，由他负责主编的《中国戏曲志·西藏卷》刚刚完成，他送了一本给我，留作纪念。刘志群所长特别强调"西藏卷"中收录的《文成公主与松赞干布》等八大藏戏完整版剧本，代表了西藏乃至中国古代戏剧的最高水平。

八大藏戏的一个显著特点就是每一台藏戏可以根据需要，采取不同的时间长度来安排演出。一两场的片段折子剧可以演，现代标准式的两三个小时完整版那是标准，扩展到一整天七八个小时的演出长度同样不在话下，更厉害的是，一台戏甚至还可以演上两三天，可见历代优秀藏剧团都能掌握扩展后的戏剧情节并具备表演能力。八大藏戏的演出，一般都放在民族节庆日里进行，演戏与看戏已然成了一种生活方式。观众以家庭为单位，早早地在戏台附近扎下帐篷，准备好茶水酒食，届时举家观赏。拉萨罗布林卡则是藏戏演出的最佳场所之一。

刘志群刚来拉萨不久，在研究过藏戏的历史之后十分感慨，全民看戏有时还包括在押的狱中囚犯，此时犯人佩戴的枷锁也已取下，似乎阳光下的戏剧演出就是一切。可以想见，全民看戏的场景盖过了"雪顿节"期间人们跳入拉萨河尽情享受夏日露天洗浴的风俗。刘志群告诉我，牢狱中的囚犯，允许他们同民众一同看藏戏的现象，与古希腊戏剧节的做法如出一辙。作为戏剧专业刚毕业不久的刘志群庆幸自己的事业选择，如鱼得水般地一头扎进藏戏的艺术海洋，决心用青春拥抱藏戏，融入藏戏。如果说考入中戏就意味着立下了戏剧即是生命的信念，藏戏则为他架起了最古老吉祥的艺术支点。随着工作业绩的增长，自然与藏族姑娘结缘，藏戏做媒，他成了藏族的女婿。

刘志群是江苏南通人，与我也算是半个同乡。家父曾经调往南通市委工作数年，我从青海果洛休假时必去南通。如此一来，我俩便多了些乡音乡情，初次见面倍感亲切。

在与刘志群的交流中，我印象最深的便是他对"藏民族为什么如此喜欢《格萨尔》这部英雄史诗"的回答。刘志群认为包含有三个层面的因素。第一层面，《格萨尔》是一部伟大的艺术作品，有极高的艺术欣赏价值。优秀《格萨尔》说唱艺人的叙述才华，强化了这部伟大史诗的感染力。众多的艺术形象、宏大的故事情节，尤其是紧贴生活、极富吸引力的民间文学语言，都为农牧民听众提供了赏心悦目乃至如醉如痴的艺术享受。第二层次是心理安慰。格萨尔王的英武形象，让苦难中的广大底层民众，从心理层面看到了生活希望，期盼能有格萨尔王这样的英雄出现，来带领民众获得现世现报的幸福，过上好日子。第三层次便是期盼辉煌的集体无意识。吐蕃王朝曾经辉煌过，向南打到印度的恒河，向西统治克什米尔，在北面与大唐争夺安西四镇，向东与大唐在洮河大战。为使唐蕃重归于好，大唐先后派文成公主、金成公主与吐蕃和亲，在拉萨共建"甥舅情谊同盟碑"。以致唐蕃古道成了见证和维护这段历史的民族团结大道。但随着藏传佛教的广为流传与兴盛，藏民族原先的开疆拓土、马背征战逐渐停止。跳下马来，丢弃战刀，磕头拜佛即是一生。现实中再也得不到曾经的辉煌，但可以也只能从梦中获得。文学就是梦，史诗就是梦。这是藏民族在艺术欣赏中尤其喜欢英雄史诗《格萨尔》的深层原因，是一种集体无意识。刘志群作为藏族女婿，不妨这么说。一家之言，不必强辩。

降边嘉措

接下来介绍的是我国《格萨尔》学泰斗，著名翻译家、作家降边嘉措先生。

我与降边嘉措老师相识20多年，让我最为敬佩的是先生的勤奋与专注。除去耗时10年，由他担任首席学科带头人的国家哲学、社会科学重点工程项目《格萨尔》藏文版精选本编纂成果40卷51册成书之外，他还写作出版有41部学术专著和文艺作品。仅在古稀之年以后的10年间，他就完成了400多万字的出版量。其中有作家出版社的《英雄格萨尔》5册，近200万字；荣获骏马奖的长篇纪实文学奖的《这里是红军走过的地方》，79万字；《第二次长征——进军西藏、解放西藏纪实》（以下简称《第二次长征》），54万字；刚出版60万字的《红军从我家乡过》及《扎西旺徐与果洛》；还编纂出版了《〈格萨尔〉大辞典》，《〈格萨尔〉唐卡画册》3卷，《中国〈格萨尔〉说唱艺人画传》，都是大部头，很多也是首次出版。还不算为朋友、学生的书稿所作序言，追忆老友的文章以及各类学术期刊和研讨会索要的论文等。我时常感叹，他这10年间出版的书籍即使抄写一遍，那也得花费不少时间呀！贾平凹曾经说，一个人一辈子也就能写20部书，得悠着点，写完了人也就……是啊，岁月不饶人，可降边老师硬是用他的成就碾压了岁月，现在依然笔耕不止，激情不减。从他那些充满民族情感和深深红军情结的作品，可以看出他绝不会感到枯燥，

2016 年降边嘉措在甘孜州新龙县做格萨尔文化调研途中

那是他亲身经历后的智慧结晶和心血付出，是献给社会的文化产品，更是激励我们这些学生之辈砥砺奋进的标杆。

领衔《格萨尔》学的当代旗手，要首推降边嘉措先生。降边嘉措在《格萨尔》学术领域中的代表作有：1986 年出版的《〈格萨尔〉初探》，是我国史诗研究领域里的第一部专著，一些民族院校将其列为课本，该书获得第二届全国少数民族图书一等奖。1994 年出版的《〈格萨尔〉与藏文化》获国家教委颁发的优秀图书奖，并被指定为中国社科院研究生院《格萨尔》专业硕士生和博士生的必修课专用书。1999 年 10 月出版的《〈格萨尔〉论》是降边嘉措在《格萨尔》学术领域的最高成就，是他作为学术泰斗的标志性专著。2021 年，辽宁出版集团将《〈格萨尔〉论》翻译成英文推向了国际图书市场，同时再版中文修订版。降边嘉措作为哈佛访问学者，为《格萨尔》学术文化的世界性传播作出了贡献。

降边嘉措投身《格萨尔》学研究，也是时代使然。1980 年，中国社会科学院少数民族文学研究所成立《格萨尔》研究中心，并且第一次向社会公开招聘研究人员，降边嘉措以优异成绩考得副研究员。其过程却让人回味，规定的各项考试都结束了，曾经留过学、吃过洋面包的主考官，还要加试马列理论和世界文学知识。正副所长都是延安时期的老干部、老学者，觉得超过原定考试范围啦，可又不便阻止。那就考吧！其实，这正撞在了降边嘉措的强项上。他在中国民族出版社从事了 24 年的马列著作和毛泽东选集以及诗词的翻译工作，理论功底不够如何翻译？这也是他被誉为翻译家的底蕴所在。

一路考下来，中国社科院少数民族文学研究所的领导很是兴奋，知道招来了一位优秀人才。后来他在担任《格萨尔》研究中心主任的10多年间，为中国的《格萨尔》事业作出了重要贡献。

《格萨尔》学的科研之余，他在其他学科及文学艺术领域也是硕果累累。他与博士生吴伟合作编纂《格萨尔王全传》3卷本，20多年来已经再版了三次，近期又将再版。还有长篇历史小说《十三世达赖喇嘛——1904年江孜之战》以及《天宝传》《雪山名将谭冠三》《李觉传》，和描写九世班禅卫队长孔萨益多与孔萨末代女土司德钦旺姆纯真爱情的故事，向今人展现了"康巴之花"苏维埃政府最年轻的副主席和正直果敢、见多识广的热血青年，在民族存亡和社会动荡的年代，付出的大爱，完成华丽蜕变走向新生活的《最后一位女土司》等多部作品。现在，由降边嘉措担任总策划和总编剧的40集电视连续剧《最后一位女土司》，已由四川省委宣传部与北京、四川等多家影视公司联合制作，正在紧锣密鼓地筹备拍摄。

其实，降边嘉措前半生的经历同样让人敬佩。1938年他出生在甘孜州巴塘县一个贫苦农民的家庭，具体出生在哪一天连他自己也不知道，也从来没有过过生日。这是降边嘉措在他2000年出版的自传《感谢生活——我和我的长篇小说〈格桑梅朵〉》（以下简称《感谢生活》）一书第一章开篇的话。《格桑梅朵》是一部以解放军进军西藏为背景的长篇小说，发表于1980年。这是新中国成立以来，藏族文人用汉文写作，同时也是使用藏汉两种文字出版发行的第一部长篇小说。《感谢生活》则结合小说创作，集中笔墨记述了他自己的成长历程。

降边嘉措的故乡巴塘，很早就受到革命思潮的影响。当年红军在甘孜帮助建立了苏维埃博巴政府，尤其是1936年夏，贺龙领导的红二、红六军团从云南迪庆向东，沿白玉县北上路过巴塘，都留下了革命火种。受中共云南省滇西北地委派遣，藏族优秀青年在巴塘建立了地下党，负责人就是平措旺杰。那会儿，降边嘉措的大哥降边益西，是巴塘地下党外围组织成员。当18军先遣团来到巴塘，在进军西藏的大潮中，降边嘉措一家就有兄弟姐妹4人参加了人民解放军。降边嘉措最小，年仅12岁，在进军西藏路上当小翻译，主要

1997 年降边嘉措深入甘孜州做格萨尔文化调研

给宣传部、文化部夏川部长，前指参谋长李觉等首长做翻译，当然还要时常给伙夫、司务长当翻译。进入西藏腹地，一路与牧民打交道，翻译人才太缺。

刘伯承元帅把进军西藏比作是"第二次长征"。从昌都到拉萨，约 1150 公里，降边嘉措随第一梯队走了 56 天，横穿了藏北草原，翻过绵亘不绝、终年积雪的 19 座大山，渡过数条大河，干部战士长期处于睡眠不足和半饥饿状态。长期在平均海拔 4500 多米的高原跋涉，对人的身体损伤很大。有不少干部战士倒下，从此长眠在进军路上。《感谢生活》一书中，降边嘉措专门讲了他几次去找牦牛队的藏族队员，来帮助挖墓坑，只能在冻土层中浅浅地掩埋牺牲战友的往事。当时的艰难程度是可想而知的。我还专门问过降边嘉措老师，进军西藏途中他有没有骑过马，他回答说一次马都没骑过，倒是穿坏了几双胶鞋。上面提到的降边嘉措的又一部纪实文学《第二次长征》，就记述了他随 18 军进军西藏的全过程。

张国华军长发现"献花的藏族小战士"是降边嘉措人生轨迹的一次改变。他参军入伍后，先在 18 军 157 团修筑达玛拉山公路，达玛拉直译就是猛虎山。雀儿山与达玛拉山是通往昌都的重要大山关隘，皆很险峻，雀儿山更陡峭，而达玛拉山则更漫长。2000 年，我们翻越达玛拉山时，真就感受到了达玛拉山的险峻与漫长。一路上能见到很多翻下悬崖沟底的大卡车的残骸及家人点灯祭奠亡灵的情景。人困车乏，我们早就看见了远处的昌都灯火，却又开了 1 个多小时才下得山来。那天，军长张国华要来达玛拉山视察部队，师长安排降边嘉措与另一位汉族小战士为军长献花。军长与降边嘉措交谈后，发现这位献花的藏族小战士能通汉藏两种语言，还有文化，非常喜爱。师长立马意识到自己犯了一个"错误"。果不其然，几天后，军部调令来了，要求降边嘉措立即去军部报到。

其实，最初降边嘉措的汉文是当"学差"学来的。民国时期不像现在是民族平等藏汉双语教学，那时只搞汉语教育。有钱人家不愿让孩子去读书，降边嘉措就冒名顶替进入了汉文学堂。什么叫如鱼得水？小小降边一头扎进知识的海洋。可到了小学六年级就再也没有这种免费教育了，这愁坏了小降边的母亲。苍天不负有心人，因为他学习成绩好，学校舍不得这位优秀学生辍学，管教务的老师竟然免除了降边嘉措的学费。

西藏和平解放后，党的民族工作又开创了新阶段，踏上了新高度。降边嘉措的学识和能力也在快速提高，时间不长就能说一口流利的拉萨话。军区干校第一批高级班同学都选他当班长，尽管他年龄最小。1954 年 3 月，学校组织了一次统考，在五个不同类型的班级、1000 多名学生中，降边嘉措以 94 分的高分，名列榜首。

1954 年初夏，降边嘉措作为西藏军区的骨干，与哥哥等十多人进入西南民院学习，这是他人生轨迹上的重要节点。也许是学习刻苦、成绩优秀，他特别受到院领导的关爱。几位院领导都是红军干部，见他身子单薄，就派人带他去华西医院体检，结论是加强营养。院领导便命他在卫生队吃了 3 个月的"中灶"，每天半磅牛奶，还有鸡蛋、肉食。正赶上身体发育，降边嘉措长高了，长胖了，脸上也有了血色。

1955 年 3 月，达赖喇嘛和班禅大师参加全国人代会，结束了在祖国各地的参观、视察活动返回西藏。班禅走北线经西安回西藏。达赖走南线，即将从武汉来到重庆。根据中央指示，西南军政委员会准备隆重迎接。

　　此时负责西南党政军工作的已是王新亭上将，他坚持要有西南方面自己的藏语翻译，任务又幸运地落在降边嘉措身上。他从成都到重庆，一路软卧包厢"高规格"行程又是人生的第一次。王新亭和重庆市委负责人任白戈亲自对降边嘉措的翻译能力进行了考核，并安排交际处给他定制了一套呢子西装和皮鞋，他平生又是第一次脱下穿旧的军装，换上了新礼服。作为西南方面的"小翻译"，迎接、欢迎会、宴会、剧场的翻译任务他完成得都很好。中央统战部副部长、全国人大民族委员会主任刘格平，又给了降边嘉措一个新任务，让其担任达赖喇嘛的生活翻译，政治翻译是图旺同志，他是平措汪杰的弟弟，也是巴塘老乡。其实，刘格平首长看中了年仅16岁的降边嘉措，随后便将他调往了北京。临行前，西南民院的领导们依依不舍，给了他许多鼓励与叮嘱。还是那句老话：是金子总会发光！

　　从1955年初到1980年9月的25年间，降边嘉措先在全国人大民族事务委员会工作，后在中国民族出版社工作。他参与了所有的全国人大和政协会议以及重要的三次全国民族工作会议的翻译工作。

　　在我心里，降边老师是大学者，是高山仰止的导师。我是读着降边嘉措等新中国第一代《格萨尔》学者的专著走进格萨尔学文化圈的。2000年，他带领我们拍摄格萨尔纪录片，让我有幸走遍了格萨尔的英雄草原，开阔了眼界，结识了众多朋友。

　　我们共同的藏地军旅生涯，融通了彼此的情感。尽管我还没有出生，而他已经踏上了和平解放西藏的征途。他依然保持至今的军人气质丝毫不影响他的和蔼可亲与学者风度。为奖掖学生，他也称我是军旅作家。只要向他请教《格萨尔》的学术问题，他总会循循善诱地教诲指点。遇到不同观点，我也尽可表达，甚至争论，学术探讨的氛围相当宽松与融洽。

　　降边嘉措火红的人生经历与作为，过去和现在，都受到了党和国家领导人的关照与器重。他是一位下得了牧民帐篷，进得了人民大会堂的大学者；是一位进得了哈佛大学，又循循善诱带出莘莘学子的好导师。能与降边嘉措老师相识相交，是我的荣幸。

第十五章　美美与共　天下大同

第一节　多元一体的中华民族文化圈

黑格尔曾经断言，中国没有英雄史诗。然而，我国《格萨尔》《玛纳斯》《江格尔》三大英雄史诗以及众多南方少数民族的"古歌"创世史诗，组成了中国史诗的强大阵容，一经亮相，便惊艳世界，创造有多个世界之最。

正如习近平总书记指出的那样，"中华文化是各民族文化的集大成""各族文化交相辉映，中华文化历久弥新，这是今天我们强大文化自信的根源"。我国各民族创造出的巨大体量的文化，众多的文化样式，在中华民族的百花园中竞相绽放，呈现出各美其美、美人之美、美美与共、天下大同的大格局，为中华民族多元一体的形成与发展，铸就了坚实的不可撼动的根基。

受历史条件的局限，19世纪的德国哲学家黑格尔并没有来过中国，仅从探险家和传教士口中认识的中国是片面的，他对中国历史以及民间文学误判也就不奇怪了。不能责怪前贤哲人，或许黑格尔当年的视野只限于知之不多的中原文化，本章不妨就顺着黑格尔的"误判"，就"中原文化"为什么没有产生"英雄史诗"这个命题，做个初步的探讨。

马克思在《〈政治经济学批判〉导言》中论及希腊艺术和史诗时，提出了"人类童年时代"的概念。他以后世仰视远古的视角判断说，古老民族中"有粗野的儿童，有早熟的儿童……希腊人是正常的儿童"。从马克思关于"人类童年时代"出现的三种不同族群文化状态的观点出发，有利于我们探讨了解中华中原族群为什么"早熟"、为什么没有产生英雄史诗的缘由。

首先厘定两个概念：

一是为什么用"中原文化"而不用"汉族文化"。中原文化的概念古远，至少可从新石器时代开始。同理，"中原族群"的提法包容性更强，也符合中华民族多方族群融合统一的历史事实。而"汉人""汉族"一词出现，是汉朝以后的事。汉代已远离了英雄史诗产生的年代。再从字源上看，山泉小水为漾，多股汇集成大水流为汉，如"汉水"，甚至朝鲜半岛的"汉江"，连同神话中的天河"云汉""气冲霄汉"皆为此义。刘邦入据汉中，被封"汉王"，得天下后，刘邦便用"汉"作国号。汉朝十分强大，无论他称还是自称，皆认可"好汉""英雄汉""男子汉"，故得"汉人"之名。

二是从地域文化上讲，这里的"中原文化"指广义的文化圈，其地域参照当下考古学"多元一体"文化的形成概念至少可界定如下：北方地区（含东北）、甘青地区、中原地区、海岱地区（山东）、成渝地区、江汉地区、江浙地区等广大范围。对应上古中华族群西戎、东夷、北狄、南蛮、百越、百濮以及其他星罗棋布的中小部族，共同构成了上古中国多部族群落的状态，其中西戎、东夷和南蛮在中国信史方面留下的记载多些。即使是一个方位上的族群，除了分布广泛、历史久远之外，本身的支系也很多。比如，东夷族群就分有九夷，西戎族群更为繁多。不可否认的是，上古各族群之间的交流融合很是频繁，都参与了中华民族多元一体的构建与形成。

现在给出英雄史诗产生的必备条件：一是要有丰富的神话传说，二是长年的部落战争，三是民族的语言能力发育。这三个基本条件在上古中华中原文化中不仅不缺，而且发展得还很充分。

神话作为全民口头传承的原始文化结晶，承载着民族的记忆和情感。作为民族的心灵史，神话之精神早已浸入中华民族的文化基因中。随着上古人类从野蛮时代迈向文明时代，"原始神话"连同"独立神话"同步发展出"体系神话"。中原"体系神话"中，除去古史传说这条主干，被誉为天下第一奇书的《山海经》就成了中原神话的拾遗集。人们有幸从中见到了众多被排挤出中原"体系神话"的自然之神、动物之神，他们依然是那样的活灵活现。像昆仑山神陆吾，别名肩吾，其神格颇高，掌管天界九部，料理天帝的园圃并掌控节令，故民间又称其时令神。烛阴，主司昼夜与四季变化的五大神龙之一，又称烛龙。北海之神禺强，灵龟为之使，也有说禺强是夏民的远祖。祝融，火神，刚去了火星。黄河水神冰夷，也叫冯夷、无夷。雷神雷兽儿，曾是太上老君的坐骑。帝江又名帝鸿，住天山，系开天辟地之前的混沌神，生六脚四翼，无口鼻，竟还善歌舞。沼泽神相柳，沙漠神长乘，秋神蓐收，玉神泰逢，等等。就连三皇五帝之一的颛顼帝的父亲韩流大神，都因动物特征的过度鲜明甚至怪异而没能进入中原"体系神话"，理所当然地也就不能进入历史神话的庙堂。《山海经》记载的近500位原始神，连同神名、神形、神职、神格，只能算是上古神族成员的冰山之一角，却直指中原原始神话之滥觞。更不用说女娲补天、夸父逐日、刑天断首、精卫填海等众多充满英雄气的神话传说，以及同样脍炙人口出现在部落战争传说中的风神雨师、河伯应龙、旱魃素女，等等，众多的神话故事真就数不胜数。

再看部落战争，中原族群中的部落、部落联盟及方国间的战争时间跨度之大，从上古时期三皇五帝的新石器时代到跨入青铜、铁器时代的夏商周，近3000年间，其中的著名战争同样不胜枚举。

至于早早创造出成熟文字的中原族人的语言发育和表达能力，是不必怀疑的。

中原文化没能产生英雄史诗的一个"难得"原因就是"早熟"。在人类"童年时代"本该产生英雄史诗的时候，中原主流文化竟然在用哲学的眼光看世界、看社会、看人生。出现百家争鸣文化大气场的先秦时期，声名远播的"九流十家"代表了当时的最高学说水平，诸如儒、道、阴阳、法、名、墨、纵横、杂、农和小说家，此外还有兵家、医家，等等。

后人班固在《汉书·艺文志》中，根据前人西汉学者刘歆"九流十家"之说，认为"诸子十家其可观者，九家而已"。去掉了小说家，人们将理性逻辑思维为主的哲学思想家归为"九流"，而排行第十的小说家却不入流。

文学发展史认为，文字出现之前最早的小说家只能是吟咏诗人，即使文字产生以后相当一段时间，民间诗人、小说家大部分也不识字。而那些掌握了文字语言的"九流"学说大咖们，却奔走于诸侯列国的宫廷殿堂，向欲望争霸坐拥天下的王公们，系统推荐自己的治国方略，渴望将自己的私学理念推送至官学大道，并将之当作一生的抱负。同时代形象思维的小说家，却被知识分子思想文化界瞧不起。难怪中国先秦经史子集、国学艺术中，少有小说流传。直到 2008 年，清华学子向母校捐赠 2388 枚战国竹简，共 65 篇作品中竟然有一篇小说《汤之屋》，说的是商汤之臣、烹饪之祖伊尹，使用苦肉计逃去夏王宫，帮夏王妃解除了病痛，取得信任卧底充当间谍的故事。情节倒是离奇波折，但神话色彩浓厚。这已是十分难得，可以说"清华简"中珍藏了中国最早的第一篇小说。

那么问题又来了，中原文化为什么会"早熟"？原因或许不少，作者以为有两股推力影响甚大。一是上古颛顼帝推行的"命重黎绝地天通"政令；二是中国象形文字的发展与成熟。由此两股推力，影响并催熟了史官文化。

第二节　"绝地天通"之我见

在原始宗教和神话中盛行动物崇拜，神的动物形体强化了其超人的神格与神力。《山海经》就对韩流大神的动物形象进行了难得的渲染，有学者说这是为了突出韩流的儿子颛顼帝的神性。

上古神话中的颛顼，是一位无所不能的宇宙大神。中国最早文献汇编《尚书·吕刑》记有"绝地天通"较完整的故事：为整顿宇宙秩序，必须从天地分层开始，颛顼"乃命重黎，绝地天通，罔有降格"。意思是说，为断绝人神自由交往，遵照颛顼的旨意，南正重两手托天，尽力往上举，火正黎两手撑地，竭力朝下按。从此以后，天地就分得很高很远了。这番"神操作"有点开天辟地的意味。大神颛顼更是能安排调度宇宙星空的位置，"日月星辰之位皆在北维"，他建立了以北斗为中枢的天体秩序。他还时常以雄姿巡游自己的海空领地，坐骑便是神龙。

到了"帝系神话"阶段，在史官文化的视角安排下，颛顼原先的神格，转向回归到了人格。《国语·楚语》载："颛顼命南正重司天以属神，命火正黎司地以属民。"说白了就是与天神沟通交流的工作，只能由帝王和巫觋大祭司来做。祭祀占卜这类宗教活动的权力，一律收归帝王上层。剥夺了各部落尤其是底层民众直接与神打交道的权利，黎民百姓只管做好地上的事，开垦耕作，饲养牲畜，手工坊业，结婚生子，应召征战，该干啥干啥，有序生活就行。这次神事与民事的分离，代表国家权力和政府机构雏形出现。

颛顼任用的南正重是位大巫师，其职责是观察天象，祭祀天神，以和洽神灵。任命的北正黎，负责民政，抚慰万民，公布历法，按春秋两季规律组织农业生产。担负管理职责的北正黎，就是后世政府管理机构和官尹的前身。北正也即火正，最早是负责管理火种的部落，一般不参加渔猎农作和作战。纪录片《楚国八百年》中的专家说，楚国祖先正是黄帝的火正。此火正与火神祝融是同一位大神吗？有待查考。

颛顼（公元前约2342—前2245年）是中华人文始祖和三皇五帝之一。《史记》记载，颛顼是黄帝的孙子，姬姓，高阳氏，辅佐少昊政绩卓著（黄帝集团将年仅10岁的颛顼放在少昊身边至少有两重意义，一是安抚少昊，表明对贵部落从东夷集团并入黄帝集团的绝对信任，天下共主的后代作为高级"人质"都放在了贵部落。二是让颛顼跟着天下英雄少昊学习历练成长，果然少典帝系收获了栋梁之材）。日后，颛顼打败与之争帝的炎帝后裔共工氏，他便成为继黄帝之后的一代天下共主。

颛顼推行的"绝地天通"政令，是中原上古时期一次重大的从宗教改革入手的社会治理运动。起因是从黄帝末期始，社会巫风盛行，各部族巫师多如牛毛。传说中的灵山十大巫师即巫咸、巫即、巫盼、巫彭、巫姑、巫真、巫礼、巫抵、巫谢、巫罗各个"手眼通天",神乎其神。他们自话可以借助建木神树备有的天梯直达天庭,代神立言,沟通天地,因而异声多出。他们还能制定历法,掌握医术,涉足政事。在这样的氛围下,民众也一味崇尚鬼神而废人事,家家都有人争做巫师从事占卜,结果是民间"悉享天庭,神民同位"。人们不再敬仰上天,也不安心农事生产,婚姻乱象丛生,严重影响了社会生活秩序。颛顼必须纠正这种"原始巫觋全民化"现象,方能维持部族联盟的稳定,防止"九黎乱德",肃清"夫人作享"母系氏族社会遗风。为改变多神制局面,颛顼以强硬措施废除或改造其他氏族原来尊奉的始祖,将他们全都纳入少典部族下,统一确立"少典系"黄帝(相传之前还有十七代帝王)为先祖。

推行"绝地天通"的政令收到了显著效果,宗教及意识形态趋向统一,实现了禁绝民间以占卜通人神的活动;开始确立伦理纲常,主张男婚女嫁,禁止部落内近亲通婚,一夫一妻制家庭的构成得以明确,人口繁衍健康发展;"权衡"农耕时令,细分两季农时,为四季农时的划分准备了条件;家庭自然经济快速发展;社会财富的积累,加速了私有制和阶级分化的出现,为国家制度向着文明社会迈进奠定了基础。

三皇五帝中的玄帝颛顼恐怕也不曾预料到,"绝地天通"政令的施行,深刻影响了中华文化的走向,直接影响到宗教和神话的形态,自然也影响了民间文学英雄史诗这枚"诗领域第一颗成熟的果实"的创作。

最初的"天子意识"与神话历史化

"绝地天通"政令的推行,颛顼帝的地位代替了天神在民间的影响力,由此开创了"天子意识"之先河,为过早的神话历史化及史官文化的兴起预设了走向通道。

从社会发展史及子系统文学发展史的进程看,处于父系社会鼎盛期的颛顼帝颁布"绝地天通"政令的时代,距离英雄史诗应该成熟的时间要早约1500年。所以,英雄史诗中"天神下地,祖宗上天"的大戏,早已被"绝地天通"政令的幕布所阻隔。民间向往的神性被封印,从此,上演的便是"化天神为人王，化神话为历史"的舞台剧。正如王钟陵在《中国前期文化——心理研究》中所言："一方面是神话的历史化，另一方面是历史的神话化。图腾时代让位于英雄时代。在巫术礼仪的草莽大地上，政治意识和历史意识破土而出。"这里所说的英雄却不是诸如格萨尔王及其麾下的30位大将军或是曾经战胜宙斯的巨人堤福俄斯，也不是阿伽门农、阿喀琉斯式的这些史诗英雄，而是中原"少典系"的历代帝王。"绝地天通"政令之后，大巫师主持祭祀天神时的宗教敬畏感，聚焦在了由天下共主代表民意礼拜上天的实况现场。此时的天下共主颛顼的主张，就代表了天神的旨意。现实中的颛顼成了天界派来的天子。如此一来，具有天下共主和天子的双重身份的父系社会的帝，成了当然的英雄。此后，在史官文化逐渐形成的作用下，民间文学英雄史诗所要呼唤的那位满载百姓希望、渴望现世现报的天神与人雄结合的理想人物，就失去了诞生的产床。

从颛顼帝的"绝地天通"到后世确立的史官文化，不是一蹴而就的，中间经过帝喾、尧、舜、禹、夏、商近千年的历史过渡。上古早期巫史不分，但商代的史官已是专门人才职位，到了周朝，史官文化便扎下根来。史官作为文官，服从于当朝的政治取向，在为统治阶层服务的同时，也创造出中国特有的史官文化。

周朝强化史官文化，正是出于对前朝强势意识形态的顾虑。作为原商王朝的属下方国，居住于西部周塬、岐山一带的周国，其武王伐纣的胜利有一定的历史偶然性。牧野之战周武王仅有5万兵马，但他乘商朝25万大军主力远征东南而内卫空虚，又加上商纣王临时拼凑的奴隶防卫军阵前倒戈而得手。面对有着近600年历史的商王朝以及众多方国属民，周朝在强化统治权，诸如采取分封制、井田制，建立系统的礼乐制度的同时，全面落实古宾礼"二王三恪"制。周武王仍然分封商纣王的儿子武庚，留住原都城朝歌。尤其是加封黄帝的后裔为祝国之君，尧帝的后裔为蓟国之君，舜帝的后裔为陈国之君，夏王的后裔为杞国之君。同时大力宣扬周与夏的亲缘与继承关系。如此这般除了安抚民心，表明周王朝的开明，更意在说明周代商的天意合法性。而被加封后的前世帝王后裔，有封邑，可以祭祀宗庙，倒是实实在在地传世十多二十来世，以至享国有五六百年。周朝此举永垂青史，从三皇五帝到夏商周一脉传承，为中华先秦历史树碑立传，是中国历史上诞生"华夏"一词最初的王朝。古宾礼"二王三恪"制最早从虞舜开始，后世无论哪一个方国邦国问鼎或向往中原，都要承认华夏礼制体制，哪怕在此之前还在分庭抗礼。而周朝似乎对这套古宾礼实行得最为彻底有效。

周朝统治者另一高明之举，便是在承接了商朝文化的同时，非常智慧、理性地对其宗教信仰实行的变革维新。紧急颁布的禁酒令《酒诰》即是一例，商朝"崇饮"，用酒祭祀神祖观念浓厚，这是与其宗教信仰和政治正确紧密相关。表面看来颁布《酒诰》是要吸取前朝因崇酒滥饮而亡国的教训，其实是在剿杀商王朝意识形态仍然健在的"国魂"——天神与祖神融为一体的太阳神帝俊。

和众多古老民族一样，上古中原族群就崇拜太阳神，屈原《九歌》中讴歌中华远古时代九位始祖神明中的第七位，便是充满阳刚之气的光明之神东君，他是最古老的太阳神。《尚书·汤誓》中也记有夏王为"太阳化身"的内容。对太阳神的崇拜商朝尤甚，但到了周朝尤其是西周晚期的太阳神崇拜竟然从"少典氏帝系"神话中弱化隐藏了，这正是史官文化选择的结果。

《山海经》所记羲和与帝俊所生"十日"神话，被商王朝用到了神圣历法上，干支纪日，十日一旬。且历代商王多以天干命名，表达出商王"天之纲纪"和"日神之子"的自豪心理。这个好理解，殷王商朝族人的高祖正是帝俊，他又是十个太阳的父亲，被族人理所当然地认为是宇宙的主宰。从西部刚入主中原的周人对此是不能容忍的，必须把天神与祖神集于商王一身的宗教信仰切割开，"把这种神族继承法则和生殖意识从庙堂文化中摘除"，正如谢选骏在《神话与民族精神》中所言："废除殷王为上帝'元子'，把神之世界与祖之世界分开，建立起以'德'为本的新型天命观。"用"天""天命"观念之虚，来替换前朝神祖帝俊之实，无异于宣告了这位太阳神的没落之运。周朝统治者则高举起"有德者禀受天命"的大旗，推出重礼教、重"德化"、重"人事"，而轻宗教、弱祭祀、推禁酒令的一系列做法，是不是对千年之前"绝地天通"政令的回归呢？也许称作微调更确切。结果是周朝强化也细化了北正黎的政府人事职责；相对于前朝而言，修正或是弱化了南正重的宗教神事职责。正如鲁迅所评论的这种"重实际而黜玄想，以实用为教"的思想，催熟了史官文化。

有研究者认为，后羿射日神话正是周初史官文化出于统治者需要，对商朝太阳神崇拜的一种诋毁和抹杀。作者以为，射日神话不一定是周人杜撰，但有选择地突出或者压抑甚至修改某些神话，倒是史官们分内的事。借古喻今，用射日神话告知天下，把商朝的至上神帝俊的地位给剥夺掉。从此，帝俊的神格只在非主流的民间闲书《山海经》中有所留痕，在上层文化中却被剔除、被遗忘了。直到后世有人将帝俊与五帝中的帝喾相对应，甚至有学者认为他们原本就是同一人，算是对太阳神的重新祭起和尊崇。不过，作者以为帝俊比帝喾出现的年代要早。

综上所述，到了西周末年，本该产生英雄史诗的重要元素之一的神话，很多都已从上层文化中被排挤、漠视，而驱出了庙堂，或被化到历史传说中去，沦为杂谈野录。《山海经》虽以"经"字冠名，但在史官文化眼中，从未获得过国家经典的地位。中原大地上，民间文学英雄史诗所呼唤的半神半人的英雄，早就被现实中的得胜新帝王和共同的祖先所取代，史诗中的英雄在民间文学中没有了位子，"诗领域第一颗成熟的果实"呼唤英雄的功能，在中原大地上也就不需要了。

中原文化中历史意识的过早发达，不仅表现为神话的历史化，事实上，正如前文所言，先秦诸子百家在著书立说、阐扬己道的大潮中，每当论及国家治理时，却很少提及宗教、神学方面的戒规和畅想，而只重于援引实有或想象的历史事件作为论据。再看文学史，像《三国演义》这种中国历史题材的小说演义堪称冠盖文坛。直到今天，历史题材的小说、戏剧、影视剧依然盛行。而近来兴起的动漫网剧，则有更多的创作者从中国上古神话中选材。那些被遗忘了数千年的大小仙道神灵，在今天的动漫网剧中被唤醒后，从容自豪地加入上古"帝系神话"中，融汇衍生出许多新的乃至玄幻的神际大戏，其穿越力度，大有再造"体系神话"、重塑神界血脉的势头。这难道不是在呼唤已经缺失了数千年的中原文化中的史诗英雄吗？或许是当今文艺创作者的集体无意识，主观上也没有要为吟咏诗人的缺席遗憾做些拾遗补阙工作，但当下大量地从上古神话的寻根中收获故事灵感，创造神幻影像的大潮，可以看作是呼唤英雄史诗的镜像反射！作者看好这场重拾上古神话，呼应中华文化自信的新创造。

被收编的大羿神

从羿神的"诗性历史"，看到的是中国特有的"帝系神话"基调。"绝地天通"政令的施行，直接影响了"独立神话"到"体系神话"的走向。

在神界的直观表象中，神祇会从动物神祇、人兽同体到神人同形循序渐进地变迁。神话学告诉我们，神话有一个从"原始神话"及"独立神话"向"体系神话"发展的过程。有意思的是，"体系神话"形成的时间与英雄史诗产生的年代大体一致，难怪有"神话史诗"一说。

古老民族都会迎来历史意识的觉醒，其出现的时间虽然早晚不同，但均会对各自的神话进行历史化的表达。这时，"神话的历史化与体系神话的形态互为表里，在创造民族精神的过程中，起到过巨大作用"，为此，谢选骏还就希腊神话、中国神话、希伯来神话的历史化道路进行了比较分析，他指出：希腊是智慧型，对神话作出了历史化的解释；中国是伦理型，将神话本身化为历史传说；希伯来是宗教型，只承认一位至高无上的神，却将其余的神全都"化"为了历史人物。可以看出，除了一神教，希伯来神话比中国神话的历史化更加彻底。这便是《圣经》中的许多神的故事，全都被当作了历史事件的原因。

但在古老国度"体系神话"中，各自的走向和形态却不尽相同。先看希腊体系神话"奥林匹斯神系"，主神宙斯手握神与人的命运大权，但并未从本质上干预其他神自主地张扬个性、开拓业绩。众神各自支持并参与了希腊人和特洛伊人的战争。地上部族的英雄，也都充满了神一般的精神。有的就是神之后，阿喀琉斯是女神忒提斯和凡人佩琉斯之子。海伦是宙斯与勒达的女儿。而中国中原"体系神话"中的"少典氏帝系"，则是中原帝系以血缘延续的"体系神话"。帝被众生视为神，经常出现在甲骨文和金文中。当然，这里的帝不是天帝，而是天下共主之帝，即大地上的人间神。这种现象，显然与颛顼"绝地天通"的政令密切相关。

在"少典氏帝系"中，早先"独立神话"时代的一些独来独往的大神，不少成了"体系神话"帝的下属，并听命于帝的指挥。射下九个太阳的羿神最为典型，羿从丰满的猎神形象，变成了尧帝阵中的大将。遵旨射十日，杀窫窳，战凿齿，缴大风，斩九婴，射河伯，灭了多方怪兽。羿的这些功绩不排除有与自然力抗争的事例，但大多应为部落战争，只是用怪兽形象魔化了对手而已。这倒与《格萨尔》故事中把部落战争的对方首领，都描绘成魔很相似。至此，羿这位原先的箭神，成为天下共主帝王胸前装饰的花环和护卫族群旗帜上的战神。

来到夏朝的后羿，多了一顶王的桂冠"后"，推演出"太康失国"到"少康中兴"夏王朝40年无王时代的英雄剧，自己却以悲剧收场，"妻子嫦娥窃不死之药奔月成精，而洛嫔玄妻则与臣下浞，合谋杀羿而烹之"。"羿神体系"的演化，叠加了长时间的"诗性历史"，附益给羿的内容越来越多，其形象依据肯定不会只是一位羿神或是有穷氏首领。王钟陵归结说："杀怪射日的羿，抽象地说，是成长了的人类力量的体现；具体地说，则是男性之力与弓箭之力的结合。而那个卷入了权力斗争以及爱情和阴谋之纠结中的后羿，则有了属于他个人的爱好，又有了个人的企求和惆怅。当然，更有了他个人的被杀而烹之的悲剧。"

纵观上古时代的帝系共主，不断"收编"原始"独立神话"中的众神于麾下之文化现象，可不可以这样说，中原主流"体系神话"早熟的灼热，熏萎了民间文学英雄史诗的初创萌芽。而更多的没进入史官文化法眼，因而没能进入历史神话庙堂的原始众神，被挡在了筛网之外，遭到肢解，裁汰，贬值，被上流社会遗忘。原始"独立神话"的神际关系也就失去了关联性、血缘亲、故事感的成长"增值"机会。众多的落选之神只能屈就各处，蜗居在荒野林间、洞穴深潭，浪落流离于社会底层的民间传说中。为此造成了中原"原始神话"神系既繁多，又散乱，还不系统的现象。

英雄史诗是神话时代向历史时代过渡的桥梁，反过来讲，假如能够经过英雄史诗的长时间酝酿，原始"独立神话"的神系将能得到充分发展，孕育培养出正常的人类"童年时代"的神格。而中原特有的历史神话，将神格趋向人格，神话与历史的过早融合，也让中原神话上古传说包含了更多的史实。

不妨再看看羿神的"诗性历史"。作者认为，羿是少昊第八子般的后代。般是神箭手，而射箭拉弓护指用的扳指，则从神箭手般之名借用而来，至今仍在使用。涿鹿大战后，神箭手般随着东夷集团中的少昊部并入了中原黄帝集团。般的后代羿"帝喾以上，世掌射正"，"肩负着下地之百艰，以扶下国的神圣使命"，羿成了帝王麾下的"火箭军"，集团主力。难怪甲骨文对夷字的解释为"弓矢为夷"，夷字包含了弓和箭，上古时代掌握了弓箭的部落自然战力强大，夷字才有强大平定之意，化险为夷由此而来。

尧帝时代，般的传人大羿已是有穷氏的首领，生活在今山东德州境内。繁体字"窮"直观地指出有穷氏继承了祖上善射的传统。山东日照地方崇拜太阳神的十个部落（后人）不服尧治，企图反叛，尧帝起兵，羿率部灭十日中的九部，剩一日部臣服，此后，日照建起尧帝城。这便是"羿射十日"的由来。郭沫若在其《中国史稿》中也有类似的观点。至于日照十日部落的先人是否就是从辽东半岛渡海而来值得考证（5000年前渤海湾比现在水浅100多米），至今大连的日城附近，还有"一日地"到"十日地"十个地名。尤其是辽河流域的新乐文化和红山文化崇拜鸟和太阳的共同点，与山东东夷少昊部崇拜鸟和太阳的文化基因完全一致。东夷集团以鸟名定官名正是源于先人的鸟崇拜，以致后人在《诗经》中发出"天命玄鸟，降而生商"的结论。少昊的前辈太皞是帝俊的子辈，看来，《山海经·大荒东经》中，太阳神的母亲羲和与父亲帝俊生有十个太阳，"汤谷上有扶桑，十日所浴，居水中。九日居下枝，一日居上枝"的神话传说，并非天马行空的遐想，崇拜太阳神的十个部落，才是这则神话的"原旨"。

最近看三星堆文物考古，1号青铜神树上的九只神鸟（应为十只，树冠上应还有一只，可惜树冠缺失），明显受到东海扶桑树与十日神话传说的影响，上古人类以为太阳是被叫作"乌"的神鸟驮着运行的。1号青铜神树的树干为三根搅在一起，此为《山海经》中所说的扶桑、若木和建木三神树。正在修复的3号神树顶端的人首鸟身像，明白无误的就是民间神话传说的木神句芒。太阳升起的地方和神树扶桑都归木神句芒管辖。顺便说一句，有史料记载，曾有东夷集团中的一支，迁徙去了西南蜀地；而三皇五帝之颛顼帝的夫人正是来自蜀地蚕丛部落的女子。由此看来，族群连同民族文化的交流和融合是常态。

至于许多民族都有射日神话传说，甚至加利福尼亚州的沙士太印第安族射日神话，与羿射十日的相似度如同出自同一文化基因的现象，有待另文评说。

得益于我国20多年地名标准化工程大数据的揭秘与引领，前文谈到"羿的传人"革家人，从战国时期开始的迁徙路线，明白无误地摆上了卫星电子地图。因此，革家人至少从商代以来的历史可以坐实。

革家人祖上善射，自认是羿的后代

革家姑娘的盛装礼服是以祖先铠甲为蓝本，射日帽的银质神箭历历在目

请看，革家人祭祖之地"塝上"都设在湖边，而"塝上"一词在汉语中无解。我在黔东南州黄平县请教专家和革家兄弟后茅塞顿开。革家语"塝"即大湖、水边，"上"乃商朝也。人类民族学认为，部落每迁徙到一处新地，出于对祖宗的尊崇与怀念，其祖庙、祭坛或重要地名，一定是沿用原住地的。让我惊讶的是，革家人从最东边的出发地，安徽巢湖第一处"塝上"即"商朝的大湖"（距现在的湖边约20公里，参看商代巢湖古地图，湖面比现在大得多，其"塝上"正在湖边）开始，总体向西由安徽经江西、湖北、湖南、四川、重庆，进入四川汶川再回头进入贵州，长江南北留下的"塝上"集中地，

全都呈集群居住式分布，有的一地竟然有多达 20 多个"塝上"地名。

苗族语言学家、翻译家燕宝称赞革家人的语音是"真正的'百年老参'"。他在《革家语音初探》中指出："革家语言极其古老，其音位系统至今没有发生过任何裂变或变化的痕迹。①所有的对应声母都带鼻冠音。②清化音、送气都完好地保存着，无一发生简化或消失。③众多复辅音都完好地保存着，无一发生裂变。"语音的古老，说明民族的古老。

有研究认为革家人的语言中，至今保留的商代语言占 65％，汉语约占 15％，且系重庆以南的汉语方言，革家人曾在那里居住了数百年，同时受到相邻民族语言如苗语的少量影响。一些甲骨文破解后的读音，竟然与革家人现在的读音完全相同。想必革家人的语言，也是破解甲骨文的一把金钥匙。

革家人祭祖的"哈戎"活动规模之大，文化内涵之丰富，夺人眼球，让人渴望更多地解读。现在革家少女的礼服即为"铠甲装"，其中故事多多，印证着先辈军阵的威武。而未婚女子的红缨射日帽，更是包容了羿神弓箭文化之真谛。作为守护神，革家人家家中堂墙上都挂有银箭红弓。

读到希腊神话故事中大量的"血内婚"和"婚外恋"，总会让人瞠目结舌。反观中原上古神话中神的性爱表现，却是少之又少。这与每个民族都经历过群婚社会的记忆很不相符，这无疑又是史官文化所为。唯有射神羿是个例外，他不仅纵情于田猎美酒，还与河伯之妻洛嫔上演了一出英雄爱美人的活剧。这让大诗人屈原大惑不解，发出了"帝降夷羿，革孽夏民，胡射（射）夫河伯而妻彼雒嫔？"的天问。其实，当年的大英雄后羿敢于攻入夏都，

革家人妇女的射日帽

与夏王朝八大方国之首商方的支持、纵容分不开。所以，"少康中兴"后，夏王朝也没能力调集兵力讨伐有穷氏，因为有商方在一旁虎视眈眈的正欲取而代之呢。

革家人每逢祭祖的"哈戎"节，都要抬出祖鼓来祭祀祖先
（张兆和 摄）

进入商代，革家人祖辈有穷氏已称作弜方。以双弓命名，与其说是在宣示善射的本领，毋宁说是部族的基因传承。弜方一直是商王朝倚重的重要力量，可以从武丁之妻妇好将军墓出土的青铜器鼎文和甲骨文中出现的"弜"字、"疑"字和"亚"字得到印证，这些字都与羿的传人弜方有关。当今革家人的服饰装饰纹中，最珍重的就是"亚"字形图案，不仅少女的礼服"戎装"上会有，每位逝去的亲人都得盖上绣有"亚"字文的胸兜。

周朝实行分封制，革家人的祖辈弜方作为前朝中坚，选择了"宁做'殷顽'，不做'周奴'"的道路，南渡长江后，在"潜"这个地方留住多年。

战国时代，越国在伍子胥的鼓动下，与楚国争战，革家人夹在两雄中间，不想或是不能选边站，便开始了向西迁徙。

革家人保留的文化，为羿神的历史化叠加，提供了最后也是最鲜活的实证。

第三节 中国象形文字的惊心一跳

苏美尔楔形文字、埃及圣书体文字、奥尔梅克玛雅文字和殷墟甲骨文，是已知的世界四大古文字体系。唯有中国商代的甲骨文经过金文、篆书、隶书、草书和行书传承有序地发展到今天。其余三个古文字体系，还包括古印度哈拉帕印章文字，在内外部因素的影响下早已失传。

殷墟甲骨文记录下商王朝祭祀占卜的起因与结果，其内容包括有国家及王室的众多事迹，说明甲骨文字的使用主要集中在商王朝上层贵族中。尽管如此，传说中黄帝的史官仓颉造字后出现的"天雨粟，鬼夜哭，龙为之潜藏"的惊骇现象，无疑是在向世间宣告，文字一旦问世，世界将翻开新的一页。

中国象形文字的成熟，其锋芒也从另一个精神层面直指阻止建造"通天塔"的天意。《圣经》的开篇之作《创世纪》，讲述了人们为攀上天堂，齐心协力建造了一座通天巴别塔的故事。上帝发觉人类此举是在怀疑自己的"彩虹"誓言，他便下到人间，只是搞乱了人们的语言，从此人类就分歧不断，交流受阻，分散各地，建造巴别塔的事业成了烂尾工程，人类再也没能建成通天塔。而仓颉成功造出文字，不就等于说建成了从符号到逻辑的通天塔吗？此后，甭管历史如何发展，各地的方言如何独特难懂，中国象形文字的逐步发展，便将辽阔地域上的族群统一在了大中华的国度里。

想必文字的产生是离不开广大民众上千年的生存生产实践。我们不妨将仓颉看作是一位最早的文字学者，经他的团队搜集总结归纳，文字规范性研究成果享誉天下，故而人们给仓颉戴上了造字圣人的桂冠。传说仓颉之父掌管着国家粮仓，其母则是一位大巫师。这样的家庭条件，让他有更多的机会学习掌握文字。

王钟陵在《中国前期文化——心理研究》中指出："我们从中国文字发展的历程上，不仅可以明显地看到一种由形象象征走向符号象征，而愈益提高了抽象力的过程，还可以窥见中国文明及其发展的一些特点。"

文字带来的逻辑思维正是促进文明时代来到的关键。那么，中国象形文字的逻辑思维表现在哪里？这只能从中国文字的象形、指事、会意和形声四种造字方法中去寻找。

象形字勾勒物象，以肖写形，作为子体，一直同其母体图画文字的脐带相连，主要是形象思维的果实。指事字，按许慎的说法"视而可识，察而见意"。前句说了形象的可视性，后句则表明有了抽象的能动性。如果说指事字是在独个象形字的基础上加以强调，那么，会意字则是两个或两个以上象形字合在一起而形成的字。所谓会意提供了形象本身以外的意义，是一种象外之意，是感发中的领悟与理解。如此升华，抽象思维的能力再次得以提升。

从表声的符号系统看，王钟陵依然把会意字归类于前两种造字法，他指出："无论象形、指事、会意，都难以表声，这三种造字法提供的是无声的符号系统，它们有约定俗成的发音。"他接着指出："虽然这三类字本身的抽象性有强弱之别，但从总体上说，所体现的思维方式都没有超出形象思维、神话思维的樊篱。"

中国象形文字的惊心一跳，突破形象思维上升到逻辑思维高度的正是第四种造字法——形声。形声字是形与声的结合，"形符主义，声符主声"，当然，这里的声符追根寻源也是象形字，尽管免不了会在演化中简写或变形。声符将象形字原有的义，隐藏在了声的背后，为后人听声求义，提供了逻辑思维的空间。

形声造字法的出现，是中国语言文字发展史上伟大的进步，它在可见图画形象性大减的同时，抽象性大为上升，因而千百年的造字实践，锻炼了民族的逻辑思维能力。在创造出的6万多个汉字单字中，形声字就占了80%，此为逻辑思维的硕果。

当然，形声是在象形、指事、会意三种造字法的基础上的大飞跃，其笔画与形式依然与三位前"兄长"一样，保持了与图画文字母体的脐带联系。正是由于中国形声字的表声的飞跃，有效地避免了象形文字在发展中梗阻不前，到头来窒息无解而只得另觅他路，避免了像世界上另外几个最古老文字体系的结局一样，最终采用了与母体毫无血亲关系的拼音文字，恐怕这也是造成自身母体文明中断的原因之一。而中国文字的发展，显著的特点就是传承绵延，一脉贯通，从不间断，并且总会在原有基础上萌生新质。

如果没有形声字的飞跃过程，中国就不会有如此成熟的文字符号系统。若没有文字符号的抽象化，促使理性精神愈益抬头，"我们难以想象为中国学术史蔚出一片灿烂朝霞的先秦诸子争鸣的产生，更难以想象其时名辩思潮之一时兴起。"王钟陵这段评说，直接表明了中国成熟的文字符号系统，与同样"早熟"的先秦诸子百家的文化现象间的因果联系。再往上推，颛顼帝推行"绝地天通"政令之后，中国社会文哲思辨领域的发展与象形文字的成熟竟然如此同步，堪称异曲同工，其过程中的催化剂、黏合剂似乎还是史官文化。

"册"字出现在了甲骨文中，有学者认为，这说明商代就有竹简用于书契。大概在周代商时，作为商文化载体的竹简被毁掉了。西周的竹简为接下来战国时期百家争鸣的文论记载和思想传播，发挥了至关重要的作用。但简重缣贵，中国文字真正走出象牙塔，走向民间，则是东汉蔡伦改进造纸术，尤其是北宋毕昇发明活字印刷术。反观殷墟甲骨文的载体，龟甲兽骨及刻写工具并不为底层民众所能轻易拥有，文字知识的传播则更有难度。

可以想见，在史官文化的筛选把控下，没有进入"体系神话"的那些大小神灵，只能在民间口耳相传。民间吟咏诗人记忆力再超群，如果不能得到文字载体的加持，历经上千年的岁月消磨，原先形成的神迹故事，必然会缺失，《山海经》向读者呈现出的正是这样的结果。学者普遍认为，《山海经》这部古籍作者不详，成书虽早，但并非一时、一人所著。有一点可以肯定，它是从民间广泛搜集材料汇编而成。令人叹为观止的是，今人依然可以从中窥探并想象中华上古神话传说的大千世界。

中国象形文字的发展与成熟，加剧了人类"童年时代"民间文学创作的诗性特征和追求文采的喜好，创作风格更加趋向理性化。想必先秦时期人们的日常用语和书契语言还是差别很大，更不用说各地方、各族群间难懂的方言。雅言似乎能解其难，"雅"与"夏"相通，雅言应在中原文化核心区通行，或本就是夏朝的语言，是一种"官方"语言。那时以会说雅言成为风尚，孔子根据前人采集而编订的《诗经》，涵盖了西周至春秋 500 余年 15 个方国的诗歌 311 篇，但通过雅言的梳理，读来全都有了韵脚。《诗经》中《风》《雅》《颂》

的后两部，显然是贵族文人的作品，而首部《风》为采风所获，创作者大都来自田野，应该与吟咏诗人的生活体验相近。可是，中原文化的早熟，跨越了民间文学英雄史诗的发育阶段，今人见到最早的文学作品却是诗歌总集。重温法国文学家雨果所言，"史诗在最后的分娩中消亡了""世界和诗的另一个纪元即将开始"。

伟大诗人屈原留下的第一部有作者署名的诗集《楚辞》，开创了中国浪漫主义文学的新篇。第十三篇《天问》，被誉为"奇气纵横，独步千古"之作。2000多年来，人们对于《天问》的解读精彩纷呈，可人们仍然疑问重重。战国时代的开放"察辩"之风，对《天问》的出现及创作思路有重要影响。从本质上讲，《天问》既不属于神话学也不属于史学，而是属于政治哲学。史建桥在《天问研究》中指出，《天问》长达374句，172个发问中，"所攻讦的靶的是自然发展史和社会发展史中那些世人臆造的传说，意在表明世人所'传道'的天道和历史是不可信的，要相信现实、依靠人事"。屈原《天问》的怀疑精神是对传统思想的挑战。又如方孝岳指出的"实在是疑古惑经之先驱，打击显学儒家教义之发难者"。就怀疑精神而言，史建桥认为同时代的庄子比屈原走得更远，"思想家的庄子驱遣的是思想，他不奢求现实的政治功效；而政治家的屈原急需医楚时弊。相似的行为终究因不同的目标而呈现出不同的表现形态"，两人的命运结局也各不相同。刘小枫直言："怀疑是追问的起点，更是超验之问的门径。但屈原对自己确信的儒家信念产生怀疑却孤苦无告，因此，屈原死于信念的探险。"

排列一下屈原《天问》中的质疑，多是对史官文化的拷问，也包括对呈现在屈原面前的神话传说的拷问。史建桥反复强调的一个观点："屈原在众多问题中一以贯之的仍然是其寻真求实的怀疑精神。"以此观点回到文学的视角，《天问》对神话传说包括夏、商、周三代历史人物的质疑又该如何求真求实呢？这分明可以解读为屈原是想透过由史官文化强化后的"体系神话"的峰峦叠嶂，透过历史巨川的折射与投影，追求上古人类"幼年时期"的集体意识，索要中华原始"独立神话"的真元与真相。遗憾的是，文化一旦成熟了再想返还童年那怎么可能？诗人借助梦幻遐想，获得的至多是精神安慰。更何况理性之光早已升起的有文字记载的战国时代，在以哲学思辨为主流的文化大潮中，人们再也不可能虚席以待民间文学英雄史诗的到来。

屈原问天、问地、问人都没有找到答案，深陷迷茫与失望。贵族出身的他，政治上失败后，有心杀贼，无力回天，面对楚国之危机，通过《天问》抒发或是宣泄胸中之闷，潜意识中无疑还是在呼唤能够有化解楚国危机的英雄出现。这里恰是暗合了人们常说的创世神话、灾难神话、救世神话、文化超人神话和英雄传说式史诗五个神话主题，唯独缺席的是英雄史诗之现状。结果，屈原在精神和现实两个世界中都没有看到希望，"破国之日，即死之时"，以身殉国，以死相谏，便是他最强的回应，汨罗江可以作证。

回到象形文字本身。"一片甲骨惊天下"，而殷墟甲骨文已基本是成熟的文字，从象形文字的发展规律看，这需要长久的发育过程。中国文字的初创源头在哪里？一直往前探寻，答案似乎就在眼前，三皇时代的河南舞阳贾湖遗址出土的 17 个清晰指向的骨刻文、安徽蚌埠双墩遗址 600 只陶器上的刻符、浙江平湖庄桥遗址石钺上的刻记、陕西及甘青仰韶文化中 300 个彩陶的陶纹、山西陶寺朱文、山东龙山文化多处出土的骨刻文，等等，都令人兴奋。期待更多的文字样本载体的出土与解读，最终完备中国文字的溯源。

中国象形文字的造字方法，竟然能破解其他古文字。1799 年，拿破仑亲征埃及，从尼罗河沿岸发掘并运回巴黎的一块取名"罗塞塔"的古石碑，上面刻有的三层不同的古文字无人能识。紧接着英法之战的结果，让这块古石碑摆放在了大英博物馆展厅中。展牌上豁然写着"大英帝国战利品"字样。从此，英法两国的古文字学者展开了破解这块石碑古文字的竞赛。最终还是被有着古埃及学之父、天才语言学家之称的法国人弗朗索瓦·商博良，运用中国象形文字的造字规律，成功破译了最底层 54 行的古希腊文，让这块沉睡了数千年的古埃及石碑之谜，大白于天下。这块石碑的碑文是公元前 196 年埃及托勒密王朝托勒密五世的一道诏令。因三层内容相同，故上层 14 行古埃及象形文、中层 32 行古埃及草书也逐一被解读，成为当今研究古埃及历史的重要文物。

按照马克思的观点，古代希腊人是"正常的儿童"。"正常的儿童"创造出的《荷马史诗》固然伟大,不过古希腊神话中的诸神,全系从"第一代文明"古埃及借来的,被誉为古希腊"历史之父"的希罗多德就如此直言。

不是每个民族都能创造出英雄史诗。从产生英雄史诗的民族数量看,所谓的"正常的儿童"并不多,不客气地说,多数上古时期的民族是"粗野的儿童"。而上古时期的中原民族是为数不多的"早熟的儿童",因为"早熟",也与英雄史诗失之交臂。庆幸的是,中华文明的大家庭中,还有藏族的《格萨尔》、克尔克孜族的《玛纳斯》、蒙古族的《江格尔》为代表的三大英雄史诗,以及我国南方众多民族的"古歌"创世史诗,百花园中争奇斗艳。

作者想再次强调的是,英雄史诗《格萨尔》故事中那些至今仍在薪火相传的知名部落的祖辈们的英雄壮举,构成了《格萨尔》这部"活形态"伟大史诗最早期、最基础的故事原型。经过千百年来一代代的《格萨尔》说唱艺人的再创造,终让英雄史诗《格萨尔》戴上了世界上最长史诗的桂冠。当下的我们,更应珍惜、保护、利用好英雄史诗《格萨尔》。

正如著名考古学家苏秉琦先生的早先论断,中华文明的发展过程是从满天星斗到多元一体的发展进程,中国现代考古100年所取得的丰硕成果也继续说明中华文明多元一体的伟大历史渊源。习近平总书记指出:"我们伟大的祖国,幅员辽阔,文明悠久。""一部中国史,就是一部各民族交融汇聚成多元一体中华民族的历史,就是各民族共同缔造、发展、巩固统一的伟大祖国的历史。"中华文化的多样性、互补性、交融性、同源性,正是我们文化自信之根。

正所谓:"美美与共,天下大同。"

尾声：妙音仙女的祝福

（代后记）

"用脚步丈量文明，用行走记录历史。"这句话不仅是对民族学者的要求，也是人文纪实专题作者和纪录片编导所遵循的信条。这么多年来，每当我走上雪域高原，走进格萨尔的英雄草原，不敢说都是去接受人生终极意义的拷问，至少也是在寻求心灵的慰藉。无意间，在格萨尔王的加持护佑中，享受格萨尔文化的洗礼与熏陶，这也影响了我的生活态度和生存方式。

也许有人会问，如此这般的高原情节，格萨尔王给你带来了什么？回答这个世俗之问不难，可以有很多答案。回望我的青春岁月算吧？或许我的前世真就来自藏地，来自格萨尔王统领的岭国，要不怎么总有心灵感应呢！近些年的人生规划中还有几项大文化项目在做，可是命运总是不让我离开格萨尔文化，这分明是格萨尔大王的指派嘛。

从现世现报的功利心愿讲，作为纪录片编导，完成一部高水准的格萨尔文化纪录片一直是我抱定的目标。拍摄格萨尔文化纪录片很有挑战性，这几年，又有几个单位拉开架子投入其中，不乏强势东部大台的摄制组，结果却都不成功。失败者的原因各有各的不同，其中主创人员缺乏文化准备是最致命的。业界有一句格言我十分认同，即"不找没有文化准备的人做大片"。纪录片编导作为全片灵魂及骨肉气血的塑造者，没有足够的格萨尔文化积淀，又不下功夫认真做好案头准备，即便再有灵性也白搭。这是条被事实反复证明了并且需要牢记和遵循的箴言。

如此说来，《寻找格萨尔王》一书既是献给倾心藏文化、关心非遗经典名著英雄史诗《格萨尔》朋友们的一份礼物，也是为再度拍摄格萨尔文化纪录片而敬献给格萨尔王的"拜帖"。

说到格萨尔文化给予我的，其中还有一项便是无意间引导我闯入了人文地理图文专题的创作领域。记得 2000 年底，我采访中国社会科学院的谢继胜研究员，他是一位很有创造力的青年学者，同时也是影像人类学摄影家。他那会儿就自费装备了两台宾得 67 相机，好羡慕噢！120 反转片拍出的效果非常棒。交流中，他了解到我也喜欢拍摄专题图片，便鼓励我给人文地理类杂志供稿。自从第一篇图文稿《煨桑、战神与格萨尔之箭》在《文明》等多个杂志上发表之后，接下来采访拍摄的 23 个民族文化专题，被国家级人文地理杂志刊登了 70 篇次。回头看看，让我自己都有点吃惊的是，所有选题没有一篇落空，全都被采用了。这种无心插柳柳成荫的现象，必然有其规律可供梳理。接下来视情把这 23 篇结集成《吉祥鸟飞过的地方》图文书，同时从"选题秘诀、案头功课、公关借力、田野采访、镜头逻辑、文稿写作、图片编辑、专题效率"8 个方面，谈点实用的经验体会，供有需求的同好初学者参考，也算是"一位资深人文纪实专题摄影师总结的每稿必中的秘籍"吧。

23 篇人文地理专题稿中，有近半数是与格萨尔文化有关，这些也为这本《寻找格萨尔王》非遗纪实的写作打下了基础。本书尚未完成时，降边嘉措老师曾经问我："格萨尔王你找到了没有？"此问既是在督促，更是在提要求。虽然本书的有关章节已对导师之问有所涉及，可每当回想起行走在格萨尔文化长廊过程中遇到的那些事、那些人，总是让我感到那样的暖心和满足。君不见，车祸发生时，改加寺的尼姑们大哭着把我们搭救起来的时候；去当雄途中被洪水困于岸边，一位就读石家庄藏族中学的少年，真诚地拉起我的手，只为说声谢谢的时候；布托湖畔，3 岁小男孩从自家春季草场帐篷灶台旁，拔出那颗超大新鲜虫草递于我手中的时候；玛多冬季帐篷里的老阿婆，积攒三天的牦牛鲜奶，只为给我做上一小桶酸牛奶的时候；著名女艺人玉梅执意要将两件宝贝交予我与扎巴老人外孙收藏的时候；村民、僧人无数次立于村头或寺院外，捧起美酒，递上哈达，列队道别的时候，我再给出格萨尔王在雪域高原的英雄草原上，在《格萨尔》说唱艺人的激情演唱中，在全体藏族人民心灵里的作答时，那一定是有温度、有色彩、有情感的心声。

毫无疑问，英雄史诗《格萨尔》在中国及世界非物质文化保护名录中，在中国政府民族文化工作议题中，在众多院校和研究机构学者的科研课题中，在文化艺术多项 IP 的衍生节目中……

记得 2014 年参会玉树赛马节，巧遇香港《中国旅游》杂志采访部主任柯柄钟先生，他给了我一本《中国旅游》杂志，这一期的封面主题故事是《一座寺庙的诞生》，以 48 个页码登载了他花费 10 年工夫，走访藏地众多名刹古寺，采写拍摄完成的"藏传佛教"这个大文化专题。好一个十年磨一剑，48 个页码对一期杂志而言，那是相当大的专题稿了，而登载"藏传佛教"宏大悠久的宗教文化又谈何容易？柯柄钟准确地、艺术地、精巧地把握了这篇文稿的文字和图片编排，令人叹服。但他又坦率地告诉我，原打算完成"藏传佛教"封面故事后，接着做"格萨尔文化"专题，他经过 3 年打拼，竟然败下阵来，他说格萨尔文化博大精深，似乎太难啦。交谈中，他听了我对格萨尔文化的认识与理解，很快完成了采访，当即承诺，同样给我 48 个页码，来做"格萨尔文化"这篇规划已久的封面故事。2016 年《中国旅游》8 月号，我的这篇同名《寻找格萨尔王》封面专题故事，如期与读者见面了。实际编发了 44 个页码，柯柄钟主任也不算食言，为配合里约热内卢奥运会的举办，总编室临时决定挤出 8 个页码，加入一篇巴西的旅游资源稿。只从我们的格萨尔专题稿中拿下了 4 个页码，柯柄钟主任承诺，来年再发一期"《格萨尔》说唱艺人"的专稿。

香港《中国旅游》杂志的读者对象主要是八千万海外华人，所以用繁体字印刷。我拿着样刊向降边老师汇报后，他鼓励我说再加十来万字，扩展成书稿，他向出版社推荐出版。于是，便有了《寻找格萨尔王》这本书的启动。断断续续写了两年，正赶上新冠肆虐，蜗居家中，终能集中小半年时间，一鼓作气，全稿杀青。再从自己的图片库中挑选出独有的三四百张格萨尔文化图片编入其中，自我感觉即将大功告成。倍感欣慰的是，这是第一部从人文地理视角，采用纪实手法，全面介绍中国·世界非遗文化——英雄史诗《格萨尔》的图文书。不是自夸，底气来自二十年磨一剑！

能够完成《寻找格萨尔王》一书，是机缘，也是使命。

首先要感谢生活，长年浸润在格萨尔文化氛围中，让我有机会走遍格萨尔的英雄草原。当然，贵人相助必不可少，早在20世纪末，著名制片人王抗美成功发行由我执导拍摄的10集红色金融纪录片之后，便以极大的热情投身于《话说格萨尔》一片的制作。她的热忱与付出，大家有目共睹，她被摄制组誉为"有困难找抗美"的好大姐、好领导。每遇经费短缺时，她都自行掏腰包垫上，保证了摄制组成员的权益和前期高原拍摄的顺利进行。也要感谢中国民族博物馆的慧眼与信任，在我提笔写下《寻找格萨尔王》书稿之前，他们将"格萨尔文化遗存数字影像资源采集"项目，交由我来组织执行。三年间，该项目完成的同时，也填补了我还没到过的格萨尔文化厚重地之空缺。格萨尔故乡的万里行，使我全面收获了满接地气的大量第一手素材资源。

修成此书同样离不开读万卷书。感谢众多的《格萨尔》史诗文化学者，我是读着他们的专著，聆听着他们的教诲，走进格萨尔文化领域的。尤其要感谢降边嘉措老师二十多年的指导与提携。在庆祝中国共产党成立100周年及西藏和平解放70周年之际，中央和地方媒体对降边嘉措的邀请采访尤为频繁，他的理论专著《〈格萨尔〉论》，辽宁出版集团将其翻译成英文出版的同时，正催着他尽快完成中文版的修订再版呢！如此繁忙的时刻，降边老师欣然提笔，为我的这本书作序。

还要感谢格萨尔故乡的各位朋友，相识多年，只要我到访，你们都是不辞辛苦陪同我田野考察。你们的积累与修为就如同我的百宝箱、万宝囊，为我提供了许多最真实的、原生态的格萨尔文化资源。可以这么说，此书也包含有你们的家底老料、智慧结晶。

我坚持为《格萨尔》说唱艺人留影，与不少说唱艺人成为挚友，让我直接阅读了他们的人生岁月，感受到他们的内心期盼，这无疑是我获取格萨尔文化知识最难得的视角与机遇。

也得感谢我的家人，这些年多次撇下早过米寿之年、迈向白寿的老母由弟妹照料，投身格萨尔文化，同样是忠孝不能两全呀！当然，还得感谢自己，对格萨尔文化的挚爱与坚守，长年关注，笔耕不止。让我欣慰的是，不少格萨尔文化选题，经我采访拍摄后，得以首次在国家级平面媒体上传播。那些深藏于边远牧场村寨、古刹名寺中鲜为人知的格萨尔文化一经亮相，便惊艳四方，直接为若干年后申报国家级文物保护单位、申报非遗文化保护项目及传承人，提供了必备且珍贵的图文资料。

现任西藏民族大学民族研究院副院长的丹曲博士，也是因格萨尔文化之缘与我结识的二十多年的好朋友，正是他看好本书，极力促成，推荐给了青海人民出版社。在《寻找格萨尔王》一书即将出版之际，向丹曲博士道一声谢谢！

特别要感谢青海人民出版社，你们的文化自信，慧眼识珠，把握市场，力推此书，为此书能够尽快出版，付出大量心血，为当下中国图书出版界，献上了一本独具雪域风情、图文并茂、鲜活直观、雅俗共赏的非遗类人文地理图文书。

说了那么多感谢的话，最应该感激的当属格萨尔王！一为敬重，再是敬畏。有关格萨尔王的民间文学鸿篇巨制，其世界文化影响力，将会历久弥新，广泛而浓烈。说到敬畏，近二三十年间，我在格萨尔文化长廊中一路走来，手捧真心，敬畏自然，尊重文化，丝毫不敢大意怠慢，因而即便有了困难，似乎也总会得到格萨尔王的护佑与帮助，每每化险为夷，有惊无险地迎来吉祥云，喜见胜利幢。

下面摘录一段早年发表在中国民族摄影艺术出版社《中国〈格萨尔〉》第一季中《妙音仙女的祝福》故事来结束全书吧：

雪域高原的前期拍摄结束了，进入后期剪辑的进度并不顺利。制片方请出北京电影院学院纪录片教育大咖司徒兆敦教授，与部分主创人员南下苏州张家港。我们一行五人站在张家港的长江边的雨中，望着江中的双山岛有些茫然，这便是我们新的后期剪辑基地？

双山岛环岛一周20公里，有6个自然村。天还没黑，街上已没有了行人。这与江南繁华的市井景象很不相称。我们被安置在度假村的一座独栋别墅中。剪辑机房很大，据说是平时专供客人打麻将用的，正赶上旅游淡季，没有人来度假，我们进住后依然显得空空荡荡。大家有种与世隔绝的感觉，还觉得这里有一丝神秘，气场似乎也不太好。解说词作者、藏族诗人楞本·阿姆赶忙点上藏香熏染，试图压压晦气。

机缘巧合，巴伽活佛到了上海，主要投资人、青年企业家吴金华先生将活佛接来了双山岛。第一件事便是满足大家的愿望，活佛按照藏族习俗为新展开的剪辑机房举香诵经，开光迎吉。只见巴伽活佛敬过三宝，咏经声轻起，渐强，久久回响在弥散开来的桑烟中。

大家的心情似乎晴朗起来，跟巴伽活佛来到江边放生。渔场旁的数辆农用卡车装满了刚刚捕捞上来的鱼儿，一条压一条地相互挣扎着，完全见不到相濡以沫的情境。大家买下了一些鱼，把它们放回到长江。望着重获新生的鱼儿欢快地潜入江水，放生仪式显得愈加高尚起来。

夕阳把江面映得一片金黄，面对波光粼粼的长江水，想起在雪域高原拍摄纪录片的日子，那里是江河源头，眼前的浪花，经过六千多公里的艰难流淌才到达这里。那浪花或许就是你在江河源头净水洗礼时亲吻过你脸颊的那一捧。纪录片在江河源头开拍，却在长江尾剪辑合成，难道又是一次冥冥之中的机缘安排？

巴伽活佛的到来，的确给双山岛带来了吉祥。在这份好心情中，我的手机响了，传来一位妙龄少女的声音，是央金拉姆打来的。央金拉姆是著名《格萨尔》说唱艺人格日尖参的小女儿，正读小学三年级，住在果洛州首府大武镇。大武镇坐落在阿尼玛卿大雪山脚下，这显然是来自阿尼玛卿的声音。央金拉姆告诉我，她在学校的歌咏比赛中获得了第三名，又搬进了新家，希望我能早点再来果洛。

央金拉姆翻译成汉语就是妙音仙女。巴伽活佛与格萨尔摄制组的朋友相聚的时刻，接到这样一个让人心爽的电话，难道不是阿尼玛卿山神的旨意吗！

我们在高原上行程8万里，拍摄9个月，有惊无险地平安回来，人们都说有格萨尔大王在为我们加持护佑。我信，我毕竟在果洛生活了12年，每晚静静地躺在阿尼玛卿山神的怀抱中熟睡。或许正是这份经历，自然也多了份情感，多了份快乐与自信。

之后，双山岛纪录片的剪辑工作进行得比较顺利，作为主创者之一，可以问心无愧地报出成绩单，30集成片中，我独自完成了大部。除了对全片总体风格的把握和各集构成的编辑技巧设计，格萨尔文化知识的积累和运用，还是成片的关键。

"妙音仙女"的佳音久久不能忘怀，她连着格萨尔文化，连着我人生中最美好的青春12年！感谢生活，还有那遥远的央金拉姆。

当我再次见到央金拉姆的时候，已是16年后的2018年，我面前的这位"妙音仙女"正在西北民族大学格萨尔研究院就读硕士研究生。央金拉姆早已从天真烂漫的果洛小姑娘，成长为勤学苦读的莘莘学子。

学业有成后，央金拉姆回到了果洛草原，正在用青春回报养育过自己的故乡。

那么，我的这本《寻找格萨尔王》的书稿，伴随着"妙音仙女"的歌声，也该长成了。

2021 年 6 月完稿于北京